JUL 11

SANDRA BROWN

SANDRA BROWN
THE CRUSH

Пролог

омашний телефон доктора Ли Хоуэлла зазвонил в семь минут третьего ночи.

— Кто это? Ты же сегодня не на вызовах, — пробормотала в подушку его жена.

Они легли спать всего час назад. Гости разошлись около двенадцати. Пока все прибрали, пока зашли в спальню к спящему сыну, чтобы поцеловать его, прошел еще час.

Раздеваясь, они поздравили друг друга. Вечер удался. Стейки, правда, были чуть-чуть жестковаты, но никто и не заметил. Зато новый электроприбор против комаров, который гудел весь вечер, свел нашествие назойливых насекомых до минимума.

Потом супруги пришли к выводу, что, пожалуй, слишком устали, чтобы даже думать о сексе, поцеловались, пожелав друг другу спокойной ночи, повернулись каждый в свою сторону и заснули.

Хотя доктор спал всего час, сон его был глубоким и без сновидений. Немало тому посодействовали несколько выпитых на вечеринке «Маргарит». Но стоило зазвонить телефону, он мгновенно проснулся и потянулся за трубкой. Сказывалась многолетняя тренировка.

— Прости, милая. Наверное, какому-нибудь пациенту стало хуже.

Мирна, так звали жену доктора, что-то проворчала и снова уткнулась в подушку. Репутация мужа как великолепного хирурга основывалась не только на его мастерстве в операционной. Он принимал близко к сердцу дела своих пациентов и заботился о них до, во время и после операции.

В принципе ему редко звонили по ночам, если он не дежурил, но и ничего необычного в таком звонке не было. Это неудобство являлось малой ценой, которую миссис Хоуэлл с радостью платила за счастье быть замужем за любимым человеком, обладающим большим авторитетом в своей области.

— Алло?

Он несколько секунд слушал, потом откинул одеяло и опустил ноги на пол.

— Сколько? — Затем: — Господи! Ладно, я уже еду. — Он положил трубку и встал с кровати.

— Что случилось?

— Мне надо идти. — Он не стал зажигать лампу и на ощупь двинулся к креслу, куда сбросил одежду. — Вызывают всех.

Мирна приподнялась на локте.

— Что случилось?

Поскольку окружная больница «Тэррант» обслуживала большой деловой район, туда часто привозили жертв крупных катастроф. Персонал был достаточно квалифицирован, чтобы оказать помощь в самых тяжелых случаях. Сегодняшний вызов был вполне не обычным.

— Авария на главном шоссе. Несколько машин столкнулись. — Хоуэлл сунул голые ноги в поношенные старые ботинки, которые обожал, а его жена презирала. Он уже носил их, когда они познакомились, и отказывался сменить на новые, утверждая, что теперь кожа легла как раз по его ноге и ему в них удобно. —

Что-то ужасное. Цистерна перевернулась и загорелась, — добавил он, натягивая через голову рубашку. — Десятки жертв, и большинство направили к нам.

Он надел часы, прикрепил пейджер к поясу брюк и наклонился, чтобы поцеловать жену, ткнувшись губами ей в щеку.

— Если я к завтраку не освобожусь, позвоню. Буду держать тебя в курсе. Спи дальше.

Она поудобнее устроилась на подушке и пробормотала:

— Будь осторожен.

— Обязательно.

Он еще не спустился вниз, как она снова уснула.

Малком Лати закончил читать третью главу нового фантастического боевика. Речь шла о вирусе, который через несколько часов после попадания в организм человека превращал его внутренности в черное желе.

Он читал про беспечную, но уже обреченную парижскую проститутку и ковырял прыщ на щеке, несмотря на то что мать строго-настрого запретила ему это делать.

— Будет только хуже, Малком. Пока ты не начал его ковырять, он был практически незаметен.

Да, как же! Просто новая вершина на бугристом, красном горном плато, каким было его лицо. Эти прыщи, оставляющие мерзкие шрамы, начали у него появляться, когда он был еще подростком, и с тех пор мучают его вот уже пятнадцать лет, несмотря на все попытки от них избавиться. Не помогают ни мази, ни таблетки, ни разрекламированные патентованные средства.

Его мать утверждала, что всему виной неправильное питание, отсутствие гигиенических навыков и сон не вовремя. Она даже неоднократно намекала, что причиной может быть онанизм. Какой бы гипотезы она ни придерживалась, основополагающим утверждением было — ты сам виноват.

Озадаченный дерматолог, который бодро, но без успеха лечил его, выдвигал другую теорию, объясняющую, почему топография физиономии Малкома сродни маске, надеваемой на Хеллоуин. Короче говоря: никто ничего не знал.

Как будто такого проклятия, как прыщи, было недостаточно, господь наградил его еще одной бедой. Малком был худ, как щепка. Супермодели, получавшие деньги за то, чтобы выглядеть недокормленными, позавидовали бы его обмену веществ, который упорно презирал калории.

И это еще не все. Огромная шапка вьющихся волос морковного цвета по плотности напоминала сталь и мешала ему жить задолго до появления прыщей.

Странная внешность Малкома и вызванная этим обстоятельством застенчивость привели к тому, что он отчаянно страдал комплексом неполноценности.

Только не на работе. Трудился он ночами. И в одиночестве. Только темнота и одиночество стали его друзьями. В темноте не так были заметны дикий цвет его волос и прыщи. А одиночество являлось непременным условием его работы охранника.

Мать не одобряла его выбора. Постоянно нудила, требуя, чтобы он поискал другую работу.

— Ты там все время один, — твердила она, удрученно качая головой. — Если работаешь один, то где ты можешь с кем-нибудь познакомиться?

Вот-вот, мамочка. В этом-то все и дело. Так Малком реагировал на ее упреки, правда, про себя. Вслух он ничего произнести не решался.

Работа в ночную смену означала, что ему реже приходилось вести разговоры с людьми, изо всех сил старающимися не смотреть на его лицо. Опять же он мог спать большую часть дня и не сверкать своими волосами на улице. Он ненавидел те две ночи в неделю, когда не работал и вынужден был выслушивать причитания матери насчет того, что он сам себе худший враг. Она твердила с упорством, достойным лучшего применения, что, если бы он больше общался с людьми, у него появились бы друзья.

— Ты интересный человек, сынок, — говорила она. — Почему ты никуда не ходишь, как другие молодые люди? Будь ты пообщительнее, ты бы даже мог познакомиться с милой молодой девушкой.

Держи карман шире.

Мать ругала его за любовь к научной фантастике, а она сама была фантазеркой почище всех этих писак.

В больнице Малком охранял стоянку, где оставляли свои машины врачи. Другие охранники не любили здесь работать, но ему нравилось. Ночью мало что происходило, вплоть до утра, когда постепенно начинали собираться доктора. Но он сменялся в семь, и к этому времени даже не все успевали подъехать.

Но сегодня, в пятницу, на стоянке было больше машин, чем обычно. Как правило, в конце недели число пациентов в приемном отделении увеличивалось, так что врачи приезжали и уезжали в любое время. Всего несколько минут назад подъехал доктор Хоуэлл, подняв шлагбаум с помощью своего собственного пульта дистанционного управления, который он прикреплял к солнцезащитному козырьку в машине.

Доктор Хоуэлл никогда не смотрел мимо Малкома, как будто его не существует в природе, и даже иногда махал рукой, проезжая мимо будки. Хоуэлл не выходил из себя, если шлагбаум не слушался пульта и приходилось ждать, пока Малком поднимет шлагбаум сам. Этот Хоуэлл казался славным парнем, не зазнайкой. Не такой, как некоторые богатые засранцы, которые нервно постукивали пальцами по обтянутому кожей рулевому колесу, нетерпеливо ожидая поднятия шлагбаума, и врывались на стоянку с такой скоростью, будто ими выстрелили из пушки.

Малком прочитал первую страницу четвертой главы. Как и можно было ожидать, парижскую блондинку прихватило в самый разгар полового акта. Она умерла в жуткой агонии, заблевав все вокруг. Но Малком больше жалел ее незадачливого клиента, попавшего, как кур в ощип.

Он положил раскрытую книгу на стол, выпрямился, потянулся и попытался поудобнее устроиться на стуле. Мимоходом он увидел свое отражение в стекле будки. Прыщ рос не по дням, а по часам. Малком с отвращением отвернулся и принялся разглядывать стоянку.

Прожекторы на будке были установлены таким образом, что освещали всю площадку. В тени она оказывалась только по периметру, где за оградой росли кусты и деревья. Ничего не изменилось с того момента, как Малком оглядывал ее в последний раз. Только прибавилась машина доктора Хоуэлла. Из будки была видна ее сверкающая крыша. Доктор Хоуэлл содержал свою машину в таком великолепном состоянии, что хоть сейчас на выставку. Малком поступал бы так же, если бы мог позволить себе такую тачку.

Он вернулся к роману, прочитал пару абзацев, но тут ему в голову пришла странная мысль. Он снова взглянул на машину доктора Хоуэлла и в удивлении сдвинул брови. Как он мог не заметить доктора?

Чтобы попасть на дорожку, ведущую к ближайшему служебному входу, доктор должен был пройти практически рядом с будкой. У Малкома уже выработалась привычка замечать всех, кто проходит мимо в любом направлении — к машине или от машины. Должно быть полное соответствие. Малком подсознательно вел учет.

Заинтересовавшись, он заложил страницу в книге и спрятал ее на полке рядом с пакетом, в который мать положила ему бутерброд на ужин. Затем натянул поглубже фирменную шляпу. Если придется с кем-то разговаривать, даже с таким приятным человеком, как доктор Хоуэлл, не хочется больше необходимого демонстрировать ему свое гнусное лицо. Поля шляпы все-таки немного скрывали его.

Выйдя из будки, где работал кондиционер, он не заметил никакой перемены в температуре со времени его последнего обхода. Август в Техасе. Почти так же жарко, как днем. Он ощущал жар раскаленного асфальта даже сквозь подошвы своих ботинок. Шагал он почти беззвучно. Прошел первый ряд машин, потом второй и помедлил.

Впервые за пять лет работы он ощутил легкое беспокойство. Пока во время смен ничего плохого не случалось. Пару месяцев назад охраннику в главном здании пришлось утихомиривать мужчину, угрожавшего ножом медсестре. В канун Нового года вызвали охранника, чтобы разнять двух отцов, которые поспорили, чей ребенок родился первым в новом году и, соответственно, выиграл ряд призов.

К счастью, Малком в этих эпизодах участия не принимал. Рассказывали, что собралась толпа народу. Он бы пришел в ужас от такого количества зрителей. Единственной неприятностью, случившейся с ним во время дежурства, была отповедь нейрохирурга, обнаружившего, что у его «Ягуара» спустило колесо. Малком так и не понял, почему врач решил, что виноват именно он.

В остальном все его смены проходили, к счастью, без приключений. Он не мог понять, почему сейчас ему так не по себе. Его старая приятельница — темнота вдруг перестала казаться доброй. Он осторожно огляделся, даже взглянул туда, откуда пришел.

На стоянке было тихо и неподвижно, как в могиле. От такого сравнения его даже передернуло. Ни малейшего движения, даже листья на деревьях вокруг площадки замерли. Он не видел ничего необычного.

Голос его слегка дрожал, когда он позвал:

— Доктор Хоуэлл?

Он не хотел к нему подкрадываться. Даже в хорошо освещенной комнате, полной людей, его лицо удивляло, даже пугало. Если же он появится перед кем-нибудь неожиданно и в темноте, человека вполне может хватить кондрашка.

— Доктор Хоуэлл? Вы здесь?

Не получив ответа, Малком решил, что можно обойти первую машину и посмотреть поближе. Просто чтобы перестать беспокоиться. Он проглядел его, вот и все. Когда доктор проходил мимо, он наверняка слишком увлекся прелестями блондинки и тем, что она делала со своим клиентом, прежде чем начать корчиться в судорогах и поливать беднягу черной рвотой. Или он чрезмерно озаботился появлением нового вулкана на щеке. Или доктор не пошел привычным путем, а пробирался через кусты. Он был высоким и худым, вполне мог проскользнуть незаметно.

Как бы то ни было, доктор Хоуэлл прошел мимо него в темноте абсолютно незаметно.

Чтобы получше видеть, обойдя первую машину, Малком включил электрический фонарь.

Его потом обнаружили под первой машиной, куда он закатился, выпав из руки охранника. Стекло разбилось, сам фонарь помят. Но батареи могли бы служить предметом гордости надоевшего розового зайца. Лампочка все еще горела.

То, что Малком увидел в свете фонарика, напугало его больше, чем все те ужасы, о которых он читал в научной фантастике. Ничего гротескного, кровавого или безобразного. Но это было реальностью, не фантазией.

ичего себе тут у тебя местечко.

— Мне нравится.

Не обратив внимания на ехидное замечание, Вик вывалил вареные креветки из кастрюли в дуршлаг. Когда-то он был белым, но пластик давно покрылся коричневыми пятнами. Вик не помнил, как он у него появился, скорее всего, его оставил бывший арендатор этого дома.

Когда горячая вода стекла, Вик водрузил дуршлаг на середину стола, положил рядом рулон бумажных полотенец и предложил приятелю пива. Открыл две бутылки «Ред страйп», уселся на стул напротив Орена Уэсли и сказал:

— Налетай.

Орен предусмотрительно отмотал полотенце от рулона и прикрыл им колени. Вик ел уже третью креветку, пока его приятель выбирал первую. Они чистили креветки и ели молча, обмакивая их в общую миску с соусом. Орен, более аккуратный, старался не испачкаться. Вик ел неряшливо, облизывал пальцы, прекрасно сознавая, что раздражает своими манерами, вернее отсутствием оных, своего друга.

Шелуху они бросали на расстеленную на столе газету. Газета была призвана не защитить облупленный стол, а свести уборку до минимума. Потолочный вентилятор теребил углы этой импровизированной ска-

терти и смешивал сочный аромат вареных креветок с
соленым морским воздухом.

Через некоторое время Орен заметил:

— Очень даже неплохо.

Вик только пожал плечами.

— Местные?

— Покупаю прямо с лодки. Шкипер даже делает
мне скидку.

— Мило с его стороны.

— Ничего подобного. У нас сделка.

— А ты чем расплачиваешься?

— Держусь подальше от его сестры.

Вик вгрызся в очередную толстую креветку и бросил панцирь во все растущую кучу отходов. Усмехнулся, глядя на приятеля, догадываясь, что тот сейчас
ломает голову, правду он говорит или врет. Вик был
широко известен своими розыгрышами. Даже его
ближайшие друзья не всегда могли отличить правду
от выдумки.

Он оторвал кусок полотенца от рулона и вытер губы и руки.

— Это все, о чем ты можешь говорить, Орен?
Сколько стоят креветки? Ради этого и приехал в такую даль?

Вик тихонько рыгнул, прикрыв рот кулаком.
Орен старался на него не смотреть.

— Давай помогу тебе все убрать.

— Брось. Бери свое пиво.

Неубранный стол не слишком портил захламлен-
ное жилище Вика. Лачуга из трех комнат выглядела
так, будто хватит легкого ветерка, чтобы она развали-
лась. Ненадежная защита от сил природы, не более.
В дождь протекала крыша. Кондиционер никуда не
годился. Вик даже ленился его включать. Он снимал
этот сарай понедельно, платил вперед и уже успел
выписать хозяину шестьдесят один чек.

Дверь с сеткой заскрипела на ржавых петлях, когда они открыли ее, чтобы выйти на веранду. Ничего особенного, по ширине достаточная, чтобы поставить два складных стула. Соленый воздух съел почти всю краску, но еще можно было определить, что в последний раз ее красили тошнотворным зеленым цветом. Вик сел на диван-качалку, Орен с сомнением взглянул на ржавый металлический стул.

— Он не кусается, — заметил Вик. — Штанишки можешь испачкать, это верно, но обещаю, что вид заставит тебя забыть о счете из химчистки.

Орен неохотно сел на стул и через несколько минут понял, что Вик не соврал. На западе горизонт прорезали яркие полосы, начиная от кроваво-красного и кончая оранжевым. Пурпурные облака на горизонте громоздились, как обрамленные золотом холмы.

— Нечто, верно? — спросил Вик. — Теперь говори, кто сошел с ума.

— Я никогда не считал, что ты сошел с ума, Вик.

— Просто немного крыша съехала, раз все бросил и спрятался здесь.

— Даже не крыша. Скорее, потерял чувство ответственности.

Вик перестал улыбаться.

Орен это заметил и сказал:

— Давай, злись. Мне плевать. Тебе надо было это услышать.

— Ладно, благодарствую. Как Грейс и девочки?

— Стеф сделали старшей в группе поддержки. У Лауры началась менструация.

— Поздравлять или соболезновать?

— Что ты имеешь в виду?

— И то и другое.

Орен улыбнулся.

— Принимаю и то и другое. Грейс велела тебя поцеловать. — Он посмотрел на щетину Вика и добавил: — Если не возражаешь, я воздержусь.

— Я бы тоже предпочел, чтобы ты воздержался. Но поцелуй ее за меня.

— С удовольствием.

Они несколько минут потягивали пиво и наблюдали, как меняются закатные краски. Никто не решался прервать молчание, но оба понимали, что ничего важного еще не было сказано.

Наконец Орен рискнул:

— Вик...

— Не интересуюсь.

— Откуда ты знаешь, я ведь еще ничего не сказал.

— Зачем портить такой великолепный закат? Не говоря уже о превосходном ямайском пиве.

Вик спрыгнул с качалки, заставив ее немилосердно скрипеть. Он остановился на самом краю веранды, зацепившись загорелыми пальцами ноги за край, откинул назад голову, прикончил пиво одним большим глотком и швырнул бутылку в пятидесятигаллоновую цистерну из-под горючего, служащую ему мусорным баком. Грохот спугнул пару чаек, промышлявших в песке. Вик позавидовал их способности быстро улететь.

Они с Ореном знали друг друга давно, еще до того как Вик начал работать в полицейском департаменте Форт-Уэрта. Орен был на несколько лет старше и определенно мудрее, с чем Вик не спорил. Его друг отличался ровным характером, благотворно влияя на взрывного Вика. Орен славился методичным подходом, Вик был импульсивным. Орен был верным мужем и отличным отцом. Вик оставался холостяком и, по мнению Орена, имел сексуальные аппетиты мартовского кота.

Несмотря на эти различия и, возможно, благодаря им, Вик Треджилл и Орен Уэсли были великолепными напарниками. Кстати, они еще и принадлежали к разным расам. Они вместе пережили много опасностей, часто смеялись, несколько раз оказывались на высоте, иногда терпели фиаско, а также обрели сердечную боль, от которой оба так и не оправились.

Когда вчера, после нескольких месяцев разлуки, Орен позвонил, Вик обрадовался. Он надеялся, что приятель приедет вспомнить старые времена, лучшие времена. Но надежда эта растаяла, стоило Орену вылезти из машины. На нем были начищенные до блеска ботинки, оставляющие глубокие следы в песке, не тапочки или кроссовки. Он приехал не рыбачить или побродить по пляжу, даже не посидеть здесь на веранде с холодным пивом и послушать футбол по радио.

Он был одет по-деловому. Застегнут, так сказать, на все пуговицы. Даже когда они пожали друг другу руки, Вик, увидев знакомое выражение лица Орена, понял с огорчением, что он прибыл не с простым дружеским визитом.

Еще он твердо знал: что бы ни собрался поведать ему Орен, он не желал этого слушать.

— Тебя ведь не увольняли, Вик.

— Нет, я в отпуске «на неопределенное время».

— Ты сам так захотел.

— Обстоятельства вынудили.

— Тебе надо было остыть и взять себя в руки.

— Тогда почему боссы меня не уволили? Всем бы было легче.

— Потому что они умнее тебя.

Вик резко обернулся:

— Да неужели?

— Они знают, как и все, кто знает тебя, что ты рожден для такой работы.

— Такой работы? — фыркнул Вик. — Разгребать дерьмо, ты хочешь сказать? Да если бы я работал в конюшне, мне не пришлось бы этим заниматься так часто, как в полиции.

— Большую часть дерьма ты сам и приволакивал.

Вик щелкнул резинкой, которую по привычке носил на запястье. Ему не нравилось, когда напоминали о деле, заставившем его громогласно критиковать начальство, несовершенство юридической системы вообще и полицейского департамента Форт-Уэрта в частности.

— Они разрешили этому бандиту подать ходатайство.

— Потому что не смогли прищучить его за убийство. Все знали, и окружной прокурор тоже. Ему дали шесть лет.

— И меньше чем через два года он выйдет. И снова убьет. Наверняка. И все потому, что наше управление и офис окружного прокурора наложили в штаны, когда понадобилось немного нарушить права этого говнюка.

— Все потому, что ты применил грубое насилие, когда его арестовывал. — Орен понизил голос и добавил: — Но твои проблемы с управлением возникли не из-за этого дела, ты сам прекрасно знаешь.

— Орен, — с угрозой в голосе произнес Вик.

— Ошибка, которая...

— А пошел ты, — пробормотал Вик. Двумя шагами он пересек веранду, дверь за ним со скрипом захлопнулась.

Орен невозмутимо прошел за ним на кухню.

— Я приехал не затем, чтобы напоминать тебе обо всем этом.

— Надо же, а я-то подумал, что именно за этим.

— Может быть, ты прекратишь на минуту топать по кухне и дашь мне с тобой поговорить? Ты наверняка захочешь посмотреть вот это.

— Ошибаешься. Чего я хочу, так это еще пива. —

Вик достал бутылку из холодильника и открыл. Крышка так и осталась валяться на линолеуме.

Орен достал какую-то папку и протянул ее Вику. Тот, и не взглянув, прошел к задней двери, но по дороге наступил босой ногой на зазубренную пробку. Выругавшись, он пнул ее через всю комнату, и она приземлилась на один из стульев. Гора креветочных очисток уже повванивала.

Он посмотрел, насколько серьезна травма. На пятке ясно отпечатались контуры пробки, но крови не было.

Орен, не выказывая ни малейшего сочувствия, уселся напротив.

— Официально меня здесь нет. Понял? Ситуация сложная. Нужно быть очень осторожным.

— Ты что, Орен, стал плохо слышать?

— Я знаю, ты заинтересуешься не меньше меня.

— Не забудь пиджак, когда будешь уходить.

Орен достал из папки несколько черно-белых фотографий восемь на десять и ткнул одну из них Вику чуть ли не в лицо. Через несколько секунд показал вторую.

Вик уставился на фотографию, потом поднял глаза на Орена.

— А у тебя нет ее фотографий в одежде?

— Ты же знаешь Тинпена. Ему нравится делать такие снимки.

При упоминании знакомого детектива Вик фыркнул.

— В его оправдание можно сказать, что из нашей засады хорошо видна только ее спальня.

— И все равно непростительно. Разве только она эксгибиционистка и знает, что за ней наблюдают.

— Нет и в первом и во втором случае.

— Тогда в чем дело?

Орен усмехнулся:

— Не терпится узнать, да?

Когда год назад Вик сдал свой жетон, он наплевал не только на свою карьеру полицейского, но и на всю систему борьбы с преступностью. Ему она казалась неуклюжим грузовиком, застрявшим в грязи. Так же впустую крутит своими большими колесами, издает много шума, разоряется насчет свободы, справедливости и американского образа жизни, но не трогается с места.

Бюрократы и политики в поисках общественной поддержки лишили людей, ответственных за соблюдение законов, всякого желания выполнять свои обязанности. В результате само понятие справедливости стало пустым звуком.

Если же ты был одним из тех бедолаг, кто по дурости продолжал верить в эту систему, пытался вытолкнуть грузовик из грязи, подставлял плечо и старался изо всех сил, чтобы иметь возможность поймать и наказать плохих парней, ты только получал порцию грязи в лицо.

Однако природное любопытство взяло верх. Орен не зря показал ему эти фотографии, он же не неандерталец, как Тинпен, и слишком занят, чтобы пускать слюни над фотографиями полуодетых женщин. Да Грейс удавила бы его за это.

Нет, у Орена были свои причины для поездки из Форт-Уэрта в Галвестон. Вику все же захотелось узнать, что привело его к нему. Он был заинтригован, как правильно догадался Орен, черт бы его побрал.

Он протянул руку за остальными фотографиями и быстро просмотрел их, потом еще раз, медленнее, внимательно разглядывая каждую.

Большинство фотографий были слегка не в фокусе, но достаточно ясные.

— В чем она провинилась? Перевезла краденое?

— Не-а, — покачал головой Орен. — Но большего

ты от меня не добьешься, если не согласишься вернуться.

Вик швырнул фотографии Орену.

— Тогда ты зря съездил. — Он снова дернул за резинку на запястье, и она больно врезалась в кожу.

— Тебе захочется поучаствовать в этом деле, Вик.

— Черта с два.

— Я не прошу тебя помогать мне долго или вернуться в управление. Только это дело.

— Все равно нет.

— Мне нужна твоя помощь.

— Извини.

— Это окончательный ответ?

Вик достал новую бутылку пива, отпил большой глоток и громко рыгнул.

Не обращая внимания на вонь от креветочной шелухи, Орен перегнулся через стол.

— Дело об убийстве. Было во всех газетах.

— Я не смотрю новости и не читаю газеты.

— Оно и видно. Потому что, если бы ты читал, то бы уже сам примчался в Форт-Уэрт, и мне не пришлось бы за тобой тащиться.

Вик не смог удержаться и спросил:

— Это почему?

— Один известный доктор был убит на стоянке больницы Тэррант.

— Трогательно. Орен, ты что, цитируешь заголовки?

— Нет. Я просто рассказываю тебе все, что мы знаем об этом убийстве. Прошло уже пять дней, а это все, что у нас есть.

— Не моя проблема.

— Убийца совершил преступление в нескольких футах от возможных свидетелей, но его никто не заметил. Не услышал. Бесшумный, как пар. Невидимый. И следов никаких. — Орен понизил голос: — Ни малейшего гребаного следа, Вик.

Вик вгляделся в темные глаза своего бывшего напарника. Волосы у него встали дыбом.

— Лозадо?

Орен снова опустился на стул и довольно улыбнулся.

2

Доктор Ренни Ньютон вышла из лифта и подошла к центральному сестринскому пункту. Дежурная сестра, невероятная болтушка, сегодня подавленно молчала.

— Добрый вечер, доктор Ньютон.

— Привет.

Медсестра заметила черное платье под белым халатом Ренни.

— С похорон?

Ренни кивнула:

— Не успела заехать переодеться.

— Хорошая была служба?

— Да, насколько так можно сказать о похоронах. Народу много пришло.

— Все любили доктора Хоуэлла. И он только что получил повышение. Какой ужас.

— Да, конечно, ужасно.

Глаза девушки наполнились слезами.

— Мы все, кто тут на этаже работает, видели его почти каждый день. Поверить невозможно.

Ренни тоже было трудно поверить. Всего пять дней назад ее коллега доктор Ли Хоуэлл погиб. Не умер от инфаркта, с чем тоже трудно было смириться, учитывая его возраст. Но Ли был хладнокровно убит. Все, кто его знал, были потрясены не только самим фактом его смерти, но и тем, как он умер. Ренни казалось, что он сейчас внезапно выскочит из-за двери и крикнет:

— Я пошутил!

Но смерть не была одной из бесконечных шуток, на которые Хоуэлл был такой мастер. Совсем недавно, сегодня утром, она видела его закрытый, усыпанный цветами гроб. Слышала эмоциональные речи родственников и коллег. Видела Мирну Хоуэлл и их сына, безудержно рыдавших в первом ряду. Это все делало его смерть реальностью, с которой невозможно было смириться.

— Нам всем потребуется время, чтобы отойти от шока, — тихо сказала Ренни.

Но медсестра еще не закончила.

— Говорят, полиция допрашивает всех, кто был накануне на вечеринке у доктора Хоуэлла.

Во время разговора Ренни изучала карточки пациентов и не заметила подтекста во фразе девушки.

— Доктор Хоуэлл вечно шутил, верно? — Медсестра хихикнула, видимо, вспомнив что-то смешное. — И вы с ним вечно ругались, прямо как кошка с собакой.

— Мы не ругались, — поправила ее Ренни. — Мы иногда ссорились. Большая разница.

— По-моему, иногда эти ссоры проходили довольно бурно.

— Мы были достойными спарринг-партнерами, — сказала Ренни, печально улыбаясь.

Еще до похорон, утром, она провела две операции. В связи со сложившимися обстоятельствами она имела полное право перенести сегодняшние операции и закончить работу раньше времени. Но она и так уже сильно отставала от графика, так как недавно брала отпуск на десять дней, поставив себя и своих пациентов в крайне затруднительное положение.

Было бы несправедливо переносить операции еще раз. Поэтому она решила ничего не менять и принять всех, кому было назначено. Ли бы ее понял.

Последнее, что требовалось сделать за этот трудный и длинный день, — проверить послеоперационных пациентов. Сменив тему, Ренни поинтересовалась у медсестры состоянием мистера Толара. Сегодня утром она прооперировала ему грыжу.

— Он еще не совсем пришел в себя, но с ним полный порядок.

Забрав с собой карточки, Ренни прошла в послеоперационную палату. Здесь была миссис Толар, воспользовавшаяся пятью минутами, на которые раз в час пускали родственников. Ренни встала рядом с ней у постели.

— Здравствуйте, миссис Толар. Он все еще спит?

— Когда я заходила в предыдущий раз, он очнулся и спросил, который час.

— Самый обычный вопрос. Здесь все время одинаковое освещение. Это дезориентирует.

Женщина коснулась щеки мужа.

— А это мое посещение он проспал.

— Сон ему на пользу. — Ренни просмотрела записи. — Ничего неожиданного. Давление хорошее. Через пару недель будет как новенький.

Она заметила, что женщина с сомнением смотрит на мужа, и добавила:

— Он в полном порядке, миссис Толар. После операции все выглядят не лучшим образом. Завтра вы его не узнаете, хотя, возможно, у него будут боли, он станет ворчать, и нам придется снова давать ему обезболивающие.

— Пусть ворчит, только бы больше не мучился. — Женщина повернулась к Ренни и понизила голос до шепота: — Полагаю, теперь можно вам сказать.

Ренни вопросительно наклонила голову.

— Он был недоволен, когда терапевт направил его к вам. Его смущало то, что вы женщина.

Ренни тихо рассмеялась:

— Надеюсь, я завоевала его доверие.

— О, безусловно. Уже после первого визита в ваш кабинет он уверился, что вы свое дело знаете.

— Рада слышать.

— Он только сказал, что не стоит такое симпатичное личико прятать за маской хирурга.

— Надо не забыть поблагодарить его, когда он проснется.

Женщины обменялись улыбками, потом миссис Толар погрустнела.

— Я слышала про доктора Хоуэлла. Вы хорошо его знали?

— Очень хорошо. Мы несколько лет работали вместе. Я считала его своим другом.

— Мне так жаль.

— Спасибо. Нам будет его очень не хватать. — Ренни не хотелось снова начинать разговор про похороны, и она сменила тему: — Ваш муж так крепко спит, что все равно не знает, приходили вы или нет. Отдохните, пока есть возможность. Когда вы заберете его домой, вам достанется.

— Еще раз и пойду домой.

— До завтра.

Ренни подошла ко второму пациенту, вернее пациентке. Никто не пришел ее навестить. Пожилая женщина была доставлена из богадельни. Единственным ее родственником был брат, живущий на Аляске. Старушка чувствовала себя неплохо, но Ренни задержалась возле ее кровати.

С ее точки зрения, благотворительность не должна ограничиваться только отказом от гонорара. Это самое простое. Она подержала женщину за руку, погладила ее по голове в надежде, что на подсознательном уровне женщина ощущает ее присутствие и ей становится легче. Немного погодя она передала заботу о ней медсестрам.

— Я сегодня не на вызовах, — напомнила она дежурной медсестре, возвращая карточки. — Но сообщите мне, если кому-нибудь из этих двух пациентов станет хуже.

— Разумеется, доктор Ньютон. Вы уже поужинали?

— Почему вы спрашиваете?

— Простите, но у вас очень усталый вид.

Она слегка улыбнулась:

— День получился очень длинным. И печальным.

— Советую съесть чизбургер, картошку, выпить стакан вина и принять ароматическую ванну.

— Если мне удастся так долго продержать глаза открытыми.

Ренни распрощалась со всеми и направилась к лифту. Пока его ждала, она прижала оба кулака к пояснице и потянулась. После вынужденного отсутствия она никак не могла войти в свой обычный жизненный ритм. Он не всегда был равномерным, но зато привычным.

И только она начала возвращаться к старой жизни, убили доктора Хоуэлла. На парковочной площадке, которую она пересекала каждый день, приезжая в больницу.

Она еще не успела оправиться от шока, как началось. Как и всех остальных, кто был на вечеринке у Хоуэлла в тот вечер, ее допросила полиция. Обычный рутинный допрос. И тем не менее Ренни пережила его очень болезненно.

Сегодня она смотрела, как хоронят Ли Хоуэлла. Уже никогда больше она не поспорит с ним по поводу таких важных вопросов, как расписание работы операционной, или таких мелочей, как преимущества цельного молока перед снятым. Уже никогда ей не придется смеяться над его глупыми шутками.

Если учесть все, что случилось, последние три недели совершенно нарушили ее жизненный уклад. И это еще слабо сказано. Доктор Ренни Ньютон фанатично придерживалась своих привычек.

Путь от больницы до дома занимал всего десять минут. Большинство молодых специалистов предпочитали жить в другом, более современном районе Форт-Уэрта. Ренни могла себе позволить жить где угодно, но она предпочитала этот старый, уютный район.

Дело было не только в том, что до больницы рукой подать. Ей нравились узкие, обсаженные деревьями булыжные мостовые, ставшие со временем достопримечательностью их района. Большинство домов были построены еще до Второй мировой войны, что придавало им ауру постоянства и надежности. Ее дом назывался «бунгало». Там было всего пять комнат, идеально для одинокого человека, а она была именно одинокой и собиралась таковой остаться.

Дом два раза реставрировали. Ренни отремонтировала его в третий раз. Оштукатуренные стены были серыми с белой окантовкой. Входная дверь ярко-красная со сверкающей медной ручкой и такой же пластиной внизу. На клумбах пестрели красные и белые цветы в обрамлении темной, восковой зелени. Раскидистые деревья защищали лужайку даже от самого свирепого солнца. Ренни щедро платила садовнику за то, что он содержал ее участок в идеальном порядке.

Она не послушалась медсестру и обошлась без чизбургера и картошки, но позволила себе бокал шардоне. Ренни пошла с бокалом в гостиную, где едва не выронила его из рук.

На журнальном столике стояла хрустальная ваза с красными розами.

Пять дюжин превосходных бутонов, готовых вот-вот распуститься. Они казались бархатными. Душистые. Дорогие. Хрустальная ваза была изумительна. Ее грани сверкали так, как может сверкать только очень дорогой хрусталь, бросая тысячи мелких радуг на стены.

Опомнившись, Ренни поставила бокал на столик и стала искать среди роз карточку дарителя, но ничего не нашла.

— Какого черта?

До ее дня рождения было еще далеко, да никто и не знал этой даты. Она больше не отмечала никаких знаменательных дат. Или розы должны означать соболезнование? Она работала с Ли Хоуэллом каждый день в течение многих лет, но довольно странно и даже как-то зловеще получить цветы в день его похорон.

Благодарный пациент? Возможно, но вряд ли. Кто из них мог знать, где она живет? В телефонном справочнике указан только ее рабочий адрес. Если пациент и в самом деле был до такой степени переполнен благодарностью, он послал бы розы в больницу.

Только несколько друзей знали, где она жила. Она никогда никого не приглашала к себе. Чтобы не казаться невежливой, приглашала знакомых на ужин или обед в ресторан. У нее было много коллег и знакомых, но никто из них не был экстравагантен до такой степени, чтобы прислать гигантский букет роз. Родственников у нее нет. Нет и бойфренда, ни бывшего, ни будущего.

Кто мог прислать букет? И еще: каким образом этот букет попал в дом?

Она выпила глоток вина, чтобы укрепить нервы, и принялась звонить соседям.

Болтливый вдовец пытался втереться ей в доверие

сразу же, как она переехала, но Ренни тактично отвадила его. Он все правильно понял и перестал заходить. Но они остались приятелями, и пожилой джентльмен всегда радовался, когда Ренни беседовала с ним через кусты азалии.

Вероятно, потому, что был одинок и скучал, он знал все обо всех. Если вам требовалось что-то выяснить, обращаться следовало к мистеру Уильямсу. Ему она и позвонила:

— Привет, это Ренни.

— Привет, Ренни, рад вас слышать. Как прошли похороны?

Несколько дней назад он подстерег ее, когда она вышла за газетой, засыпал вопросами про убийство и очень расстроился, что она не поведала ему никаких кровавых подробностей.

— Было очень трогательно. — Пытаясь избежать следующего вопроса, она сама, не переводя дыхание, спросила: — Мистер Уильямс, я позвонила...

— Полиция уже вышла на след убийцы?

— Откуда мне знать.

— Разве вас не допрашивали?

— Допрашивали всех, кто был на вечеринке у доктора Хоуэлла. Искали, за что бы зацепиться. Насколько мне известно, никто не смог помочь. — Вино не принесло ей никакого облегчения, наоборот, заболела голова. — Мистер Уильямс, мне сегодня что-нибудь приносили?

— Я ничего не видел. А вы что-то ждали?

Из всех соседей только у него был ключ от ее дома. Она дала его неохотно. Неприятно было думать, что кто-то может войти в твой дом, когда тебя нет. Она не только придерживалась строгого расписания, но и не терпела любого вмешательства в свою личную жизнь.

Но она понимала, что у кого-то должен быть запасной ключ на всякий случай, например, впустить газовщика или электрика. Логичнее всего казалось попросить об этой услуге мистера Уильямса, потому что он жил ближе всех. Насколько Ренни было известно, он ни разу не обманул ее доверия.

— Я ждала пакет, — солгала она. — Его могли принести, пока меня не было дома.

— А на дверях ничего нет? Желтой наклейки?

— Нет, но я подумала, что водитель мог забыть. Вы сегодня не замечали машину по доставке у моего дома?

— Нет.

— Что же, эти пакеты никогда не приносят, когда их ждешь, — небрежно произнесла она. — Все равно спасибо, мистер Уильямс. Извините, что побеспокоила.

— Вы слышали, что у Брэди сука ощенилась?

Черт! Не успела вовремя повесить трубку.

— Вроде нет. Вы ведь знаете, что меня не было пару недель и...

— Целых шесть штук. Абсолютно прелестные. Они их раздают. Вы могли бы взять одного.

— У меня нет времени на собак.

— Надо найти, Ренни, — отеческим тоном заявил он.

— Мои лошади...

— Это разные вещи. Они же не живут с вами. Нужно иметь кого-то в доме. Домашние питомцы радикально меняют вашу жизнь. Люди, которые держат собак или кошек, живут дольше, разве вы не знали? Что бы я делал без Оскара, — сказал он, имея в виду своего пуделя. — Лучше всего завести собаку или кошку, но даже золотая рыбка или попугай лечат от одиночества.

— Я вовсе не одинока, мистер Уильямс. Просто очень занята. Было приятно поболтать. Пока.

Она быстро повесила трубку, и не только для того, чтобы прервать лекцию о пользе домашних животных. Она была обеспокоена. Ей ведь не померещились розы. Они не могли сами по себе появиться на ее журнальном столике. Кто-то здесь был и принес их.

Она поспешно проверила входную дверь. Закрыта. Так было и утром, когда она отправилась в больницу. Она перебежала через холл, влетела в спальню и заглянула под кровать и в стенной шкаф. Никого. Все окна надежно заперты. Окно в ванной комнате было слишком узким, чтобы в него мог кто-то пролезть. Ренни зашла во вторую спальню, которую превратила в кабинет. Пусто. Она знала, что и на кухне ничего не было тронуто.

Откровенно говоря, она почувствовала бы облегчение, найдись где-нибудь разбитое окно или сломанный замок. Решена была бы, по крайней мере, эта загадка. Ренни вернулась в гостиную и присела на диван. Ей уже не хотелось вина, но она все же немного выпила, надеясь успокоить нервы. Но нервы отказывались успокаиваться, поэтому она едва не подпрыгнула, когда зазвонил телефон.

Она, Ренни Ньютон, которая в четырнадцать лет вскарабкалась по узкой лестнице на водонапорную башню в своем родном городе, побывала во всех опасных уголках мира и никогда не пряталась от опасности, которая, по словам матери, не боялась ни черта, ни дьявола и каждый день проводила операции, требующие стальных нервов и уверенных рук, едва не потеряла сознание, просто услышав телефонный звонок.

Стряхнув с руки капли пролитого вина, Ренни взяла трубку. Большинство звонков имели непосредственное отношение к работе, поэтому она ответила коротко и официально.

— Доктор Ньютон у телефона.

— Говорит детектив Уэсли, доктор Ньютон. Мы разговаривали с вами пару дней назад.

Она не нуждалась в напоминании. Она помнила его — подтянутый и внушительный чернокожий. Начинающий лысеть. Суровое выражение лица.

— Да?

— Мне дали номер вашего телефона в больнице. Надеюсь, вы не сердитесь, что я побеспокоил вас дома.

«Еще как!» — подумала Ренни.

— Чем я могу вам помочь, детектив?

— Мне бы хотелось завтра с вами встретиться. Скажем, в десять часов.

— Встретиться? Зачем?

— Чтобы поговорить об убийстве доктора Хоуэлла.

— Я ничего об этом не знаю. Я же вам сказала... Когда это было? Позавчера.

— Вы не сказали, что оба претендовали на одно и то же место в больнице. Вы это скрыли.

Сердце ее гулко забилось.

— Это не имеет никакого отношения к убийству.

— В десять, доктор Ньютон. Отдел по расследованию убийств на третьем этаже. Спросите кого-нибудь. Любой покажет.

— Извините, но на завтрашнее утро у меня назначены три операции. Переносить их неудобно для других хирургов и персонала больницы, не говоря уж о пациентах и их семьях.

— Тогда когда вам будет удобно? — По его тону было ясно, что ему вовсе не хочется подстраиваться под нее.

— Завтра днем, после часа дня.

— Тогда в два часа. До встречи.

Он первым повесил трубку. Ренни положила радиотелефон на стол, закрыла глаза и несколько раз глубоко вздохнула, вдыхая через нос и выдыхая через рот.

Назначение Ли Хоуэлла заведующим отделом хирургии было для нее настоящим ударом. После ухода на пенсию предшественника они с Ли были главными кандидатами на эту должность. После нескольких месяцев нудных интервью и сравнительных оценок их работы правление на прошлой неделе вынесло свое решение. Причем ее в тот момент не было, и она посчитала такой поступок трусостью.

Однако, когда до нее дошло известие о назначении Ли, она порадовалась, что находится далеко от больницы. К ее возвращению все сплетни утихнут, и ей не придется выслушивать искренние, но совершенно ненужные соболезнования.

Полностью избежать неприятностей не удалось. В «Стар телеграм» появилась большая статья насчет этого назначения. В ней воспевались достоинства доктора Ли Хоуэлла как хирурга, его преданность больным, его выдающиеся успехи на профессиональном поприще и его вклад в дела больницы и общества в целом. В результате Ренни приходилось неоднократно ловить на себе сочувствующие взгляды, что ее безумно раздражало.

По правде говоря, должность заведующего подразумевала гору бумажной работы, постоянные конфликты с персоналом и стычки с членами правления в борьбе за увеличение бюджета. И все же должность была заветной, и она хотела ее получить.

Через три дня после статьи Ли снова попал в заголовки газет — его убили на стоянке около больницы. С точки зрения детектива Уэсли, довольно странное совпадение, требующее пристального внимания. Ему по должности полагалось подозревать каждого. Разумеется, первым под подозрение попадал человек, тоже претендовавший на эту должность. Завтрашняя встреча — просто инициатива старательного детектива.

Она не станет волноваться по этому поводу. Не станет, и все. Ей нечем помочь Уэсли в его расследовании. Она правдиво ответит на все вопросы, и на этом — точка. Нет причин для беспокойства.

Вот по поводу роз поволноваться стоило.

Она уставилась на них так, будто ее презрительный взгляд мог заставить их исчезнуть или хотя бы выдать имя того, кто их принес. Она смотрела на них так долго, что в глазах стало двоиться, но тут она заметила белый конверт.

Он был засунут далеко в зелень, и она не заметила его раньше. Стараясь не уколоться, она сунула руку в глубину букета и достала карточку из конверта, прикрепленного к стволу одной из роз.

Рука, которая помогла ей добиться репутации на редкость талантливого хирурга, немного дрожала, когда Ренни поднесла карточку к глазам. На ней было напечатано одно-единственное короткое предложение.

«Я от тебя без ума».

3

— Дядя Вик!
— Дядя Вик!
Две девочки стремительно кинулись к нему. Хотя они уже считались подростками, обе сохранили детскую непосредственность в выражении своих привязанностей, особенно если дело касалось их горячо любимого дяди Вика.

— Тебя прямо целую вечность не было, дядя Вик. Я по тебе скучала.

— И я по всем вам скучал. Вы только посмотрите на себя. Пожалуйста, кончайте расти. Иначе вы будете выше меня.

— Никто не может быть выше тебя, дядя Вик.

— Майкл Джордан.

— Никто из тех, кто не играет в баскетбол, я хотела сказать.

Младшая девочка, Лаура, возвестила:

— Мама наконец разрешила мне проколоть уши.

Она гордо продемонстрировала сережки.

— Надеюсь, ты в нос кольцо не проденешь?

— С папой случится припадок.

— Со мной случится два.

— Дядя Вик, как ты думаешь, зубные скобки очень портят внешность? Может, мне придется их надеть.

— Ты что, шутишь? Да они же — главная завлекаловка.

— Правда?

— Правда.

— У тебя волосы стали светлее, дядя Вик.

— Я постоянно торчу на пляже. Выгорели на солнце. И если я не начну употреблять крем от загара, стану таким же темным, как ты.

Эта мысль очень развеселила девочек.

— Меня сделали старшей в группе поддержки.

— Уже слышал. Стеф, прибереги для меня местечко на играх осенью.

— Наши костюмы немного того.

— Именно, — согласилась младшая сестра. — Никуда не годятся.

— Но мама велела даже и не думать укорачивать юбку.

— Совершенно верно. — Грейс Уэсли присоединилась к ним. Отодвинув девочек, она обняла Вика.

Когда она разжала объятия, он простонал:

— Грейс, почему ты не хочешь сбежать со мной?

— Потому что я однолюбка.

— Я исправлюсь. Крест на пузе, исправлюсь. Для тебя я готов на все.

— Все равно, извини, не могу.

— Почему?

— Потому что Орен тебя найдет и пристрелит.

— А-а, — протянул он, — ты о нем.

Девочки весело рассмеялись. Невзирая на протесты, Грейс прогнала их наверх, где им велено было прибраться, и провела Вика в гостиную.

— Как в Галвестоне?

— Жарко. Потно. Кругом песок.

— И тебе нравится?

— Мне нравится быть бичом. Где твой старик?

— Висит на телефоне, но обещал вскоре закончить. Ты ел?

— Забежал к «Анджело» и поел. Даже не представлял, как соскучился по жареному мясу.

— В холодильнике есть шоколадный пудинг.

— Пока мне хватит стакана твоего холодного чая.

— С сахаром?

— А другой бывает?

— Сейчас принесу. Располагайся. — На пороге она обернулась и сказала: — Это здорово, что ты вернулся.

— Спасибо.

Он не стал поправлять ее. Он еще не вернулся и не знает, вернется ли вообще. Он всего лишь согласился об этом подумать. У Орена, похоже, и правда интересное дело. Он хочет знать мнение Вика, как профессионала. Вот он и приехал, чтобы помочь другу. Только и всего.

Но вот появляться в дверях полицейского управления он точно не собирался. Он даже мимо ни разу не проехал и никакой ностальгии не испытывал. Он здесь по просьбе Орена. И точка.

— Привет, Вик.

Орен быстро вошел в комнату. Одет он был по-домашнему. Шорты до колена, кроссовки и футболка с логотипом Техасского университета. И все равно в нем чувствовался полицейский. Под мышкой он нес досье. К поясу пристегнут пейджер.

— Как добирался из Галвестона?

— Долго.

— Будто я не знаю. — Орен накануне съездил туда и обратно. — Уже остановился в том мотеле?

— Эта крысиная нора — лучшее, что может себе позволить полицейское управление Форт-Уэрта?

— Ну, конечно. Ты ведь прибыл из роскошных апартаментов.

Вик добродушно рассмеялся.

— Грейс о тебе позаботилась? — спросил Орен.

— Сейчас будет подано, — отозвалась Грейс. Она вошла в гостиную с подносом, на котором стояли два стакана с холодным чаем, и поставила его на столик. — Девочки велели передать, чтобы дядя Вик не смел уходить, не попрощавшись.

— Обещаю. Я даже расскажу им сказку на сон грядущий.

— Надеюсь, приличную, — заметила Грейс.

Он бросил на нее хитрый взгляд.

— Я буду редактировать ее в процессе рассказывания.

— Спасибо за чай, — вмешался Орен. — Закрой за собой дверь, пожалуйста.

Все было так знакомо. Прежде чем переехать на побережье, Вик часто вечерами бывал в доме у Орена. Это был счастливый дом, потому что Орен и Грейс были счастливы, и этим счастьем пропиталась вся атмосфера дома.

Они познакомились в колледже и поженились после окончания. Грейс давала консультации студентам и работала заместителем директора средней школы. С каждым годом у нее появлялось все больше обязанностей, но она как-то умудрялась готовить горячий домашний ужин для семьи, к которому все были обязаны являться.

В доме всегда было шумно, много детей, приходящих к девочкам, соседей, зашедших по приглашению или без оного, зная, что им все равно будут рады. В доме царила чистота американского военного судна, хотя и было немного тесно из-за всевозможной домашней техники. Если Грейс дома, стиральная машина работает. Различные записки с напоминаниями о необходимости что-то сделать прикреплены магнитами к холодильнику. В коробке всегда лежит свежее печенье.

Вик так часто сюда приходил, что считался членом семьи, и помогал, если требовалось, вымыть посуду или вынести мусор. Он дразнил Грейс, утверждая, что она хочет его одомашнить. В этой шутке была доля правды.

У них давно вошло в привычку после ужина и мытья посуды удаляться в гостиную и обсуждать наиболее сложные дела. Сегодняшний день не стал исключением.

— У меня есть видео, хочу, чтобы ты посмотрел. — Орен вставил кассету в магнитофон и сел с пультом дистанционного управления на другой край дивана, подальше от Вика. — Записано сегодня днем.

— Кого писали?

— Доктора Ренни Ньютон.

На экране появилась картинка. Общий план комнаты для допросов. Вик знал, что камера установлена на треножнике за спиной Орена и направлена на того, кого он допрашивает. Он узнал на экране женщину со вчерашних фотографий.

— Она врач? — удивился Вик.

— Хирург.

— Нет, без шуток?

— Я позвонил ей вчера, сразу же как от тебя уехал. Сегодня она приходила на допрос.

— В связи с убийством Хоуэлла?

Раз уж он согласился приехать в Форт-Уэрт, Орен познакомил его с основными фактами по делу, хотя их было мизерное количество.

— Она не возражала против видео, но привела с собой адвоката.

— Не дура.

— Нет. Более того, она... Да ты сам увидишь.

Адвокат доктора Ньютон был самым обычным. Рост средний. Вес средний. Волосы седые. Костюм серый в полоску. Глаза бдительные и хитрые. Вику одного взгляда хватило, чтобы оценить его.

Теперь он присматривался к доктору Ньютон, в которой не было ничего стандартного. Если бы кто-нибудь попросил его представить себе женщину-хирурга, он ни за что бы не подумал, что она может быть такой.

Не подходила она по типу и к тем, кого обычно допрашивают по делам об убийстве. Она не потела, не переставляла нервно ноги, не стучала пальцами по столу, не кусала ногти, не ерзала на стуле. Она сидела спокойно, красиво скрестив ноги и сложив руки на коленях, и смотрела вперед.

На ней был кремовый костюм-двойка, туфли из крокодиловой кожи на высоких каблуках и такая же сумка. Почти никаких побрякушек, только маленькие серьги и деловые часы с большим циферблатом. Волосы забраны в аккуратный хвостик. По фотографиям Вик знал, что, если их распустить, они достанут до середины спины. Светлая блондинка, выглядит такой же натуральной, как и бриллианты в ее ушах.

Орен остановил пленку.

— Что ты думаешь? Твое первое впечатление, как специалиста по женскому полу.

Вик пожал плечами и отпил глоток чая.

— Умеет одеваться. Хорошая кожа. Кусок льда на ее заднице не растает.

— Холодная.

— Я бы сказал, ледяная. Но ведь она хирург. Ей положено иметь стальные нервы.

— Наверное.

Орен снова пустил кассету, и они услышали его голос, называвший всех присутствующих, включая детектива Плама, еще одного полицейского в штатском. Орен назвал дату и номер дела и формальности ради спросил доктора Ньютон, согласна ли она на интервью.

— Да, — спокойно ответила она.

Орен продолжал:

— Я хочу задать вам несколько вопросов по поводу убийства вашего коллеги доктора Ли Хоуэлла.

— Я уже рассказала все, что знала, детектив Уэсли.

— Что же, никогда не повредит повторить, верно?

— Возможно. Если у вас масса свободного времени.

Орен остановил кассету.

— Вот. Видишь? Об этом я и говорю. Вежлива, но своего отношения не скрывает.

— Да, ты, пожалуй, прав. Но это понятно. Она врач. Хирург. Наверняка считает себя богом. Она говорит, а остальные слушают и запоминают. Она не привыкла к допросам и к тому, что в ее словах сомневаются.

— Лучше бы ей привыкнуть, — пробормотал Орен. — Думается мне, что с этой дамой что-то не так.

Он перемотал пленку, чтобы прослушать еще раз,

как она говорит: «Если у вас много свободного времени».

На экране было видно, как Орен многозначительно взглянул на Плама. Плам поднял брови. Орен продолжил:

— В ночь убийства доктора Ли Хоуэлла вы были у него дома, правильно?

— Вместе с двумя десятками других гостей, — вмешался адвокат. — Вы их тоже повторно допрашивали?

Орен не обратил на него внимания и спросил:

— Вы знаете всех, кто был на вечеринке, доктор Ньютон?

— Да. Я знаю жену Ли почти так же давно, как и его. Другие гости — врачи, я с ними знакома. И я встречалась с их мужьями и женами на прошлых сборищах.

— Вы пришли на вечеринку одна?

— Одна.

— Вы были единственной одинокой женщиной там.

Адвокат наклонился вперед:

— Вряд ли это имеет отношение к делу, детектив.

— Кто знает.

— Не вижу, каким образом. Ну хорошо. Доктор Ньютон пришла на вечеринку одна. Мы не могли бы продолжить? У нее очень плотное расписание.

— Не сомневаюсь. — Явно не торопясь, Орен полистал свои записи и выдержал солидную паузу, прежде чем задать следующий вопрос: — Как я понял, прием был на свежем воздухе?

— На террасе.

— Доктор Хоуэлл сам стоял у гриля?

— Хотите знать меню? — ядовито поинтересовался адвокат.

Орен все еще не сводил жесткого взгляда с доктора Ньютон.

— Ли считал себя большим специалистом по готовке на углях, — сказала она. — На самом же деле он был ужасным поваром, но ни у кого не хватало смелости сказать ему об этом. — Она опустила глаза и печально улыбнулась. — Мы часто шутили на эту тему.

— По какому поводу он созвал гостей?

Она слегка подвинулась в кресле и скрестила ноги.

— Мы праздновали назначение Ли на должность заведующего отделением хирургии.

— Совершенно верно. Его сделали вашим начальником. Что вы об этом думаете?

— Разумеется, я была за него рада.

Орен целых пятнадцать секунд стучал ручкой по столу. Он так ни разу и не отвел от нее взгляда.

— Ваша кандидатура тоже рассматривалась, доктор Ньютон?

— Да. И я вполне заслужила этот пост.

Адвокат предостерегающе поднял руку.

— Больше, чем доктор Хоуэлл? — спросил Орен.

— С моей точки зрения, да, — спокойно ответила она.

— Доктор Ньютон, я... — не выдержал адвокат.

Она остановила адвоката:

— Я всего лишь говорю правду. Да и детектив Уэсли уже догадался, что я думаю по поводу назначения Ли. Уверена, он полагает, что это достаточный мотив для убийства. — Она повернулась к Орену и добавила: — Но я его не убивала.

— Детективы, могу я поговорить с моей клиенткой наедине? — спросил адвокат.

Орен не обратил внимания на его просьбу и продолжил:

— Я не верю, что вы кого-то убили, доктор Ньютон.

— Тогда зачем мы впустую тратим мое и ваше время? Зачем вы настояли на этом... — Она обвела стены маленькой комнаты презрительным взглядом. — ...на этом интервью?

Орен остановил кассету и повернулся к Вику:

— Ну?

— Что «ну»?

— Я ее еще не обвинил, а она уже принялась отрицать.

— Да будет тебе, Орен. Она училась дольше, чем я, ты и Плам, вместе взятые. Но ей-богу, не требуется диплома, чтобы догадаться, куда ты клонишь. Ты же действовал, как слон в посудной лавке. Она сразу сообразила. Любой дурак бы сообразил. А эта дама мне не показалась глупой.

— Они с доктором Хоуэллом постоянно ссорились.

— Мы тоже ссорились, — засмеялся Вик.

Орен упрямо покачал головой:

— Совсем другое дело. Все, с кем мне пришлось говорить, утверждали, что они уважали друг друга с профессиональной точки зрения, но не ладили.

— Неудавшийся любовный роман?

— Поначалу я задавал всем этот вопрос. Потом перестал.

— Что это вдруг?

— Мне надоело слушать, как надо мной смеются.

Вик повернулся и вопросительно поднял брови.

— Чтоб меня украли, — ответил Орен на незаданный вопрос. — Именно такова была реакция каждый раз, когда я спрашивал. Между ними явно никогда не было ничего романтического.

— Лишь дружеское соперничество.

— Насчет дружеского сильно сомневаюсь. Внешне, возможно, и так, но глубоко внутри могла скрываться враждебность. Они ругались по любому поводу. Иногда по серьезным вопросам, иногда по пустякам. Иногда соперничали, чаще нет. Но все их ссоры проходили на виду у всего персонала больницы.

Мысленно раздумывая над полученной информацией, Вик рассеянно дернул резинку на запястье.

Орен заметил и спросил:

— Я и вчера эту резинку на тебе видел. Зачем?

— Что? — Вик взглянул на резинку на запястье так, будто видел ее впервые. — Ах, это... Так, пустяк. Возвращаясь к нашим баранам, доктора Хоуэлла предпочли не потому, что он мужчина?

— Не думаю. В этой больнице все остальные заведующие отделениями женщины. Но повышение получил Хоуэлл, хотя Ньютон была убеждена, что имеет на это больше прав, ведь она работает в этой больнице на два года дольше, чем Хоуэлл.

— Наверное, разозлилась до чертиков.

— Что вполне естественно.

— Но достаточно ли этого, чтобы его прикончить? — Вик смотрел на застывшую картинку на экране со смесью скептицизма и сосредоточенности. Потом кивнул Орену, чтобы он снова включил кассету.

Теперь Орен спросил:

— Вы поехали с вечеринки прямо домой, доктор Ньютон?

Она коротко кивнула.

— Кто-нибудь может это подтвердить?

— Нет.

— В этот вечер вы больше не выходили из дома?

— Нет. Это тоже никто подтвердить не может, — добавила она, опередив его вопрос. — Но это правда. Я приехала домой и легла спать.

— Когда вы узнали, что доктор Хоуэлл убит?

Вопрос заставил ее опустить голову и заговорить тише:

— На следующее утро. Услышала в телевизионных новостях. Никто мне не сообщил. Я была потрясена, не могла поверить. — Она крепко сжала руки. — Ужасно было узнать вот так неожиданно, без всякого предупреждения.

Вик потянулся за пультом и остановил кассету.

— Мне кажется, она действительно очень расстроена.

— Да, возможно... — Орен с сомнением пожал плечами.

— Ты вдову спрашивал об их отношениях?

— Она ответила так же, как и остальные: взаимное уважение и вечные ссоры. Она сказала, что Хоуэлл любил подсмеиваться над доктором Ньютон. Он, похоже, вообще был штатным шутником. Она же дама деловая. Удобная цель для шуток.

— Опять ты о том же.

— Кто знает, вдруг доктор Ньютон решила, что с этим назначением он в смысле шуток переборщил.

Вик встал и начал ходить по комнате.

— Перечисли-ка мне все факты.

— По убийству? По словам миссис Хоуэлл, гости разошлись около полуночи. В час они легли. Телефон зазвонил в семь минут третьего. Она помнит точно, потому что взглянула на часы. Доктор Хоуэлл снял трубку, несколько секунд поговорил, повесил трубку и сказал, что его вызывают в больницу, потому что на шоссе произошла крупная авария с многочисленными жертвами.

Он оделся и ушел. Его тело было найдено на парковке у больницы в двадцать восемь минут третьего. Именно в это время набрали 911. Он только и успел, что доехать до работы. Охранник видел, как он подъехал за несколько минут до этого, так что его убили сразу же, как он вышел из машины. Бумажник на месте. Из машины тоже ничего не взято.

Причиной смерти стало сильное кровотечение из

раны под левой рукой. Орудие убийства оставлено в ране. Самый обыкновенный нож для разделки мяса. Производители утверждают, что таких ножей с деревянными рукоятками они не делают уже лет двенадцать, так что нож мог быть взят где угодно. Из бабушкиной кухни, с блошиного рынка и так далее. Разумеется, никаких отпечатков.

Лезвие прошло между ребер и разорвало сердце доктора, как воздушный шар. Можно предположить, что на него напали сзади, обхватив за шею. Он инстинктивно поднял руки, тут убийца и ударил его ножом, причем левой рукой. Одно мгновение, и нет человека. Тот, кто это сделал, знал свое дело.

— Может, другой врач?

Орен пожал плечами:

— Вчера ты упоминал о возможных свидетелях.

— Охранник на стоянке. Некий... — Орен открыл папку, полистал бумаги, разыскивая нужную, — Малком Р. Лати. Двадцать семь лет.

— Его вы проверили?

— Проверили и отбросили. Он в подозреваемые не годится. Это он звонил 911. В штаны наложил от страха. И он не притворялся. Его четыре раза вырвало, пока копы пытались что-нибудь от него добиться. Не пропустил ни одного рабочего дня. По праздникам тоже работает. Никогда никому не причинял никакого беспокойства. На нем ничего, даже на дороге его никогда не задерживали. Знаешь, из тех, кто только: «Да, сэр, нет, сэр» — умеют говорить. Малость уродлив. Хотя, если по правде, страшен как смертный грех.

— Он ничего не видел и не слышал?

— Я уже говорил, Вик, абсолютно ничего. Как только мальчишка перестал блевать, он рассказал все, что знал. Нервничал ужасно, тут уж мамашина заслуга. Старая карга. У меня от нее тоже мурашки по коже побежали. Поверь мне, это не он.

— Что насчет аварии на шоссе?

— Ничего похожего. В больнице все утверждают, что не звонили Хоуэллу. Мы проверили связь. Звонили из автомата.

— Дай-ка догадаюсь. Никаких следов?

— Правильно.

— Мужчина или женщина?

— Звонивший? Мы не знаем. С ним говорил только сам доктор. Или с ней.

— Какое наследство получит жена?

— Порядочно. Он был застрахован по самые уши, но его жена, выходя за него замуж, имела собственные деньги, да и еще получит, когда ее папочка отдаст концы.

— Удачный брак?

— Во всех отношениях. Собирались завести еще одного ребенка. Уже есть семилетний сын. Идеальная американская семья. В церковь ходят, флагом размахивают. Никаких наркотиков или алкоголизма. Он делал небольшие ставки при игре в гольф, вот и все. Даже намека нет на супружескую неверность. А уж роман с Ренни Ньютон исключен.

Орен поболтал кубиками льда в стакане, кинул один в рот и сгрыз.

— Доктора никто ни разу не обвинил в некомпетентности, не таскал в суд. Никаких долгов. Врагов тоже нет. Кроме Ренни Ньютон. А насчет ее у меня особое чувство, Вик.

Вик повернулся к Орену, приглашая его высказаться поподробнее.

— Не кажется ли тебе, что уж слишком это кстати, черт побери, что ее соперника убивают через несколько дней после назначения на пост, который она так хотела получить?

— Случайное совпадение? — спросил Вик.

— Я бы мог с этим согласиться, если бы не телефонный звонок, вызвавший Хоуэлла на парковку среди ночи. Да и не верю я в такие совпадения.

— Я тоже. Но надо все проверить. — Вик снова уселся на диван и закинул руки за голову, глядя на спокойное лицо хирурга, застывшее на экране.

— Заколоть? Верно, она знает, куда бить, чтобы без осечки, но... — Он нахмурился. — Что-то не похоже, чтобы эта дама была на такое способна.

— Я и не думаю, что она сама это сделала. Наняла кого-нибудь.

Вик повернулся и внимательно посмотрел на бывшего партнера.

— Что касается ножей, Лозадо большой мастер.

— При случае.

— Но один раз он использовал ракетницу.

Орен поморщился:

— Господи, вот было зрелище.

Части тела той жертвы были обнаружены в разных частях горного озера. И убил он того парня не по заказу, как других. Бедолага его просто рассердил. Разумеется, они так и не смогли доказать, что он совершил эти убийства. Они просто знали.

Вик встал и подошел к камину. Посмотрел на фотографии Стефани и Лауры, стоящие на каминной доске, отошел к окну и вгляделся в темноту, раздвинув жалюзи, снова вернулся к камину, постоял и сел на диван.

— Так ты думаешь, что эта доктор Ньютон наняла Лозадо убить своего соперника? Или Лозадо убил его по собственной инициативе? Так?

— Это его манера убивать: тихо, быстро. Оставил орудие убийства, как всегда.

— Я с этим не спорю, Орен. Я сомневаюсь, что она в этом участвовала. — Вик кивнул в сторону телевизора. — Хирург с прекрасной репутацией и наверняка большой зарплатой находит подонка — а мы знаем, что Лозадо подонок, как бы красиво он ни одевался — и платит ему за убийство своего коллеги? Не получается. Прости, я не могу согласиться.

— Почему? Слишком образованна? Прекрасно одета? Чистенькая?

— Нет, она чересчур... бесстрастна. Не знаю, — нетерпеливо сказал Вик. — Есть какие-нибудь данные насчет ее возможной связи с Лозадо?

— Ищем.

— Значит, нет.

— Это значит, ищем, — рассердился Орен.

Вик глубоко вздохнул.

— Ты прав. Лозадо мог встречаться с папой, а мы бы узнали последними. Он скользкий, как уж.

— Докторша тоже может оказаться скользкой. Большую часть времени она проводит в больнице. Но никто, понимаешь, никто ничего не знает о ее личной жизни. Именно поэтому все ржали, когда я спрашивал про шуры-муры между ней и Хоуэллом. Если она с кем и встречается, никто про это не знает. Она одиночка. И действительно превосходный хирург, — неохотно признал Орен. — Тут все единодушны. И вообще к ней все относятся хорошо. Она дружелюбна. Добра. Но держится отстраненно. Так многие говорили.

— Этого мало, — заметил Вик.

— Согласен.

Орен полез в карман рубашки, достал листок бумаги и положил его на диван между собой и Виком.

— Что это?

— Ее адрес.

Вик понимал, что под этим подразумевается, что Орен от него хочет. Он покачал головой.

— Прости, Орен, но ты меня не убедил. У нас на

нее практически ничего нет. Только предположения, ничего существенного. И уж точно ничего конкретного. Нет никаких оснований, чтобы...

— Ты ведь слышал о последнем судебном процессе над Лозадо? Или сидел в Галвестоне, сунув голову глубоко в песок?

— Конечно, слышал. Обвинение в убийстве. Очередной оправдательный приговор, — с горечью сказал Вик. — Та же старая песня. Ну и что?

Орен наклонился вперед и театральным шепотом произнес:

— Его оправдало жюри...

— Ну и что?

— Догадайся с одного раза, кто был старостой?

4

На Вике были спортивные шорты, майка и беговые туфли. Если он вдруг столкнется с каким-нибудь соседом, то вполне может сойти за бегуна трусцой, который ищет, где бы отлить. Не слишком убедительно, но куда лучше, чем правда: он оказывает услугу приятелю-полицейскому и для этого должен незаконно проникнуть в дом подозреваемой в поисках возможных улик.

Чтобы выглядеть убедительнее, он несколько раз обежал вокруг городского парка, находившегося в паре кварталов от дома Ренни Ньютон. Когда он перепрыгнул через забор, отделяющий ее двор от переулка, он изрядно вспотел. С лужайки на некотором расстоянии от дома Ренни доносился шум газонокосилки. В остальном было тихо. Они специально выбрали это время. Слишком рано, чтобы возвращаться с работы, и слишком жарко для тех, кто остался дома, чтобы работать на участке.

Он поднялся по ступенькам к черному ходу и расстегнул «молнию» на забавном мешочке, подвешенном к поясу. Оттуда он достал латексные перчатки и надел их. Объяснить их наличие любопытному соседу было бы затруднительно, они плохо вписывались в сценарий насчет необходимости пописать. Но лучше сосед, чем судья с бесспорными отпечатками пальцев. Затем он достал свою кредитку, и через три секунды замок был открыт.

Вик проскользнул внутрь, невольно вспомнив последнее напутствие Орена:

— Если попадешься, я тебя не знаю.

Вика затруднительно было лишить дара речи. Последнее слово всегда за ним. Но вчера, когда Орен поведал ему о том, какую недавно доктор Ньютон выполняла общественную обязанность и что в связи с этим произошло, прошло несколько минут, пока он снова не обрел способность говорить, да и то не смог произнести ничего более вразумительного, чем «гм».

Орен бросил ему наживку и поймал на крючок.

Теперь он находился в доме бывшей старосты жюри. Прислушался. Охранной сигнализации быть не должно. Орен проверил городские списки регистрации и ничего не нашел. Да уже бы сработала.

Пустая тишина пустого дома. Уже неделю за доктором Ньютон следили копы. Они знали, что живет она одна и, как сказал Орен, по ней можно проверять часы. Она возвращается домой только после вечернего обхода. По его словам, расхождения в ее расписании не превышали двадцати минут.

Через заднюю дверь Вик попал на кухню, маленькую и идеально чистую. В раковине только чашка из-под кофе. В ней немного мыльной воды.

В ящике рядом с плитой аккуратно разложены различные кухонные принадлежности, как хирургические инструменты на стерильном подносе. Среди них нож для разделки мяса с пластиковой ручкой.

В ящике для хранения хлеба он нашел полбатона пшеничного хлеба, тщательно запечатанного в полиэтиленовый пакет. Банки с крупой приоткрыты, и в отверстие засунуты бумажки с названием. Консервы, конечно, не были расставлены по алфавиту, но стройность их рядов производила почти такой же эффект.

Содержимое холодильника говорило о том, что она старается есть здоровую пищу, но за весом особенно не следит. В морозильнике обнаружились две большие коробки с мороженым. Хотя мороженое могло предназначаться гостям.

Он порылся в ящике стола и обнаружил там список самых необходимых номеров телефонов, блокнот без всяких записей и несколько ручек, все черные. Ничего личного или важного.

Из кухни он прошел в гостиную. Такое впечатление, что смотришь на фотографию из каталога. Диванные подушки взбиты и аккуратно расставлены. Журналы сложены в стопки, края выровнены, как у карточной колоды. Пульт дистанционного управления телевизором лежал строго параллельно краю стола.

— Вот это да! — прошептал Вик, вспомнив, в каком состоянии он оставил свою халупу в Галвестоне. Утром, когда он уходил, его комната в мотеле выглядела так, будто по ней прошелся торнадо.

Спустившись по короткому коридору, он обнаружил маленькую комнату, которую, видимо, использовали как кабинет. Он очень надеялся, что уж там накопает чего-нибудь, что расскажет ему о хозяйке дома. Не тут-то было. На полках — медицинские книги, несколько атласов и путеводителей, романы, в основном серьезная литература, ничего такого, что могло бы угодить его невзыскательному вкусу.

На письменном столе два металлических ящика для почты: один — для открытой, второй — для еще не прочитанной. Он бегло просмотрел почту. В ящике стола он обнаружил стопку квитанций, разделенных помесячно. Он их внимательно просмотрел, но не нашел ни одной, свидетельствующей об уплате определенной суммы наемному убийце.

В первый раз удивился он в спальне. Он стоял на пороге и оценивающе оглядывал просторное помещение. В сравнении с другими комнатами, здесь было не прибрано. В этой комнате жил не хирург, а женщина.

Он рассчитывал, что кровать будет застелена с военной тщательностью, но ошибся и удивился своей ошибке: кровать была не застелена. Он прошел мимо к окну. Оттуда со второго этажа дома, стоящего наискосок от этого, его смогут увидеть Орен и Тинпен. Вик сделал непристойный жест.

Повернувшись, принялся рыться в ящиках. Белье аккуратно сложено, трусики в одном ящике, бюстгальтеры в другом, ниже. Она поделила все на две стопки — кокетливые и попроще.

Интересно, когда она открывает ящик, что определяет ее выбор? Время суток, день или вечер? На работу собралась или развлечься? Зависит выбор от настроения или наоборот?

Он порылся в белье, разыскивая всякие памятные вещи вроде писем или фотографий, которые помогли бы ему понять Ренни Ньютон. Может ли такая женщина иметь какое-то отношение к известному бандиту?

Поиски в ящиках не принесли никаких результатов. Ничего он не нашел и в стенном шкафу, и в коробках с обувью.

Он подошел к столику рядом с кроватью. Журнал по занятиям шейпингом был открыт на странице с описанием приемов снятия напряжения в спине и шее. Крышка на бутылочке с лосьоном для тела не была плотно завинчена. Вик взял бутылку и понюхал. Он не смог бы отличить один цветочный запах от другого, но на этикетке было написано: «Иланг-иланг», так что, вероятно, именно этим и пахло. Приятно, надо сказать.

Он взял радиотелефон и прижал к уху. Тон был ровным, что означало, что на автоответчике нет записей. Ему бы хотелось, раз он уже сюда попал, поставить «жучок», но Орен строго-настрого запретил ему это делать.

— Нам нужно разрешение суда, а ни один судья нам его не даст, пока у нас нет на то оснований.

— Мы могли бы многое узнать, прослушивая ее разговоры.

— Это незаконно.

Вик рассмеялся.

— А лезть в дом без разрешения и взламывать замок законно? Мы даже ничего не сможем использовать, если я что и найду.

— Да, но это другое дело.

Вик разницы не видел, но Орен уперся. Что ж, это его шоу. Вик положил телефон на базу и открыл ящик столика. Там он нашел коробку с бумагой и конвертами. Все еще в целлофане, даже не распечатано. Лежал там также листок, вырванный из газеты. Он взял его и развернул.

Это был некролог. Элеанор Лой Ньютон. Дочь Ренни упомянута в качестве единственной родственницы. Он узнал название города на газетном колонтитуле: Далтон, Техас. Он сложил листок и положил его в ящик.

Тут он заметил маленький белый треугольник, едва видимый из-под коробки с почтовой бумагой. Он приподнял коробку. Там лежала маленькая карточка с единственной напечатанной строчкой: «Я от тебя без ума». Ни подписи, ни адреса, ни даты.

Невозможно догадаться, получила ли Ренни Ньютон эту карточку или собиралась ее отправить, но в последний момент передумала? Получила ли она ее недавно вместе с подарком или это память о давнем вздыхателе, любовнике, вчерашнем партнере на одну ночь? Карточка явно была для нее важна, иначе она не хранила бы ее в ящике вместе с некрологом матери.

Странно, но ничего криминального.

Он положил карточку точно на старое место и зашел в ванную комнату. Там он обнаружил мокрое полотенце, висящее рядом с трусами и майкой. Она в них спала? Все может быть. Его последняя подружка предпочитала удобную ночную одежду сексуальной. Лично он считал удобную одежду дьявольски соблазнительной.

Над ванной на полочке расставлены гели и ароматические соли. В ванной пахло цветами и женщиной. По стене тянулась проволочная подставка для душистой свечки, губки, бритвы и очков для чтения. Она любила понежиться в ванне. Но в одиночку. Для двоих там не было места.

Внутри ящичка над раковиной он обнаружил стакан, зубную щетку, тюбик пасты, завернутый снизу — он не знал ни одного человека, который бы так делал, — и мятное полоскание для рта. Еще разная косметика, ночные кремы, бутылочка с аспирином и лейкопластырь. Под раковиной — рулоны туалетной бумаги и коробка с прокладками.

Он вернулся в спальню и долго стоял, глядя на разобранную постель. Бледно-желтые простыни смяты, одеяло наполовину на кровати, наполовину на полу. Он, разумеется, может ошибаться, но Ренни Ньютон не только принимала ванну в одиночку, она и спала одна. По крайней мере, прошлой ночью.

— Чего так долго? — рассердился Орен, когда Вик присоединился к ним в комнате на втором этаже дома, откуда они вели наблюдение.

— Да, что ты там делал столько времени, примерял ее трусики?

Это высказался Тинпен, которого все звали Свинпеном, такая уж у него была внешность. Он отличался неряшливостью и, по мнению Вика, был потрясающе глуп.

— Да нет, Свинпен. Просто я на обратном пути задержался для минета. Твоя жена велела тебе купить хлеба, когда домой поедешь.

— Козел. Между прочим, мы сфотографировали тебя, когда ты нам палец показывал. Очень профессионально, Треджилл.

— Увы, опускаюсь до уровня людей, с которыми приходится работать.

— Я это фото помещу в свою галерею. — Тинпен показал на развешанные на стене наиболее откровенные фотографии Ренни Ньютон.

Вик бросил взгляд на фотографии, которыми так гордился Тинпен, схватил бутылку воды и отвинтил пробку. Выпил всю, не переводя дыхания.

— Ну? — спросил Орен.

Вик сел и сбросил кроссовки.

— Коротко?

— Для начала.

— Аккуратна. Чересчур. Одержима чистотой.

Он описал кухню, гостиную, кабинет. Про спальню он сказал:

— Тут проще. Кровать не прибрана, но в остальном все на своих местах. Возможно, она сегодня очень торопилась в больницу. — Он перечислил все, что нашел в ящике столика около кровати.

— Карточка в конверте? — спросил Тинпен.

— Я же сказал, нет. Простая белая карточка. Маленькая. Одна напечатанная строчка.

— Она из Далтона, — подтвердил Орен, когда Вик рассказал про некролог в газете. — Выросла там. Ее отец был крупным бизнесменом и скотоводом. Общественный деятель. Она — единственный ребенок. Явно нет живых родственников. После смерти матери она осталась единственной наследницей.

«Наверное, поэтому, — подумал Вик, — она так и не распечатала коробку с почтовой бумагой. Кому ей писать?»

— Ты нашел что-нибудь, что бы говорило о ее связи с...

— С Лозадо? — спросил Вик, заканчивая вопрос за Орена. — Нет. Мне думается, у нее ни с кем нет никаких отношений. Ни одной фотографии в доме. Ни одного номера персонального телефона. Похоже, наша дама-хирург ведет очень уединенный образ жизни.

Он замолчал, но Орен жестом предложил ему высказаться поподробней.

— Абсолютно никакого признака мужского присутствия в доме. Никаких мужских шмоток ни в шкафу, ни в комоде. Бритва в ванной розовая. Одна зубная щетка. Никаких противозачаточных таблеток или презервативов. Она монахиня.

— Может, она лесбиянка, — вновь влез в разговор Тинпен.

— Может, ты у нас кретин, — огрызнулся Вик на это предположение.

Орен как-то странно посмотрел на него, затем повернулся к Тинпену:

— Почему бы тебе сегодня не уйти пораньше?

— Второй раз просить не требуется. — Тинпен встал, подтянул слегка сползшие штаны цвета хаки, зло посмотрел на Вика и проворчал: — Чего ты злишься?

— Не забудь хлеб купить.

— А пошел ты.

— Тинпен! — Орен осуждающе взглянул на него. — Чтоб завтра был здесь в семь.

Тинпен еще раз злобно взглянул на Вика и потопал вниз по лестнице. И Вик и Орен молчали, пока не услышали звук захлопнувшейся двери. Только тогда Орен спросил:

— В самом деле, чего ты злишься?

— Мне надо в душ.

Вик не ответил на вопрос, но Орен не стал настаивать.

— Ты знаешь, где он находится, — сказал он коротко, и все.

В ванной комнате не было самых необходимых вещей. Полотенца, которые они принесли с собой, не оправдывали своего названия. Маленькие, дешевые, воду не впитывают. Вик взял мыло из номера мотеля. Горячей воды не было. Но его ванная комната в Галвестоне тоже оставляла желать лучшего. Он уже привык к ненадежному водонагревателю и почти перестал замечать отсутствие удобств.

Этот пустой дом был идеальным местом для наблюдения за Ренни Ньютон, поскольку из него был прекрасно виден задний двор и подъезд к гаражу. Дом в настоящий момент перестраивался, но между подрядчиком и владельцем возник спор, который они никак не могли разрешить мирным путем.

Полицейское управление попросило у обоих согласия на использование дома, и оба согласились за небольшое вознаграждение. То, что дом находился в процессе перестройки, позволяло полицейским приходить туда в одежде рабочих или торговцев и приносить оборудование и припасы, не вызывая нежелательного внимания со стороны соседей, которые уже привыкли к постоянным строительным работам в своем районе.

Вик вышел из ванной и принялся рыться в сумке, разыскивая чистую одежду. Надел джинсы и сувенирную футболку, которую он получил на концерте «Иглз» в Остине в прошлом году. Мокрые волосы он пригладил ладонями.

Орен занял пост Тинпена у окна. Он через плечо критически оглядел Вика.

— Странная одежонка для копа.

— А я и не коп.

Орен хмыкнул:

— Полагаю, пиво против правил.

— Тинпен нас продаст. Там в морозильнике кока-кола.

Вик взял бутылку, открыл крышку и отпил большой глоток.

— Хочешь?

— Нет, спасибо.

Вик швырнул кроссовки в сторону сумки и уселся в кресло. Отпил еще глоток. Орен внимательно наблюдал за каждым его движением. Наконец Вик не выдержал:

— В чем дело?

— Что ты нашел в ее доме?

— Я же рассказал.

— Все?

Вик развел руками и с самым невинным видом пожал плечами:

— Почему я стану что-то от тебя скрывать?

— Из-за твоего члена.

— Прости, не понял.

— Для хирурга эта женщина довольно симпатичная.

Вик рассмеялся, потом сказал:

— Согласен. Ну и что?

Орен многозначительно взглянул на него.

— Неужели ты в самом деле считаешь... — Вик призадумался, покачал головой и отвернулся. Потом сказал, глядя ему в глаза: — Слушай, если она в паре с Лозадо, я к ней не приближусь, будь она хоть гребаной Еленой из этой проклятой Трои. Течной Еленой. Я хочу прищучить этого мерзавца, Орен. Ты знаешь, как я этого хочу. Я сделаю все возможное, ни перед чем не остановлюсь, чтобы достать его.

Орен, далеко не убежденный, мягко сказал:

— И это может быть второй причиной, почему ты способен скрыть от меня информацию.

— Не понял.

— Не превращай это дело в личную вендетту, Вик.

— Интересно, кто к кому в дверь стучался?

Орен повысил голос:

— Я позвал тебя, потому что нуждался в хорошем парне. С твоими инстинктами. И еще я считал, что ты должен в этом участвовать после того, что произошло между тобой и Лозадо. Не заставляй меня жалеть о том, что я тебя позвал. — Он сурово взглянул на Вика, и Вик первым отвел взгляд.

Орен всегда играл по правилам. Вику правила мешали, и он редко им подчинялся. Именно из-за этого приятели часто ссорились. И, кстати, именно это больше всего нравилось им друг в друге. Хотя Орен часто порицал Вика за пренебрежение к инструкциям, он восхищался его настойчивостью. Вик восставал против правил, но уважал Орена за то, что он их придерживается.

Орен вернулся к окну, чтобы продолжить наблюдение за домом Ренни Ньютон. После небольшой паузы Вик сказал:

— Мне одна вещь показалась странной. В стенном шкафу куча синих джинсов. Не дизайнерское дерьмо. Поношенные, вроде моих. — Он хлопнул ла-

донью по своим много раз стиранным джинсам. —
Три пары ковбойских сапог. Не ожидал.

— Она ездит верхом.

— На лошадях?

— Это было в ее биографии. В «Стар телегрэм» на
нее обширное досье. Я попросил, чтобы они прислали мне копии всех материалов. Доктор Ньютон неоднократно попадала в газеты. Благотворительность.
Общественные поручения. Врачи без границ.

— А это еще что?

На столе лежал крафтовый конверт. Орен взял его
и бросил Вику на колени:

— Сам посмотри. Грейс ждет меня к ужину.

Он встал, потянулся, взял папку с чертежами, которые носил с собой в качестве прикрытия, и направился к двери.

— Мы вчера видео не досмотрели. Оно здесь, если
вздумаешь взглянуть. Но пусть это не отвлекает тебя
от наблюдения за домом.

— Я бы хотел досмотреть. Может, что и бросится
в глаза.

Орен кивнул.

— Я оставлю тебе свой пейджер. Позвони, если
случится что-то из ряда вон выходящее.

— Вроде появления Лозадо?

— Ну да, вроде того. Я смогу быть здесь через десять минут. Увидимся утром.

— Здесь есть что пожрать?

— Бутерброды в холодильнике.

Ступеньки заскрипели под весом Орена. Он ушел,
и дом затих, только иногда постанывало старое дерево. В пустой комнате пахло опилками, оставшимися
после незаконченного ремонта. Большинству людей
это место показалось бы не подходящим для ночевки,
но Вику было безразлично. Больше того, он сам на-
просился на ночную смену. Орену нужно побыть с

семьей. Тинпену тоже. Хотя Вик и шутил, что миссис Тинпен наверняка предпочитает, чтобы мужа подольше не было дома.

Он взял бинокль и вгляделся в дом Ренни Ньютон. Она еще не вернулась. Он воспользовался этим обстоятельством и слазил в маленький холодильник, где обнаружил два завернутых в фольгу бутерброда. Один с тунцом, другой с индейкой и сыром. Он выбрал индейку и отнес бутерброд на стол около окна. Затем вставил кассету в видеомагнитофон и уселся перед экраном, пережевывая бутерброд.

Воспроизведение началось с того места, где накануне Орен нажал на кнопку «стоп». Орен сказал с экрана:

— Доктор Ньютон, вы были недавно членом жюри, которое оправдало убийцу, мистера Лозадо?

Ее адвокат наклонился вперед:

— Какое это имеет отношение к нашему делу?

— Я объясню немного погодя.

— Уж будьте так добры. Доктора Ньютон ждут ее пациенты.

— Может статься, другому хирургу придется заменить ее.

— Вы что, угрожаете мне задержанием? — спросила Ренни Ньютон.

Орен уклонился от прямого ответа.

— Чем быстрее вы ответите на мои вопросы, доктор Ньютон, тем скорее освободитесь.

Она вздохнула так, будто все ей ужасно надоело.

— Да, я была членом жюри, которое оправдало мистера Лозадо. Вы наверняка об этом знаете, иначе бы не задали такого вопроса.

— Совершенно верно. Скажу больше, я опросил остальных одиннадцать членов жюри.

— Зачем?

— Любопытство.

— По какому поводу?

— Мне показалось, что убийство доктора Хоуэлла похоже на заказное. И, по сути дела, у него был только один враг. Вы.

Она воскликнула, пораженная этим заявлением:

— Мы с Ли никогда не были врагами! Мы были коллегами. И друзьями.

— Которые постоянно ссорились.

— Да, у нас были разногласия. Но вряд ли...

— Вы были его коллегой и другом, который только что выпустил на улицы наемного убийцу.

— Преступления мистера Лозадо не доказаны, — вмешался адвокат. — И ваши домыслы не имеют никакого отношения к убийству доктора Хоуэлла. Доктор Ньютон, я настаиваю, чтобы вы больше ничего не говорили.

Вик прокрутил кусок, где Орен доказывал адвокату, что в интересах его клиентки ответить на все вопросы. Насчет помощи следствию и так далее. Вик знал все это наизусть. Сам тысячу раз пользовался таким приемом.

Он вновь запустил пленку, как раз когда Орен сказал:

— Как сказали мне остальные члены жюри, вы были за оправдательный приговор с самого начала.

— Это неверно, — с удивительным спокойствием заявила она. — Я не была за оправдание. Я полагала, что мистер Лозадо, скорее всего, виновен. Но прокурор не сумел избавить меня от всех сомнений. Из-за этого я не могла с чистой совестью поддержать обвинительное заключение.

— Значит, это чистая совесть побудила вас убедить других членов жюри голосовать за оправдание?

Она резко втянула воздух и медленно выдохнула.

— Мой долг, как старосты, был убедиться, что рассмотрены все обстоятельства. Преступление было ужасным, но я постаралась убедить других членов жюри не руководствоваться эмоциями, которые могут помешать им следовать закону, каким бы несовершенным он ни был. После двух дней размышлений каждый член жюри проголосовал так, как велела ему совесть.

— Я думаю, вы получили исчерпывающий ответ на ваш вопрос. — Адвокат снова встал. — Надеюсь, инспектор Уэсли, у вас больше не найдется не относящейся к делу темы, о которой вы хотели бы поболтать?

Орен согласился, что на данный момент у него больше нет вопросов, и выключил камеру.

Перематывая пленку, Вик припоминал, о чем они с Ореном говорили накануне.

— Создалось впечатление, что во время процесса Лозадо установил с ней... какую-то связь, — сказал ему Орен.

— Связь?

— Многие это заметили. Я спросил судебного пристава, был ли член жюри, на которого особо давил Лозадо, и он тут же спросил: «Вы имеете в виду старосту?» Сам сказал, я даже не упоминал о докторе Ньютон. Он сказал, наш парень пялился на нее постоянно. Все заметили.

— Это не означает, что она отвечала ему тем же.

Орен небрежно пожал плечами, выразив таким образом довольно много.

— Ничего удивительного, что Лозадо выбрал привлекательную женщину и пялился на нее, — продолжил Вик. — Он подонок.

— Этот подонок выглядит как кинозвезда.

— Разве что из «Крестного отца».

— Некоторым женщинам нравятся именно опасные мужчины.

— По опыту знаешь, Орен? Обещаю, Грейс не скажу. Давай детали. Люблю сочные детали. — Чтобы еще больше разозлить приятеля, он многозначительно подмигнул ему.

— Прекрати.

Именно в этот момент к ним подошла Грейс. Она спросила, над чем Вик смеется, и, когда он ничего не ответил, напомнила, что девочки отказываются ложиться спать и ждут, когда он расскажет им свою историю. Вик сочинил им сказку про красавицу рок-певицу и ее храброго телохранителя, чья внешность, по его описанию, напоминала его самого. Больше о деле они с Ореном в тот вечер не разговаривали.

Перемотав пленку, Вик решил съесть и бутерброд с тунцом. Он показался ему несвежим, но он все равно его съел, зная, что до утра ему больше ничего не обломится. Когда он стряхивал крошки с рук, к дому напротив подъехал джип Ренни Ньютон.

Он схватил бинокль, но успел лишь бегло разглядеть ее — дверь гаража опустилась. Меньше чем через тридцать секунд зажегся свет на кухне. Первое, что она сделала, — водрузила на стол свою сумку. Затем сняла жакет и вытащила блузку из брюк.

Повернувшись к холодильнику, достала бутылку воды и попила. Затем завинтила крышку и остановилась у раковины, опустив голову. Вик поправил фокус бинокля. Окно кухни было так близко, что, казалось, можно дотронуться до женщины, стоящей за ним. Выбившаяся прядь волос спускалась по щеке на грудь.

Доктор Ньютон приложила холодную бутылку с водой ко лбу. Выражение лица, движения, поза — все говорило о безумной усталости. «Разумеется, она устала», — подумал Вик. День был таким длинным. Уж он-то знал.

5

Ренни прислонилась к столешнице и прижала ко лбу бутылку с холодной водой. Прошло уже много лет с тех пор, как она перестала нуждаться в дыхательных упражнениях для обретения спокойствия. Но она все еще помнила, какой это кошмар — сознавать, что не можешь отвечать за свои действия.

В последние три недели ее жизнь совершенно разладилась. Развал начался с получения повестки, приглашающей ее поработать в жюри. На следующий день в комнате отдыха для врачей она рассказала о вызове. Все дружно застонали и посочувствовали ее невезенью.

Кто-то предложил ей сказать, что у нее маленькие дети, нуждающиеся в присмотре.

— Но у меня нет детей.

— Тогда ты — единственная дочь престарелых родителей.

— И это не так.

— Ты учишься на дневном отделении.

Это предложение она даже не удостоила вниманием.

— Выкини проклятую бумажку и забудь, — посоветовал еще один коллега. — Я так и поступил. Решил, что лучше заплатить любой штраф за неявку.

— И что произошло?

— А ничего. Они не отслеживают такие вещи, Ренни. Там каждую неделю сотни людей проходят. Ты думаешь, они станут тратить время на розыск тех, кто не явился?

— Я буду исключением. Они бросят меня в тюрьму. На моем примере покажут, что бывает с теми, кто пытается увильнуть от своих обязанностей гражданина. — Она задумчиво поболтала соломинкой в своем стакане. — Ведь это и в самом деле моя гражданская обязанность.

— Да будет тебе, — простонал Ли Хоуэлл, набив рот чипсами из автомата. — Это гражданский долг людей, у которых нет занятия получше. Сошлись на работу, чтобы отделаться.

— Работа — недостаточное основание. Так написано крупным шрифтом в повестке. Боюсь, я влипла.

— Да не волнуйся, — сказал он. — Они тебя не выберут.

— А я не удивлюсь, если выберут, — вмешался еще один коллега. — Мой брат — адвокат, постоянно участвует в судебных процессах и говорит, что всегда пытается сделать так, чтобы в жюри была хотя бы одна симпатичная женщина.

Ренни бросила на него сердитый взгляд:

— Что, если адвокат — женщина?

Он перестал улыбаться.

— Об этом я как-то не подумал.

— Куда тебе.

Ли стряхнул соль с ладоней.

— Они тебя не выберут.

— Ладно, Ли, а почему? Тебе ведь не терпится сказать, почему я не гожусь в члены жюри?

Он начал перечислять причины по пальцам:

— Ты слишком аналитична. Имеешь собственное мнение. Резко высказываешься. И любишь командовать. Ни одной стороне не нужен член жюри, способный подмять всех под себя.

Это был единственный спор, в котором Ренни с удовольствием бы уступила Ли. Увы. Она оказалась второй, выбранной из сорока восьми кандидатов, и, что еще хуже, все проголосовали за нее как за старосту. На следующие десять дней, несмотря на накапливающиеся бумаги и назначенные операции, ее время принадлежало штату Техас. Все дела пришлось отложить.

Когда все закончилось, ей недолго пришлось радоваться. Приговор осудили в прессе, даже окружной прокурор выступил. Простые люди тоже остались недовольны, включая доктора Ли Хоуэлла.

Он высказался на вечеринке в своем доме в пятницу:

— Поверить не могу, что ты отпустила этого урода, Ренни. Он же рецидивист.

— Его ни разу не посадили, — возразила Ренни. — Кроме того, в этот раз его судили не за предыдущие преступления, которые к тому же не были доказаны.

— Нет, его судили за жестокое убийство известного банкира, одного из выдающихся граждан нашего тихого городка. Прокурор требовал смертного приговора.

— Я знаю, Ли. Я была там.

— Ну все, завелись, — огорчился один из гостей, собравшихся вокруг них послушать их спор. — Упрямый консерватор против жалостливого либерала.

— Нам, членам жюри, сообщили заранее, что прокурор требует смертного приговора. Разумеется, мы не по этой причине оправдали обвиняемого.

— Тогда как вышло, что двенадцать человек отпустили этого мерзавца, вместо того чтобы приговорить его к уколу? Неужели даже на долю секунды можно было подумать, что он невинная жертва?

— Мы проголосовали: «Не виновен». Улавливаешь разницу?

Он пожал костлявыми плечами.

— Признаться, нет.

— Разница в обоснованных сомнениях.

— То есть, если не все сходится, надо оправдывать? Какая чушь!

— Эта чушь лежит в основе нашей системы правосудия.

— Все, понеслась, — заметил кто-то из стоящих сзади.

— Все так называемые улики против мистера Лозадо были косвенными, — заявила она. — Никто не мог доказать, что он находился на месте убийства. И у него было алиби.

— Заплатил парню, чтобы он солгал, вот и все.

— Не было свидетелей, там также...

— Слушай, Ренни, скажи мне, неужели все члены жюри так тщательно раздумывали над своим решением?

— Что ты имеешь в виду?

— То, что ты великий организатор. Ты ставишь все факты и фактики в одну ровную линию, и избави боже, чтобы ты учла и человеческий фактор.

— Разумеется, я учитывала.

— Да? Тогда скажи мне следующее: когда ты в первый раз поставила вопрос на голосование, сколько человек проголосовало за «Виновен» и сколько за «Не виновен»?

— Я не собираюсь обсуждать с тобой работу нашего жюри.

Хоуэлл посмотрел на окружающие их любопытные лица, будто хотел сказать: «Я так и знал».

— Давай я догадаюсь, Ренни. Ты...

— Я уже обсуждала это дело и не собираюсь делать это во второй раз.

— Ты ведь была единственной совестливой, которая противостояла всей группе, верно? И именно ты добилась оправдательного вердикта. — Он прижал руки к сердцу. — Наша дорогая доктор Ренни Ньютон, ярая защитница рецидивистов.

Все рассмеялись, и спор закончился. Он оказался последним. Как всегда, расстались они друзьями. Когда она прощалась с ним и Мирной, он ее слегка обнял и шепнул на ухо:

— Ты ведь знаешь, я просто дразнюсь. Из всех членов жюри во все времена ты бы больше всех боролась за справедливость.

Да, она хотела, чтобы все было по справедливости. Она даже не подозревала, какое влияние этот судебный процесс и приговор окажут на ее собственную жизнь. Она сочла это просто досадным неудобством. Эффект оказался катастрофическим.

Неужели детектив Уэсли в самом деле подозревает ее?

Адвокат отмахнулся от ее тревог. Он объяснил, что, поскольку у полиции нет абсолютно никаких улик, они раскидывают сеть пошире, допрашивая всех, с кем хоть как-то был связан убитый доктор, — от санитаров в больнице до его партнеров по гольфу. На этом этапе подозревались все. Адвокат уверил ее, что полиция всегда старается унизить и напугать. Пусть она не думает, что ее как-то выделили.

Ренни пыталась уговорить себя, что он прав и что она слишком болезненно реагирует. Но адвокат не знал, что, когда речь шла о полицейских допросах, она имела право немного нервничать.

Когда ее пригласили на еженедельное заседание совета директоров и предложили занять пост, который так трагически освободил Ли Хоуэлл, она как раз раздумывала об этом допросе.

— Я ценю ваше предложение, но вынуждена отказаться. Большое спасибо. Вы несколько месяцев обсуждали мою кандидатуру и выбрали другого человека. Если я соглашусь сейчас, у меня навсегда останется впечатление, что вы выбрали меня только в силу сложившихся обстоятельств.

Они принялись уверять ее, что доктор Хоуэлл получил всего на один голос больше и что никто из них не считал ее менее достойным кандидатом.

— Я не только по этой причине отказываюсь, — добавила она. — Я с огромным уважением относилась к профессиональным качествам доктора Хоуэлла и считала его и его жену своими друзьями. Для меня... постыдно получить этот пост только потому, что он умер. Спасибо за предложение, но я отказываюсь.

К ее удивлению, они отказались принять ее ответ как окончательный и попросили подумать пару дней.

Хотя такая настойчивость и польстила Ренни, она оказалась в сложном положении. Она хотела получить эту работу и знала, что справится, но чувствовала, что невозможно, неправильно получить повышение в результате смерти Ли.

Еще следовало помнить об Уэсли. Если она согласится занять этот пост, а он считал именно это мотивом для убийства, он еще больше утвердится во мнении, что она в этом убийстве замешана. Она не боялась, что он может обнаружить какие-то доказательства своей нелепой убежденности. Этого просто не могло быть. Но чтобы удостовериться, Уэсли проведет тщательное расследование. А этого она боялась и всеми силами хотела бы избежать.

От этих мыслей разболелась голова. Ренни закинула руку за голову, распустила волосы и тряхнула головой. Потом долго массировала кожу головы.

До обеда она провела четыре серьезные операции. В приемной перед операционной толпились обеспокоенные родственники и друзья пациентов.

После каждой операции она ненадолго выходила, чтобы поговорить с близкими пациента, рассказать им, как прошла операция, и объяснить, чего можно ожидать. Некоторым она показывала цветные фотографии, сделанные во время операции. К счастью, сегодня все прогнозы были благоприятными. Ей не пришлось никого огорчать.

У нее работал прекрасный персонал, и благодаря им все шло гладко. Правда, обход занял на этот раз несколько больше времени. Необходимо было навестить трех послеоперационных больных, а с тремя другими поговорить по поводу назначенной на следующее утро операции.

Затем непосредственно перед уходом ей позвонили.

Воспоминания заставили ее вздрогнуть. Она быстро допила воду из бутылки и выбросила ее в мусорное ведро. Вымыла ковшик от кофеварки, приготовила его на утро и установила таймер. Надо было что-нибудь съесть, но при одной мысли о еде подташнивало. Она была слишком расстроена, чтобы есть.

Ренни оставила сумку на столе и выключила свет на кухне. Она уже было пошла в гостиную, но задержалась и снова включила свет. Всю свою взрослую жизнь она жила одна, и сегодня впервые ей захотелось оставить свет включенным.

В спальне она зажгла настольную лампу и села на край неприбранной кровати. Обычно она огорчалась, что не успела застелить постель утром. Теперь это казалось такой мелочью.

Она выдвинула ящик прикроватного столика. Карточка лежала под коробкой с почтовой бумагой, которую ее секретарша подарила ей на Рождество. Она даже не разорвала целлофановую обертку. Отодвинув коробку, Ренни уставилась на белую карточку, чувствуя, как ее охватывает страх.

Сегодня в больнице она просматривала бумаги, когда дежурная сестра позвала ее к телефону.

— Третья линия, — сказала она.

— Спасибо. — Ренни прижала трубку плечом, чтобы были свободны руки и можно было продолжать делать записи в карточках, и сказала: — Доктор Ньютон слушает.

— Привет, Ренни.

Ручка замерла, не закончив предложения. Глухой голос сразу испугал ее.

— Кто это?

— Лозадо.

Она задержала дыхание:

— Лозадо?

Он тихо рассмеялся, как будто считал, что ее недоумение наигранно.

— Да ладно, Ренни, мы ведь не посторонние люди. Ты не могла так быстро меня забыть. Мы провели вместе почти две недели в одной комнате.

Нет, она его не забыла. Вряд ли кто-то, встречавшийся с ним, сможет забыть его. Очень часто во время судебного процесса она ловила на себе взгляд его темных глаз.

Как только она стала это замечать, то вообще постаралась не смотреть в его сторону. Но каждый раз, когда случайно ее взгляд падал на него, Лозадо смотрел на нее так, что она ежилась и чувствовала себя не в своей тарелке. Она обратила внимание, что другие члены жюри и публика тоже заметили этот его неприятный интерес к ней.

— Вам не следовало мне звонить, мистер Лозадо.

— Почему? Суд закончился. Иногда в случае оправдания члены жюри и обвиняемый собираются и устраивают вечеринку, чтобы отпраздновать торжество справедливости.

— Веселье по такому поводу бестактно. Это пощечина родным убитого, которые не могут быть довольны таким приговором. Во всяком случае, нам с вами нечего праздновать и не о чем разговаривать. Всего хорошего.

— Тебе розы понравились?

Ее сердце ухнуло куда-то вниз, а потом зачастило, как сумасшедшее.

Когда Ренни раздумывала, кто бы мог прислать розы, ей приходило в голову, что это мог быть он, но она отказывалась признаться в этом даже самой себе. Теперь, когда он подтвердил ее догадку, ей захотелось сделать вид, что она не понимает, о чем он говорит.

Но, разумеется, он знал, что букет невозможно было не заметить. Ей хотелось спросить, как, черт возьми, он пролез в ее дом, но это, конечно, смешно. С его списком преступлений проникновение в дом — детские забавы.

Лозадо был очень умен и изобретателен, иначе ему не удавалось бы постоянно избегать наказания за свои преступления, включая последнее убийство, за которое его судили и которое, по ее убеждению, он совершил. Вот только доказать это полиция не сумела.

— Если судить по цвету твоей входной двери, красный — твой любимый цвет, — сказал он.

Розы не были цвета ее входной двери. Они были цвета крови на фотографиях с места преступления, которые были представлены суду в качестве улик и показаны членам жюри. Жертва, которую, как предполагалось, убил по заказу Лозадо, была задушена с помощью гаротты, которая разрезала кожу на горле жертвы, так что крови было предостаточно.

— Не смейте меня снова беспокоить, мистер Лозадо.

— Ренни, не вешай трубку. — Он произнес эти слова угрожающим тоном, и она не рискнула ослушаться. — Пожалуйста, — добавил он уже более мягко. — Я хотел тебя поблагодарить.

— Поблагодарить?

— Я разговаривал с миссис Гриссом. Ну той, что с седыми грязными волосами и толстыми ногами.

Ренни хорошо ее помнила. Член жюри под номером пять. Муж — сантехник, четверо детей. Пользовалась любой возможностью, чтобы приставать к остальным членам жюри с жалобами на ленивого мужа и неблагодарных детей. Стоило ей узнать, что Ренни — врач, она составила целый список болезней, которые хотела бы с ней обсудить.

— Миссис Гриссом рассказала, что ты для меня сделала, — сказал Лозадо.

— Я для вас ничего не делала.

— Да нет же, Ренни, если бы не ты, сидеть бы мне сейчас в камере смертников.

— За приговор проголосовали двенадцать членов жюри. Никто единолично не несет ответственности за ваше оправдание.

— Но ведь ты заставила всех решить именно так, а не иначе?

— Мы старались рассмотреть дело со всех сторон. Мы изучили закон, пока единогласно не договорились, как следует его применять.

— Все может быть, Ренни, — сказал он с тихим смешком. — Но миссис Гриссом говорила, что ты защищала меня, причем довольно вдохновенно и страстно.

Он сказал это так, будто одновременно гладил ее, и при одной мысли о его прикосновении кожа покрылась мурашками.

— Не смейте больше мне звонить. — Она швырнула трубку на рычаг.

— Доктор Ньютон? Что-то случилось? Доктор Ньютон, с вами все в порядке?

Ее лицо было покрыто бисеринками пота, как будто она делала сложнейшую, опасную для жизни операцию. Ей даже показалось, что ее вот-вот стошнит. Она глубоко вздохнула и повернулась к озабоченной медсестре.

— Все нормально. Но больше не подзывайте меня

к телефону. Я хочу побыстрее закончить, так что, если я кому-то нужна, пусть звонят на пейджер.

— Конечно, доктор Ньютон.

Ренни быстро закончила просмотр карточек и ушла. Проходя через парковочную площадку, она несколько раз оглянулась через плечо, чтобы убедиться в присутствии охранника. Она слышала, будто парень, обнаруживший тело доктора Хоуэлла, взял несколько выходных.

По дороге домой она одним глазом следила за дорогой, а вторым смотрела в зеркало заднего обзора, боясь, что Лозадо едет следом. Будь он проклят за то, что сумел превратить ее в параноика. Будь он проклят за то, что осложнил ей жизнь как раз тогда, когда она все устроила так, как хотела.

И вот теперь она смотрела на ненавистную белую карточку и чувствовала, как растет ее негодование. Ее бесило, что он посмел разговаривать с ней с сексуальными интонациями, будто они близки. Но больше всего ее пугало и злило то, что он сумел заставить ее бояться.

Она со злостью задвинула ящик. Встала и сняла блузку и брюки. Ей хотелось принять горячий душ. Немедленно. Она казалась себе запачканной, как будто Лозадо коснулся ее своим шипящим голосом. Она не могла смириться с мыслью, что он был в ее доме, нарушил ее личное пространство.

Хуже того, ей казалось, что он все еще здесь, сколько она ни уверяла себя, что это все игра ее воображения. Она заметила, что внимательно разглядывает каждый предмет в комнате. Все ли на месте? Колпачок лосьона для тела плохо завернут, но она помнила, что торопилась и не завернула его как следует. Раскрытый журнал на столике лежит под тем же углом или нет?

Она велела себе не глупить. И тем не менее чувствовала себя на виду, под наблюдением.

Она бросила взгляд на окна. Жалюзи только частично задернуты. Она быстро выключила лампу, подошла к окнам и плотно задернула все жалюзи.

— Чтоб он сдох, — пробормотала Ренни.

Она приняла душ и решила лечь спать. Протянув руку к выключателю, подумала, не оставить ли свет, но тут же отказалась от этой мысли. Она не поддастся страху до такой степени.

Ренни никогда не трусила. Наоборот, когда она была еще ребенком, ее безрассудная отвага часто заставляла мать в тревоге заламывать руки. Позднее ее смелость переросла в намеренную бесшабашность. За последние годы она побывала во многих странах, где шла война и люди умирали от голода. Она не боялась ураганов, вооруженных мародеров и заразных болезней, помогая людям, которые отчаянно нуждались в помощи, и почти не заботилась о собственной безопасности.

А теперь в своей спальне, в своей постели она боялась. Лозадо представлял собой не только физическую угрозу. Детектив Уэсли, вспоминая про суд, подразумевал...

— О господи!

Ренни резко села в кровати. Закрыла рот ладонью и тихонько заскулила. Ей внезапно стало очень холодно.

Лозадо пытался произвести на нее впечатление хрустальной вазой и роскошным букетом роз, доставленными лично. Что еще он сделал, чтобы добиться ее расположения?

Ответ на этот вопрос был слишком ужасным, чтобы вообще думать о нем.

Но детектив из отдела убийств явно так думал.

Вик открыл еще одну бутылку кока-колы, надеясь избавиться от неприятного привкуса рыбы во рту. Ренни легла спать. Прошло всего тридцать две минуты с того момента, как она вернулась домой, до выключения света в спальне. Не слишком долго. Никакого ужина. Никаких развлечений. Даже телевизор на полчасика не включила, чтобы расслабиться после тяжелого дня.

Часть этих тридцати двух минут она простояла над раковиной в кухне, судя по всему, глубоко задумавшись. Вик видел, как она распустила волосы и массировала кожу головы. Она имела вид человека, озабоченного серьезной проблемой или страдающего от сильной головной боли, или того и другого вместе.

Ничего удивительного. Она сегодня работала как проклятая. Вик зашел в комнату, где ожидали родственники, в семь, так как знал, что операции начинаются рано. Никто не поинтересовался, что он там делает. Само собой подразумевалось, что он один из родственников пациентов, которые разбили там временный лагерь, обзаведясь журналами и стаканчиками кофе из автомата. Он выбрал стул в углу, надвинул поглубже ковбойскую соломенную шляпу и частично спрятался за журналом.

Доктор Ньютон он увидел в первый раз без тринадцати минут девять.

— Миссис Франклин?

Миссис Франклин и группа поддержки сгрудились вокруг хирурга. На Ренни были зеленые рубаха и брюки, на туфлях — бумажные тапочки, маска свисала на грудь.

Она говорила доверительно-тихо, и он не мог расслышать ее слов, но миссис Франклин улыбалась, хватала ее за руку и благодарно сжимала. Через пару минут Ренни извинилась и исчезла за двойными дверями.

За утро она трижды выходила к родственникам. И каждый раз внимательно их выслушивала и отвечала на вопросы с завидным терпением. Ее улыбки успокаивали. Глаза выражали сочувствие и понимание. Создавалось впечатление, что она не торопится, хотя наверняка лишнего времени у нее не было.

Вику трудно было поверить, что это та же замкнутая, высокомерная женщина, какую он видел на пленке Орена.

Он просидел около операционной так долго, что в животе у него начало громко бурчать, и люди стали на него коситься. Народу поубавилось, так что высокий ковбой, одиноко сидящий в углу с журналом, который он прочитал трижды, стал привлекать внимание. Он отправился на поиски обеда.

Орен считал, что днем Вик будет спать в своем номере в мотеле. Вик не сказал ему, что пойдет в больницу. Не поделился он с ним и тем, что после короткого ленча он угнездился около личного офиса Ренни Ньютон. Офис располагался рядом с больницей на улице, где когда-то стояли жилые дома, а теперь в основном размещались медицинские кабинеты.

Здание из известняка выглядело новым и довольно современным, но без эпатажа. Весь день сотрудники офиса Ренни были заняты, принимая пациентов, появлявшихся практически каждые пятнадцать минут. На парковке все еще стояло много машин, когда Вик уехал, чтобы наблюдать за ее домом.

Да, Ренни работала с полной отдачей весь день. И в награду выпила бутылку воды. Вот на что следовало обратить внимание. Когда она выходила из кухни, то погасила свет, но тут же зажгла его снова, что показалось ему странным.

Она оставила свет гореть, когда вошла в спальню и села на край кровати, свесив голову. Все ее поведение говорило либо об угнетенности, либо о серьезной беде.

Потом она сделала еще одну странную вещь. Открыла ящик прикроватного столика и несколько минут смотрела в него, просто смотрела. Ничего не доставала, ничего туда не клала, просто смотрела в него.

«Интересно, на что она смотрела», — подумал он. И пришел к выводу, что на белую карточку. Что интересного в запечатанной коробке с почтовой бумагой? Она могла иногда перечитывать некролог матери, просто чтобы вспомнить, но бумагу нужно было достать. Он готов был поспорить, что смотрела она на карточку. Тем интереснее было бы знать, откуда она взялась и что означала.

Наконец она задвинула ящик и встала. Расстегнула блузку и сняла ее. На ней был простенький бюстгальтер. Возможно, прозрачное и красивое белье с кружевами предназначалось для тех дней, когда ей не приходилось делать четыре операции. Или для мужчины, приславшего ей карточку.

Затем она сняла брюки.

Именно в этот момент Вик понял, что затаил дыхание и заставил себя дышать нормально, насколько это было возможно. Разве может нормальный мужик дышать ровно, наблюдая, как женщина раздевается? Он таких не знал. Пожалуй, стоит этот вопрос изучить.

Пока же он глубоко вдохнул и шумно выдохнул.

И в этот момент, как будто почувствовав его дыхание на своей коже, она с тревогой посмотрела на окна и тут же выключила лампу. Затем неясный силуэт появился около окон, жалюзи плотно закрылись, спрятав ее от его взгляда.

Зажегся свет в ванной комнате, горел минут десять. Достаточно, чтобы вымыться с помощью тех душистых гелей. Возможно, она воспользовалась розо-

вой бритвой. Наверное, она почистила зубы и сверну-
ла тюбик снизу, прежде чем положить его в шкафчик
над раковиной.

Затем в доме стало темно, горел только свет в кухне. Вик решил, что прямо из ванной она отправилась
в постель.

Теперь она, скорее всего, спала между желтыми
простынями, положив голову на подушку.

Он помнил эту подушку. Он долго тогда смотрел
на нее, потом снял свои латексные перчатки, взял ее
в руки и поднес к лицу. Только на секунду. Ровно на
столько, на сколько позволительно хорошему детективу.

Об этом он тоже не рассказал Орену.

6

Это был лучший в Форт-Уэрте мексиканский ресторан, что делало его, по мнению Лозадо, лучшим
рестораном в городе вообще.

Он приходил сюда из-за еды и особого к себе отношения. Он вполне обошелся бы без трио гитарис-
тов, бродящих между столиками и поющих мекси-
канские песни громко, но довольно бездарно. Интерь-
ер создавался, по-видимому, кем-то разгулявшимся
в приграничной лавчонке и скупившим все сомберо
подряд.

Но кормили там великолепно.

Он сидел за своим привычным столиком в углу,
спиной к стене, и потягивал текилу, которой закан-
чивал ужин. Он бы пристрелил любого, посмевшего
предложить ему зеленую замороженную смесь из автомата, которую у них хватало наглости называть
«Маргаритой».

Перебродивший сок агавы стоил того, чтобы пить

его в чистом виде. Он предпочитал бесцветный вариант, зная, что золотой текилу делают искусственно.

Он плотно поужинал, не заботясь о том, сколько в съеденном им блюде жира и калорий. Природа наделила его стройностью, ради которой многие вступали в клубы здоровья и истязали себя до седьмого пота на тренажерах. Он не потел никогда. Никогда. И единственный раз поднял гирю только для того, чтобы пристукнуть ею одного идиота.

Он допил текилу и оставил на столе сорок долларов. Это вдвое превышало его счет, но зато он мог быть уверен, что в следующий раз его столик будет в его распоряжении, когда бы он ни пришел. Он кивнул на прощание хозяину и подмигнул хорошенькой официантке.

Ресторан находился в историческом центре города. Сегодня на пересечении улиц Главной и Биржевой толпились туристы. Они покупали дешевые техасские сувениры вроде шоколадок в форме коровы или заспиртованных гремучих змей. Те, кто побогаче, обзаводились сделанными вручную сапогами от легендарного Ледди.

Из небольших заведений доносился запах жаренного на углях мяса, привлекая туристов. Из открытых дверей бара несло прохладой и запахом пива.

Улицы были забиты разномастным транспортом, от замызганных грузовиков и семейных фургонов до изящных и дорогих европейских моделей. Группы молодых людей бродили по деревянному тротуару. Родители фотографировали детей, посадив их на усталого длиннорогого бычка.

Иногда попадался настоящий ковбой. Этих можно было отличить по приставшему к сапогам навозу и круглой выпуклости в заднем кармане джинсов «Вранглер» — непременной коробке с табаком. Они посматривали на тех, кто подделывался под ковбоев, с нескрываемым и вполне оправданным презрением.

Царила атмосфера беззаботности, спокойствия и невинности.

Лозадо не принадлежал к этой толпе.

Он забрал свой серебристый «Мерседес» у мальчишки, которому заплатил двадцать долларов за то, чтобы тот посидел в машине, и поехал по Главной улице, через реку и дальше, в центр города. Меньше чем через десять минут он передал машину дежурному по парковке, пересек отделанный гранитом и мрамором холл «Тринити Тауэр» и поднялся на лифте на верхний этаж.

Он купил этот пентхаус сразу же, как квартиры в реконструированном здании поступили в продажу. Как и у большинства домов на Сандэнс-сквер, внешний вид здания сохранили, чтобы не нарушать исторических традиций этого района. Изнутри же все выкинули, укрепили каркас с помощью самых современных методов с тем, чтобы он смог выстоять даже перед торнадо, и превратили его в комфортабельный жилой дом.

Купив огромную квартиру за огромные деньги, Лозадо потратил еще два миллиона, чтобы превратить ее в копию квартиры, которую он присмотрел в «Архитекчерел дайджест». Большие затраты он компенсировал, выполнив еще три заказа.

Он вошел в квартиру, где его встретила тишина, разительно отличающаяся от праздничной площадной суеты. Скрытые лампы бросали мягкий свет на блестящий паркет, на котором местами лежали меховые коврики. Каждая поверхность была гладкой и отполированной — дерево, покрытое лаком, плитка, металл. Большинство мебели красного дерева было встроенной. Свободно стоящие предметы были обтянуты либо кожей, либо меховыми шкурами.

Гордостью его гостиной был огромный аквариум, стоящий на мраморном пьедестале, по высоте достигающий колена. Аквариум занимал площадь в восемь квадратных футов и был глубиной в ярд. Это сооружение — единственное отклонение от рисунков, какие он облюбовал в журнале. Но это было необходимо. Внутри аквариума он устроил великолепное убежище для своих любимцев.

За температурой и влажностью велось непрерывное наблюдение. Чтобы они не поубивали друг друга, Лозадо следил, чтобы всем хватало пищи. На данный момент в аквариуме находилось пять жильцов, но иногда бывало и восемь, а один раз — всего три.

Имен у них не было, это было бы смешно, а никто никогда не сможет обвинить Лозадо в том, что он смешон. Но он знал каждого в отдельности, иногда доставал их из аквариума и играл с ними.

Двух он контрабандой вывез из Мексики. Они жили у него меньше года. Дольше всех у него жила самка самого обычного для Аризоны вида. Ее нетрудно было достать, и стоила она немного, но он к ней привязался. В прошлом году она родила тридцать одного детеныша, но Лозадо их всех убил, стоило им слезть с ее спинки, тем самым заявив о своей независимости от матери. Оставшаяся парочка была более редкого вида, их укус считался смертельным. Их трудно было не полюбить, ведь достать их оказалось неимоверно сложно, а заплатить пришлось кругленькую сумму.

Они были самыми великолепными скорпионами, какие только водятся в мире.

Он остановился, чтобы поговорить с ними, но играть не стал. Как человек деловой, он первым делом проверил, нет ли для него посланий на автоответчике. Ничего не было. Он подошел к бару в гостиной и налил себе еще текилы в хрустальный бокал баккара и отправился с ним к окну во всю стену, откуда открывался превосходный вид на ночную реку, в честь которой был назван дом и соседние небоскребы.

Он поднял шутливый тост в честь Центра правосудия графства Таррант, затем повернулся в противоположную сторону и салютовал складу, расположенному за железнодорожным полотном.

Сейчас там располагалось агентство по торговле машинами. Но двадцать пять лет назад, когда Лозадо совершил свое первое убийство, это сооружение из гофрированного железа пустовало.

Томми Салливан был его другом. Он ничего против парня не имел. Они никогда не ругались. Просто судьба распорядилась так, что Томми оказался в неподходящем месте в неподходящее время. Стояло жаркое лето. Они зашли в пустой сарай, потому что больше делать было нечего. Скука привела их туда, и она же оказалась причиной, по которой он убил Томми.

Томми шел на несколько шагов впереди Лозадо, которому вдруг пришло в голову, что будет совсем легко обхватить Томми сзади, за шею, и вонзить нож в его яремную вену.

Он все проделал только для того, чтобы убедиться, что он на это способен. Труп Томми доказал, что да, способен.

Он правильно сделал, что напал на него со спины, потому что кровь текла из Томми почти вечность. Лозадо гордился, что сумел сам не перепачкаться. Но в общем и целом убить Томми оказалось проще пареной репы. И так же легко не попасться. Он просто пошел к нему домой и спросил его мать, дома ли Томми. Она сказала, что нет, но если он хочет, то может зайти и подождать, рано или поздно Томми появится.

Вот так вышло, что Лозадо после убийства Томми провел время в его доме, слушая его стерео и с нетерпением и сладостной дрожью ожидая, когда в дом Томми принесут ужасное известие.

Приятные воспоминания прервал стук в дверь. Он по привычке подошел к двери осторожно, зажав в руке нож. Заглянул в «глазок», увидел знакомую горничную в форме, отпер замок и открыл дверь.

— Уборка требуется, мистер Лозадо?

Жильцам этого дома предоставлялись услуги дежурного на парковке, консьержа и горничной дважды в день. Она прошла в спальню и занялась уборкой. Лозадо налил себе еще текилы и вернулся в кресло около окна, положив нож на стол так, чтобы до него легко было дотянуться. Он уставился на огромный экран на противоположной стороне улицы. Показывали какой-то фильм, но он его не видел.

Все его мысли были заняты разговором с Ренни Ньютон. Он улыбнулся, вспомнив ее тщетную попытку казаться недоступной. Нет, она просто очаровательна.

Горничная подошла к нему поближе.

— Хотите, чтобы я задернула шторы, мистер Лозадо?

— Нет, спасибо. Ты оставила шоколадки на подушке?

— Двух сортов. Те, что вы любите, мистер Лозадо.

— Спасибо, Салли.

Она улыбнулась ему и принялась расстегивать верхние пуговицы своей блузки. Он никогда не пытался ничего о ней узнать. Он бы и имени ее не знал, не назовись она по собственной инициативе. Она сразу же сообщила ему, что работает горничной временно, а на самом деле хочет стать исполнительницей экзотических танцев в мужском клубе.

Возможно, сиськи у нее для этого дела были подходящие, но не задница. У нее она была широкая, как сарай.

Когда она начала игриво возиться с пуговицами своей формы, он сказал:

— Брось это! — притянул ее к себе и заставил встать на колени между его ног.

— Я могу сначала станцевать. Я репетировала перед зеркалом. Очень хорошо получается, пусть я это сама говорю.

Вместо ответа он расстегнул ремень и «молнию» на ширинке. Она явно расстроилась, что он отказался смотреть ее представление, но энергично взялась за дело. Расстегнула пуговицы на его рубашке и коснулась пальцами татуировки на груди. Ярко-синий кинжал с острым лезвием, казалось, пронзал его сосок.

— Это меня так возбуждает, — томно произнесла она.

Вытатуированные капли крови стекали по его ребрам. Ее язык, быстрый и ловкий, как у змеи, коснулся кончика кинжала.

Он приобрел эту татуировку в шестнадцать лет. Художник, который ее делал, предложил ему позднее проколоть сосок.

— Этот кинжал, да еще кольцо сквозь сосок проденешь, клево будешь выглядеть, чувак, — заметил он.

Лозадо запомнил страх в глазах этого мужика, когда он схватил его за кадык и приподнял со стула.

— Ты что, решил, что я гомик?

Глаза мужика вылезли из орбит. Он еле-еле выговорил:

— Нет, нет, парень. Я ничего такого не хотел сказать.

Лозадо медленно отпустил его.

— Ты лучше постарайся с этими гребаными каплями, а то эта татуировка может оказаться последней в твоей жизни.

Салли ужс спустилась ниже, поближе к его паху.

— Презерватив, — велел он.

— Я не возражаю.

— Зато я возражаю.

Он никогда не оставлял никаких следов ДНК. Обрезки ногтей он спускал в унитаз. Он каждый день брил все тело. Он был безволосым, как младенец. Только брови он оставлял. Сбрить их ему мешало тщеславие. Кроме того, без бровей не так станет выделяться шрам, а он хотел, чтобы он был виден всем.

К счастью, природа одарила его прекрасной формой черепа. Он был гладким и круглым, как мяч для боулинга. Если добавить ко всему этому смуглую кожу, то он выглядел красавцем даже с бритой головой. Он дважды в день чистил постель ручным пылесосом, чтобы нигде не осталось сухой кожи. Отпечатки пальцев он сжег много лет назад.

Из опыта с Томми он знал, что кровь жертвы может доставить много неприятностей. Он боялся, что кто-нибудь попросит его показать перочинный нож. Он не был уверен, что смыл с него всю кровь. Никто его не подозревал, да и от ножа он вскоре избавился, но в дальнейшем он старался оставлять орудие убийства на месте преступления. Он пользовался самыми обычными вещами, ничего экзотического, ничего недавно приобретенного, что можно было бы связать с ним.

У него был номер социального страхования. Как всякий добропорядочный гражданин, он платил налоги с дохода, получаемого от мастерской по ремонту телевизоров. Старый забулдыга, не просыхавший с той поры, как был изобретен телевизор, руководил за него этой мастерской. Расположена она была в криминальном районе, где немногие носили телевизоры в ремонт. Они просто ехали в богатый район и крали там новый. Но заведение было вполне легитимным, хотя и малодоходным.

Его истинный источник доходов не облагался налогами.

Салли крупными зубами разорвала упаковку.

— Ты, верно, очень богат. Такая роскошная квартира. И миленький «Мерседес».

Он обожал все, чем владел. Сейчас даже больше, чем раньше, до того как он восемь месяцев мытарился в тюрьме штата в ожидании суда. Это научило его еще больше любить красивые вещи.

Разумеется, эти месяцы дорого ему обошлись. Но он не беспокоился. За банкира ему очень хорошо заплатили.

Его деньги лежали на счетах под хорошие проценты в банках всего мира, зачастую в таких странах, где он никогда не был и не собирался побывать. Он мог уйти на пенсию в любой момент и прекрасно жить до конца дней своих.

Но такая мысль даже не приходила ему в голову. Он делал свою работу не из-за денег. Он мог бы заработать и другими способами. Он делал это потому, что умел и любил. Он обожал этим заниматься.

— У меня от этих скорпионов мурашки по всему телу, но квартира просто блеск. У тебя божественные вещи. Это покрывало на кровати — настоящая норка?

Лозадо хотел бы, чтобы она заткнулась и продолжала сосать.

— Ты правда такой опасный, как люди говорят?

Он схватил ее за крашеные волосы и дернул голову вверх.

— Какие люди?

— Ой! Больно!

Он покрепче перекрутил волосы в кулаке.

— Какие люди?

— Другие горничные, которые здесь работают. Мы разговаривали. Кто-то упомянул твое имя.

Он посмотрел ей в глаза, но не увидел следов предательства. Она была слишком глупой для платного доносчика.

— Я опасен лишь для тех, кто болтает обо мне. — Он отпустил ее волосы.

— Господи, чего так сердиться. Девчонки просто трепались. Я имела право похвастать. — Эта дура чуть ли не подмигивала ему.

Если бы она только знала, насколько отвратительной казалась ему ее улыбка. Он презирал ее за глупость и грубость. Ему очень хотелось причинить ей боль. Но вместо этого он снова сунул ее лицом себе в пах.

— Давай заканчивай побыстрее.

Он терпел ее только потому, что это было удобно. Он всегда мог достать женщину. Нет ничего проще. Любые красавицы выполнят все его капризы за его внимание и пятьдесят долларов чаевых.

Но ему нужна была не такая женщина. Ему хотелось женщину, какой у него никогда раньше не было.

В школе он был панком и гужевался с хулиганьем. Он вечно попадал в беду или в школе, или в полиции, или и там и там сразу. Его родителей это не волновало. Нет, они жаловались на его плохое поведение, но никогда ничего не предпринимали по этому поводу.

Его младший брат имел серьезные врожденные дефекты. С того дня как родители принесли его из роддома, Лозадо вполне мог перестать существовать, потому что в головах и сердцах его родителей именно так и случилось. Они полностью посвятили себя малышу и его специфическим потребностям. Видимо, посчитали, что у красивого, здорового, не по летам развитого старшего сына никаких потребностей нет.

Когда ему исполнилось четыре, отсутствие внимания со стороны родителей стало его злить. Он до сих пор не перестал злиться на них за то, что они предпочли ему младшего брата. Он узнал, что непослушание привлекает немного внимания со стороны мамы или папы, поэтому он и делал все те пакости, какие только способен изобрести ум ребенка. Он был настоящим чертенком, а к тому времени, как он стал подростком, он уже был убийцей.

В средней школе лучшие девочки не встречались с парнями вроде него. Он не употреблял наркотики, но воровал их у торговца и продавал сам. Он предпочитал ходить на подпольные петушиные бои, а не на пятничные футбольные матчи. Он от природы был атлетом, но не участвовал в командном спорте, потому что играть грязно было нельзя, а какой интерес играть по правилам? Кроме того, он никогда бы не смог подчиняться придурку со свистком, который называл себя тренером.

Лучшие девушки встречались с парнями, которые собирались поступать в университет и добиться успеха в бизнесе или медицине или стать известными юристами, как их папочки. Девочки, которых он желал, встречались с парнями, ездившими на «БМВ» в клубы и на гольф.

Хорошо одетые девушки, участвовавшие во всех внешкольных мероприятиях, классные девицы, состоявшие в загородных клубах, избегали его, видимо, опасаясь скомпрометировать себя.

Ну, они все равно оборачивались в его сторону. Он всегда был красавчиком. И чувствовалась в нем опасность, перед которой ни одна женщина не в состоянии устоять. Но его грубая сексуальность отпугивала их. Если он смотрел на кого-то слишком долго, слишком пристально и слишком многозначительно, эта девушка спешила унести ноги. Ему никак не удавалось найти себе хорошую девушку.

Хорошую девушку вроде Ренни Ньютон.

Вот это действительно классная женщина. В ней было все, что ему требовалось. Каждый день во время суда ему не терпелось попасть в зал, чтобы увидеть, как она одета и как причесана. Несколько раз он даже уловил легкий цветочный запах и догадался, что это ее духи, но все же уверенности не было.

Пока он не попал в ее дом. Там кругом царил этот аромат. Вспомнив ее запах, наполнявший все комнаты, он даже вздрогнул от удовольствия.

Девушка поняла его неправильно и плотнее сжала губы. Он закрыл глаза и представил себе Ренни Ньютон, доводящую его до оргазма.

Как только все закончилось, он велел Салли убираться.

— Но ты не хочешь...

— Нет. — Он с отвращением посмотрел на ее тяжелые сиськи. Настоящая свинья. Шлюха.

Как бы в подтверждение его мыслей она провела руками по своему телу, покачиваясь в такт с неслышной музыкой.

— Ты самый красивый парень, с кем мне приходилось быть. Даже это завлекательно. — Она подняла руку и коснулась рукой шрама, рассекающего его левую бровь. — Откуда он у тебя?

— Подарок.

Она смотрела на него, сощурив глаза. Вероятно, это казалось ей соблазнительным. Когда он понял, что Салли собирается поцеловать его шрам, он оттолкнул ее.

— Пошла вон.

— Ну, извини, что дышу.

Прежде чем она успела встать на ноги, он обхватил пальцами ее шею, слегка сдавив, чтоб почувствовала, дрянь развратная.

— В следующий раз, когда ты заговоришь обо мне с кем-нибудь, с кем угодно, я приду и вырежу тебе язык. Поняла?

Ее глаза расширились от страха. Она кивнула. Лозадо отпустил ее. Надо же, как быстро она способна двигаться для такой крупной особы. Кто знает, может, из нее и правда получится исполнительница экзотических танцев.

Избавившись от нее, Лозадо мысленно повторил разговор с Ренни Ньютон. Он так хорошо представил себе ее голос и манеру говорить, что почти слышал ее.

Она узнала его сразу, стоило ему произнести ее имя. Глупо было притворяться, что не знает, кто говорит. Она не велела ему больше звонить, но это было лишь внешней реакцией хорошей девочки на плохого мальчика. Это все ерунда, но расслышать страх в ее голосе ему было приятно.

Он имел богатый сексуальный опыт, но состоял этот опыт из бездумных встреч с единственной целью — переспать. Ему это надоело. Он устал подбирать где-то женщин, везти их домой и потом избавляться от них, потому что зачастую они пытались повиснуть на нем. А он ненавидел нытье.

У платных шлюх были свои недостатки. Противно было встречаться с ними в номерах гостиниц, какими бы роскошными эти гостиницы ни были. По сути, это всегда была деловая сделка, и шлюха к тому же всегда хотела быть боссом. Ему даже пришлось прикончить одну, слишком уж она настаивала на своем. Обычно же они ему в конечном итоге подчинялись, и дело до крайностей не доходило.

Кроме того, шлюхи таили опасность, им нельзя было доверять. Всегда могло оказаться, что они лишь полицейская приманка в ловушке.

Пришло время завести женщину подходящего калибра. Именно в этой области своей жизни он испытывал дефицит. Что касается всего остального, то он имел лучшее из лучшего. Такой мужчина, как он, заслуживает женщину, которой можно похвастаться, вызывающую зависть у других мужчин.

Он нашел такую женщину в Ренни Ньютон.

Она тоже наверняка ему симпатизировала, иначе зачем бы так боролась за его оправдание? Если бы он хотел, то мог бы взять ее в любое время. Если бы она вдруг начала говорить всякие глупости и делать вид, что сопротивляется, он бы подчинил ее себе. После того как он трахнет ее несколько раз, она поймет, что судьба предназначила их друг для друга. Он-то уже давно это понял.

Но ему хотелось отнестись к ней более деликатно. Она не такая, как все. Она заслуживает особого отношения. Ему хотелось ухаживать за ней так, чтобы ей понравилось. Так что суд еще не закончился, а он уже поручил своему адвокату узнать, кто такая эта великолепная женщина и есть ли у нее враги. Этот проныра узнал все очень быстро.

Убить того, другого врача было совсем просто, но недостаточно для демонстрации своего отношения к Ренни. Прежде чем позвонить ей, Лозадо счел необходимым сделать что-то, что показало бы ей глубину его чувств. Отсюда розы. Он нашел идеальную романтическую ноту.

Лозадо допил текилу. Хмыкнул, вспомнив отповедь Ренни. По сути, ему даже пришлось по душе, что она не купилась на эти предварительные попытки. Если бы она сдалась слишком быстро и слишком легко, он был бы разочарован. Ее независимость была одной из самых привлекательных черт. В меру, разумеется.

Рано или поздно она поймет, что Лозадо всегда получает то, что хочет.

7

Вик подошел к столу, за которым завтракал Лозадо.

— Эй, козел, сияние от твоей головы меня ослепляет.

Вилка Лозадо замерла между тарелкой и ртом. Он поднял глаза, стараясь унять свой гнев. Если он и удивился, увидев Вика, то ничем это не показал.

— Ну и ну, смотрите, кто вернулся, — произнес он с нарочитым равнодушием.

— Уже с неделю, — сообщил ему Вик.

— Разве у полиции Форт-Уэрта настолько плохи дела, что они пригласили тебя в свои ряды?

— Я в отпуске.

Вик выдвинул свободный стул из-за соседнего стола и сел на него верхом. Другие клиенты заведения могли счесть его невоспитанным, но ему было наплевать. Он хотел разозлить Лозадо. Если подергивание щеки о чем-то говорило, он был на верном пути.

— Надо же, какие славные блины. — Он сунул палец в кленовый сироп на тарелке Лозадо и облизал его. — Гм-м. Вкусно.

— Откуда ты узнал, что я здесь?

— Высунул голову из окна и пошел на зловоние.

На самом деле это кафе в гостинице было известно полиции как излюбленное место завтраков киллера. Сукин сын никогда не прятался. Он насмехался над копами, пытающимися изловить его, наблюдая за ними из окна своего навороченного автомобиля и панорамного окна пентхауса. За эту роскошь полицейские еще больше его презирали.

— Вы что-нибудь будете есть, сэр?

Вик повернулся к молоденькой официантке, приблизившейся к столику.

— Нет, я только развлекаюсь, дорогая, — сказал он, снимая ковбойскую шляпу и прижимая ее к сердцу. — Развлекаюсь со своим старым приятелем Рикки Роем.

Лозадо ненавидел два своих первых имени и терпеть не мог, когда к нему так обращались. Разумеется, Вик называл его так при малейшей возможности.

— Вы знакомы? — Он прочитал имя официантки на табличке, приколотой к блузке. — Шелли, красивое имя. Шелли, познакомься с Рикки Роем. Рикки Рой, это Шелли.

Она покраснела до корней волос.

— Они сюда часто приходят. Я знаю его имя.

— Он щедро дает на чай? — спросил Вик театральным шепотом.

— Да, сэр. Очень щедро.

— До чего же приятно слышать. И удивительно. Потому что, по существу, у Рикки Роя очень мало положительных качеств. — Он задумчиво склонил голову. — Если хорошенько подумать, это его единственное положительное качество.

Официантка с опаской переводила взгляд с одного мужчины на другого и наконец остановилась на Вике.

— Кофе желаете?

— Нет, спасибо, Шелли. Но очень мило с твоей стороны предложить. Если мне что-нибудь понадобится, я тебя позову. — Он дружески подмигнул ей. Она снова покраснела и быстро ушла. Повернувшись к Лозадо, Вик спросил: — Так на чем мы остановились? А, да, давненько не виделись. Извини, что я пропустил твой судебный процесс. Слышал, ты и твой адвокат настоящее шоу устроили.

— Все только зря теряли время.

— О, я согласен. Безусловно. Понять не могу, зачем они затевают суд для такого мешка с дерьмом, как ты. Если бы спросили меня, я бы отправил тебя прямиком в камеру смертников, без всякого суда.

— Тогда мне повезло, что моя судьба оказалась не в твоих руках.

— Кто знает, Рикки Рой. Может, я и дождусь такого счастливого дня. — Вик, просияв улыбкой, оглядел

Лозадо. Наконец он произнес: — Недурственный костюмчик.

— Спасибо. — Лозадо, в свою очередь, оглядел поношенные синие джинсы Вика, ковбойские сапоги и шляпу, которую он положил на стол. — Могу дать тебе адрес своего портного.

Вик рассмеялся:

— Мне он не по карману. Костюмчик-то, похоже, дорогой. Видать, дела идут неплохо. — Он наклонился и понизил голос: — Шлепнул кого-нибудь интересного после банкира? Мне жуть как хочется узнать, кто нанял тебя его прикончить. Может, его тесть? Слышал, они не ладили. Чем ты его? Струной от рояля или гитарной? Рыболовной леской? Почему не старое привычное лезвие?

— У меня завтрак стынет.

— Ох, прости. Я не собирался так задерживаться. Нет, просто остановился, чтобы поздороваться и сообщить, что я вернулся в город. — Вик встал и потянулся за шляпой. Повернул стул и поставил его на место. Затем перегнулся через стол и сказал практически на ухо Лозадо: — И еще я хотел, чтоб ты знал, что я собираюсь вырезать имя своего брата на твоей заднице, даже если это будет последнее, что я сделаю в жизни.

— Не уверен, что ты поступил умно, Вик.

— Зато получил удовольствие.

— Больше того, я абсолютно уверен, что ты сделал глупость.

Вик просчитался. Орен не нашел ничего смешного в его рассказе о встрече с Лозадо. Совсем ничего.

— А почему?

— Потому что он теперь знает, что мы за ним следим.

— Надо же, вот уж он удивился, — саркастически заметил Вик. — Мы постоянно за ним следим, и он это отлично знает.

Вик с самого начала чувствовал себя раздраженным, и отповедь Орена не улучшила ему настроение. Он встал с кресла и принялся расхаживать по комнате. И время от времени дергал резинку на запястье.

— Этому яйцеголовому подонку плевать, пусть мы хоть все отделение поставим за ним наблюдать круглосуточно семь дней в неделю. Он водит за нос полицейское управление и офис окружного прокурора с самого начала своей карьеры. Я хотел, чтобы он знал: я не забыл, что он сделал, и я не оставлю его в покое.

— Я могу понять, что ты чувствуешь, Вик.

— Сильно сомневаюсь.

Замечание разозлило Орена, но он сдержался.

— Ты не должен вносить свои собственные чувства в расследование, Вик. Я не хочу, чтобы Лозадо или Ренни Ньютон догадались, что за ними следят. Если они имеют отношение к убийству Ли Хоуэлла...

— Он наверняка, она нет.

— Вот как. Откуда такая уверенность?

Вик перестал ходить и рукой показал на ее дом наискосок через дорогу.

— Мы следим за ней целую неделю, твою мать. Она только работает и спит. Никуда не выходит. Никто не приходит к ней. Она встречается только с коллегами и пациентами. Она — робот. Заводишь ее, и она работает. Когда завод кончается, она идет домой и ложится спать. Подзаряжается.

В комнате на втором этаже пустующего дома было чересчур тепло. Они подключили электричество, чтобы можно было пользоваться кондиционером, но он оказался таким древним, что был не в состоянии справиться с полуденной жарой.

Вику казалось, что комната вокруг него сжимается. Прибавить к его клаустрофобии старание соблюдать правила Орена, и он готовый пациент для дурдома. Расследование ушло в песок. Стало скучно и утомительно.

— Мы не видели их вместе, верно, но это не значит, что между ними нет связи, — сказал Орен. — Оба слишком умны, чтобы делать что-то открыто. И даже если они не встречались после убийства Хоуэлла, это не значит, что они заранее не договорились.

Вик снова свалился в кресло, дурное настроение испарилось. Черт побери, а ведь он прав. Доктор Ньютон могла нанять Лозадо разделаться с ее соперником еще до того, как полиция установила за ней наблюдение. Достаточно одного телефонного звонка.

— Ты проверил, куда она за эту неделю звонила?

— По этим номерам она звонит постоянно. Но вряд ли она воспользовалась бы домашним телефоном, чтобы нанять киллера. — Орен сел напротив. — Ладно, хватит. Колись, что тебя грызет?

Вик откинул волосы со лба, подержал их несколько секунд ладонями, потом опустил руки.

— Не знаю. Ничего. — Орен посмотрел на него взглядом умудренного опытом папаши: мол, я знаю лучше. — Я чувствую себя так, будто я любитель подглядывать в чужие окна.

— Наблюдение никогда раньше тебя не угнетало. Что изменилось на этот раз?

— Разучился.

— Возможно. Что еще? Скучаешь по пляжу? Соленому воздуху? Что?

— Наверное.

— Ну да. Здесь нечто большее, чем тоска по тому дворцу, который ты оставил в Галвестоне. У меня такое впечатление, будто ты сам собираешься выцарапать себя из панциря. В чем дело? Потому что это расследование может затронуть Лозадо?

— Разве этого мало?

— Это тебе решать.

Вик пожевал изнутри щеку, помолчал и сказал:

— Все дело в Тинпене. Он козел.

Орен рассмеялся:

— А он о тебе так хорошо отзывается.

— Могу себе представить.

— Ты прав. Он считает, что ты полудурок.

— По крайней мере, от меня не воняет. Весь дом провонял этими гнусными сандвичами с луком, которые он приносит из дома. Ты чувствуешь запах, как только открываешь дверь внизу. И у него задница потеет.

Орен засмеялся еще громче.

— Что?

— Ну да. Ты никогда не замечал пятен пота на его портках? Это омерзительно. Так же, как и вот это. — Он вскочил с кресла, будто им выстрелили из пушки. Как в цирке. Тремя шагами подошел к противоположной стене и сорвал вывешенные Тинпеном фотографии.

Смяв их, он швырнул комок на пол.

— Давно пора кончать с этими подростковыми пристрастиями. У него разум пятнадцатилетнего извращенца. Он грубый, глупый и... — Орен смотрел на него, задумчиво нахмурясь. — Черт, — пробормотал Вик и снова сел в кресло.

Теперь Вик впал в обиженное молчание, уставившись на дом Ренни Ньютон. С утра она отправилась на пробежку по району. Орен рванул вниз и незаметно последовал за ней на машине.

Пробежав пять миль, она вернулась, потная, тяжело дыша. По словам Орена, она ничего не делала, только бежала.

— Эта дамочка в хорошей форме, — добавил он.

Больше она из дома не выходила. Наружный свет так падал на окна, что разглядеть происходящее в доме было почти невозможно. Когда стемнело, она опустила жалюзи.

Вик вздохнул.

— Ладно, может, я и зря подошел к Лозадо. Но вряд ли я его вспугнул. Он знал, что когда-нибудь я приду за ним. Я поклялся, что сделаю это.

Орен раздумывал несколько минут, потом сказал:

— Я думаю, Хоуэлла убил он.

— Согласен.

Вик прочитал окончательный отчет, как только он был закончен. Все очень старались, но место преступления оказалось стерильнее операционной. У них не было ни малейших оснований для обыска в квартире или машине Лозадо, а если бы и были, они все равно ничего бы не нашли. Вик знал это по опыту.

— Долбаный призрак, — сказал Вик. — Никаких следов не оставляет. Ничего. Как будто и воздух вокруг него не колышется.

— Мы прищучим его, Вик.

Вик коротко кивнул.

— Но по правилам, — добавил Орен.

Вик взглянул на него.

— Нет, ты уж договаривай.

— Что?

— Сам знаешь, о чем ты думаешь.

— Не надо вкладывать свои мысли мне в голову, идет?

— Ты думаешь, что, если бы я играл по правилам, мы бы взяли его три года назад. За Джо.

Спорить тут было не о чем, но Орен был слишком хорошим другом, чтобы так сказать. Он лишь печально улыбнулся.

— Я все еще тоскую по нему.

— Ага. — Вик наклонился вперед и поставил локти на колени. Провел ладонями по лицу. — Я тоже.

— Помнишь, мы только что закончили академию. Настоящие салаги. Мы с Джо сидели в засаде. Самая холодная ночь в году, мы чуть яйца себе не отморозили. Ты решил удивить нас пиццей.

Вик подхватил рассказ.

— Я появился в служебной машине, и, разумеется, вся ваша засада полетела ко всем чертям. Джо не знал, что делать, всыпать мне за то, что я завалил вашу работу, или съесть пиццу, пока она не остыла. — Он покачал головой. — Вы мне этого так и не простили.

Джо и Орен вместе учились в полицейской академии и после окончания стали напарниками. Джо был рядом с Ореном, когда родились обе его дочери. Он сидел с Ореном, когда тот волновался за Грейс, у которой в груди образовалась киста и ей делали биопсию. Он ездил с ним во Флориду, когда умерла его мать. Орен плакал вместе с Джо, когда женщина, которую Джо любил, разорвала помолвку, разбив ему сердце.

Они абсолютно доверяли друг другу, готовы были поручиться друг за друга жизнью. Их дружеская связь была почти такой же крепкой, как братская связь между Джо и Виком.

Когда Джо убили, Орен взял на себя роль старшего брата по отношению к Вику. Позднее они стали напарниками, хотя оба понимали, что заполнить пустоту, оставшуюся после Джо, невозможно.

Почти минута прошла в молчании. Наконец Орен шлепнул себя по бедрам и встал.

— Если не возражаешь, я двину к дому.

— Конечно. Поблагодари Грейс за салат из ветчины и помидоров. После всех этих поганых сандвичей он пойдет как по маслу. Обними девочек.

— Уж прости, что тебе придется провести здесь субботу.

— Нормально. Я... — Он замолчал, вспомнив что-то, и взглянул на часы. — Какое сегодня число?

— Гм, одиннадцатое. А что?

— Да ничего. Совсем потерял счет дням. Ты лучше поторопись. А то Грейс рассердится.

— До завтра.

— Ага, увидимся. — Вик заложил руки за голову, приняв беспечный и скучающий вид.

Он подождал, пока не отъехала машина Орена, затем схватил ключи и тоже направился к выходу. Он сел в пикап и проехал мимо дома Ренни. Никаких признаков, что она дома. Невозможно догадаться, что она собирается делать вечером. Что, если его подвела интуиция? Если он ошибся и Лозадо сегодня навестит ее, Орен снимет с него голову.

Но он готов был поспорить, что прав.

Он успел к церкви за три минуты до начала. Он бегом добежал до дверей и едва успел усесться, как начали звонить колокола. Семь часов.

Покинув дом, откуда велось наблюдение, он рванул к ближайшему торговому центру, ворвался туда и отдался в руки продавца, который уже мечтал о конце своей бесконечной субботней смены.

— Совсем про все забыл, черт побери, только полчаса назад опомнился, — задыхаясь, объяснил Вик. — Сижу, понимаете, смотрю игру с «Рейнджерс», пивко попиваю, закусываю, и вдруг меня как ударило. — Он стукнул по лбу ладонью. — Бросил смотреть, и знаете что, «Рейнджерс»-то как раз выигрывал.

Такое замысловатое вранье не принесло никакого результата, продавец только фыркнул. Необходимо приукрасить.

— Если я не пойду, матушка никогда меня не простит. У нее спину повело в четверг. Глотает она таблетки и все жалеет, что пропустит это дело. Ну, тут я и вылез, язык-то как помело, и говорю: «Не волнуйся, мам. Я схожу». Мне до смерти бы не хотелось нарушать обещание.

— Сколько у вас времени?

Ага! У всех есть матушка.

— Час.

— Ну, не знаю. Вы ужасно высокий. У нас редко бывают такие роста.

Вик вытащил кредитную карточку и пятидесятидолларовую банкноту.

— Уверен, вы сможете что-нибудь подобрать.

— Что ж, это даже интересно, — заметил продавец, пряча в карман банкноту.

С помощью портного, который что-то бормотал, делая пометки, они приодели Вика в соответствии с требованиями и даже нашли ему голубую рубашку и галстук в тон.

— Это называется «монохроматический вид», — объяснил продавец, который, как и Лозадо, видимо, решил, что ему требуется инструктаж в области моды.

Когда брюки подшили, а пиджак обузили в талии, Вик направился дальше и почистил свои сапоги. К счастью, сегодня он надел свою лучшую черную пару. Затем он отыскал мужской туалет, смочил волосы и причесал их пальцами. Бриться было некогда.

Теперь, сидя в церкви, он был уверен, никто не догадается, что его экипировали для этого события всего за шестьдесят минут.

Церемония началась с рассаживания матерей. Затем появились подружки невесты, облаченные в платья персикового цвета. Все встали в ожидании торжественного появления невесты.

Вик воспользовался преимуществом своего роста,

чтобы рассмотреть как можно больше лиц. Он уже было решил, что потратил чертовски много времени и денег зря, когда обнаружил ее в третьем от алтаря ряду. Насколько он мог судить, ее никто не сопровождал.

Всю церемонию он не сводил взгляда с ее затылка. Когда венчание закончилось и гости начали выходить из церкви, направляясь к своим машинам, чтобы ехать в загородный клуб, он старался не терять ее из вида. Обрадовался, когда увидел ее джип среди других машин, направляющихся на прием.

В тот день, когда он обыскивал ее дом, среди открытой почты ему попалось приглашение на свадьбу. Он его прочитал, запомнил дату и время в надежде, что эта информация может пригодиться. Когда Орен заговорил о субботе, Вик вспомнил об этом приглашении. Он решил рискнуть. Вдруг Ренни поедет на эту свадьбу и он сможет понаблюдать за ней без помощи бинокля.

Подъехав к загородному клубу, он предпочел припарковаться самостоятельно и взять ключи с собой, а не передавать их дежурному. Так было быстрее, а он хотел оказаться в клубе до Ренни. Продавец, так лихо его приодевший, по его просьбе позвонил в свадебный отдел и организовал красиво упакованный подарок. Вик оставил его на столе, закрытом белой тканью. Как все.

Хорошенькая молодая женщина следила за гостевой книгой.

— Не забудьте расписаться.

— Моя жена уже расписалась.

— Ладно. Веселитесь. Буфет и бар уже работают.

— Замечательно. — Он сказал это вполне искренне. Он боялся, что ужин будет за столом, а это означает, что там не будет карточки с его именем и ему придется удалиться.

Но он не пошел искать буфет или бар. Вместо этого прислонился к стене и постарался быть как можно незаметнее. Он увидел Ренни сразу, как только она вошла в зал, и целый час не сводил с нее глаз.

Иногда она болтала с кем-нибудь, но по большей части стояла одна, скорее наблюдатель, чем участник празднества. Она не танцевала, почти ничего не ела, отказалась от свадебного торта и шампанского, предпочтя бокал с прозрачной жидкостью со льдом и кусочком лимона. Вик постепенно пробрался поближе, стараясь держаться с краю толпы и избегая распорядителей, которые могли подойти к нему и спросить, чей он гость.

Ренни закончила беседовать с какой-то парой, и Вик решил рискнуть. Он встал на ее пути, и она наткнулась на него.

Быстро опомнившись, она сказала:

— О, простите меня, пожалуйста.

8

— Без проблем. — Вик улыбнулся и кивком показал на ее руку. — У вас рука мокрая. Позвольте?

Он взял у нее бокал и кивнул официанту, который не только взял бокал из его рук, но и предложил салфетку, чтобы Ренни могла вытереть руки.

— Благодарю вас, — сказала она Вику, когда официант отошел.

— Не стоит благодарностей. Давайте я вам принесу другой бокал.

— Спасибо, мне ничего не надо.

— Если я этого не сделаю, матушка от меня откажется. — Снова матушка. — Кроме того, мне и себе надо что-то взять. Пожалуйста. — Он кивнул в сторону бара.

Она поколебалась, потом неуверенно согласилась:

— Хорошо. Спасибо.

Он довел ее до бара и сказал бармену:

— Две порции того, что пьет эта леди.

— Вода со льдом и лайм, пожалуйста, — сказала она бармену. Затем взглянула на Вика, который дергал себя за ухо и рассеянно улыбался. — А я-то решила, что рискую, попросив вас заказать за меня. Вам вовсе не обязательно это пить.

— Да нет, вода со льдом — то, что мне нужно. Холодная и освежающая. Свадьбы в августе вызывают жажду. — Бармен подвинул им два высоких стакана. Вик взял один и чокнулся с ней. — Не пейте слишком быстро, а то в голову ударит.

— Обещаю, что не буду. Еще раз спасибо.

Она отступила назад, чтобы другие гости могли подойти к бару. Вик сделал вид, что не понял этой явной попытки от него отделаться, и пошел за ней.

— Любопытно, почему так мало свадеб бывает в январе и феврале?

Она непонимающе взглянула на него. То ли удивилась, что он не понял намека и не отстал, то ли ее смутил неожиданный вопрос.

— Я что хочу сказать, — заторопился он. — Почему так много пар женятся летом, когда так чертовски жарко?

— Не знаю. По традиции?

— Может быть.

— Удобнее? Летом ведь у многих отпуска. Легче приехать гостям из других городов.

— Например, вам?

— Мне? — Она не очень хотела уточнять, но все же снизошла: — Нет, я живу здесь.

Он тут же охотно сообщил ей, что живет в Галвестоне, к чему она не проявила никакого интереса.

— Во всяком случае, последний год. Вы со стороны жениха или невесты?

— Мы с отцом жениха коллеги.

— Моя мать — двоюродная кузина матери невесты, — соврал он. — Матушка не смогла приехать, но ей хотелось, чтобы кто-нибудь из нашей ветви семьи... Ну, вы знаете, как это бывает.

Она снова начала отходить от него.

— Желаю приятно провести время. Спасибо за воду со льдом.

— Меня зовут Вик Треджилл.

Она посмотрела на его протянутую руку, и на секунду ему показалось, что она откажется пожать ее. Но она взяла его руку в свою, крепко пожала и тут же отдернула. Он ничего не успел понять, только что ее рука холоднее, чем у него, возможно, от того, что она мертвой хваткой вцепилась в стакан с той минуты, как он передал ей его у бара.

— Вы сказали — Вик?

— Да. И у меня нет дефектов речи.

— Необычное имя. Это сокращенное от чего-то?

— Нет. Просто Вик. А вас как зовут?

— Ренни Ньютон.

— Это сокращенное от чего-то?

— Доктор Ренни Ньютон.

Он засмеялся.

— Рад с вами познакомиться, доктор Ренни Ньютон.

Она взглянула в сторону выхода, будто примерялась, как лучше ускользнуть, если возникнет такая необходимость. У него было ощущение, что она в любой момент может исчезнуть, и он старался как можно дольше затянуть разговор.

Она возбудила бы в нем любопытство, даже если бы не была подозреваемой в уголовном преступлении. Даже если бы их встреча была совершенно случайной, ему все равно захотелось бы узнать, почему женщина, на вид вполне светская, так ужасно нервничает при разговоре с незнакомцем в совершенно безопасной обстановке, когда вокруг целая толпа народу.

— Так вы врач? — вежливо осведомился он.

— Хирургия, — на этот раз она уточнила без колебаний.

— Впечатляет. Вы работаете с травмами? Огнестрельные раны, проникающие ножевые ранения и все такое, что постоянно показывают по телевизору? — «То, из-за чего твой коллега угодил в морг», — подумал Вик, пытаясь уловить беспокойство или страх в невероятных зеленых глазах, но даже если она и была соучастницей этого преступления, то ничем себя не выдала.

— Обычно я делаю операции по графику. Травмы попадаются, только если я дежурю. — Она похлопала по своей сумочке. — Например, сегодня. Там у меня пейджер.

— Что объясняет вашу склонность к трезвости.

— Когда я дежурю, я не могу себе позволить даже бокал шампанского.

— Ну, надеюсь, сегодня ничего не случится, и вас не вызовут. — Тон, каким он это сказал, и взгляд, которым он на нее посмотрел, не оставляли сомнений в его намерениях. И ее это явно смущало.

Она перестала улыбаться. Вокруг нее как бы выросла невидимая стена из лазерных лучей, как вокруг музейного сокровища. Если он посмеет приблизиться, то включатся многочисленные сигналы тревоги.

Барабанная дробь привлекла их внимание к сцене, откуда молодая готовилась бросить свой букет в толпу барышень, норовящих пробраться поближе. Вик стоял слегка позади Ренни и правее. Он был отлично знаком с реакцией многих женщин, чтобы понять, что его близость ее нервирует. Почему?

К данному моменту большинство женщин уже либо начали флиртовать и дали понять, что свободны на остаток вечера, либо сообщили ему о бойфренде, который, к сожалению, не смог присутствовать на свадьбе, либо просто послали бы его куда подальше.

Поведение Ренни не подходило ни под одну из категорий. Она не уходила, но на ней уже было написано крупными буквами: «Не трогай» и «Даже думать об этом не смей».

Вику было интересно, как долго можно на нее давить, прежде чем она выйдет из себя. Он подвинулся еще ближе, так близко, что его присутствие невозможно было игнорировать. Он только что не касался ее.

После того как букет был брошен, молодой муж встал на одно колено и стянул подвязку, всю в оборочках, с протянутой ноги молодой жены. Тем временем несколько молодых людей неохотно встали в тесный кружок, сунув руки в карманы и ссутулив плечи.

— Смотрите, насколько ясно в этой простой свадебной традиции видна разница между полами. — Он нагнулся и слегка наклонился, чтобы говорить прямо в ухо Ренни. — Насколько ниже уровень предвкушения у мужчин, чем у женщин.

— У мужчин такой вид, будто их посылают на галеры, — согласилась она.

Молодой муж кинул подвязку. Один парень просто вынужден был поймать ее, поскольку она угодила ему в лоб. Какая-то из подружек невесты взвизгнула, бросилась ему на шею и покрыла его покрасневшее лицо поцелуями.

— У меня целый ящик этих штук, — заметил Вик.

— Так много? — повернулась к нему Ренни.

— У меня всегда было преимущество в росте.

— И что же?

— Да ничего.

— Все впустую? Может быть, ваш рост не преимущество, а недостаток?

— Никогда такое не приходило в голову.

Оркестр начал играть знакомую мелодию. Гости потянулись к танцплощадке, обходя Вика и Ренни, потому что они не трогались с места.

— Значит, доктор Ньютон?

— Верно.

— Вот ведь не повезло.

— Почему?

— Я здоров как бык.

Она уставилась на узел его монохромного галстука.

— Вы здесь один?

— Да.

— Я тоже.

— Потанцуем?

— Нет, спасибо.

— Еще воды со льдом?

— Нет, спасибо.

— Скажите, это неприлично уходить с приема раньше молодых?

Она быстро подняла голову и встретилась с ним взглядом.

— Полагаю, что да.

— О, черт!

— Но мне кажется, я уже по горло сыта весельем.

Вик усмехнулся и кивнул в сторону ближайшего выхода. Пока они пробирались сквозь толпу гостей, его рука легко касалась спины Ренни, и она не возражала.

Обслуга парковки скучала у колонн. Один подскочил к ним, как только они показались.

— Я припарковал вашу машину вон там, доктор Ньютон. Легко выехать, как вы и велели.

— Спасибо.

Она открыла сумку, чтобы дать чаевые, но Вик оказался проворнее и сунул парню пятерку.

— Я провожу доктора Ньютон. Не надо подгонять машину сюда.

— Да, хорошо, спасибо, сэр. Ключи в машине.

Улыбка, предназначенная парню, застыла на ее лице. Ренни позволила Вику проводить ее вниз по лестнице до стоянки для особо важных гостей, но держалась так, будто аршин проглотила.

— Вам не следовало этого делать, — сказала она, едва шевеля губами.

Ага, она в гневе.

— Что делать?

— Я сама за себя плачу.

— Сама за себя... Вы о чем? О чаевых мальчишке? Возможность проводить вас до машины вполне стоила пяти долларов.

Они как раз подошли к ее джипу. Ренни открыла дверь, бросила на сиденье сумку и повернулась к Вику лицом:

— Вы проводили меня до машины. Больше за пять долларов вам ничего не полагается.

— Значит, о чашечке кофе и заикаться не стоит?

— Совершенно точно.

— Вам не надо отвечать мне прямо сейчас. Подумайте.

— Прекратите со мной флиртовать.

— Я только заговорил о чашке кофе, вовсе не о...

— Вы начали флиртовать со мной с того момента, как я извинилась перед вами за то, что налетела на вас. Если вы надеетесь, что из этого что-то выйдет, вы зря теряете время.

Он поднял руки, сдаваясь.

— Я всего лишь дал за вас на чай. Хотел выглядеть джентльменом.

— Тогда спасибо за то, что были джентльменом.

Спокойной ночи. — Она села в машину и захлопнула дверцу.

Вик тут же снова открыл ее и наклонился, приблизив лицо почти вплотную к ее лицу:

— К вашему сведению, доктор Ньютон. Если бы я с вами флиртовал, то вы сейчас были бы уже в курсе, что глаза у вас потрясающие и что я, быть может, увижу ваши губы в весьма грязном сне. Спокойной ночи.

Он громко захлопнул дверь и пошел прочь.

Сидя в своей машине, припаркованной в половине квартала от загородного клуба на противоположной стороне улицы, Лозадо видел, как Ренни вышла из клуба. На ней было платье из какой-то легкой летней материи, которое соблазнительно ее облегало и возбуждало в нем желание.

Когда она вышла из тени балкона второго этажа, свет позолотил ее светлые волосы. Она выглядела потрясно. А какой грациозной была ее походка. Она...

— ...мать твою, а это еще кто?

Увлекшись своими фантазиями, Лозадо не сразу заметил мужчину, идущего с ней рядом. Но когда он узнал эту длинную, поджарую фигуру и сообразил, кто ее сопровождает, он еле сдержался, чтобы не выскочить из машины, пересечь улицу и убить Вика Треджилла на месте.

Рано или поздно это обязательно произойдет. Ему все равно придется прикончить этого разговорчивого гребаного копа, так почему, черт возьми, не прямо сейчас?

Потому что это не стиль Лозадо, вот почему. Преступления из ревности для любителей, не умеющих держать себя в руках. И хотя ему страстно хотелось покончить с Виком Треджиллом раз и навсегда, у него имелась лучшая перспектива в жизни, чем провести остаток дней в камере смертников, подавая одну апелляцию за другой и получая отказы. И наконец закончить уколом в вену, подаренным государством за убийство полицейского.

Если бы Вик сам все не испортил, он, Лозадо, скорее всего, сидел бы сейчас в камере смертников за убийство его брата Джо. Лозадо знал, что эта ошибка до сих пор мучает Вика. Он, верно, сходит с ума от злости, зная, что убийца его брата живет в пентхаусе, шьет костюмы у лучшего портного, ездит на роскошной машине, ест, пьет, совокупляется, то есть наслаждается свободой благодаря глупости Вика.

Лозадо потрогал шрам над бровью и хмыкнул. Он слишком умен, чтобы, как Вик, поддаваться минутному настроению. Другие постоянно делают такие ошибки, но не Лозадо. Лозадо профессионал, не имеющий себе равных. Профессионал никогда не теряет голову и ждет своего часа.

Кроме того, ожидание момента, когда он решит убить Треджилла, доставит ему едва ли не большее удовольствие, чем само убийство.

И все же, наблюдая за копом, шедшим рядом с женщиной, которой Лозадо вскоре будет обладать, он сжал руль так крепко, будто хотел вырвать его с мясом.

Какого черта делает его Ренни с Виком Треджиллом?

Первоначальный шок при виде их вместе уступил место беспокойству. События развивались не так, как бы ему хотелось. Сегодня утром Треджилл помешал ему завтракать, затем появился на свадебном приеме вместе с Ренни. Совпадение? Вряд ли.

Что нужно Вику от доктора Ренни Ньютон? Его интересует ее роль в последнем судебном процессе? Или это имеет отношение к делу об убийстве доктора Хоуэлла, которое так и осталось нераскрытым? Лозадо не узнал бы о ее планах на вечер, если бы не нашел приглашение на свадьбу в тот день, когда доставлял розы, а потом шарил по дому. Неужели Вик тоже проникал в ее дом?

Это были беспокойные мысли.

Но что больше всего терзало его, заставляло глаза наливаться кровью, а бритую голову пылать жаром, это возможность, что Ренни была заодно с полицией. Неужели они каким-то образом узнали, что она ему нравится? Вдруг Треджилл с компанией уговорил ее помочь расставить ловушку? Ну нет, это было бы ужасно. Убить ее за предательство и допустить, чтобы его женщина пропала попусту.

Со все растущим подозрением он смотрел, как Треджилл наклонился к ней, потом выпрямился и захлопнул дверцу. Ренни выехала со стоянки и промчалась мимо, не заметив Лозадо. Она смотрела на дорогу, на лице не было улыбки. Более того, она казалась рассерженной. Последние слова Треджилла привели ее в бешенство. Он ведь, как последний дурак, вечно над всеми подшучивал, наверное, и с женщинами вел себя так же по-идиотски.

Лозадо завел мотор, развернулся на сто восемьдесят градусов и поехал за Ренни. В дом она вошла одна. Он оставил машину в конце квартала и несколько часов следил за ее домом. Она больше не выходила. Ни Треджилл, ни кто-нибудь другой не показывались.

Только после полуночи Лозадо начал успокаиваться. Подозрения насчет Ренни показались надуманными. Можно найти вполне логичное объяснение ее появлению с Треджиллом. Возможно, он расспрашивает ее о чем-то, связанном с убийством доктора Хоуэлла. Все знали, что между ними были серьезные разногласия. В Форт-Уэрте сплетни распространяются быстро. Расспросы полицейского во время приема могли ее рассердить, поэтому она и выглядела такой взбешенной, когда ехала домой из загородного клуба.

Довольный, что сумел принять правильное решение, Лозадо достал сотовый телефон и набрал ее номер.

9

Вик в темноте вскарабкался по лестнице. В одной руке он нес новый пиджак и сумку, полученную в магазине, а второй дергал галстук. Когда он добрался до душной комнаты на втором этаже, рубашка уже была расстегнута, так же как и ремень на брюках.

К дому, откуда они вели наблюдение, он подъехал не по ее улице, а кружным путем, причем добрался до места как раз в тот момент, когда она въезжала в гараж.

Он прямиком направился к окну и посмотрел в бинокль. Одновременно он, не нагибаясь, скинул ботинки и стащил носки.

Ренни, не останавливаясь, прошла через кухню и исчезла в коридоре, ведущем в гостиную.

Вик скинул рубашку.

Зажегся свет в спальне Ренни. Похоже, ей тоже мешала одежда. Она сбросила туфли и завела руки за спину, чтобы расстегнуть «молнию» на платье.

Вик сбросил брюки.

Ренни сняла платье и оставила его на полу.

Вик замер.

Бельишко сексуальное. Цвет бледной лаванды. Один намек на перепонки, ткань прозрачная, как дыхание. В таком белье женщина кажется более голой, чем если бы на ней вообще ничего не было. Эффект потрясающий.

Она поставила туфли на полку, повесила платье

на плечики, вошла в ванную комнату и закрыла за собой дверь.

Вик закрыл глаза. Прислонился к оконной раме, чтобы остудить разгоряченный лоб о стекло. Он на самом деле застонал или ему показалось? Он натурально пускал слюни. Господи, так недолго превратиться в Тинпена.

Он положил бинокль на стол, достал из холодильника бутылку воды и выпил всю, не переводя дыхания. Не сводя взгляда с дома, он нащупал в сумке джинсы, в которых пришел в магазин. Натянул их, но рубашку оставил в сумке. Слишком жарко, черт побери, чтобы одеваться полностью.

— Что случилось с этим гребаным кондиционером? — пожаловался он в темноту.

Тут он заметил, что Ренни вышла из ванной, и схватил бинокль. Она заменила игривое белье на майку и обтягивающее трико до колена, которые вполне могли посоревноваться в сексуальности с более изящным бельем, но Вику, тем не менее, пришлось признать, что любовника она в эту ночь не ожидала.

Для свадьбы она уложила волосы в пучок на затылке. Теперь они были распущены. Яснее ясного, какая прическа ему нравилась больше.

Она потерла руки. Замерзла? Или нервничает? Взглянула на окно, заметила, что жалюзи открыты, и быстро погасила свет. Определенно нервничает.

Вик отложил обычный бинокль и взял другой, ночного видения. Теперь он мог разглядеть, что Ренни стоит у окна и смотрит в щель жалюзи. Она медленно поворачивала голову из стороны в сторону, как будто разглядывала все углы двора. Проверила замок на окне и дернула за шнур, поплотнее закрывая жалюзи. Через несколько секунд она их снова открыла.

«Похоже, подает кому-то сигнал», — подумал он.

Ренни простояла так еще несколько минут. Вик

смотрел все время на нее, только изредка посматривая на двор, нет ли там какого-то движения. Но никто через забор к ней не лез. Ренни из окна тоже вылезать не собиралась. Ничего не происходило.

Наконец она отошла от окна. Вик поправил фокус у бинокля. Он мог видеть, как она разбирает постель. Потом она легла и натянула простыню до пояса. Взбила подушку под головой, повернулась на бок, лицом к окну. Лицом к нему.

— Спокойной ночи, Ренни, — прошептал Вик.

Ее разбудил телефонный звонок. Ренни зажгла лампу и по привычке взглянула на часы. Без малого час ночи. Она спала почти три часа. Когда она дежурила, она старалась спать все свободное время, не зная, какой выдастся ночь.

В том, что ее разбудят ночью в субботу, можно было быть почти уверенной. В этот вечер в приемном отделении все сбивались с ног, залечивая раны, нанесенные одним человеческим существом другому. Когда врачи не справлялись с потоком больных или когда требовался хирург с большим опытом, вызывали дежурного хирурга.

Ренни отозвалась, готовясь встать и ехать.

— Доктор Ньютон слушает.

— Привет, Ренни.

Она прижала простыню к груди.

— Я же вам сказала, чтобы вы меня больше не беспокоили.

— Ты спала? — продолжал он как ни в чем не бывало.

Откуда у Лозадо номер ее домашнего телефона? Ренни давала его лишь нескольким хорошим знакомым и на коммутатор больницы. Но ведь он — закоренелый преступник. Он найдет способ достать даже незарегистрированный номер.

— Если вы будете продолжать мне звонить...

— Ты сейчас лежишь на желтых простынях?

— Вас могут арестовать за то, что вы залезли в мой дом.

— Тебе понравилось на свадьбе?

Этот вопрос заставил ее замолчать. Он давал ей понять, насколько близко к ней подобрался. Она представила себе его самодовольную улыбку. Так он улыбался в суде. Создавалось впечатление, он совсем не нервничает, не боится приговора, даже скучает.

Внешне улыбка казалась вполне невинной, но она понимала, какое зло под ней скрывается. Она могла представить себе, как он с этой самодовольной улыбкой наблюдает, как его жертвы испускают последнее дыхание. Наверняка он и сейчас так улыбается, зная, что расстроил ее.

— Мне понравилось твое платье, — сказал он. — Очень тебе идет. Шелк так тебя облегал, что вряд ли кто-нибудь глядел на невесту.

Конечно, ему нетрудно было следить за ней. Он сумел отключил навороченную сигнальную систему безопасности и задушил банкира в его собственном доме, когда жена и дети спали наверху.

— Зачем вы за мной следите?

Он тихо рассмеялся:

— А за тобой так приятно следить. Каждый день во время этого дурацкого суда я ждал твоего появления и скучал ночами, когда не мог тебя видеть. Ты была единственным светлым пятном в зале суда, Ренни. Я глаз от тебя не мог оторвать. И не притворяйся, ты замечала это, ты чувствовала на себе мой взгляд.

Да, она чувствовала, что он наблюдает за ней, причем не только во время суда. Это ощущение не покидало ее и в последние дни. Возможно, сознание того, что он побывал в ее доме, заставило ее воображение разыграться, но иногда ощущение разглядывающих ее глаз было настолько сильным, что она не могла ошибиться. С того дня, как она получила розы, она не чувствовала себя в собственном доме в одиночестве.

Вот как в данный момент.

Ренни выключила лампу, быстро встала с кровати и подошла к окну. На этот раз она решила не закрывать жалюзи, подумав, что, если Лозадо наблюдает за ней, ей нужно об этом знать. Она тоже хотела его видеть.

Где он сейчас, откуда смотрит на нее? Руки покрылись мурашками, ей казалось, что ее видно, как на ладони, но она заставила себя остаться у окна и оглядеть темные соседние дома и свой задний двор, который в последнее время стал внушать ей страх.

— То, что вы непрерывно на меня таращились, мне вовсе не льстило.

— Ой, брось, Ренни, думаю, ты лжешь. Просто не хочешь признаться. Пока.

— Слушайте меня, мистер Лозадо, и слушайте внимательно, — зло сказала она. — Мне было неприятно, что вы на меня смотрели. Мне противны ваши телефонные звонки. Я не хочу больше вас слушать. И если я замечу, что вы за мной следите, вы об этом пожалеете.

— Ренни, Ренни, а где же твоя благодарность?

Она с трудом проглотила комок в горле.

— Благодарность? За что?

— За розы, разумеется, — произнес он после многозначительной паузы.

— Мне они не нужны.

— Неужели ты думаешь, что я могу остаться в долгу? Особенно в долгу перед тобой?

— Я не оказывала вам никакой услуги.

— Ну, я думаю иначе. Я знаю больше, чем ты думаешь. Я много чего о тебе знаю.

Она невольно замолчала. Как много он знает? Хотя она и понимала, что подыгрывает ему, но все же не удержалась и спросила:

— Например?

— Я знаю, что ты любишь цветочные ароматы. Что у тебя в сумке всегда есть салфетки. Что ты кладешь правую ногу на левую. Я знаю, что твои соски очень чувствительны к кондиционерам.

Ренни швырнула радиотелефон через всю комнату. Закрыв лицо руками, она принялась ходить по спальне, глубоко дыша ртом и стараясь сдержать тошноту.

Она не может допустить, чтобы этот маньяк продолжал ее терроризировать. Он явно считает, что влюблен в нее, и настолько самонадеян, что верит в ее ответные чувства. Он не просто убийца, он еще и маньяк.

В медицинской школе она прошла достаточный курс психологии, чтобы понять, что это самый опасный тип преступника. Он считает себя неуязвимым и потому способен на все.

Ужасно неприятно иметь дело с полицией, но дальше так продолжаться не может. Она обязана все рассказать.

Ренни взяла трубку, но прежде чем успела набрать 911, телефон зазвонил. Она замерла, но, узнав знакомый номер, глубоко вздохнула, чтобы успокоиться, и ответила после третьего звонка.

— Привет, доктор Ньютон, это доктор Диаборн из приемного. Тут у нас жертва автокатастрофы. Мужчина. Немного за тридцать. Мы сейчас сканируем мозг, чтобы выяснить, насколько он поврежден. В желудке полно крови.

— Сейчас приеду. — Прежде чем повесить трубку, она вспомнила:

— Доктор Диаборн?

— Да?

— Мой код, пожалуйста.

— Что?

После убийства доктора Хоуэлла, которого выманили из дома сообщением о катастрофе, которой не было, были введены особые меры предосторожности.

— Мой код...

— А, да, конечно. Семнадцать.

— Буду через десять минут.

Вик едва успел опустить ногу на кафельный пол ванной комнаты, как раздался стук в дверь его номера. «Черт!» Он вылез из душа, схватил полотенце и обернул его вокруг бедер, надеясь добраться до двери раньше, чем горничная откроет ее своим ключом.

Она как будто знала, что он работает в ночную смену, и подгадывала свои визиты как раз к его возвращению, когда ему хотелось только принять душ и завалиться спать. Ему иногда даже казалось, что она его караулит. Надо будет как-нибудь устроить, чтобы она застала его с голой задницей. Может быть, это научит ее не приходить не вовремя.

— Возвращайтесь позже, — крикнул он ей, пробегая через комнату.

— Дело неотложное.

Вик открыл дверь и увидел Орена с белым пакетом в руке и крафтовым конвертом под мышкой. Он был мрачен, как бульдог.

— Ты что? Геморрой разыгрался?

Орен сунул ему пакет и вошел в комнату.

— Булочки будешь?

— Хрустящие, с кремом?

— Твои любимые. — Кто-то постучал, Орен обернулся. На пороге стояла пунктуальная горничная с тележкой. — Уходите, — буркнул он и захлопнул дверь.

— Эй, тут ведь я живу, забыл? — возмутился Вик.

— Ты же говорил, она тебе надоела.

— Зато теперь она может вообще весь день не прийти.

— Тоже мне чистюля нашелся.

— Господи, чего это ты в таком дурном настроении? Выкладывай. — Он указал Орену на единственное кресло в номере. — Извини, что разбудил тебя прошлой ночью. Ты велел звонить, если что-то произойдет, вот я и позвонил. Когда я увидел, что Ренни Ньютон выезжает из гаража, я не знал, что ее вызвали в больницу. Мой звонок чему-то помешал? Вы с Грейс танцевали горизонтальное танго? Она вставила в вибратор свежие батареи? Или Грейс была не в настроении? В чем дело?

— Заткнись, Вик. Просто заткнись. — Орен отобрал у него пакет, сунул туда руку и вытащил булочку.

Вик рассмеялся, сбросил полотенце, натянул трусы тоже выудил из пакета булочку с глазурью, откусил сразу половину и сказал с набитым ртом:

— А кофе нет?

— Расскажи мне про прошлую ночь.

— Я уже рассказывал. Доктору позвонили чуть позже часа ночи. Через две минуты она выехала. Я чуть шею не сломал, скатываясь по темной лестнице и одновременно пытаясь надеть сапоги. Догнал ее через три квартала отсюда. Проводил до больницы. Она там пробыла до десяти минут шестого. Сопроводил ее домой. Передал дежурство Тинпену, который, кстати, сегодня утром на пятнадцать минут опоздал.

Орен кинул ему конверт. Вик поймал его на лету.

Прикончил булочку, слизал сахар с пальцев и вытащил из конверта фотографии.

Их было четыре. Он внимательно просмотрел их и протянул одну Орену.

— Вот тут я лучше всего получился. Ладно, ты меня накрыл. Поздравляю, детектив. Замечательная работа. Или ты хочешь, чтобы я встал на колени и попросил прощения? Поцеловал тебе задницу?

— Что ты делаешь, Вик, черт бы тебя побрал?

— Слежу за подозреваемой под прикрытием.

— Чушь собачья. — Орен взял наиболее компрометирующее фото. На нем Вик и Ренни были сняты сзади, когда они шли к машине. Его голова была опущена, а рука лежала у нее на спине. — Не считай меня идиотом.

Вик весь кипел под его обвиняющим взглядом. Наконец он сказал:

— Мы ведь ничего не узнали, наблюдая за ее домом, верно? Я от скуки трижды сделал себе маникюр. Я так долго сидел, что моя задница стала такой же широкой, как у Тинпена. Вот я и подумал, проявлю-ка я инициативу, можт, что и выйдет полезное.

— Начав волочиться за подозреваемой?

— Ты все неправильно понял.

— Да? Так скажи мне, Вик, на что это было похоже? Как тебе понравилось быть так близко к доктору Ренни Ньютон?

Чтобы избежать гневного взгляда Орена, Вик полез в пакет за второй булочкой.

— Она — настоящая Снегурочка. Ей меньше, чем гремучке, нравится, когда ее касаются. Кстати, она на меня шипела.

— Ты ее трогал?

— Да нет. Вот это, — он нетерпеливо показал на фотографию, — да еще рукопожатие, вот и все. Она показала мне свои клыки, когда я дал чаевые мальчишке на парковке.

— Он отдаст тебе твою пятерку.

Вик пораженно взглянул на Орена и фыркнул.

— Новичок, но умеет обращаться с камерой. Такой, что похожа на ручку, — ехидно сообщил Орен.

— Тогда понятно. Откуда ты узнал, что она собирается на свадьбу?

— Мы не знали, пока она не поставила в известность больницу. Она заехала туда по дороге в церковь. Мы подсуетились. Когда она появилась на приеме, наш парнишка уже был там.

— Почему ты мне ничего не сказал?

— Я пытался. Я вернулся, чтобы объяснить, куда она поехала и что у меня уже установлена за ней слежка. Это на тот случай, если бы ты захотел отдохнуть, сходить поужинать, может, в кино. Мне было неловко заставлять тебя дежурить в субботу. Только представь, как я удивился, когда обнаружил, что в доме пусто и тебя нигде нет.

— Я покупал костюм.

— А сотовый для удобства выключил.

— На церкви висело объявление. Просили всех выключить сотовые и пейджеры перед входом в храм.

— И он не вибрировал?

— Да, но... — Это оказался тот редкий случай, когда он не смог придумать, что бы соврать. Поэтому он сменил тему: — Не знаю, чего ты так разошелся, Орен. Я вел себя прилично. Рюмки не выпил. Я даже подарил счастливым новобрачным набор ножей. Никому в голову не пришло, что меня не приглашали. — Он доел булочку, вытянулся на кровати и взбил подушку под головой. — Все нормально.

Орен несколько минут пристально смотрел на него.

— Вот сижу я и думаю, что мне делать: продолжать этот разговор или встать и уйти, послав тебя ко всем чертям, или подойти и как следует надрать тебе задницу.

— Ты в таком гневе? Потому что я провел двадцать минут, самое большее полчаса, в обществе Ренни Ньютон?

— Нет, Вик. Я расстроен, потому что я один раз видел, как ты обосрался. Причем грандиозно. И теперь я по-настоящему боюсь, что ты снова все испортишь. Еще чище, чем раньше.

У Вика от злости потемнело в глазах.

— Смотри, чтобы дверь не заехала тебе по жопе, когда будешь уходить, Орен.

— Я уходить не собираюсь. Но тебе надо время от времени напоминать, во что обошлась нам та твоя ошибка. Ты думаешь, я не знаю, зачем ты носишь эту резинку на запястье?

— У меня теперь такая привычка.

— Ну да, конечно. — Вику казалось, что Орен все еще готов его ударить. — Тем из нас, кто хорошо к тебе относится, один господь знает, с какой стати, было больно видеть, как ты начал разваливаться на части после случившегося. Ты продержался в полиции еще два года, прежде чем уйти. Я все вспоминаю, насколько опасно было тогда с тобой общаться. Разве ты забыл, Вик?

— Как я могу забыть, если ты ежеминутно мне об этом напоминаешь, черт бы тебя побрал?

— Я напоминаю только потому, что не хочу, чтобы ты повторил свою ошибку.

— Я и не собираюсь!

— Черта с два ты не собираешься!

Вик резко сел.

— Все потому, что я пошел на свадебный прием, выпил стакан воды с подозреваемой и немного с ней поболтал? Да будет тебе, Орен.

Гнев Вика был направлен не столько на друга, сколько на высказанную им истину. Если бы три года назад Вик делал все по правилам, они взяли бы Лозадо за убийство Джо. Теперь он снова нарушает правила. Он сделал это вызывающе, покинув наблюдательный пункт и подойдя к Ренни Ньютон на приеме. Еще он «забыл» сообщить о телефонном звонке Ренни прошлой ночью. О том, первом звонке, который так ее расстроил.

Во всяком случае, когда она бросилась к окну с трубкой в руке и разговаривала, вглядываясь в темноту, она выглядела расстроенной. Звонок явно выбил ее из колеи. Что заставило ее швырнуть трубку — страх, досада или злость? Почему она закрыла лицо руками и походила на женщину, готовую вот-вот разрыдаться? Этот звонок совершенно изменил спокойную, холодную и собранную женщину, которая отвергла его несколько часов назад.

Кто, черт возьми, звонил? Друг? Враг? Любовник? Человек, написавший: «Я от тебя без ума» — на маленькой белой карточке? Кто бы это ни был, он нарушил ее покой, и Орен должен об этом знать.

Но Орен ворвался сюда подобно праведному ангелу-мстителю и напомнил ему о всех его прегрешениях, так что теперь Вику не очень-то хотелось все ему выкладывать. По крайней мере, именно этим он постарался оправдать свое молчание. Можно подождать, пока они оба остынут.

Орен смотрел на него с таким видом, будто ждал, что он объяснит свое поведение.

— Я в этом деле человек свободный. Ты об этом помнишь, Орен? Ты попросил меня тебе помочь. Я помогаю. В своем стиле.

— Ты уж постарайся, чтобы твой «стиль» не вредил делу.

— Слушай, мой загар совсем побледнел. Я соскучился по шуму прибоя. Я даже с удовольствием снова начну соскребать птичье дерьмо с веранды. Я с радостью вернусь на пляж, буду болтаться без дела, волочиться за сестрой того рыбака и забуду, что ты вообще стучался в мою дверь. Если тебе больше не нужна моя помощь, так и скажи.

Орен несколько секунд внимательно его рассматривал, потом покачал головой:

— И дать тебе возможность заниматься Лозадо в одиночку? Как бы не так. Ничего не выйдет. — Он встал, собрал фотографии и протянул их Вику. — Хочешь взять на память?

— Нет уж, спасибо. Встреча была не запоминающейся.

Орен фыркнул:

— У тебя никогда не было не запоминающейся встречи с женщиной. — Он сунул фотографии в конверт, взял пакет с оставшимися булочками и пошел к двери. — Увидимся вечером. Спи спокойно.

— Обязательно.

Вик не имел ни малейшего намерения спать.

10

— Что будешь есть, сладкий мой?

Вик закрыл меню и взглянул на официантку. «Наверняка они их где-то выращивают скопом и переправляют в Техас», — подумал он. Высветленные волосы забраны в фигуристую башню. Брови, похоже, нарисованы черным карандашом. Светящаяся розовая помада стекала в мелкие морщинки вокруг тонких губ, какие бывают у тех, кто много курит. Сейчас она ему улыбалась.

— Что посоветуешь?

— Ты баптист или методист?

— Простите?

— Сегодня воскресенье. Баптистам еще в церковь идти, так что я не посоветовала бы брать мексиканскую еду. Во рту жжет, и газы, сами понимаете. Им лучше брать цыпленка, свиные отбивные или мясную запеканку. А методисты вполне могут пропустить вечернюю службу, так что им годится острая еда.

— А что для нас, язычников?

Она игриво шлепнула его по руке.

— Я так и поняла, кто ты, стоило тебе войти. Сразу сказала себе: такой красавчик святым быть не может. — Она уперлась рукой в бедро. — Ты можешь получить все из того, что у нас есть.

Он подмигнул ей и сказал:

— Пожалуй, я начну с жареного цыпленка.

— С подливкой?

— Еще бы. И побольше.

— Люблю таких. В воскресенье у нас клубничный пирог и банановый пудинг.

— Можно я потом скажу?

— Когда захочешь, лапочка. — Она взглянула на настенные часы. — Уже первый час. Как насчет пива, пока цыпленок жарится?

— А я уж решил, что ты и не спросишь.

— Если что-то еще понадобится, позови Кристел. Это я.

Кафе «Вагонное колесо» было типичным для маленького техасского городка. Расположенное на окраине Далтона, в двух милях в стороне от основного шоссе, оно круглосуточно кормило посетителей обильными завтраками. Водители со всей страны знали его название. Кофе здесь всегда подавали горячим и свежим, а пиво холодным. Почти все, что было в меню, было основательно прожарено, но по желанию вы могли получить мясо с кровью.

Ресторан по воскресеньям обслуживал людей,

возвращающихся из церкви, а вечером в субботу — грешников. Два местных клуба устраивали свои сборища в банкетном зале ресторана, а любовники, прячась от своих законных супругов, миловались на стоянке около кафе.

Кабинки были отделаны красным винилом, и в каждой имелся автоматический проигрыватель, подключенный к центральному автомату. Даже сегодня, в этот святой день, автомат что-то бормотал. Имелась также стойка с хромированными стульями для тех, кто торопится, и для одиночек вроде Вика.

Сидящие за стойкой хорошо видели кухню, что могло испортить аппетит. Но вывеска снаружи хвастливо возвещала: «Мы работаем с 1919 года... И пока никого не отравили».

Рядом с кассой висело расписание футбольных матчей школьных команд, а кубок за первое место, завоеванный бейсбольной командой, стоял рядом с пыльной банкой, куда собирались пожертвования на развитие местного спорта.

После трех часов тряски в машине из Форт-Уэрта по жаркой погоде пиво показалось Вику очень вкусным. Оставшиеся позади мили обеспечили ему безопасное расстояние от советов друга, возражавшего против его манеры подчиняться только своим собственным правилам. С точки зрения Вика, правила мешали развитию творческой мысли. Почти все существующие правила он лично относил к разряду досадных помех.

Разумеется, все, что сказал Орен, было справедливо, но Вик не собирался над этим раздумывать.

Он с удовольствием съел сочного цыпленка с хрустящей кожицей. Потом решил взять банановый пудинг. Кристел налила ему еще одну чашку кофе за счет заведения.

— Впервые в Далтоне?

— Ага. Просто проезжаю мимо.

— Верно, он только на то и годится, чтобы проехать мимо.

— А мне показалось, приятный городок. Много сознательных граждан. — Он показал ложкой на вывешенные в витрине объявления по поводу всяких общественных мероприятий.

— Да, наверное, здесь не хуже, чем везде, — сказала Кристел. — Когда я была подростком, мечтала убраться отсюда подальше, и как можно быстрее, ну, ты знаешь. — Она философски пожала плечами. — Вышла замуж за этого прохиндея, потому что он немного походил на Элвиса. А он дал деру, как только родился третий ребенок. Вот и разрушились все мои грандиозные планы найти свою судьбу где-нибудь в другом месте.

— Значит, ты всю жизнь прожила в Далтоне?

— Каждый гребаный день.

Вик засмеялся и отпил глоток кофе.

— Я в колледже знал одну девушку родом отсюда. Как же ее звали? Как-то необычно. Реган? Нет. Ронни? Черт, тоже не то, но что-то похожее.

— Твоего возраста?

— Примерно.

— Ты случайно не Ренни Ньютон имеешь в виду?

— Точно! Ренни. Да, Ренни Ньютон. Ты ее знала?

Она презрительно фыркнула:

— Она что, твоя добрая приятельница?

— Да нет, просто знал ее в лицо.

— Это странно.

— Почему?

— Потому что Ренни поставила своей задачей узнать каждого мужика в округе. — Одна из нарисованных бровей приподнялась. — Так ты один из немногих, кто не знал ее, если ты понимаешь, о чем я говорю.

Он понимал. Но его понимание никак не сочеталось с образом доктора Ренни Ньютон — ледышки, снежинки. Ничего себе — холодная натура!

— Она была общительна?

— Это очень мягко сказано.

— А как будет не мягко?

Кристел не надо было заставлять. Она перегнулась через стойку и тихо сказала:

— Эта девица трахалась с каждым, на ком были штаны, и плевала, что все об этом знают.

Вик тупо смотрел на нее:

— Ренни Ньютон? Она была гулящей?

— Еще какой, сладкий мой.

— Черт побери.

— Вы, парни, вечно между собой болтаете, так что удивительно, что ты не знал, какая у нее репутация.

— Как всегда, не повезло, я так думаю.

В утешение Кристел похлопала его по руке:

— Наоборот. Поверь мне.

— От нее лучше было держаться подальше?

— Ребенком она была вполне хорошим. Потом, где-то в девятом классе, когда она расцвела, все круто переменилось. Как только ее груди стали заметны, она совсем отбилась от рук. Мать ее ужасно расстраивалась, так скверно она себя вела.

Как-то я стояла здесь, за этой самой стойкой, разливая кетчуп по бутылкам, когда услышала шум снаружи. Ренни промчалась мимо в красном кабриолете, который подарил ей отец. Она жала на клаксон, и размахивала рукой, и была совершенно голой, во всяком случае, сверху. Вроде бы она с друзьями купалась. Их игрища зашли слишком далеко. Один из парней украл верхнюю часть купальника Ренни и не хотел отдавать, вот Ренни и пообещала проучить его, чтобы впредь думал, что делает. Заявила, что поедет прямо в город в страховое агентство его папаши и нажалуется. И, черт побери, именно так она и поступила. Вошла туда, пронеслась мимо секретарши и влетела в его личный кабинет. Улыбаясь. Причем на ней были только трусики-бикини. Еще кофе?

Во рту у Вика пересохло.

— Я бы лучше пива выпил.

Кристел подошла еще к двум посетителям, прежде чем принести ему вторую бутылку.

— Радуйся, что не спутался с ней, — сказала она. — Ты женат?

— Нет.

— И никогда не был?

— Нет.

— Почему? Ты очень даже симпатичный.

— Спасибо.

— Я никогда не могла устоять перед голубыми глазами.

— Как у Элвиса?

— Черт, да. У него они светились, как фары. Выяснилось, что больше ему нечем было похвастать. — Она оглядела Вика опытным взглядом. — Но у тебя все в ажуре, сладкий мой. Уверена, тебе от баб палкой приходится отбиваться.

— Да нет, у меня характер мерзкий.

— Неважно, были бы глаза голубые.

Он многозначительно ей улыбнулся, чего она, скорее всего, и ожидала. Отпив глоток пива, он спросил:

— И что с ней стало?

— С Ренни? — Кристел мокрой тряпкой стерла рассыпанный по стойке сахар. — Я слышала, она стала врачом. Нет, можешь себе представить? Не знаю, верить этому или нет. Она никогда не возвращалась в Далтон, после того как родители отправили ее в какую-то школу для богатеньких в Далласе. Думаю, что после случившегося им хотелось от нее избавиться.

— А что случилось?

Кристел не расслышала вопроса. Она приветливо кивнула старику, который, хромая, подошел к стойке и уселся рядом с Виком. На нем была ковбойская рубашка, заправленная в синие джинсы. И то и другое накрахмалено и наглажено. Усевшись, он снял соломенную шляпу и положил ее на стойку, тульей вверх, как и полагается.

— Привет, Гас. Как жизнь?

— Так же, как и вчера, когда ты меня в последний день спрашивала.

— Какую жрачку будешь?

Он оглянулся на Вика:

— Заказываю то же самое вот уже двадцать лет, а она все спрашивает.

— Ладно, ладно, — сказала Кристел. — Чили-чизбургер и жареная картошка! — крикнула она повару, который отдыхал от наплыва клиентов, возвращавшихся из церкви.

— И вот это. — Гас кивком указал на пиво Вика.

— Гас — наша местная знаменитость, — сообщила Кристел, открывая пиво.

— Только никто не замечает, — пробормотал старик. Он взял из ее рук бутылку и поднес к губам, покрытым пятнами от табака.

— Объездчик быков на родео, — с гордостью сказала Кристел. — Сколько лет ты был чемпионом страны, Гас?

— Думаю, несколько.

Она подмигнула Вику:

— Он у нас скромный. У него больше этих чемпионских пряжек для ремней, чем у Картера таблеток от печени.

— И столько же переломанных костей. — Старик снова присосался к бутылке.

— Мы тут говорили о Ренни Ньютон, — сказала Кристел. — Помнишь ее, Гас?

— Может, я и переломан весь и согнулся вдвое, но мозги у меня еще работают. — Он снова взглянул на Вика: — Ты кто?

Вик протянул старику руку, ему показалось, что он пожал кактус.

— Вик Треджилл. Еду в Амарилло. Решил отдохнуть немного, прежде чем пуститься дальше в путь. Так вышло, что я знал одну из ваших местных девушек.

Кристел подвинулась дальше вдоль стойки, шлепнув меню перед двумя молодыми людьми, которые поздоровались с ней, назвав по имени. Когда она оказалась вне пределов слышимости, Гас повернулся на своем стуле к Вику.

— Ты знал дочку Ньютона?

— В колледже, — сказал он, понадеявшись, что Гас не станет уточнять в каком.

— Ты не обидишься, если я буду говорить прямо, по-мужски?

— Нет.

— В наше время некоторые обижаются, знаешь ли. От каждого требуется политическая корректность.

— Только не я.

Старик кивнул и снова приложился к пиву.

— Та маленькая девочка была одной из самых прелестных двуногих зверюшек, каких мне только приходилось видеть. И с характером. Разумеется, она бы даже не взглянула на такого изуродованного старого пердуна, как я, но, когда она участвовала в скачках, никто не мог отвести от нее глаз.

— Скачках?

— В скачках на крупе неоседланной лошади.

— Скачках без седла? — Ренни Ньютон, которую он знал, которая складывала свои журналы по линейке. Он не мог представить ее участницей родео. — Понятия не имел.

— Можешь мне поверить, сынок. С апреля по июль в Далтоне каждое воскресенье проводятся местные родео. Ничего особенного, конечно, но для местных это событие. Почти такое же, как футбол. Короче, ковбои толпились по трое в ряд, только бы посмотреть на ее выступление. Ни капельки страха. Нет, сэр. Я видел, как ее дважды сбрасывала лошадь. И оба раза она поднималась, стряхивала пыль со своей аппетитной попки и снова взбиралась на лошадь.

Ковбои говорили, что ее бедра такие крепкие от того, как она ездит. — Он подмигнул морщинистым веком. — Сам не знаю, никогда не имел удовольствия забраться между ними, но, если верить ковбоям, девчонка была вне конкуренции.

Вик ухмыльнулся, но пальцы сжали горлышко бутылки мертвой хваткой.

— Это, знаешь ли, ковбойская болтовня, — пожал плечами Гас. — Они все заправские вруны, так что трудно сказать, кто говорил правду, а кто врал как сивый мерин. Я лично думаю, что большинство пыталось получить удовольствие, но им так ничего и не обломилось. Одно я знаю: молодая кобылка основательно злила Т. Дэна, и мне это нравилось.

— Т. Дэна?

Старый ковбой устремил на него усталый взгляд покрасневших глаз.

— Ты, похоже, совсем ее не знал, так?

— Верно, совсем не знал.

— Т. Дэн был ее папашей. Сукин сын самого худшего пошиба.

— У вас все в порядке? — спросила подошедшая Кристел.

— Гас рассказывал мне о Т. Дэне Ньютоне.

— Он слишком зажился на этом свете, с точки зрения многих в Далтоне, — рассмеялась она, — мог бы помереть и пораньше.

— Что же он такое сделал, чтобы всех так разгневать?

— А что ему заблагорассудится, черт бы его побрал, — ответила она. — Гас, для примера расскажи ему о своей с ним драчке.

Старый ковбой допил пиво.

— Т. Дэн нанял меня, чтобы я объездил ему лошадь. Хорошая была лошадь, но зловредная. Я ее объездил, обучил, но в итоге сломал лодыжку. И Т. Дэн отказался оплачивать мне счет от врача. Сказал, я сам виноват, что покалечился. Речь шла всего-то о паршивых семидесяти пяти долларах, для такого богача, как Т. Дэн, сущие пустяки.

— Он умел делать деньги, но не умел заводить друзей и хранить дружбу, — добавила Кристел.

— Такое впечатление, что вся семейка прогнила на корню, — заметил Вик.

— Если хочешь знать мое мнение, городку повезло, что он от них избавился. — Гас почесал щеку. — И все же хотел бы еще раз взглянуть на эту девчушку, как она крутится на крупе лошади. У меня от одних воспоминаний стоит. У тебя какие на сегодня планы, Кристел?

— Размечтался, старичок.

— Так я и думал. — Гас с трудом встал и похромал к автоматическому проигрывателю.

Вик допил пиво.

— Спасибо за все, Кристел. Отлично поболтали. Кредитные карточки принимаете? — Подписывая чек, он добавил щедрые чаевые и деньги за еще одно пиво. — Открой-ка еще бутылочку для Гаса. От меня.

— Он будет доволен. Никогда, насколько я знаю, не отказывался от дармовой выпивки.

Стараясь не казаться слишком заинтересованным, он спросил:

— Ты сказала, родители отправили Ренни в интернат. Что стало последней каплей? Почему они захотели от нее избавиться?

— А, ты об этом. — Кристел воткнула шпильку в пучок на затылке. — Она мужика убила.

11

— Что ты сказал? — Орен похоже остолбенел, услышав новости, раздобытые Виком.

— Ты не ослышался, Орен. Она убила мужчину.

— Кого именно?

— Я пока не знаю.

— Когда?

— И этого не знаю.

— Ты где?

— Возвращаюсь.

— Откуда?

— Из Далтона.

— Ты был в Далтоне? Я полагал, ты отсыпаешься.

— Так ты хочешь меня выслушать?

— Откуда ты узнал, что она кого-то убила?

— Кристел мне сказала.

— Я должен знать, кто такая Кристел?

Вик пересказал большую часть разговора с официанткой. Когда он закончил, Орен спросил:

— Ей верить можно?

— Как ФБР. Она прожила там всю жизнь, знает

всех и каждого. Кафе — эпицентр этого городка. И вообще, зачем ей врать?

— Чтобы произвести на тебя впечатление.

— Ну, впечатление она произвела, но не думаю, что это было ее целью.

— Ради смеха?

— И так я не думаю. Она не из тех, кто врет, чтобы развлечься.

— Ну, она твоя подруга, не моя. Придется положиться на твое слово. Она знала, что ты коп?

— А я не коп.

— Господи, — вздохнул Орен. — Так знала или нет?

— Нет.

— Тогда зачем она выкладывала всю эту информацию постороннему человеку?

— Я ей показался симпатичным.

— Симпатичным?

— Так она сказала. Но не думаю, что и Гасу я понравился. — Вик улыбнулся, представив себе, как Орен про себя считает до десяти.

Наконец он сказал:

— Ждешь, что я спрошу?

Вик рассмеялся и повторил почти слово в слово разговор со старым ковбоем.

— Ренни Ньютон разжигала в нем огонь, но ее папашу он ненавидел. По твоей информации, Т. Дэн Ньютон был удачливым бизнесменом, так?

— И столпом общества.

— Тем не менее, он не был любимчиком в городе. Гас назвал его сукиным сыном худшего пошиба, что в переводе на язык полицейских равняется чему-то вроде мудилы.

Орен все обдумал и наконец сказал:

— Ренни Ньютон была непослушным ребенком? И слаба на передок?

— Оба утверждают, что наша Ренни была горячей штучкой.

— Сплетни о ней могут быть большим преувеличением. Стоит девушке подмочить репутацию, дальше может быть только хуже.

— Гас тоже так говорил, — вспомнил Вик.

— В любом случае, все это никак не соответствует нынешнему имиджу доктора Ньютон.

— Абсолютно не соответствует.

— Так кто же эта женщина? — в недоумении спросил Орен. — Что реальность, а что маска? Настоящая Ренни Ньютон, встаньте, пожалуйста.

Вику нечего было добавить. Он был в еще большей растерянности, чем Орен. Он получил отставку, от чего еще не оправился. Чтобы стать таким специалистом по отталкиванию мужиков, она должна была иметь большую практику, а это противоречило тому, что он узнал сегодня.

— Разговорчивая Кристел не поведала тебе подробностей убийства?

— Какого убийства, Орен?

— Она же убила мужчину, Вик. Ты сам сказал.

— Мы не знаем, было ли это убийством. Возможно, несчастный случай на охоте, неудачная подача в теннисе, протекающая лодка...

— Или она дотрахала какого-нибудь бедолагу до инфаркта. Ты с местной полицией связывался?

— У меня нет бляхи, так что я не могу появиться в полицейском участке и начать расспрашивать об убийстве, о котором не имею ни малейшего представления. Я не знаю ни имени жертвы, ни когда все это случилось.

— Газетные подшивки?

— Сегодня воскресенье. Какой-то студент сидит на телефоне, но все офисы закрыты. Равно как и государственные учреждения и суд.

— Публичная библиотека?

— Закрыта на реконструкцию. Книги можно сдать на передвижном пункте на Крокетт-стрит, но никаких материалов для исследований не выдается.

Орен только вздохнул.

— Я не мог давить на Кристел, выпытывать у нее еще информацию, — продолжил Вик. — Я все еще был в прострации после ее сообщения об убийстве, как в кафе ввалилась толпа игроков городской бейсбольной команды. Только что с тренировки, разгоряченные, мучимые жаждой и голодные. Начали требовать пива и гамбургеров. Кристел рвали на части. Согласись, если бы я продолжил расспрашивать о девушке, с которой был шапочно знаком много лет назад, Кристел могла что-то заподозрить и заткнуться. Я нутром чувствовал, что она не отнеслась бы ко мне так душевно, знай, что я коп.

— А ты не коп.

— Именно. Это я и хотел сказать.

— А старик? Этот Гас. Он ничего не мог добавить?

— Он начал болтать о добрых старых денечках, о родео. Неудобно было перебивать и засыпать его вопросами.

— Может, тебе не нужны были ответы?

— Что ты хочешь этим сказать?

— Ничего.

Тут Вик сам посчитал в уме до десяти. Последние пару дней Орен постоянно донимал его намеками. Вик понимал, что он хочет его расколоть, и отказывался колоться. Орен хотел знать, нравится ли ему Ренни Ньютон, вне зависимости от ее возможного участия в убийстве. Он не собирался обсуждать эту тему и старался вообще не задумываться над этим.

— Я пытался узнать побольше, Орен. Я объехал весь Далтон, а вдруг что увижу, но без всякой пользы. Как только я вернусь, я свяжусь через Интернет, вот только я не захватил с собой портативного компьютера...

— Понял, понял, — перебил его Орен. — Ты сделал все, что мог.

— Спасибо.

После долгой паузы Орен спросил:

— Ну и что ты думаешь?

— О чем?

— О ней, Вик. Черт возьми! О ком мы с тобой говорим?

— Черт, даже не знаю, что и думать. Обязательно надо узнать, что это было за убийство.

— Труп-то точно был.

Терпение Вика было на пределе, но он сумел сдержаться и не повысить голос.

— Пока мы не узнаем подробностей, нам не следует торопиться с выводами.

— Она отняла у человека жизнь. — Орен сказал это так, будто для него этого было достаточно. У него имелись незыблемые критерии добра и зла, а сопутствующие обстоятельства не слишком принимались во внимание.

— Она спасла две жизни сегодня утром, — тихо напомнил ему Вик.

— Ты хочешь, чтобы я об этом не забывал?

— Нет, я только думаю, что уравнение неплохое. Во всяком случае, можно усомниться во всенепременной порочности.

Молчание стало таким же напряженным, как усталые мускулы на шее Вика. Он уже сутки не спал, пять часов сидел за рулем и начинал это ощущать.

— Слушай, Орен, мне непременно надо поспать перед моей сменой. Ты не можешь подежурить за меня первые два часа?

— Если ты сначала окажешь мне услугу.

— Какую?

— Ты сейчас на шоссе 20, так? К западу от Форт-Уэрта?

— Да.

— Прекрасно. Тебе не придется возвращаться.

— А куда я поеду?

Ренни пришпорила жеребца, и он послушно прибавил скорость. Она купила его три года назад и долгие часы учила повиноваться легкому движению поводьев, напряжению мускулов ноги или давлению каблуком. Из пяти лошадей в ее конюшне он, скорее всего, был любимчиком, поскольку был очень умен и послушен. Когда она ездила на нем без седла, без узды и поводьев, как сегодня, они двигались, по сути, как единое целое..

Срочная операция по резекции селезенки, на которую ее вызвали ночью, оказалась сложной. После тяжелой травмы орган напоминал сырой гамбургер. Селезенка распалась у нее в руках, когда она ее удаляла.

Но она удачно удалила ее и подремонтировала другие пораженные органы. Поскольку травма черепа не нанесла пациенту серьезного ущерба с далеко идущими последствиями, он поправится и будет жить дальше. Его едва не сошедшая с ума жена и родители плакали, благодаря за спасение его жизни.

Следующая операция по поводу прободного аппендицита оказалась совсем легкой в сравнении с предыдущей. Но все равно было приятно сообщить обеспокоенному мужу пациентки радостные новости.

В своем почтовом ящике в больнице она нашла письмо, официально подтверждающее предложение, которое она получила в начале недели. Выражалась надежда, что она согласится с назначением ее заведующей отделением хирургии.

Еще она получила записку от Мирны Хоуэлл с благодарностью за цветы, посланные на похороны. Мирна закончила записку советом согласиться принять должность, которая освободилась со смертью ее мужа.

«Ли был бы доволен», — написала она.

Ренни все еще не знала, как поступить. Официальное письмо и записка Мирны успокоили ее — никто не станет думать, что она выгадала от смерти Ли. Но она все равно не могла забыть о детективе Уэсли.

Этим утром она спасла жизнь людям, которые умерли бы без ее помощи. Ей предлагают должность, к которой она давно стремилась. Она должна радоваться, наслаждаться воскресным днем.

Но она никак не могла расслабиться из-за последнего телефонного звонка Лозадо.

Его вторжение в ее жизнь нарушило ощущение порядка. Кроме того, как она может принять предложение правления, зная, что в этом случае Уэсли начнет интересоваться ею вплотную. И если детектив когда-нибудь узнает, что Лозадо ей звонит...

— Будь он проклят! — От одной мысли о нем по телу бежали мурашки. Он никогда не приставал к ней, но голос его имел такое свойство, что казалось, будто он гладит ее каждым словом.

Почему, во имя всего святого, он выбрал именно ее в качестве объекта своей любви? Она никогда не поощряла его. Как раз наоборот. Обычно ее холодный взгляд действовал даже на самых упертых ухажеров. В больнице и в тех кругах, где она вращалась, ее считали холодной. Обиженные мужчины, женатые и холостые, отзывались о ней нелестно, иногда в грубых выражениях. Она принимала эти неприятные сплетни в качестве платы за то, что ее оставляли в покое.

Но Лозадо был другим. Его не так легко отпугнуть.

Эта мысль разозлила ее, она коленями сжала бока

жеребца, и он перешел в галоп. Он помчался так, будто только ждал сигнала.

Копыта стучали по сухой земле, оставляя за собой тучи пыли. Он всегда вкладывал в бег свое сердце, но сегодня он мчался с большей решимостью, чем обычно. Ее пальцы запутались в роскошной гриве. Горячий ветер обжигал щеки и сорвал с нее шляпу. Ренни не обратила на это внимания.

Только вот так, верхом на лошади, мчащейся во весь опор, она чувствовала себя по-настоящему свободной, на короткое время избавляясь от дурных воспоминаний, которые сопровождали ее всю жизнь.

Краем глаза она заметила движение, повернула голову и увидела пикап на дороге по другую сторону проволочного забора. Водитель старался держаться с ней наравне. Теперь она поняла, почему жеребцу так хотелось пуститься в галоп. Он противопоставлял свою скорость и выдержку машине.

Этот жеребец никогда не участвовал в скачках. Может, стоит попробовать? Кто знает, вдруг ему хочется показать, чего он стоит. Возможно, и она должна показать ему, чего стоит она.

— Ладно, мальчик. Ты это заслужил.

Она низко нагнулась над его шеей и сжала бока коленями. И сразу же почувствовала в нем новую энергию. Он вырвался вперед. Пикап прибавил скорость. Жеребец еще поднажал и догнал машину.

Ренни громко рассмеялась. Это его состязание. Ей надо только держаться, и, господи, до чего же великолепно она себя чувствовала.

Они мчались полным галопом примерно три минуты, держась носом к носу с пикапом. Ренни увидела впереди свой дом и конюшню. Через минуту они будут у забора. Необходимо начать постепенно сдерживать жеребца, чтобы успеть остановиться, спешиться и открыть калитку.

Но ей не хотелось останавливаться. Звонок Лозадо напугал ее. Ей требовалось вновь понять, что она никого и ничего не боится. И никогда и ни за что не будет бояться.

Да и разве вправе она отнять у жеребца победу, когда он так старался?

— Ты как, не возражаешь? — казалось, он ее понял. Слегка надбавил в скорости, она почувствовала это мускулами своих ног. — Ладно, давай покажем ему.

Сердце ее билось в такт топоту копыт. Опасность прибавляла адреналину в кровь. Ренни покрепче вцепилась в жесткую гриву. Почувствовала, что пикап начинает отставать, но это не остановило ни ее, ни жеребца. Они уже выиграли, но хотели завершить скачку триумфально.

— Пошел.

Ренни прижалась к нему, и жеребец взлетел в воздух. Перепрыгнул через забор с запасом в ярд и приземлился жестко, но изящно с другой стороны. Ренни снова громко расхохоталась.

Глухой звук удара заставил ее потянуть за гриву и повернуть жеребца. Пикап врезался в калитку и стоял в облаке пыли.

Когда пыль осела, она увидела, что водитель не учел, что дорога покрыта гравием, и слишком резко затормозил. Машина пошла юзом и вмазалась задом в металлический столб калитки. Столб остался в целости и сохранности. Насколько сильно повреждена машина, еще предстояло выяснить. Но Ренни больше волновало состояние водителя.

Она соскочила с жеребца и побежала к калитке. Открыв ее, Ренни подошла к машине со стороны водителя.

— Как вы себя чувствуете? Сэр?

Голова водителя лежала на руле, и Ренни сначала

подумала, что он потерял сознание. Но когда она через открытое окно коснулась его плеча, он застонал и поднял голову. Сдвинул назад ковбойскую шляпу и снял темные очки.

— Вы отрицательно воздействуете на мое чувство собственного достоинства, доктор Ньютон.

Она так удивилась, что отшатнулась. Это был тот самый мужчина, которого она видела на свадебном приеме.

— Что вы здесь делаете?

— Проигрываю в состязании. — Он кивнул в сторону жеребца: — Ничего себе лошадка. — Затем взглянул на нее. — Вы тоже ничего себе всадница. Вы там шляпу где-то потеряли.

— Нет, я глазам своим не верю! — сердито воскликнула Ренни. — Как вы сюда попали?

— По шоссе двадцать, затем на север по Маркетроуд.

Она уничижительно взглянула на него.

— Ну ладно, чего там. Пораспрашивал в больнице. Поверить невозможно, что вы способны скакать на этом красавце без седла. Вы всегда так делаете? Это не опасно?

— Не более опасно, чем разговоры с незнакомцем. Никто в больнице не мог дать вам такую информацию.

Он отстегнул ремень безопасности, открыл дверцу и выбрался из машины.

— Я не совсем незнакомец, но вы правы. Я соврал. Я нашел сведения в Интернете. Это место принадлежит вам. Есть соответствующие записи. Налоговые отчеты и так далее. Я позвонил в больницу, там сказали, что вы сегодня не работаете, вот я и подумал, что найду вас здесь. — Он пожал плечами. — Мне все равно не мешало размяться в воскресенье.

Он говорил и одновременно обходил пикап, чтобы оценить степень повреждения. Сел на корточки и пригляделся к вертикальной вмятине на задней панели. Примерно восемь дюймов длиной и полдюйма глубиной. Еще и краска облетела. В остальном все было в порядке.

Он провел пальцем по вмятине, отряхнул руки и поднялся.

— Ничего не стоит выправить, — заключил он, похлопав по копыту.

— Мистер... !

— Вик.

— Я ясно дала вам понять... — возмущенно продолжила Ренни, но он не дал ей закончить.

— Что у меня нет никаких шансов, — завершил он оборванную фразу и улыбнулся.

— Тогда что вы здесь делаете?

— А мне нечего терять.

— Время. Вы теряете свое время. Позвольте, я вам его немного сэкономлю, мистер Треджилл. — Он удивленно поднял брови. Явно поразился, что она запомнила его фамилию. Для нее тоже это было неожиданностью. — Меня абсолютно не интересует ничего из того, что вы могли бы мне предложить. Ни...

Она на секунду задумалась. Вик молча ждал, что она скажет.

— Ни свидание, ни... что бы вы там еще имели в виду.

— Вы замужем?

— Нет.

— Помолвлены?

— Нет и не собираюсь.

— Угу. Это отвращение вообще или только в отношении меня?

— Я хочу, чтобы меня оставили в покое.

— Эй, — сказал он, разводя руками. — Я умею

хранить секреты. Испытайте меня. Расскажите мне что-нибудь секретное, и увидите, я унесу это в могилу.

— У меня нет никаких секретов.

— Тогда давайте я с вами поделюсь моими. У меня есть совсем неплохие.

Один из его передних зубов был немного кривой, что прибавляло очарования его улыбке, о чем он, скорее всего, был прекрасно осведомлен.

— Всего хорошего, мистер Треджилл. — Ренни повернулась к нему спиной и направилась к калитке. Войдя, она закрыла ее за собой и демонстративно заперла на засов.

— Подождите, еще одну секунду.

Он был хорош собой и знал это. Ей с такими приходилось встречаться раньше. Самоуверенные и наглые, они точно знали, что ни одна женщина не может перед ними устоять.

— Пожалуйста, доктор Ньютон?

Она вовсе не так сильно злилась, как хотела показать или как должна была бы злиться. Несмотря на решимость не оборачиваться, она все же оглянулась.

— Что вам нужно?

— Я хотел бы извиниться за свое последнее замечание вчера вечером.

— Я его даже не помню, — солгала она.

— Про ваш рот и мои грязные сны? Это я зря сказал.

Сейчас он вовсе не выглядел самоуверенным и наглым, и обезоруживающая улыбка исчезла. Поразительно, но он казался искренним. Кроме того, если она покажет, что обратила внимание на его замечание, он может решить, что достал ее. Он и в самом деле достал. Чуть-чуть. Но он об этом знать не должен.

— Я принимаю ваши извинения.

— Я просто... Ну, в общем, не надо было этого говорить.

— Возможно, я слишком бурно прореагировала на ваши чаевые дежурному.

Он медленно подошел к калитке.

— Может, нам стоит попробовать еще раз?

— Я так не думаю.

— Чему это повредит?

Она отвернулась и, прищурившись, посмотрела вдаль. Для любого другого речь не шла о судьбоносном решении. Для нее же это было равносильно прыжку с горы на пролетающий мимо планер.

Когда Ренни снова повернула к нему голову, он смотрел прямо на нее. И хотя в глазах уже не было хитрого блеска, они все равно заставляли ее нервничать.

Чему это повредит? Возможно, ничему, а возможно, и всему. Во всяком случае, рисковать не стоило. Тем более удивительными ей самой показались ее следующие слова:

— На площади есть кафе-мороженое. Я собиралась туда заехать, когда кончу все свои дела здесь. Вы можете меня там дождаться.

— Может быть, я лучше помогу вам здесь.

— Я привыкла все делать самостоятельно.

— Охотно верю, — серьезно сказал Вик. Затем повернулся и рысцой побежал по дороге.

— Куда вы?

— За вашей шляпой! — крикнул он через плечо.

12

Ей понадобилось полтора часа, чтобы переделать все дела. Сначала она водила жеребца по двору, чтобы дать ему остыть, затем провела его в конюшню. Вик мало что понимал в конюшнях, но эта выглядела как произведение искусства.

— У меня первоклассные животные, — пояснила Ренни в ответ на его комплимент, — они заслуживают первоклассного помещения.

Он не был и специалистом в лошадях, но не требовалось много знаний, чтобы понять, что перед ним великолепные животные. Ренни принялась медленно и методично вытирать жеребца, одновременно ласково с ним разговаривая. Вик стоял рядом.

— Такое впечатление, будто он понимает, что вы ему говорите.

Ренни даже обиделась.

— А почему нет?

— Не знал, что лошади могут понимать человеческую речь.

— Мои понимают. — Ее глаза сияли любовью и гордостью, когда она проводила рукой по бархатистой шкуре жеребца. — По крайней мере, меня.

— Тогда это скорее ваши способности, не лошадиные.

Она повернулась, чтобы ответить, но, вероятно, решила, что они стоят слишком близко друг к другу. Она поднырнула под шею лошади и оказалась с другой стороны. Вик невозмутимо последовал за ней.

— У этого говорящего по-английски чуда есть имя?

— Бид.

— Необычно. Это что-нибудь значит?

— Мне просто нравится, как оно звучит.

— Вы не любите вдаваться в объяснения.

— Да. — Она взглянула на него, и оба рассмеялись. — А вы задаете слишком много вопросов.

— Любопытен от природы. Вы часто устраиваете такие скачки?

— Только когда попадается пикап, норовящий нас обогнать.

Она отошла, но все же оглянулась на него через

плечо, и это было единственное, что можно было принять за флирт. Хотя, возможно, он выдавал желаемое за действительное и ему только показалось, что она флиртует, из-за обтягивающих джинсов и длинной белокурой косы, которая спускалась на спину из-под соломенной ковбойской шляпы. Кстати, из-за этой шляпы ему пришлось пробежать больше мили.

Когда все ведерки с кормом были наполнены и Ренни попрощалась с каждой лошадью персонально, она направилась к дому. Его она, извинившись, не пригласила войти.

— А вы можете покачаться на качелях на веранде, — предложила она.

— Именно этого мне и не хватало. — Вик решил не обижаться, а просто сел на качели и оттолкнулся. — Можете не торопиться.

— Если появится Тоби, скажите ему, что я сейчас выйду.

— Тоби?

Но она уже исчезла в доме, и в течение нескольких минут Тоби оставался загадкой, пока не подъехал в раздолбанном пикапе. Он вылез из кабины и замер, разглядывая Вика, и только несколько минут спустя двинулся к веранде. Вик ничуть бы не удивился, услышав звон шпор.

Тоби был высок, грудь колесом. Из-под ковбойской шляпы в пятнах пота торчали вьющиеся седые волосы.

Когда он снял темные очки, его глубоко посаженные глаза напомнили Вику плохих полицейских из классических вестернов. Он подавил желание сказать: «Привет, маршал». Почему-то он не сомневался, что Тоби не оценит его юмор.

— Где Ренни?

Это вместо «здравствуйте»?

— В доме. Если вы Тоби, то она просила передать, что скоро выйдет.

Он уселся на перила, положил одну ногу на другую, продемонстировав подошвы огромных сапог, сложил руки на груди и беззастенчиво уставился на Вика.

— Хороший денек, — попытался разрядить обстановку Вик.

— Как скажете.

Ясно, Тоби возненавидел его сразу и надолго. Почему?

После продолжительной паузы, нарушаемой только скрипом цепей качелей, старик спросил:

— Вы где-то здесь живете?

— В Форт-Уэрте.

Тоби фыркнул, будто Вик сказал: «Я живу в Содоме, что рядом с Гоморрой».

— Привет, Тоби. — Ренни вышла из дома и присоединилась к ним.

Тоби вскочил на ноги и сдернул шляпу:

— Привет, Ренни.

— Как поживаешь?

— Нормально. У тебя нет никаких замечаний?

— Ты задаешь мне этот вопрос каждый раз, когда я приезжаю, и ответ всегда одинаков: все превосходно. — Улыбка, которой она его одарила, превратила бы ревнивого мужчину в убийцу. Вику не хотелось задумываться над своей собственной реакцией. — Ты познакомился с мистером Треджиллом?

— До этого еще не дошло.

Вик встал, протянул руку и назвался.

— Тоби Роббинс. — Создавалось впечатление, что ему не хочется пожимать Вику руку. Рука у него оказалась еще более грубой, чем у Гаса. Одни сплошные мозоли.

— Тоби — хозяин соседней фермы, — объяснила

Ренни. — Он присматривает за моими лошадьми. Иногда меня не бывает неделю, а то и больше.

— Хорошо, когда есть такой сосед.

Тоби проигнорировал его замечание и обратился к Ренни:

— На этой неделе приезжал ветеринар, тщательно их осмотрел и сказал, что все в порядке.

— Я тоже ничего не заметила, но хотелось быть уверенной. Спасибо, что пригласил его. Он пошлет мне счет почтой?

— Он его мне оставил. — Он достал конверт из нагрудного кармана и передал ей.

— Спасибо. Завтра оплачу. — Она сунула конверт в сумку, висящую на плече. — Рысь не появлялась?

— С той поры, как задрала теленка несколько недель назад, не появлялась. Надеюсь, мы ее хорошенько пугнули. Возможно, мне даже удалось ее ранить. Кто знает, может, забралась куда-нибудь и сдохла или переселилась в более спокойное место и теперь охотится там.

Вик не думал, что этот человек способен улыбаться, но он улыбнулся, и Ренни ответила на его улыбку.

— Здоровый экземпляр, — продолжил Тоби. — Я таких крупных раньше не видел. Надеюсь, она исчезла навсегда.

— Ну, — сказала Ренни, — мы собрались уезжать.

— Не буду вас задерживать. Дом заперт?

— Да, я все закрыла.

Тоби жестом предложил ей следовать за собой, и они втроем спустились с веранды.

— Какие-нибудь указания на эту неделю будут? — спросил он.

— Так сразу ничего не могу вспомнить. Если что, позвоню. Просто позаботься о моих лошадках.

— Можешь не сомневаться.

— Передай привет Коринне.

— Обязательно. — Он прикоснулся к краю шляпы и бросил на Вика взгляд, от которого у того сжались яйца, затем влез в грузовик и отчалил.

Ренни оглядела дом и конюшню и возвестила:

— Я готова.

В кафе было много народу — лето, конец дня, воскресенье. Когда освободился маленький столик из кованого железа, Ренни заняла его, а Вик тем временем встал в очередь, чтобы заказать две огромные порции мороженого с глазурью. Пока он нес мороженое к столику, подумал, что благодаря пудингу Кристел и этому мороженому он наверняка прибавит пару фунтов.

Они с увлечением ели вкусную смесь, когда Ренни неожиданно спросила:

— У вас бывают приступы паники?

Внезапность этого вопроса озадачила его.

— Простите?

Ренни неловко пожала плечами.

— Я заметила резинку у вас на запястье. И вчера она была на вас.

— А, это. Да просто дурная привычка. И не вспомню сейчас, когда впервые надел и почему.

Она кивнула, но продолжала внимательно смотреть на него.

— Порой людям, испытывающим острые приступы беспокойства, советуют носить на руке резинку. Если они чувствуют приближение приступа паники, они дергают эту резинку. Иногда это останавливает ложный сигнал о смертельной опасности, посланный в мозг. Помогает избежать паники.

— Да? А я и не знал.

Они доели мороженое в молчании. Закончив, Ренни достала салфетку из стаканчика в центре стола и вытерла губы. Если бы можно было заказывать сны, Вик попросил бы показать ему грязный сон о ее рте. Неплохое было бы зрелище. Похоже, у него появилась навязчивая идея.

— Почему вы решили, что у меня может быть собственность за городом?

— Когда я вчера провожал вас до машины, я заметил седло на заднем сиденье.

— Я могла быть членом клуба любителей верховой езды.

— Вы могли быть и канадским альпинистом, но я почему-то решил по-другому.

— Вы очень умны.

— Спасибо. Но, возможно, не настолько, как мне самому кажется.

— Я только что хотела это сказать.

Улыбка преобразила ее лицо. К сожалению, она улыбалась редко. Все утро Вик разыскивал в ней приметы лихой наездницы на неоседланных лошадях, которая спала с кем попало и ради одного взгляда на которую все жеребцы в Далтонс толпились на родео в три ряда. Он ничего не заметил. Джинсы делали ее попку очень аппетитной, но это единственное, что бросалось в глаза.

«Что случилось с той бесшабашной, дикой девчонкой? — удивлялся он. — И откуда взялась эта зажатая женщина, занявшая ее место? Интересно было бы узнать, что послужило причиной такой резкой перемены». Ренни была для него загадкой, которую ему хотелось разгадать, вне зависимости от того, была она клиенткой Лозадо или нет.

Под его напряженным взглядом она почувствовала себя неловко и заявила:

— Мне пора.

— Что это вдруг?

— Есть дела.

По ее лицу читалось: «Не твое дело, черт возьми».

Он стал придумывать, что сказать, чтобы она не вскочила и не убежала.

— Сколько акров у вас здесь?

— Двести двадцать.

— Да? Здорово. Хорошенькое местечко, чтобы спрятаться от жизненных тягот.

— А вы чем занимаетесь, Вик?

Ну что же, хоть какой-то прогресс. Все еще сидит, задала ему вопрос о нем и впервые назвала его по имени.

— Компьютерное обеспечение.

— Продаете?

— И создаю, — что ж, лгать так лгать.

— Гм-м, — засомневалась Ренни.

— Что?

— Так, ничего.

— И все же? — настаивал он.

— Не могу представить вас целый день сидящим за столом над компьютерными программами.

— Вы очень проницательны. Моя работа скучна до безумия.

— Тогда почему вы не займетесь чем-то еще?

— Как раз подыскиваю. Наверное, можно сказать, что я пока не нашел свою нишу.

— Вы в детстве не знали, кем хотите стать?

Он засмеялся.

— Примерно так. — Он отодвинул пустую посудину и поставил локти на стол. — Когда вы сегодня уезжали, вы казались печальной. Вам по-настоящему нравится там, на ранчо?

— Очень. Я обожаю этот дом.

Он понимал почему, даже на основании того немногого, что ему удалось увидеть. У нее был милый дом в Форт-Уэрте, но здесь ему понравилось гораздо больше. Типичное для ранчо двухэтажное сооружение, сложенное из местного камня, с круговой верандой. Классический вариант, хотя ничего особенного. И явно велик для одного человека.

Или там живет не один человек? Может быть, Тоби не только присматривает за лошадьми? Вик предположил, что упомянутая Коринна была женой Тоби, но с такой же степенью вероятности она могла быть старой тетушкой или жесткошерстным терьером.

— Вы давно знаете Тоби и Коринну?

— Да. — Она отвечала удивительно кратко. Впрочем, это совпадало с образом доктора Ренни Ньютон.

— У них есть дети?

— Трое. Только что появился пятый внук.

Прекрасно. Значит, они были парой, и вряд ли дедушка Тоби приходил на пересып в дом Ренни.

— Вы не боитесь оставаться там одна?

— Почему я должна бояться?

Он пожал плечами:

— Одинокая женщина. Ранчо далеко от жилья.

Она быстро подхватила сумку и отодвинула стул.

— Люди ждут столика. И, кроме того, мне пора в Форт-Уэрт. Спасибо за мороженое.

И направилась к выходу. Вик чуть не смял целое семейство из четырех человек, пытаясь ее догнать. Когда он подошел к джипу, она уже села за руль.

— Эй, нельзя ли помедленнее? Что я такого сказал?

— Ничего.

— Тогда почему столь внезапный побег?

— Мне надо возвращаться, вот и все.

— Ренни, олимпийские чемпионы в спринте так быстро не бегают. Что не так?

Она сунула ключ в зажигание, потом повернулась к нему, сверкнув глазами:

— Ваш намек, что мне требуется защита.

— Я ни на что подобное не намекал.

— Вы случайно не рассчитываете, что я попрошу вас защитить меня?

— Я просто разговаривал. Вы видите кучу глупостей во вполне невинном вопросе. — Он крепко держал ручку, не давая ей закрыть дверцу. — Послушайте, если говорить о страхе, давайте побеседуем о моем.

— Вашем?

— Ну да. Вы меня до смерти пугаете. — Она перестала дергать дверцу и вопросительно взглянула на него. — Вы богаче меня, умнее. Почти такая же сильная, и боюсь, если мы побежим, вы меня перегоните.

Она наклонила голову, но он успел заметить тень улыбки. И решил этим воспользоваться.

— Поужинайте со мной, Ренни.

— Зачем?

— Ну, во-первых, мороженого мне ненадолго хватит, я скоро проголодаюсь.

— Это мороженое и было моим ужином.

— Ладно, не обязательно есть. Можно пойти в кино. Прогуляться. Что угодно. Мне хочется побыть с вами подольше.

Она повернула ключ в зажигании, заведя двигатель.

— Пока, Вик.

— Подождите. — Он добавил тихое «пожалуйста», что остановило ее. — Почему вы постоянно от меня убегаете?

— Я же говорила. Я не...

— Знаю, знаю. Вы с кем-нибудь встречаетесь?

— Да.

«Только не с Лозадо», — подумал он.

— С пациентами, — добавила она. — Я встречаюсь с пациентами.

— И каждый день с ними ужинаете? — Он улыбнулся ей одной из своих патентованных улыбок —

грустный такой щенок, но не заработал теперь даже и тени улыбки.

Она отвернулась и долго смотрела перед собой.

— Вы очень привлекательны, Вик.

— Спасибо. Но?..

— Но наши отношения должны были остаться на вчерашней стадии.

— То есть на нуле?

— Совершенно верно.

— Ну, меня это не устраивает.

— Придется смириться. Я еще вчера пыталась дать вам это понять. Повторяю снова. Я не могу с вами встречаться и не буду. В этом нет смысла. — И добавила: — И я не передумаю.

Вик некоторое время вглядывался в ее глаза. Наконец протянул руку к ее лицу.

— Не надо, — прошептала она.

Он не коснулся ее. Просто взял прядь волос, лежащую на щеке, и заправил ее под шляпу. Пальцы его на несколько секунд задержались над ее ухом, потом он убрал руку.

— Я поеду за вами до дома, прослежу, чтобы вы благополучно добрались.

— Я этого не хочу.

— Я и так знаю, где вы живете.

— Я не приглашу вас зайти, Вик.

— Я поеду за вами.

Он отошел, захлопнув дверцу машины. Она уехала, даже не махнув ему рукой. Тем не менее, он выполнил обещание. Он доехал за ней до самого дома, а когда она въехала в гараж и опустила дверь, он два раза нажал на клаксон, как бы говоря: «До свидания».

Она позвонила в больницу узнать, как чувствуют себя послеоперационные больные, и дежурные врачи сообщили, что все в порядке.

После звонка в больницу она до утра была официально свободна. Уже через десять минут она лежала в ванне с эфирными маслами. Старалась дышать глубоко и расслабиться, но стоило ей закрыть глаза, как перед ее мысленным взором вставал Вик Треджилл, и она невольно улыбалась. Было невозможно не испытывать к нему симпатию. Он ей нравился больше, чем кто-либо другой за очень долгое время.

Именно поэтому она не должна его больше видеть. Никогда.

Ее способность к романтическим чувствам атрофировалась. Она умерла вместе с Раймондом Кольером в тот проклятый день в кабинете отца. Она убила эти чувства в себе так же надежно, как был убит Раймонд.

Но в самом ли деле они умерли, эти чувства?

Она отказывала себе в естественных человеческих желаниях так долго, что убедила себя, что для нее они больше не существуют. То, что нормально для любой другой женщины, не годится для Ренни Ньютон. Ей не нужны любовь и всякие романтические бредни. Она нуждается только в работе, и только от работы она получает удовлетворение. Такова ее мантра.

Но сегодня ее уверенность ослабла.

Ее решение не выходить замуж и не заводить семью казалось отважным, когда ей было двадцать. Теперь она начала сомневаться. Вышло так, что этим решением она наказала только себя. За годы разница между независимостью и одиночеством стала настолько незаметной, что почти стерлась.

Этот мужчина, этот высоченный Вик Треджилл с длинными ногами и непослушными светлыми волосами, разбудил в ней желания, которые, как ей казалось, давно умерли. Ей нравилось быть с ним рядом, но она боялась своих ощущений, когда он по-особому смотрел на нее.

Его поцелуи наверняка еще более впечатляющи,

чем его взгляд. Нет, она бы не разрешила ему поцеловать себя. Но было бы приятно немного повернуть голову, когда он убирал ту прядь, и прижаться щекой к его руке. На одно короткое мгновение.

Раздался телефонный звонок.

Ренни резко села, всколыхнув воду в ванне. Может быть, это Вик. Он ведь достаточно нахален и самоуверен, чтобы попытаться снова.

Но это может быть и Лозадо.

На телефоне не высветился номер звонившего. Она все же взяла трубку.

— Ренни, ты в порядке?

13

У Лозадо аж дух захватило, когда он услышал ее частое, легкое дыхание. Так женщина дышит, когда ее трахают или когда она боится. С Ренни ему и то, и другое доставило бы удовольствие.

— Зачем вы снова звоните, ведь я вам запретила?

— Я о тебе беспокоился, Ренни, — сказал он. — Позвонил, чтобы убедиться, что у тебя все нормально.

— Что со мной может случиться?

— У тебя неподходящая компания.

Он глазам не поверил, когда она приехала домой в сопровождении пикапа Треджилла. Он мог отнестись к их встрече на приеме как к дикой случайности. Но два дня подряд? От этого так и несло полицией.

Уезжая, Треджилл дал два коротких гудка. Этот говнюк еще жив только потому, что не зашел к Ренни в дом. Но откуда они приехали? Как долго были вместе? Час? Целый день? И чем они занимались?

Лозадо задумался о способах, какими он может разделаться с Треджиллом. Какой из них самый болезненный? Да, он хотел, чтобы Треджилл умер в муках, и это должна быть необычная боль. Еще ему хотелось, чтобы его смерть была позорной. Он не хотел делать из Треджилла мученика, погибшего героя.

Он не хотел повторять то, что он сделал с его братом Джо. Это было бы неоригинально, а Лозадо славился своим творческим подходом. Он придумает что-нибудь уникальное, что-нибудь особенное. Возможно, воспользуется услугами одного из своих скорпионов. Здесь один страх чего стоит.

Как бы то ни было, убийство Вика Треджилла должно стать его шедевром, высшей точкой в его карьере. Он не должен торопиться, следует все тщательно продумать.

Разумеется, если бы Треджилл вошел в дом вслед за Ренни, пришлось бы действовать немедленно и убить их обоих. Треджилла — за его вторжение в чужие владения, Ренни — за измену.

Тут ему пришло в голову, что она может быть ни в чем не виновата. Что, если она не в курсе, что Треджилл коп? Треджилл может ее использовать в надежде добраться до него. Ему бы хотелось в это верить. Чтобы убедиться, он позвонил.

— Не понимаю, о чем вы говорите, мистер Лозадо, — сказала она. — Более того, мне безразлично, что вы думаете.

— Я не одобряю ваш выбор друзей.

— Мне наплевать, одобряете вы или не одобряете. Говорю в последний раз, оставьте меня в покое.

— Мне не нравится, что ты путаешься с копами.

Она молчала, он понял, что поразил ее.

— Особенно мне не нравится, что ты проводишь время с Виком Треджиллом. Он неудачник, Ренни. Он тебя не стоит. Не стоит нас.

Несколько секунд прошло в молчании. Когда она заговорила, голос стал тоненьким:

— Вик?.. Он?..

Лозадо расплылся в улыбке. Он был прав. Она не знала.

— Бедняжка. Я думал, ты знаешь.

— И что случилось потом?

— Я же рассказывал. Десять раз как минимум. — Вик потер глаза. Их резало от недосыпа.

— Расскажи еще раз.

— Из конюшни она пошла в дом. Меня не пригласила.

— Думаешь, кто-нибудь там был?

— Я никого не видел. Чужих машин тоже не было. У меня нет оснований думать, что кто-то был внутри, но поклясться я не могу. Понял?

— Почему она тебя не пригласила?

— Думаю, она поступила резонно. Она видела меня всего один раз. И потом я появляюсь у нее на ферме с корявым объяснением, как я ее выследил? На месте женщины я бы так и поступил.

— Ладно, продолжай.

— У меня вопрос, — вмешался Тинпен. — Ты оружия там нигде не видел?

Вик щелкнул пальцами:

— Надо же, едва не забыл. Она как раз засовывала «узи» в карман своих джинсов.

Тинпен тихо выругался. Орен устало взглянул на Вика и жестом попросил его продолжать.

— Я забыл, на чем остановился.

— Она вошла в дом. Ты остался на веранде.

— Ах да. Потом появился этот старик. Тоби Роббинс. Большой, сильный на вид чувак. — Вик повторил, о чем он и Ренни с ним говорили. — Мне показалось, он относится к ней по-отечески. По поводу меня у него явно возникли подозрения. Все время как-то странно на меня поглядывал.

— А ты странно выглядишь.

Тинпен явно нарывался на неприятности, но Вик твердо решил его игнорировать. Он надеялся, что к его приходу Тинпен уже уйдет, дав ему возможность поговорить с Ореном наедине. Увы, не повезло.

Он также заметил, что фотографии Ренни, которые он сорвал со стены, были разглажены и снова повешены. Он сделал вид, что не обратил на это внимания. Не хотел доставлять удовольствие этому мудаку.

— Полицейское управление Форт-Уэрта заплатит мне за ремонт машины? — спросил Вик, меняя тему разговора. — Мне это недешево обойдется, вот увидишь.

Орен только отмахнулся:

— Когда я тебя туда посылал, я просил только осмотреть территорию. Я не посылал тебя на свидание.

Вик закатил глаза:

— У нас с тобой разные точки зрения на то, что следует называть свиданием. Я не рассчитывал ее увидеть. Это была чистая случайность, а дальше все пошло своим чередом. Я просто плыл по течению. Я же не развлекаться собирался.

«На воре шапка горит», — подумал Вик про себя. Он получил большое удовольствие, наблюдая, как Ренни ухаживает за лошадьми. Когда дело касалось этих животных, взаимная любовь была налицо. Только в конюшне Вик видел ее полностью счастливой.

Ему не мешал запах навоза в конюшне. Да что говорить. Даже легкий запах лошади будил ковбоя в любом техасце. А как дивно пахло свежее сено! И смотреть на Ренни, скачущей на жеребце без седла, было весьма интересное, захватывающее зрелище. Но распространяться на эту тему Вик не собирался.

— Трудно назвать уход за лошадьми свиданием, — заметил он.

— Вы пошли в кафе.

— Место, куда ходят все подряд. Мужчины в рубашках в красную и белую полоску. Никаких свечей и никакого вина. Я себе свидание иначе представляю.

— Для него не свидание, если его не трахнут.

— Типпен! — Орен повернулся к нему. — Заткнись, понял?

Вик уже вскочил на ноги и крепко сжал кулаки.

— По крайней мере, меня могут трахнуть, Свинпен. А вот как твоя жена отыскивает то, что ты называешь членом, под этими складками жира, для меня загадка. Если, конечно, ей захочется что-то там искать, в чем я сильно сомневаюсь.

— Ради бога, кончайте препираться! — рявкнул Орен. — У нас полно работы.

— Не у меня. Я ухожу.

— Вик, подожди!

— Я уже много часов не спал, Орен. Устал.

— Я знаю, что ты устал. Мы все устали. Не стоит из-за этого раздражаться.

— Я давным-давно перестал раздражаться. Я не спал.... Черт, я даже не помню, когда я в последний раз спал. Я буду спать сутки. Увидимся.

— Он был деловым партнером ее отца.

Эта простая фраза остановила Вика. Он снова сел на металлический складной стул, откинул голову и закрыл глаза. И хотя он предполагал, что знает ответ, все же спросил:

— Кто был деловым партнером ее отца?

— Парень, которого шлепнула наша дама.

Снова проигнорировав Типпена, Вик открыл глаза и взглянул на Орена. Тот кивнул головой.

— Я провел несколько часов в библиотеке в центре города. Мне пришлось покопаться, но эта история попала даже в наши газеты.

— Такие пикантные обычно попадают, — заметил

Тинпен. — А эта настолько остренькая, пальчики оближешь.

Орен еще раз предупреждающе взглянул на него и снова повернулся к Вику:

— Его звали Раймонд Кольер. Он был убит выстрелом из пистолета в домашнем кабинете Т. Дэна Ньютона. В кабинете находилась его шестнадцатилетняя дочь Ренни.

Шестнадцать лет? Господи.

— И что?

— В смысле?

— Ты подробности знаешь?

— Их очень мало, все туманно и неясно, — сказал Орен. — Во всяком случае, в «Стар телеграм». Я только завтра смогу попытаться что-то узнать. Мне не хотелось звонить в полицейское управление Далтона до разговора с кем-нибудь из начальства. Плохо, если это просочится через рядовых сотрудников. Если выяснится, что мы за ней наблюдаем, нам же будет хуже. — Он несколько секунд изучал Вика. — Полагаю, она не раскололась и не поведала тебе всю эту историю?

Вик немного подождал, чтобы понять, серьезно ли говорит Орен и, когда понял, что серьезно, расхохотался.

— Ну да. Припоминаю, эта тема возникла как раз, когда она выбирала мороженое. — Орен недовольно нахмурился. Вик устало добавил: — Нет, она не рассказала мне, что с ней случилось двадцать лет назад.

— Она упоминала Лозадо? — снова влез в разговор Тинпен.

— Нет, Тинпен, она не упоминала Лозадо.

— А суд? Ее работу в жюри?

— Нет.

— Ты провел с ней несколько часов. О чем же вы все это время говорили? — не отставал Тинпен.

— О приматах. Видишь ли, некоторые находятся еще в стадии эволюции. Если честно, всплыло твое имя.

— Вик, — укоряюще вставил Орен.

Вик взорвался:

— Он козел. Зачем ей упоминать о Лозадо?

— Почему бы тебе нам все же не рассказать, о чем вы говорили?

— О лошадях. О ее доме. Как ей там нравится. О моей скучной работе компьютерного программиста. Ничего особенного. Обычная болтовня. Что люди говорят, когда узнают друг друга?

— Но это было не свидание. — Тинпен даже хрюкнул, как свинья.

Вик снова вскочил со стула:

— Я не желаю слушать этого урода!

Орен попытался его перекричать:

— Я лишь хочу узнать твои впечатления о ней.

— Ладно, тебе нужны мои впечатления? Первое. Она ни при чем. Полагаю, ее отношения с Лозадо прекратились вместе с ударом молотка судьи. Кстати, о Лозадо. А за ним кто-нибудь следит?

— Его «Мерседес» весь день простоял в гараже, — доложил Тинпен.

— Как бы там ни было, — сказал Вик, — продолжение слежки за Ренни Ньютон — пустая трата времени. Это глупо и бессмысленно. Что она такого сделала, чтобы вызвать подозрения? Ничего. Абсолютно ничего, черт побери. А пока мы тут сидим и играем в карты, чтобы не заснуть и не прозевать ее, тот, кто пристрелил доктора Хоуэлла, тихонько смеется, потому что убийство сошло ему с рук. Ты спрашивал про мои впечатления. Теперь ты в курсе.

— Тебе нужен Лозадо так же, как и мне. Нет, больше, чем мне.

— Верно, черт побери! — закричал Вик. — Но у нее нет никаких дел с Лозадо.

— Я еще не готов с этим согласиться, — возразил Орен.

— Это твоя проблема. — Он взял шляпу.

— Ты уходишь?

— Какой догадливый.

— Домой?

— Опять попал в точку.

— В Галвестон?

— Попрощайся за меня с Грейс и девочками.

— Вик...

— До встречи, Орен.

Он повернулся к лестнице, но тут же замер на месте. На верхней ступеньке стояла Ренни.

Орен и Тинпен заметили ее одновременно с ним. Тинпен что-то пробормотал, но Вик не расслышал, все заглушал рев в ушах. Орен, который обычно держался прямо и гордо, повесил голову, как мальчишка, пойманный матерью за рассматриванием порнографического журнала. В комнате как будто стало еще более душно, трудно было дышать.

Она переводила взгляд с одного на другого и остановилась на Вике:

— Ты лжец и сукин сын.

Он решил, что на данном этапе молчание — лучшая защита. Кроме того, он понимал, что ее ярость оправдана.

Она пересекла комнату, подошла к окну и поднесла к глазам бинокль ночного видения, направив его на свой дом. Вик заметил, что у нее слегка опустились плечи, но это длилось какую-то секунду. Затем она положила бинокль на стол и повернулась к ним лицом. Именно в этот момент она заметила фотографии, развешанные Тинпеном на стене, те самые, на которых она запечатлена в разных стадиях раздевания.

Губы ее слегка приоткрылись, и краска отлила от лица, но эта первоначальная реакция быстро уступила место гневу:

— Кто из вас старший по званию? Кто несет за все это ответственность?

— Я, — ответил Орен. — Откуда вы узнали, что мы здесь? — Он с подозрением взглянул на Вика.

Вик ответил ему взглядом, в котором читалось: «Ты меня достаточно хорошо знаешь, чтобы подумать такое».

Ренни правильно поняла этот обмен взглядами.

— Уверяю вас, мистер Треджилл врет просто мастерски. Вы можете им гордиться, детектив Уэсли.

— Откуда вы узнали...

— Теперь моя очередь задавать вопросы, — резко перебила она. — Какое разумное объяснение вы можете дать слежке за моим домом?

— Вы не ответили на многие вопросы относительно убийства доктора Хоуэлла.

— И вы рассчитывали найти ответы, шпионя за мной?

— Да, мы на это надеялись.

— Так нашли?

— Нет.

— Вы и телефон мой прослушивали?

— Нет.

— Следили за мной на работе?

— До известной степени, — признал он.

— Вы самым возмутительным образом вмешались в мою личную жизнь. Вашему начальству завтра утром придется давать объяснения моему адвокату.

— Мое начальство дало «добро» на наблюдение за вами, доктор Ньютон.

— Это не наблюдение. Это подглядывание в окно.

Это... — Она с отвращением взглянула на фотографии, затем направилась к лестнице вне себя от ярости. — Вы будете иметь дело с моим адвокатом.

Она сбежала вниз по лестнице.

— Ну, теперь мы вляпались основательно.

Вика мнение Тинпена не интересовало. Он кинулся вниз по лестнице за Ренни, догнал ее недалеко от ее дома и схватил за руку:

— Ренни.

— Отпусти меня.

— Я хочу объяснить. — Она попыталась вырваться, но он держал ее крепко. — Послушай, я должен это сказать.

— Мне плевать на все, что ты можешь сказать.

— Пожалуйста, Ренни.

— Пошел к черту.

— Я совсем не горжусь собой.

Она перестала вырываться и взглянула на него. Потом с горечью рассмеялась:

— Почему же? Есть ведь чем гордиться, офицер Треджилл. Вы так убедительно сыграли роль прекрасного незнакомца. Но меня-то вы уже неплохо знали, верно? По тем фотографиям на стене?

— Я вполне понимаю, почему вы на меня злитесь.

— Не льстите себе. — Она выдернула руку. Глаза блестели. — Я достаточно безразлично к вам отношусь, так зачем мне злиться? Вы настолько мало для меня значите, что даже разозлить меня не в состоянии. Мне бы хотелось вообще никогда вас не видеть. И я не желаю видеть вас впредь. Никак — ни случайно, ни с помощью хитрости. Никогда.

Вик больше не пытался задержать ее. Просто смотрел, как она поворачивается и бежит прочь. Он стоял так, пока она не скрылась за углом.

14

Ему захотелось напиться.

Чтобы выполнить это всепоглощающее желание, он выбрал бар на Сандэнс-сквер. В этом популярном питейном заведении он и сидел, сгорбившись над своей второй, а может, третьей порцией бурбона.

Он не случайно выбрал этот бар. Вообще-то он предпочел бы чего-нибудь попроще, где напитки крепче, музыка печальней и клиенты более несчастливы. Но этот бар находился прямо напротив дома, где Рикки Рой Лозадо жил, как гребаный миллионер, на деньги, полученные за заказные убийства.

Благополучие Лозадо еще больше растравляло душу Вика, а в этот вечер ему казалось правильным громоздить одну неприятность на другую.

Близость роскошного логова Лозадо в сочетании с тем, что он сам ощущал себя последним дерьмом, заставили его прийти к выводу, что ему потребуется по меньшей мере еще пара порций, чтобы почувствовать себя хоть немного лучше.

— Эй, ковбой, что это ты пьешь в одиночестве?

У молодой женщины, которая плюхнулась рядом с ним на стул, были крашеные черные волосы, а на ее красной футболке поперек груди серебряными буквами было написано: «Можешь прозакладывать свою задницу, они настоящие».

— Хочу сразу предупредить, мисс, я сегодня в дурном расположении духа. Потому и пью один.

— Спорю, я смогу выдержать ваше общество.

Вик пожал плечами и жестом подозвал бармена. Она заказала бурбон со льдом, то же, что и у него. Она поблагодарила его за выпивку.

— Меня зовут Салли.

— Рад познакомиться, Салли. Я Вик.

— Так почему грустим, Рик? Поссорился со своей дражайшей половиной?

Он не стал поправлять ее.

— Некоторым образом.

— Беда.

— Еще бы.

— Из-за чего поцапались?

— В смысле — расстались? Я сделал глупость. Не сказал правды. Потерял доверие. Сама знаешь, как это бывает.

— С мужиками это бывает сплошь и рядом, — сказала она с обреченностью опытного человека. — Интересно, почему?

— Наверное, в натуре заложено.

— Скорее потому, что все вы одинаковые. — Она отпила большой глоток и попыталась исправить настроение, широко улыбнувшись. — Сменим тему. Чем ты занимаешься?

— Когда?

— В смысле работы.

— А. Ты же догадалась. Я ковбой.

— Правда? Я же шутила. Что ты за ковбой?

— Сегодня утром я работал в конюшне с лошадьми, сено им задавал и все такое.

Он мысленно сравнивал Ренни, которая с такой любовью ухаживала за своими лошадьми, с той Ренни, которая отчитала трио лучших копов Форт-Уэрта. Доктор Ньютон умела не только ювелирно работать скальпелем, она и за словом в карман не лезла. Он постарался выбросить из головы это видение и спросил Салли, чем она зарабатывает на жизнь.

— Я исполнительница экзотических танцев. — Она с хитрой улыбкой взглянула на него и шевельнулась так, что серебряные буквы на груди засверкали.

На Вика ее телодвижение впечатления не произвело, но он притворился. Какой смысл, если еще один человек будет чувствовать себя последним дерьмом.

— Ух ты!

Она польщенно хихикнула.

— Где ты выступаешь?

Улыбка исчезла.

— Понимаешь, я еще нигде не выступаю. Пока только пробуюсь. А сейчас у меня временная работа. Вон там. Убираюсь. — Она кивнула в сторону высотного дома.

Вик оказался крепче бурбона и мгновенно насторожился. Стараясь скрыть свою внезапную заинтересованность, он улыбнулся.

— Дай мне знать, когда тебя примут в танцовщицы. Мне бы хотелось посмотреть.

Она положила руку ему на бедро.

— Могу тебе устроить индивидуальный просмотр. Бесплатно.

— Где? Вон там? — Он кивком головы показал на высотный дом. — Ты там живешь?

— Ну, как же. — Она фыркнула. — Можно подумать, я могу себе такое позволить.

— Мне всегда хотелось хоть одним глазком увидеть, что там внутри. — Он с тоской взглянул на фасад здания. — Убедиться, что внутри так же наворочено, как и снаружи.

— Наворочено дай бог, можешь быть уверен. Там только богатые живут.

— Например?

Она осторожно оглянулась.

— Я не должна рассказывать о жильцах. Если нас ловят за такими разговорами, тут же увольняют.

— Ну, конечно. Я понимаю.

— Это вроде как охрана личной жизни.

— Конечно, конечно. — Вик повернулся к телевизору и сделал вид, что необычайно увлекся «Великолепной семеркой», которую показывали с выключенным звуком.

— Но, думаю, тебе можно доверять. — Салли прижалась ногой к его ноге.

Снова завладев его вниманием, она наклонилась так близко, чтобы он смог разобрать ее шепот. Тяжелая грудь легла ему на руку.

— Ты знаешь парня, который участвует в гонках на машинах?

Вик назвал гонщика, который, как он знал, жил в Форт-Уэрте. Салли энергично кивнула:

— Десять Б.

— Честно? Какой он?

— Милый. Но его жена! — Она скорчила уродливую гримасу. — Сука, каких поискать.

— А другие знаменитости?

— Прошлый сезон жил один из «ковбоев», но его перекупили, и он переехал. Есть еще пожилая леди на пятом этаже, она снималась в «Даллесе», только я не знаю, в какой роли и как ее зовут.

— Гм-м. — Он снова сделал вид, что потерял интерес, и взглянул на крупный план героического Юла Бриннера. Рука Салли скользнула поближе к его паху.

— Ты видел в новостях парня, который открутился от обвинения в убийстве?

Вик постарался ничем не выдать свой интерес.

— Убийстве? Не думаю. Давно?

— Пару недель назад. Его зовут Лозадо.

— Ах да, припоминаю. Ты его знаешь?

Она подвинулась так близко, что он удивился, как это она умудряется не свалиться со своего стула.

— Мы с ним... близки. Его квартира на том этаже, где я убираюсь. Пентхаус. Я все время в его квартире. И не только ради уборки. — Она многозначительно подняла брови.

— Ты, верно, шутишь? С убийцей?

— Ш-ш-ш. — Она нервно оглянулась. — Его же оправдали, забыл? Я с ним сплю.

— Да будет тебе. — Вик недоверчиво отвернулся.

— Клянусь.

Он понизил голос до заговорщического шепота:

— Он делает это по-другому, чем, скажем, обычные парни?

Она серьезно задумалась, прежде чем ответить.

— Да нет. То же самое. Мы поигрались всего несколько раз. Чаще он хочет только минет. И знаешь, что странно? — Она подвинулась еще ближе. — У него там совсем нет волос.

— Да? А что с ними случилось?

— Он их сбривает.

Вик позволил своей челюсти отвиснуть.

— Врешь!

— Клянусь.

Вик взглянул на нее с наигранным уважением и восхищением.

— Так ты подружка этого парня?

— Ну, в общем, да. — Салли опустила глаза и провела пальцем по его руке. — То есть он от меня без ума и все такое. Он просто не привык показывать свои чувства, понимаешь?

— А ты его с другими женщинами видела?

— Нет.

— Он никого не приводил в свои апартаменты?

— Нет.

— Уверена?

— Я бы знала. Я обращаю внимание на детали. И можешь мне поверить, я смотрю в оба глаза, когда убираюсь. Постоянно боюсь наткнуться на этих проклятых скорпионов.

— Скорпионов?

Вик знал об увлечении Лозадо этой пакостью, но испытал весьма неприятные чувства, когда Салли подробно рассказывала ему об аквариуме с искусственным климатом.

— Когда я там, я все время начеку.

— А как насчет телефона? Ты когда-нибудь снимала там трубку?

— Ты что? Меня бы тут же выгнали. Кроме того, он пользуется только сотовым.

— Ты когда-нибудь слышала, чтобы он по нему говорил?

— Однажды, но слов я не разобрала.

— Значит, не знаешь, с кем он говорил, может, с женщиной?

Она немного отодвинулась и странно посмотрела на него.

— Эй, в чем дело? — Он засмеялся и похлопал ее по руке, все еще лежащей на его бедре. — Пытаюсь тебе помочь, Салли. Но похоже на то, что соперницы у тебя нет.

Она снова прижалась к нему. Теперь на его руке покоились уже обе сиськи.

— А ты клевый, Вик. Хочешь, поедем ко мне? У меня есть выпивка.

— Эй, я не хочу, чтобы этот твой Лозадо имел на меня зуб.

— Я встречаюсь и с другими парнями.

— А я думал, он тебе нравится.

— Нравится. Он красивый, а какую одежду носит, просто отпад.

— Богатый, значит.

— Это наверняка.

— Тогда в чем проблема?

— Понимаешь, он... немного меня пугает.

— Он тебя бьет?

— Нет. То есть он не бьет, но вот вчера вечером он предупредил меня не говорить о нем...

— Вик, какого черта ты здесь делаешь?

Вик круто повернулся. За ним стоял разгневанный Орен.

Салли сердито спросила:

— Кто это еще?

— Мой партнер. Орен, познакомься с Салли.

— Так ты гомик? — завопила она как резаная.

Ее крик привлек внимание почти всех в баре. Даже Стив Маккуин внимательно взглянул с телевизионного экрана. Салли соскочила со стула так резко, что ее груди, которыми она так гордилась, закачались, как пара надувных шаров. Затем она гордо удалилась.

— Я все же приду когда-нибудь посмотреть, как ты танцуешь! — крикнул Вик ей вслед.

— Чтоб ты сдох, — услышал он в ответ.

Орен схватил его за воротник и практически выволок из бара. Когда они оказались на улице, он тряхнул его так, что Вик едва не упал.

— Я по всему городу тебя разыскиваю.

Вик повернулся:

— Еще раз толкнешь меня, Орен, пожалеешь.

По лицу Орена было видно, что он готов не только толкнуть его, но и отвесить ему хорошую затрещину.

— Я каждому копу в отделении велел разыскивать твой пикап.

— Это зачем еще?

— Потому что я боюсь, что ты сделаешь какую-нибудь глупость. — Орен несколько раз глубоко вздохнул, будто пытался справиться со своим гневом. — Что с тобой творится, Вик?

— Ничего.

— Как же, ничего. Ты дуешься, на взводе, ни с чем не соглашаешься. Споришь. Возражаешь. Тинпен был прав, назвав тебя придурком.

— Тогда почему бы вам с Тинпеном не встретиться и не отсосать друг у друга? Я еду домой.

Орен схватил Вика за плечо и прижал его к стене.

Орен начал свою работу в полиции с крутых районов, где было полно разных банд и наркоманов, но он добился там всеобщего уважения. Его боялись даже самые подлые из подлых. Его и Джо.

— На этот раз я не дам тебе улизнуть. Слишком просто. Тебя что-то скребет, и я должен знать, что именно. Если бы Джо был здесь...

— Но его нет! — крикнул Вик.

— Если бы он был, — рявкнул Орен, — он бы из тебя котлету сделал!

— Оставь меня в покое, черт возьми. — Вик оттолкнул его, понимая, что смог это сделать только потому, что Орен позволил.

— Дело в ней?

Вик обернулся.

— В ком?

Орен покачал головой и посмотрел на него со смесью печали и жалости.

— С ней лучше не связываться, Вик. Шлюха в докторском халате.

— Неправда.

— Ты сам слышал, что люди рассказывают. Там, в Далтоне. Она трахалась...

Вик было замахнулся, но тут в действие вступила последняя порция бурбона. Она повлияла на скорость и точность. Он попал Орену в плечо, в гору железных мускулов. Орен тут же вмазал Вику в подбородок. Вик даже услышал, как лопнула кожа, почувствовал, как потекла кровь.

К счастью, когда его колени подогнулись, Орен схватил его за грудки. Он притянул Вика к себе, лицом к лицу.

— За несколько дней до того, как он был убит, жена Раймонда Кольера подала заявление о разводе. Она обвиняла его в супружеской измене. Догадайся, с кем?

Прежде чем оставить весь выпитый бурбон на мостовой, Вик оттолкнул Орена. Потом повернулся и пошел к парковке, где он оставил свой пикап и где, очевидно, его и засекли полицейские из дорожной службы. Не так уж сложно было Орену его найти.

— Вик!

Он остановился, медленно повернулся и с угрозой показал на Орена пальцем.

— Если еще раз посмеешь говорить о ней в таком тоне... — Вик тяжело дышал. Скорее задыхался. Он был не в состоянии даже сформулировать свою угрозу. Поэтому он удовлетворился тем, что сказал: — Не делай этого, Орен. Не делай.

— Тебе нельзя садиться за руль. Давай я отвезу тебя в мотель. Или к себе домой.

Вик отвернулся и зашагал дальше.

Лозадо наблюдал за ссорой между Виком и бывшим напарником Джо Треджилла, Ореном Уэсли, с водительского сиденья своего джипа, стоящего на платной стоянке через дорогу. Он не мог слышать слов, слишком далеко, но они явно ссорились. Ошибиться тут было невозможно.

К его удовольствию, они даже обменялись ударами. На это он и не надеялся. Разброд и шатание в стройных рядах. Драчка между хорошими друзьями. Все, с кем только имел дело Вик Треджилл, на него злились. Великолепно.

Несколько часов назад Лозадо получил истинное удовольствие, рассказав Ренни о профессии Вика. Пока она это переваривала, он добавил еще информации. Она находится под наблюдением полицейского управления Форт-Уэрта.

Еще раньше Лозадо следовал за Виком до дома, который якобы перестраивался. Поскольку ему неоднократно приходилось самому находиться под слежкой, он хорошо знал все признаки: перед домом припаркованы три машины, включая пикап Вика. Повсюду разбросаны строительные материалы, но никаких следов работы. Пустой мусорный бак перед домом. Знакомый реквизит, он все это видел, когда полиция пыталась неуклюже наблюдать за ним. Безумно нелепо даже думать, что такая слежка может к чему-то привести!

— Они наблюдают за тобой из дома наискосок через дорогу, — сказал он Ренни.

— Вы лжете.

— К сожалению, это правда, моя радость.

— Зачем им следить за мной?

— Полагаю, из-за твоего убитого коллеги.

Она холодно ответила:

— Я вам не верю.

Но на самом деле поверила. Бросила трубку и через несколько секунд выбежала из дверей и устремилась к названному им дому. Внутри она пробыла несколько минут, потом вышла, явно расстроенная. За ней бежал Треджилл.

Никто из них не обратил внимания на стоящую рядом машину. Да и не существовало документов, которые бы связали его с ней. Полиция понятия не имела, как ее разыскать. Они таскались за его «Мерседесом», и он это терпел. Но когда он хотел избавиться от «хвоста», то брал джип.

Он так удачно поставил машину, что слышал, о чем говорили Ренни и Вик. Она заявила ему, что никогда больше не захочет его видеть. Господи, вот это зрелище — его Ренни прогоняет Вика, причем делает это в выражениях, которые даже такой тупой коп, как он, не может не понять.

Со своего места Лозадо ощущал исходящие от нее горячие волны. Он почувствовал эрекцию. Если она занимается любовью хотя бы с десятой долей этого жара, то оправдает все его ожидания.

Она вернулась домой. Лозадо ничего так не хотелось, как присоединиться к ней и начать второй этап соблазнения, но, к сожалению, сейчас он должен заняться Треджиллом. Лозадо доехал до бара, куда Вик направился, чтобы утопить в вине свои печали.

«Бедняжка Вик», — подумал Лозадо, наблюдая, как тот уходит. Сначала его прогнала Ренни, теперь он рассорился со своим старинным другом. Нахальный ублюдок уже не казался таким нахальным.

Неожиданный стук в окно заставил его вздрогнуть. Через долю секунды в его руке оказался маленький пистолет, направленный прямо в изумленное лицо Салли Хортон.

— Господи, да это всего лишь я! — воскликнула она. — Что ты здесь делаешь?

Лозадо жутко хотелось пристрелить ее на месте за то, что она привлекла к нему внимание посторонних. Уэсли все еще стоял на другой стороне улицы, разговаривая с полицейским, который патрулировал площадь на велосипеде.

— Убирайся.

— Можно мне побыть с тобой? — заныла она.

Лозадо протянул руку и открыл дверцу. Лучше пусть сидит в машине, чем орет через стекло. Салли забралась на сиденье.

— А где твой «Мерседес»? Хотя эта машинка тоже клевая. — Она провела рукой по мягкому кожаному сиденью.

Лозадо наблюдал за Уэсли. Она проследила за его взглядом.

— Он «голубой».

Лозадо повернулся к ней:

— Что?

— Он гомик.

Уэсли был человеком семейным. Лозадо всегда

был в курсе таких вещей. У этого копа была жена и две дочери.

— Почему ты думаешь, что он «голубой»?

— Я одного парня в баре встретила. Он купил мне выпить. И все вроде шло путем, когда вошел вон тот тип. Злой, как черт. Выяснилось, что они партнеры.

Неужели она разговаривала с Треджиллом?

— Тот, другой парень, тоже черный?

Она покачала головой.

— Блондин с голубыми глазами. Ковбой. Выглядит крутым, но милый.

Треджилл.

— Я не люблю гомиков, как бы мило они ни выглядели. — Салли протянула руку и погладила его ширинку. — Слушай, эта твоя пушка меня здорово завела. Как и твой пистолет. — Она засмеялась своей собственной дурацкой шутке.

— О чем вы разговаривали?

— Мы с ковбоем? Я рассказала ему, что мечтаю стать танцовщицей. И еще я рассказала ему о парне, который мне нравится и которому нравлюсь я. Догадайся, о ком?

Лозадо заставил себя улыбнуться.

— Уж не обо мне ли?

Она радостно ущипнула его.

— И он сказал...

— Ковбой?

— Ага, он сказал, что раз в твоей квартире не бывает женщин, то у меня, скорее всего, нет соперниц. А ты что скажешь?

Лозадо протянул руку и потрогал ее сосок прямо через идиотскую футболку.

— Откуда он узнал, что у меня не бывает женщин? Он спрашивал?

— Ну да, но я ему сказала... — Внезапно она замолчала и с опаской взглянула на него. — Я ничегошеньки ему не сказала. Ты не велел мне говорить о тебе, вот я и не стала. В смысле, не называла твоего имени.

— Молодец. — Он снова подергал сосок, на этот раз заставив ее поморщиться. — Знаешь, ты меня здорово разогрела.

— Я уж вижу.

— Поедем куда-нибудь, где мы сможем побыть одни.

— Мы можем и здесь этим заняться.

— Нет, то, что я задумал, здесь не получится.

Ренни взглянула на часы, стоящие на столике у кровати. Четвертый час, а она все никак не может заснуть. А без четверти шесть ей надо быть в больнице. Она взбила подушку, поправила простыню, запутавшуюся в ногах, и закрыла глаза, решив ни о чем не думать и заснуть.

Через полчаса она сдалась. Пошла на кухню, налила воды в электрический чайник и включила его. Собрала все, что требуется, чтобы заварить чай, но движения ее были неуклюжи. Она два раза уронила крышку от банки с чаем, прежде чем сумела ее как следует закрыть.

— Черт бы его побрал!

Она не была уверена, кого именно «его» она имела в виду. Вика Трежилла или Лозадо. На выбор. Они занимали первое место в списке ненавидимых ею людей. За ними вплотную шел детектив Уэсли.

Ренни действительно собиралась выполнить свою угрозу — направить в полицию, к начальству Уэсли, своего адвоката. Либо пусть он ее арестовывает, либо оставит в покое. Но она отказывается жить под подозрением в преступлении, которого не только не совершала, но о котором ничего не знала.

Пять дюжин роз были присланы в уплату за оказанное «одолжение», о котором упомянул Лозадо. О чем-то другом даже думать было невозможно.

Он пугал ее. Ведь он преступник. И хитрый преступник. Он был настойчив и, как она подозревала, терпелив. Он будет продолжать звонить, пока она не положит этому конец. Но она не знала, как это сделать.

Разумно было бы сообщить о нем в полицию, но ей не хотелось этого делать. Рассказать обо всем Уэсли теперь, когда уже прошло много времени, нельзя, это только усилит его подозрения. Разумеется, ее перестанут подозревать в соучастии в убийстве Ли, но тем временем...

Именно этого «тем временем» ей и хотелось избежать. Наверняка припомнят случай в Далтоне и...

Засвистел чайник. Она быстро выдернула шнур из розетки и налила кипяток в кружку с пакетиком. Отнесла дымящуюся кружку в гостиную, включила телевизор и села в угол дивана, подобрав под себя ноги. Пробежала по каналам, чтобы выбрать что-нибудь отвлекающее. Мало ей неприятностей с Лозадо, так тут еще этот проклятый Треджилл.

Она соврала, сказав, что не злится. Она злилась, да еще как. По сути, она просто была в ярости. Но больше всего ее расстраивало, что она переживала из-за его обмана. Она-то надеялась, что ее уже ничто не может задеть. Она верила, что уже не сможет к кому-нибудь слишком привязаться. И вот, пожалуйста.

Ренни пыталась, как могла, отбить у него охоту за ней волочиться, но это его не остановило. Ей стала нравиться его настойчивость, льстило упорное преследование. Если честно, она обрадовалась, когда он явился на ферму в своем пикапе, сдвинул шляпу на затылок и протянул: «Вы плохо действуете на мое самоуважение, доктор Ньютон». Она невольно почувствовала возбуждение.

Но выяснилось, что он не упрямый поклонник, а всего лишь старательный полицейский.

Его предательство подействовало на нее, как будильник, она проснулась. Время стерло ненавистные воспоминания. Годы притупили боль глубоких эмоциональных ран. Решения, принятые когда-то, уже не казались столь важными. Двуличность Вика послужила грубым напоминанием о причине, заставившей ее принять эти решения. Теперь ей следует быть еще более решительной. Наверное, его даже можно за это поблагодарить.

Но Ренни не испытывала благодарности к нему за то, что он заставил ее вспомнить об ощущениях, в которых она себе отказывала. Она ненавидела его, потому что теперь тосковала по этим ощущениям, ей хотелось испытать их снова. С ним.

Ренни поставила недопитую чашку на журнальный столик и поглубже зарылась в подушки. Стоило ей закрыть глаза, как она вспомнила, насколько здорово было вчера скакать, чувствовать солнце и ветер на коже, приходить в восторг от скорости. Испытывать чувство, что ты можешь обогнать все. Чувство свободы.

Знай она, что за рулем пикапа сидит Вик, она была бы еще счастливее. Он заставлял ее улыбаться, даже смеяться. Этот косенький передний зуб...

Ее разбудил телефонный звонок.

15

Вик быстро сел в свой пикап — ему показалось, что дежурный по стоянке потратил целый час, чтобы получить с него деньги, — и уехал прочь из центра.

Вскоре он остановил машину и несколько минут пытался убедить себя, что не умрет в ближайшие пять минут.

Он несколько раз дергал резинку на запястье, но это не могло помешать мозгу посылать сигналы о неизбежной смерти. Вик и не надеялся, что резинка способна сотворить такое чудо. Все равно что кнутом пытаться остановить товарный поезд. Но доктор посоветовал, и Вик, чтобы посмеяться над ним, начал эту резинку носить.

Пальцы рук и ног сводила судорога, распространялась все дальше. Когда впервые его поразил этот временный паралич, Вик решил, что у него опухоль мозга. Позже он узнал, что это симптомы кислородной недостаточности в конечностях в результате гипервентиляции.

Он открыл «бардачок» и достал оттуда коричневый пакет, в какие обычно кладут бутерброды, и принялся дышать в него. Вскоре судорога начала ослабевать, онемение прошло, и все встало на свои места.

Только сердце билось так, как будто он встретился нос к носу с коброй, готовящейся напасть. Хотя он точно знал, что не умирает, ощущение, черт возьми, было именно таким. В течение пяти проклятых минут его разум и тело воевали. Разум говорил, что у него просто очередной приступ паники. Но тело утверждало, что он умирает. И тело казалось более убедительным.

Вик ужинал с друзьями, когда случился первый такой приступ. Не то чтобы он вдруг почувствовал себя неважно, а потом все хуже и хуже. Нет. Только что он был в полном порядке, а в следующую секунду его охватила волна жара и начало трясти. В глазах все поплыло, он ощутил тошноту. Извинившись, он выскочил из-за стола и ринулся в мужской туалет, где его прохватил дикий понос. Он трясся крупной дрожью,

Check Out Receipt

Prospect Heights Public Library District
847-259-3500
www.phpl.info

Friday, December 2, 2022 4:51:03 PM

Item: 31530002575453
Title: Ispytanie
Call no.: RUSSIAN FICTION BROWN, S
Material: Book
Due: 12/23/2022

Total items: 1

You just saved $14.00 by using your library.
You have saved $432.00 this past year and
$1,074.00 since you began using the library!

Have you visited our new website? Check it
out.

www.phpl.info

и ему казалось, что скальп сползает с головы. Сердце бешено колотилось, он хватал ртом воздух и все равно не мог отдышаться.

Он всем сердцем верил, что сейчас умрет. Тут же, на месте. Он так и сдохнет на полу в общественном туалете.

Через двадцать минут у него нашлись силы встать, умыться холодной водой, извиниться перед друзьями. Он считал: ему повезло, что он покидает ресторан живым, выжатым как лимон, но живым. Он добрался до дома и проспал двенадцать часов. На следующий день он был в норме, только ощущал небольшую слабость. Он решил, что его поразил какой-то особо злостный вирус гриппа или же соус, который он ел за ужином, оказался отравленным.

Через двое суток это случилось снова. Он проснулся в собственной постели. Никаких ночных кошмаров. Ничего. Он крепко спал, потом внезапно проснулся и понял, что сейчас умрет. Сердце стучало. Пот стекал ручьями. Он задыхался. Снова начались судороги, все тело чесалось, и Вик испытывал твердую уверенность, что его время на земле подходит к концу.

Все это произошло вскоре после того, как Лозадо выпустили. Убийца показал нос полицейскому управлению в целом и Вику в частности. И теперь Вика поразила смертельная болезнь. Так он оценивал ситуацию, записываясь на прием к терапевту.

— Вы хотите сказать, что у меня просто крыша поехала?

Доктор протащил его через все анализы — неврологические, гастроэнтерологические, кардиологические и все остальные — и выдал заключение: у него острое нервное расстройство.

Он поторопился объяснить Вику, что тот вовсе не сумасшедший, и познакомил его с природой этого заболевания.

Вик обрадовался, узнав, что его болезнь не смертельна, но он не мог прояснить себе ее причины, и это его беспокоило. Ему хотелось, чтобы его быстренько вылечили, и он расстроился, узнав, что так не бывает.

— Возможно, у вас больше не будет ни одного приступа, — сказал врач. — Или вы будете страдать от них периодически всю вашу жизнь.

Вик изучил все, что можно, по поводу этой болезни. От нее, оказывается, страдали тысячи людей. Его несколько утешило, что у него распространенные симптомы.

Некоторое время он ходил к терапевту раз в неделю и пил лекарство в целях профилактики. В конечном итоге он убедил и врача и себя самого, что излечился.

— Я справился с этим, — сказал он терапевту. — То, что вызывало эти приступы, кануло в Лету. Я выздоровел.

И он десять месяцев был здоров. Именно столько времени прошло после последнего приступа. Он был в порядке. До сегодняшнего дня. Слава богу, приступ был коротким и не очень тяжелым. Он понимал, что с ним происходит, и смог себя перебороть. Может, резинка все-таки помогла.

Он подождал минут пять, чтобы убедиться, что действительно все прошло, прежде чем ехать дальше. Он выехал на Западную магистраль и поехал, сам не зная куда. По сути, в голове было пусто. Только думы о Ренни. Хирурге. Всаднице. Убийце.

Возможно, его приступ был вызван известием о том, что в шестнадцать лет у нее была связь с женатым мужчиной. Ни много ни мало партнером своего отца, который, скорее всего, был намного ее старше. Малолетняя разрушительница семьи.

Это совпадало с тем, что рассказывала о ней Кристел. Девчонка, которая могла ездить в открытой машине, оголив грудь, вполне способна спать с партнером отца, разрушить благополучный брак и, возможно, впоследствии посмеяться над любовником.

Пуританская часть населения Далтона была наверняка возмущена таким поведением. К этому добавилось убийство, так что нечего удивляться, что родители поторопились от нее избавиться и послали в интернат.

Но все это никак не сочеталось с той женщиной, которую знал Вик. Верно, он встречался с ней всего два раза, но из того, что он видел, он мог сделать вполне обоснованные выводы насчет ее характера.

Она не просто не любила тусовок, она вела жизнь монахини. Она не выставляла напоказ свою сексуальность, она боялась прикосновений, едва не сказала: «Не надо», когда он хотел коснуться ее щеки.

Разве это поведение женщины-вамп?

Он не мог привести двух разных Ренни Ньютон к общему знаменателю, и это сводило его с ума. Он не мог быть объективным, и Орен это знал. Именно поэтому он контролировал его действия, следил за ним, как чертова легавая.

Но злиться по-настоящему на Орена Вик не мог. Вернее, он, конечно, злился. Еще бы! Орен врезал ему в челюсть, нес всякую чушь о Ренни. Но с другой стороны, Орен делает свою работу. Он призвал Вика помочь ему, а Вик только все осложняет.

Внезапно Вик осознал, что едет вовсе не бог знает куда. Он находился на улице своего детства. Наверное, его сюда привело подсознание. Может, ему нужно прикоснуться к корням, чтобы снова обрести опору. Он остановил пикап на углу, немного не доехав до родного дома.

После гибели Джо он его продал. Ему казалось кощунством жить в нем без Джо. Даже в темноте он видел, что дом в отличном состоянии.

Трава подстрижена, кустарникам придана нужная форма. Ставни покрашены другим цветом, но он подумал, что мать бы его одобрила. Ее клумба с розами с восточной стороны все еще пышно цвела.

Он мысленно услышал голос отца:

— Вам, мальчики, должно быть стыдно.

— Да, сэр.

— Да, сэр.

— Вы же знаете, как ваша мама гордится своими розами.

— Это был несчастный случай, — пробормотал Вик.

— Но ведь она просила вас не играть в мяч рядом с ее розами, верно?

Вик пытался поймать мяч, поданный братом. Мяч приземлился в самом центре клумбы с розами, Вик тоже. Пока он там возился, чтобы выпутаться, сломал ветви нескольких кустов у самой земли. Мать расплакалась, увидев, что он натворил. Поправить ничего уже было нельзя. Когда домой вернулся отец, он принялся за них:

— С сегодняшнего дня в футбол будете играть на пустой площадке дальше по улице.

— Там полно красных муравьев, папа, — сказал Вик.

— Слушай, заткнись, — прошипел Джо.

— Нечего затыкать мне рот. Ты мне не босс. Если бы ты не бросил этот проклятый мяч...

— Вик!

Когда отец говорил таким тоном, они с Джо знали, что лучше всего помолчать.

— В выходные вы на пару вымоете гараж и вычистите канаву. Никаких друзей в доме, самим тоже не сметь выходить. И если я услышу жалобы, ссоры и ругань, — сказал он, глядя на Вика, — на следующей неделе будет еще хуже.

Вик улыбнулся воспоминаниям. Даже тогда Джо знал, когда надо держать рот на замке. Вику еще предстояло этому учиться.

Много воспоминаний связано с тем, что происходило в их доме. Мать всегда старалась устроить праздник из их дней рождения и выходных. Среди их любимых питомцев перебывало много разных кошек и собак, два хомяка и пересмешник. Как-то Вик свалился с орехового дерева на заднем дворе и сломал себе руку. Мама плакала и говорила, что он мог сломать себе шею. В тот день, когда у Джо появилась первая машина, он позволил Вику посидеть за рулем, пока рассказывал о ее достоинствах.

Мать устраивала вечеринки в честь окончания ими обоими школы, а затем и полицейской академии. Родители ими гордились. Вик подозревал, что отец утомил своих коллег по работе рассказами о своих мальчиках-полицейских.

Были и печальные воспоминания. Например, тот день, когда родители сообщили им, что у отца рак. К тому времени они с Джо жили уже в отдельных квартирах, но часто заезжали домой на семейные сборища.

Они все сидели за кухонным столом, ели шоколадный торт и развлекали родителей рассказами из полицейской практики, разумеется, всегда немного исправленными, чтобы не заставлять родителей беспокоиться. Вдруг отец стал серьезным. Вик припомнил, что мать так расстроилась, что ей пришлось выйти из кухни.

Вдовой она прожила два года. Как-то подросток проехал на красный свет и сбил ее. В «Скорой помощи» сказали, что она умерла мгновенно. Тогда Вик горевал о потере родителей. Они ушли один за другим. Позднее он радовался, что мать не дожила до того дня, когда убили ее первенца. Она думала, что солнце всходит и заходит вместе с Джо. Она не пережила бы его гибели, и, может быть, хорошо, что она умерла, не узнав о ней.

Самыми страшными были воспоминания о той ночи, когда Джо погиб.

После смерти матери они оба стали жить в родительском доме. В тот вечер у него были гости. Все перепились и бурно веселились, и он едва расслышал звонок в дверь. Открыв ее, он с удивлением увидел на пороге Орена и Грейс.

— Эй, кто звал легавых? Слишком громкая музыка? — Он помнит, что поднял руки, сдаваясь. — Обещаем вести себя примерно, офицер, только не тащите нас в кутузку.

Но Орен не улыбнулся, а в глазах Грейс стояли слезы.

Внезапное озарение и вопрос:

— Где Джо?

Но он уже знал ответ.

Вик вздохнул, еще раз взглянул на дом, снял ногу с тормоза и медленно уехал.

— Хватит тебе на один день воспоминаний, старина Вик, — произнес он успокаивающе.

Город спал. На дорогах почти не видно машин. Он заехал на стоянку мотеля и пошел к себе.

В номере пахло скверно. Слишком много сигарет, слишком много жильцов, слишком много принесенной из ресторана еды. Никакой озонатор не в состоянии ликвидировать эти слои запахов. Он включил кондиционер на полную мощность, чтобы разогнать застоявшийся воздух. Какой бы грустной и продавленной ни выглядела постель, она манила, но сначала необходимо было принять душ.

Даже в это время суток горячая вода кончилась, не дав ему как следует намылиться. Но он не спешил. Он долго стоял под холодным душем, смывая последствия приступа паники. Более того, ему начинал нравиться холодный душ, что было неплохо, поскольку у него в Галвестоне постоянно случались перебои с горячей водой.

Выключив воду, он тут же услышал шум в комнате.

— Черт побери, — пробормотал он. — У этой горничной наверняка радар. Но это же смешно. Ведь сейчас... — Он взглянул на часы на руке. — Двадцать три минуты пятого. Придется пожаловаться менеджеру.

Он со злостью схватил полотенце с вешалки, обернул его вокруг талии, рванул дверь и шагнул в комнату.

Она лежала на постели лицом вверх. Серебряные буквы на футболке поблескивали при свете настольной лампы. Свет отражался в ее открытых глазах и освещал две аккуратные дырочки во лбу.

Вик почувствовал движение за своей спиной, но не успел среагировать. Железная рука обхватила его за горло. Он почувствовал резкий удар где-то повыше талии. В ушах зазвенело, и комната покачнулась.

— Ты виноват в ее гибели, Треджилл. Подумай об этом, когда будешь умирать.

Дикая боль включила защитные рефлексы. Он попытался сбросить руку с горла. Одновременно он нанес удар локтем. Попал в ребра, но недостаточно сильно. Тогда он сделал попытку ударить нападающего ногой по колену.

Господи, он и не думал, что настолько потерял форму. Похоже, последний приступ паники оказался тяжелее, чем он думал? Вик был слаб, как новорожденный котенок.

— Мистер Треджилл?

Его имя отозвалось эхом в пространстве. Снова послышался стук в дверь.

— Дьявол!

Рука, держащая его за горло, исчезла. Колени Вика подогнулись, и он тяжело упал лицом на вонючий ковер. Мозг неустанно терзала боль. Господи, до чего же больно!

Как густой туман, накатило забытье. Он встретил его с радостью.

Ренни вбежала с улицы в приемное отделение.

— Номер три, доктор Ньютон.

Она швырнула сумку регистраторше.

— Присмотри за ней, пожалуйста. — И помчалась по коридору. В боксе номер три суетилась масса людей. Все были заняты. Медсестра уже стояла с халатом для нее. Ренни сунула руки в рукава и натянула латексные перчатки. Потом приладила пару защитных очков и велела: — Рассказывайте.

Ординатор приемного отделения сказал:

— Мужчина, сорок два года, колотое ранение в спину справа. Орудие до сих пор в ране по рукоятку.

— Почка?

— Почти наверняка.

— Давление снизилось до восьмидесяти, — сказала сестра.

Потом пошла дополнительная информация. Пациент интубирован. Ему переливается кровь нулевой группы, внутривенно вводится физиологический раствор. Его положили на бок, чтобы можно было осмотреть рану. Из нее торчало нечто, напоминающее отвертку.

— Живот раздут. Очевидно, обильное кровотечение.

Она взглянула сама и поняла, что дополнительного обследования не требуется. У пациента, несомненно, внутреннее кровотечение.

— Доктор, давление падает.

Медсестра повесила телефонную трубку и крикнула, стараясь перекрыть шум:

— Операционная готова.

— Тогда поехали, — сказала Ренни.

Поворачиваясь, она мельком взглянула на лицо пациента. И вскрикнула, заставив всех вокруг замереть.

— Доктор Ньютон?

— Вы в порядке?

Она кивнула и тихо сказала:

— Двигайтесь. — Но никто не пошевелился. — Быстро! — закричала она, и это встряхнуло всех. Каталку вывезли в коридор. Ренни бежала рядом. Лифт уже ждал их.

— Стойте!

Она остановилась и повернулась. К ней бежал детектив Уэсли.

— Не сейчас, детектив. У меня срочная операция.

— Вы не будете оперировать Вика.

— Черта с два.

— Только не вы, — уперся детектив.

— Это моя работа, — возразила Ренни.

— Но не Вика.

Каталку вкатили в лифт. Ренни махнула рукой, чтобы ехали наверх.

— Я прямо за вами. — Потом снова повернулась к Уэсли: — Он в шоке и может умереть. Скоро. Вы поняли?

— Едет доктор Шугармен. Будет через пять минут.

— Простите, но этих пяти минут у нас нет. Кроме того, как хирург я лучше доктора Шугармена. И у меня больше опыта с травмами. Я нужна пациенту, и будь я проклята, если позволю вам помешать мне спасти ему жизнь.

Она секунд десять не сводила с него взгляда, потом повернулась и кинулась к лифту, который как раз прислали за ней.

— Девочки в порядке? Ты уверена?

— Орен, ты задавал мне этот вопрос десять минут назад. Я звонила. Там все хорошо.

Он взял руку Грейс в свою и тихонько сжал:

— Прости.

— Все нормально. — Она обняла его за плечи. — Та женщина-полицейский, которую ты прислал, готовит им завтрак. Другая присматривает за домом. Не волнуйся. — Она помассировала ему шею. — Я вот в тебе не уверена.

— У меня все нормально. — Он встал с дивана в комнате ожиданий. — Почему так долго? Он уже несколько часов в операционной.

— Так, может, это хороший знак?

— Но что...

— Вы детектив Уэсли?

Он круто повернулся. Увидел сестру в зеленом халате, какие носят в операционной.

— Меня послала доктор Ньютон, чтобы сказать, что она выйдет через несколько минут. Просила вас подождать.

— А как Вик? Как там пациент? Что с ним?

— Доктор Ньютон скоро выйдет.

Она повернулась и ушла. Грейс потянула Орена за руку и усадила рядом с собой. Он закрыл лицо руками:

— Он умер, иначе она нам что-нибудь бы сказала.

— Она ничего не сказала, потому что это не ее работа, — спокойно произнесла Грейс.

— Он умер. Я знаю.

— Он силен как бык, Орен.

— Опять все как с Джо.

— Перестань.

— Единственная разница в том, что, когда я нашел Джо, он был уже мертв.

— Все иначе, и ты сам знаешь это, — убеждала его Грейс.

— Я не был там, когда Джо во мне нуждался, и я не помог Вику.

— Ты не виноват в том, что с ними случилось.

— Если Вик умер... — Орен вдруг замолчал и задумался.

— Он не умер.

— Если он умер, Грейс, получится, что я еще раз подвел Джо. Он наверняка рассчитывал бы, что я присмотрю за его младшим братом. Защищу его от беды.

— Орен, прекрати! Ты не виноват в том, что случилось.

— Именно я и виноват. Если бы не я, Вик бы сейчас жил себе в Галвестоне. В безопасности. А не умирал бы на гребаном полу в мотеле. — Голос его дрогнул. — Он меня спросил: неужели полиция не могла устроить его получше? А я велел ему перестать ныть и напомнил, что он спал в местах и похуже. И что этот мотель куда приличнее той халупы, где он сейчас живет. Господи, Грейс, я этого не переживу. Клянусь, не переживу.

— Вик не умер.

— Откуда ты знаешь?

Она мягко ему улыбнулась:

— Потому что он слишком упрям, чтобы умереть.

Ему хотелось в это верить. Но Грейс была профессиональным утешителем. Она занималась этим ежедневно. Зарабатывала свои деньги тем, что знала, что хорошего можно сказать в плохой ситуации. Но в любом случае он был рад, что она рядом и говорит то, что ему хочется услышать.

Через двенадцать минут вышла доктор Ньютон.

Вид ее не обнадеживал. Она напоминала израненного солдата, чье войско потерпело поражение.

Она натянула белый халат, но он не мог скрыть кровавых пятен на ее хирургическом одеянии. Мокрые от пота пряди волос свисали из-под шапочки. Под глазами — темные круги. К тому же казалось, что ей не помешало бы плотно пообедать.

Она не стала их мучить.

— Он перенес операцию, — сказала она, подойдя ближе.

Орен с шумом выдохнул и обнял Грейс. Она спрятала лицо у него на груди и прошептала благодарственную молитву. Несколько секунд они стояли обнявшись. Наконец он выпустил Грейс и утер слезы.

Грейс протянула руку хирургу:

— Я Грейс Уэсли.

— Ренни Ньютон.

— Спасибо вам, доктор Ньютон.

После того как женщины пожали друг другу руки, Ренни протянула Орену пакет с окровавленной отверткой:

— Кроме меня, ее никто не касался.

Затем она сунула руки в карманы халата и перешла к делу:

— Рана глубокая. Поражена правая почка. Я ее подштопала, надеюсь, что она заживет без плохих последствий для пациента.

— Он потерял много крови? — спросил Орен.

Ренни кивнула.

— Как только я нашла источник кровотечения — перерезанную артерию, я смогла направить поток крови опять к почке. В противном случае он мог этой почки лишиться или умереть от потери крови.

Если бы они ждали Шугармена, Вик мог и не выжить — вот что она им говорила. Орен спросил, когда они смогут увидеть Вика.

— Если хотите, прямо сейчас. Следуйте за мной.

Они пошли за ней. Грейс, вероятно, почувствовала скрытую враждебность в их отношениях. Она вопросительно взглянула на него и одними губами спросила:

— Что происходит?

Орен покачал головой. Позднее он объяснит ей все тонкости ситуации. Тогда она поймет, почему он разговаривал с докторшей вежливо, но холодно.

Ренни провела их в реанимационное отделение.

— Он все еще под наркозом, и должна предупредить, выглядит он неважно. Что-то случилось с его лицом.

— Он упал плашмя. — Доктор Ньютон остановилась и взглянула на Орена расширенными глазами, в которых было больше чувства, чем она позволяла себе выказать до сих пор. — На него напали сзади, — объяснил он. — Вероятно, когда нападавший его отпустил, Вик потерял сознание и тяжело грохнулся лицом об пол. Так его и нашли санитары. — Ему стыдно было признаться, что рана на подбородке Вика — его работа.

— Ортопед сделал рентген его лица, — сказала она. — Там ничего не поломано, но... увидите сами.

Она жестом пригласила его в одну из палат. Грейс, более смелая, чем Орен, направилась прямо к постели, взглянула на Вика и расплакалась. Орен держался сзади, но и он увидел достаточно и, не сдержавшись, выругался вполголоса.

Вик лежал на левом боку. Правая сторона его лица, та, которая была видна, страшно распухла, вся в кровоподтеках. Его было практически невозможно узнать. Оба глаза закрыты. Правый глаз он бы открыть и не смог, так все вокруг затекло. К губе приклеена дыхательная трубка. Ранка на подбородке казалась пустяком в сравнении с остальным, но именно при виде ее Орен поморщился.

— Мы даем ему антибиотики через капельницу, чтобы избежать инфекции, но пока нет никаких признаков поражения кишечника, что очень осложнило бы ситуацию, — объяснила доктор Ньютон, снова перейдя на отстраненный тон. — У него катетер. Сначала в моче была кровь, но сейчас моча очистилась.

— Это хороший признак? — спросила Грейс.

— Определенно. Сердце у него сильное, пульс ровный. Мы внимательно следим за давлением. Уберем респиратор, как только больной придет в сознание. Разумеется, мы дадим ему болеутоляющее. Он в хорошей физической форме, это помогло ему выжить, поможет и поправиться. Еще несколько дней он пролежит в реанимации, под моим неусыпным контролем, но прогноз благоприятный.

Все трое молча смотрели на Вика еще пару минут, потом доктор Ньютон попросила их выйти.

— Не надо ли кого известить? У него есть семья? Мы не знали, надо ли кому-нибудь позвонить.

— Вик не женат, — сказала Грейс, опередив мужа. — И семьи у него нет.

Руки доктора Ньютон снова исчезли в карманах халата, причем так глубоко, будто она пыталась кулаками порвать швы.

— Понятно.

— Мы можем чем-то ему помочь?

Ренни грустно улыбнулась Грейс:

— На данный момент нет. Когда его выпишут, ему понадобится кто-то, чтобы присмотреть за ним недельку. Ему потребуется много отдыхать. А пока, у нас хороший медперсонал, они сделают все, что нужно. Завтра к концу дня я разрешу посещения, но только на короткое время.

— К сожалению, — сказал Орен, — *я* не могу допустить к нему посетителей. Он стал жертвой преступления. И он также основной свидетель.

— Свидетель чего?

— Убийства.

16

— В той комнате, где напали на Вика, была еще молодая женщина, — сказал Уэсли. — Мертвая.

Ренни постаралась остаться равнодушной. Это было нелегко. Не доверяя голосу, она просто кивнула.

— Там сейчас эксперты работают. Горничная мотеля, которая всегда его раздражала, спасла ему жизнь. Вошла в номер Вика, открыв дверь своим ключом. Если бы она не появилась, он был бы мертв.

— Она видела, кто это сделал?

Орен покачал головой:

— Окно в ванной комнате оказалось открытым. Полагаем, убийца выбрался через него как раз перед тем, как горничная вошла. Она сначала постучала и спугнула его.

— Значит, она не может его описать.

— К сожалению, нет. К тому же в номерах мотеля чертовски трудно собирать улики, потому что через них проходят сотни людей.

— А следы под окном?

— Там асфальт. Так что пока у нас ничего нет. Надеемся, что наши ребята что-нибудь накопают.

— А это? — спросила она, указывая на отвертку в пакете.

— Постараемся что-нибудь найти.

Ренни хотелось спросить, есть ли у него подозреваемые, но побоялась услышать ответ.

— Как только Вик очнется, мне надо будет задать

ему несколько вопросов, вдруг он что-то знает, — сказал Орен.

— Я понимаю, но не забывайте, что он нуждается в отдыхе. Я не хочу, чтобы вы волновали моего пациента.

— Я не сделаю ничего такого, что может помешать его выздоровлению, — раздраженно заметил он.

— Надеюсь. А теперь извините меня. У меня через полчаса еще одна операция.

— Но вы выглядите такой усталой! — воскликнула Грейс.

— Мне просто необходимо позавтракать. — Ренни улыбнулась Грейс Уэсли, которая понравилась ей с первого взгляда, и снова повернулась к детективу: — Судя по всему, вы с мистером Треджиллом больше чем товарищи по работе.

— По сути дела, мы одна семья.

— Тогда я скажу сестрам, что, когда вы будете звонить, они могут сообщать вам все последние новости относительно состояния больного.

— Буду очень признателен. Спасибо.

— Пожалуйста.

Грейс Уэсли еще раз поблагодарила ее за спасение жизни Вика.

Детектив коротко бросил: «Я с вами свяжусь» — и нажал кнопку первого этажа в лифте.

Ренни снова вернулась к Вику и спросила у сестры, не заметила ли она каких-нибудь признаков, что он приходит в себя.

— Он пару раз простонал, доктор. Это все.

— Пожалуйста, позвоните мне на пейджер, когда он очнется. Я буду в операционной, но я хочу об этом знать.

— Разумеется, доктор Ньютон.

Уходя, Ренни еще раз взглянула на Вика и подавила желание убрать прядь волос с его лба.

Она приняла душ, переоделась и направилась в кафетерий на первом этаже. Съела яичницу, тост и выпила апельсиновый сок, но сделала это только по необходимости, а не потому, что хотелось есть.

Вернувшись на этаж, где было расположено хирургическое отделение, она зашла еще к одной своей пациентке, проверила ее показатели и немного с ней поговорила:

— Я согласна с онкологом, что ваша опухоль еще не слишком распространилась. Как только мы удалим часть желудка, прогноз будет вполне благоприятный.

Женщина поблагодарила ее несколько сумбурно, поскольку анестезиолог уже вводил ей сильное лекарство.

Ренни принялась тщательно мыться. Это было привычное занятие, выполняемое на автомате. Но теперь Ренни все время думала о том, что ее так тщательно организованная жизнь вырвалась из-под контроля. После сообщения об убийстве Ли, после появления огромного букета роз в ее гостиной все пошло наперекосяк.

Продолжая яростно драить щеткой пальцы, она решила, что обязательно снова обретет контроль над своей жизнью. Все, что требуется, это сосредоточиться на работе.

В операционной она только-только начала операцию, как помогающий ей интерн спросил:

— Говорят, утром у вас тут была большая суматоха?

— Наша доктор Ньютон настоящая героиня, — сказал техник.

Ренни рассеянно спросила:

— О чем речь?

— Так об этом сегодня по всем новостным каналам передавали.

Ренни взглянула на анестезиолога, сидящего на стуле за головой пациентки.

— Что было в новостях?

— Что вы спасли жизнь полицейскому.

Интерн добавил:

— Брат Треджилла погиб при исполнении служебных обязанностей несколько лет назад. Вы помешали младшему брату последовать за старшим.

— Хотя Треджилл в тот момент не находился на работе, — добавила одна из медсестер.

— Я ничего о нем не знаю, — холодно отозвалась Ренни. — Отсос, пожалуйста. Провела срочную операцию, и все.

— В новостях сказали, что девушке уже нельзя было помочь, — заметил анестезиолог.

Разговорчивый интерн подхватил:

— Я слышал непосредственно от санитаров, выехавших на 911, что ее нашли в постели копа. По-видимому, тот, кто напал на Треджилла, сначала убил ее.

— Ревнивый дружок?

— Или муж.

— Возможно. По их догадкам, Треджилл был в душе.

— Что касается меня, — влез в разговор интерн, — я всегда выкуриваю сигарету. Потом душ. А как ты, Беттс? Ты после секса куришь?

— Не знаю, — ответила сестра. — Никогда не обращала внимания.

Все рассмеялись.

— Если этот коп хоть немного похож на портрет, который напечатали в газете, уверена, та девушка умерла с улыбкой, — заметила сестра.

— Не соблаговолите ли вы заняться делом? — одернула их Ренни. — Какое у нее давление?

Анестезиолог ответил тихо и по-деловому. Резкость Ренни положила конец зубоскальству. Она работала, опустив голову, сосредоточившись на пациентке. Когда заверещал пейджер, она попросила сестру взглянуть на него.

— Это из реанимации, доктор Ньютон.

— Позвони им, пожалуйста.

Она прислушалась, как сестра разговаривает по телефону.

— Хорошо, я ей передам, — сказала она и повесила трубку. — Треджилл приходит в себя.

— Спасибо.

Хотя она видела поднятые брови над масками, от комментариев все воздержались. С этого момента все разговоры касались непосредственно операции. Наконец Ренни убрала руки и попросила интерна сделать последний внутренний шов. Попробовала пальцем — все швы надежно держались.

— Вроде нормально.

— Замечательно, — сказал он. — Прекрасная работа, доктор Ньютон.

— Спасибо. Вы не возражаете, если я попрошу вас тут закончить?

— Ваше желание для меня закон.

— Спасибо. Всем тоже спасибо, хорошая работа.

Она стянула окровавленные перчатки и толкнула дверь, прекрасно понимая, что сразу же станет главной темой для обсуждения. «Пусть гадают», — решила она.

Она доложила обеспокоенным родственникам об успешном завершении операции и поспешила в раздевалку, где еще раз приняла душ, и подошла к реанимации как раз в тот момент, когда сестра уговаривала Вика кашлянуть и вытолкнуть дыхательную трубку. Ему, как и всем послеоперационным больным, казалось, что он задыхается, но в конце концов ему удалось избавиться от трубки.

— Ну вот, все не так уж и страшно, верно, мистер Треджилл? У вас все прекрасно получилось.

Он пошевелил губами, но сестра не расслышала и наклонилась ближе. Выпрямившись, она хихикнула.

— Что он сказал? — спросила Ренни.

— Он сказал: «Пошла на хер».

— Вы не обязаны такое от него терпеть.

— Не волнуйтесь, доктор Ньютон, у меня муж и четыре сына.

Ренни заняла ее место у постели Вика.

— Вик, вы знаете, где находитесь?

Он пробормотал что-то нечленораздельное. Она приставила стетоскоп к его груди и несколько секунд послушала.

— Вы неплохо справляетесь.

— Пить.

— Как насчет кусочков льда? — Она взглянула на сестру, которая кивнула и вышла из палаты. — Начнем с этого. Питье может вызвать рвоту.

Он снова что-то пробормотал, пытаясь открыть правый глаз, который сильно опух. Он будет еще несколько часов чувствовать себя полусонным и дезориентированным.

— Сильно болит, Вик? Я могу увеличить дозу болеутоляющего. — Он пробормотал что-то непонятное. — Примем это за «да».

Вернулась сестра с чашкой накрошенного льда и ложкой.

— Давайте ему по несколько ложек каждый раз, как он проснется. — Ренни сделала нужные записи в его карточке. Прежде чем уйти, она сказала: — Я либо здесь, либо в офисе. Позвоните мне на пейджер, если произойдут какие-нибудь изменения.

— Разумеется, доктор Ньютон. Ой, доктор Ньютон, мне кажется, он хочет вам что-то сказать.

Ренни снова подошла к кровати Вика. Он схватил

ее руку. Несмотря на иглу от капельницы, прикрепленной к тыльной стороне его ладони, его рука была
очень сильной. Она наклонилась над ним:

— В чем дело, Вик?

Он прошептал только одно слово:

— Лозадо.

Детектив Уэсли, нахмурясь, смотрел на нее через
заваленный бумагами стол.

— Что-нибудь еще?

— Больше ничего, только «Лозадо», — повторила
Ренни.

— Когда это было?

— Около полудня, сегодня.

— И вы только сейчас мне об этом рассказываете?

— Я должна была сначала разобраться.

— В чем?

Казалось, все остальные полицейские в криминальном отделе занимаются своими делами, но Ренни чувствовала, что является объектом пристального
внимания.

— Не могли бы мы поговорить где-нибудь в другом месте, наедине?

Уэсли, пожав плечами, жестом предложил ей следовать за собой. Привел он ее в ту же самую комнату,
где записывал ее допрос на видео. Они сели так же,
как сидели тогда. Ей не понравилось, что ее снова по-
ставили в положение подозреваемой, но она ничего
не сказала и немедленно возобновила разговор.

— Может ли это значить, что на Вика вчера напал
Лозадо? — спросила она.

— Вы так думаете? — равнодушно поинтересовался Орен.

Она почувствовала, как розовеют щеки.

— Похоже, для вас это не новость? — задала она вопрос, заранее уверенная в ответе.

— Похоже, да.

— Могу я задать вопрос? — Он безразлично пожал плечами. — Что именно вам во мне не нравится?

Он поерзал в кресле.

— Почему вы так решили? Все в порядке.

— Вы невзлюбили меня с самого начала. Почему? — настаивала на своем Ренни.

— Почему бы вам просто не рассказать мне, что у вас на уме, доктор Ньютон? В чем вам надо было разобраться?

— В тот день, когда хоронили Ли Хоуэлла, я получила букет роз. В букете была карточка.

Она открыла сумку и достала полиэтиленовый пакетик, внутри которого лежала белая карточка. Это была вторая улика, которую ей в этот день пришлось держать в руках.

Уэсли взял у нее пакетик, взглянул на карточку, прочитал единственную строчку, но не проявил ожидаемой реакции. По сути дела, он вообще никак не прореагировал. Выражение его лица не изменилось.

— Очевидно, и этим я вас не удивила.

— Я не знал, что она была прислана с букетом роз в день похорон Ли Хоуэлла.

— Но карточку вы узнали? Откуда вам было про нее знать? Она ведь... — Она замолчала и с ужасом взглянула на него. — Вы не только наблюдали за моим домом, вы его обыскали? Я не ошиблась?

— Не я лично.

Она отпрянула, будто ее толкнула невидимая рука.

— Вик!

Уэсли промолчал.

Она опустила голову и уставилась на свои руки, которые не брал никакой крем. Кожа была профессионально сухая от частого мытья антисептическим мылом.

Вик был в ее доме, копался в ее ящиках, рассматривал ее вещи. Когда? До или после того, как они познакомились? Хотя какое это имеет значение. Они вторглись в ее личный мир. Хуже того, это сделал Вик.

После короткой, но напряженной паузы она подняла голову и взглянула на Уэсли:

— Эта карточка от Лозадо. Он лично доставил розы. Залез в мой дом и оставил их там.

— Откуда вы знаете?

— Он мне сказал.

— Сказал?

— Он мне несколько раз звонил. Я настаивала, чтобы он оставил меня в покое, но он продолжал звонить.

— И что говорил?

— Прочитайте надпись на карточке, детектив. Он влюбился в меня во время суда. Постоянно таращился на меня, не сводил глаз, пока находился в зале. Многие заметили, это было так неприятно. По-видимому, он убедил себя, что я отвечаю на его романтические чувства.

— Из-за приговора?

— Скорее всего. Откуда мне знать? Он сумасшедший.

Орен хмыкнул.

— Много чего можно приписать Лозадо, но он не сумасшедший. — Орен некоторое время смотрел на нее. — Почему вы сейчас мне об этом рассказываете?

— Боюсь, что это он убил доктора Ли Хоуэлла. Полагаю, он узнал, что начальником хирургического отделения сделали Ли, а не меня, вот он и убил его. Он сказал, что хочет расплатиться со мной за ту услугу, которую я ему оказала.

— Оправдав его?

— Его оправдало жюри из двенадцати человек.

Он пожал плечами, изображая безразличие.

— Продолжайте.

— Это Лозадо рассказал мне, что вы наблюдаете за моим домом. Он тоже за мной следил. Он видел, что вчера вечером Вик провожал меня. Полагаю, Лозадо поехал за ним до того места, где вы прятались. Потом позвонил мне. Он с удовольствием сообщил, что мой новый друг — полицейский.

— Вик бы с этим поспорил.

— В смысле?

— Неважно. Почему вы не рассказали нам о Лозадо вчера, когда кричали на нас?

— Потому что я не хотела, чтобы вы утвердились в своих подозрениях.

— В каких именно? — спросил Орен.

— Что я заодно с Лозадо! — воскликнула она. — Вы ведь так думаете, верно? Вы считаете, что я наняла его убить Ли. И теперь... теперь Вика. Вы ведь поэтому не хотели, чтобы я его оперировала?

— Вы были злы на него.

— Значит, вы полагаете, что я позвонила платному киллеру, который очень кстати от меня без ума, и велела ему пырнуть Вика отверткой?

Уэсли спокойно смотрел на нее. Он был тертым полицейским, за плечами долгие годы работы. Люди признаются по-разному. Без сомнения, он считал, что она облегчает свою душу.

— Если вы так предполагаете, то смешно даже возражать, — сказала она.

— Тогда что вы здесь делаете?

— Когда Вик произнес это имя, все встало на свои места. Я увидела картину, как вы ее себе представляли. Ли получает повышение, к которому я тоже стремилась. Его убивают. Я сказала Вику, что никогда больше не захочу его видеть. И на его жизнь покушаются. Когда все это пришло мне в голову, я немедленно отправилась к вам, только заехала домой за карточкой.

— Почему вы ее сохранили?

— Не знаю. Я выбросила розы. Может быть, я сберегла карточку, потому что подумала, что мне может потребоваться... доказательство.

— То есть вы с самого начала подозревали, что Хоуэлла убил Лозадо.

— Нет. Только после того, как получила розы и Лозадо позвонил мне в первый раз. Он спросил, понравились ли они мне. До того момента я не знала, кто их прислал.

Он устало взглянул на нее:

— Да будет вам, доктор Ньютон.

— Клянусь, не знала.

— И даже не подозревали?

— Ладно, может быть. Неосознанно. Я не знала больше никого, кто посмел бы залезть ко мне в дом.

— И когда вы узнали, что это был Лозадо, вы не связались со мной. Почему?

— Из-за того тона, которым вы вели допрос в этой самой комнате. Я боялась, что это только подтвердит ваши подозрения в мой адрес.

— У вас была информация, которая могла привести к аресту Лозадо, и вы ее скрыли.

— Это было ошибкой.

— Почему вы не примчались ко мне, размахивая этой карточкой, со словами: «Я знаю, кто убил моего друга и почему».

— Я могла ошибиться, помешать вашему расследованию, направить вас по неверному пути.

— Нет, доктор Ньютон, я так не думаю. Вы надеялись, что мы сами найдем убийцу доктора Хоуэлла. Без вашей помощи. Верно? — Он внимательно посмотрел на нее. — Вы не хотели, чтобы ваше имя было связано с этим делом. — После многозначительной паузы он добавил: — Опять убийство.

— Ах вот как. — Она снова опустила голову, но только на секунду, затем подняла ее и встретилась с ним взглядом. — Значит, вы знаете про Раймонда Кольера.

— Отчасти. Не хотите мне рассказать поподробнее?

— У вас есть свои возможности, детектив. Уверена, вы ими воспользуетесь.

— Можете на это рассчитывать. — Он скрестил руки на груди и склонил голову набок. — Кое-что меня очень озадачивает. Поражаюсь, как вы могли попасть в жюри. Разве адвокаты не спрашивали, не арестовывали ли вас прежде? Разве вы не давали клятву говорить правду?

— Смерть Раймонда Кольера была трагической случайностью. Я не состою на учете в полиции. И никто не спрашивал меня, не была ли я, будучи несовершеннолетней, замешана в случайной стрельбе.

— Удобная позиция, верно?

Она встала.

— Я вижу, вам не нужна моя помощь.

— Напротив, доктор Ньютон. Этот разговор многое для меня открыл.

— Вы арестуете Лозадо?

— Когда у меня будет достаточно оснований для ареста.

— Что вы хотите сказать этим «когда»? Утром мои руки были по локоть в этих свидетельствах. В крови Вика. И я отдала вам орудие убийства.

— Его тщательно проанализируют в лаборатории. Детективы выясняют ее происхождение, но я уже сейчас могу сказать вам, что они найдут. Отвертка старая, и, когда она была новой, такую можно было купить в каждом втором магазине здесь, в Америке, и, возможно, за рубежом. И один господь ведает, в чьих руках она побывала. Они ничего не найдут.

— Девушка была застрелена. Как насчет пистолета?

— Оставлен на месте. Невозможно узнать, кому он принадлежал. Дешевый, старый, надежный только при стрельбе с близкого расстояния. В нашем случае — четыре или шесть дюймов. Убийца знал, по этой пушке нам его не найти. Мы попытаемся, но это бесполезно.

— Вы знаете, что это был Лозадо, — тихо сказала она. — Вик может его опознать.

— Не сомневаюсь, Вик его подозревает. Любой бы в первую очередь подозревал его. Они с Виком смертельные враги.

Она и сама могла об этом догадаться, если судить по тому тону, которым Лозадо говорил о Вике.

— Что между ними произошло?

— Это дело полиции.

Больше он ничего рассказывать ей не собирался.

— Не могли бы вы, по крайней мере, посадить Лозадо на время допросов? — Ренни была в отчаянии.

Уэсли только хмыкнул:

— На каком таком основании? Он будет в восторге. Практически получит гарантию, что до суда дело никогда не дойдет. Я его арестую, только если Вик сможет его опознать как человека, который на него напал. Но я уверен, что Вик его не видел. И, как я и ожидал, в номере мотеля много всяких следов, которые могут принадлежать любому, когда-либо переступившему его порог, включая меня. Все, что мы там нашли, для суда не годится. Не помогут нам и улики, которые мы нашли на другой жертве, убитой девушке. Десятки людей видели ее в баре с несколькими мужчинами, включая Вика. Под ее ногтями мы обнаружили только грязь. На ней не было ничего такого, что она не могла бы подцепить при случайном контакте.

— Она оказалась в неподходящем месте в неподходящее время.

— Совершенно верно. Но это еще не все. Она связана с Лозадо, — сказал Уэсли. — Она убиралась у него в пентхаусе и хвасталась перед другими горничными, что спит с ним.

— Так какие еще вам нужны доказательства?

— Ну, у нас полно доказательств, что она ежедневно имела контакт с одеждой Лозадо, его постельным бельем, его ковром и всем остальным. Это все во вред, а не на пользу. Любой адвокат скажет, что все, связанное с Лозадо, могло оказаться на ней в любое время, и будет прав. Вот так у нас обстоят дела с доказательствами.

Он устало взглянул на нее:

— Почему бы вам не рассказать мне, мадам староста, какие вам лично нужны были доказательства, чтобы осудить Лозадо, когда он был у нас в руках?

— А как насчет крови на его одежде? — спросила Ренни вместо ответа.

— Вы лучше меня знаете, что кровотечение было в основном внутреннее, потому что Лозадо не вытащил отвертку. Если Лозадо и запачкался, что маловероятно, к тому времени как мы получим ордер на обыск, он уже все уничтожит. В прошлый раз шея жертвы была в крови. Сумело обвинение найти эту кровь на вещах, принадлежащих Лозадо?

— Нет, — ответила Ренни. — И его адвокат просветил на этот счет всех членов жюри. — Она подумала, потом снова спросила: — А как насчет ДНК? Это было бы неоспоримо. Сперма, слюна?

Он покачал головой:

— Он никогда не бывает настолько неосторожным. Но, даже если бы мы что-нибудь обнаружили, он мог быть с этой девушкой раньше.

Уэсли не сказал, нашли они ДНК Вика или нет, а Ренни не спросила.

— Похоже, я зря отняла у вас время.

Она встала и открыла дверь. В помещении все сразу замолчали. И повернули головы. Она заколебалась, но Уэсли подтолкнул ее вперед:

— Прежде чем вы уйдете, я хочу, чтобы вы кое на что взглянули.

Он провел ее назад к своему столу и взял с него фотографию.

— Ее звали Салли Хортон. Ей было двадцать три года.

Она не удержалась и спросила:

— Вик ее давно знал?

— Примерно минут двадцать. Бармен видел, как она подошла к Вику и представилась. Из бара Вик ушел со мной. Мне придется спросить его, что случилось потом. Но, как бы то ни было, Лозадо не понравилось, что она общалась с Виком. — Он протянул ей фотографию.

Ренни часто приходилось сталкиваться со смертью. Она видела, какой хаос в человеческом организме могут произвести болезнь, машина или нож. Иногда травмы были такими, что, казалось, годились лишь для фильмов ужасов, снятых режиссером с извращенным воображением.

Она ожидала увидеть фотографию, подобную тем, какие ей приходилось рассматривать в зале суда. Распухшее лицо, высунутый язык, вылезшие из орбит глаза. Но лицо Салли Хортон не было изуродовано. Только два красных пятнышка на лбу.

Ренни положила фотографию на стол Уэсли.

— Если бы я рассказала вам о Лозадо раньше, его

посадили бы в тюрьму и она осталась бы жива. Вы это хотели сказать, показывая мне фотографию?

— Да. И еще хотел вас предупредить.

— Я уже и так знаю, что Лозадо опасен.

— Опасно также связываться с Виком.

17

Когда Лозадо в первый раз услышал об этом в телевизионных новостях, он пришел в ярость.

Как посмела Ренни спасти жизнь Треджилла! Лозадо так старался избавить ее от него. Пошел на такой риск. Уж эти женщины! Никогда он их не поймет. Что ты для них ни делай, им все мало.

Когда погибает полицейский, об этом передают в телевизионных новостях и печатают в газетах. Все полицейские объединяются. Достаются черные нарукавные повязки. На первых полосах печатают фотографии вдов и сирот. Публика горюет так, будто потеряла лучшего друга. Погибшего объявляют героем.

Но если послушать, что они сегодня передавали по телевизору, так Вик Треджилл мог ходить по воде. Рассказывали, сколько преступлений он раскрыл, по-видимому, в одиночку, эдакий гибрид Бэтмена и Дика Трейси. А по сути дела, его практически выгнали из полиции под зад коленом, но сейчас это все обходилось молчанием.

О Ренни говорили как о талантливом хирурге, которая мужественно сражалась, чтобы вырвать копа из лап смерти. Она принесла с собой в больницу опыт работы с травмами, приобретенный во время пребывания в странах, раздираемых войнами, в составе группы «Врачи без границ».

Лозадо так расстроили эти искаженные репортажи, что он даже не стал играть со своими скорпионами. Ренни работала против него. Он не чувствовал себя таким огорченным с той поры, как санитар спас его маленького брата, которому он засунул в горло мяч.

Это было рождественским утром. Ему шел шестнадцатый год. Брату было тринадцать, но соображал он не больше двухлетнего ребенка. На Рождество от Санты он в числе других подарков получил бейсбольный мяч из поролона и пластмассовую биту. Он играл с ними под елкой. Родители на кухне приглядывали за окороком.

Лозадо несколько минут наблюдал за братом и решил, что мир будет без него значительно приятнее. Когда Лозадо начал заталкивать ему в рот мяч, идиот сначала решил, что это такая игра. Он не издал ни звука. И совершенно не сопротивлялся.

Жизнь уже почти ушла из доверчивых глаз брата, когда Лозадо услышал шаги родителей. Он сразу завопил, чтобы они поторопились, братец засунул свой новый бейсбольный мяч в рот и задыхается. Позвонили 911, и ребенка спасли. Родители плакали от счастья, не выпускали мальчика из рук весь день и снова и снова повторяли, что он для них дар божий.

Это было мерзкое Рождество. Даже окорок подгорел.

Самое забавное, что ему, оказывается, не надо было стараться убивать своего брата. Всего через полгода родители повезли идиота в Хьюстон, чтобы показать очередному специалисту. Их самолет рухнул в болото в Техасе во время грозы. Все погибли. Надо же, как ему повезло.

Но Лозадо не предоставит Треджилла его судьбе.

Во-первых, он не собирается отказывать себе в удовольствии убить его. Только вчера он решил не спешить и придумать для Треджилла что-то выдающееся. Но прошлой ночью стало ясно, что действовать следует без промедления. Лозадо ненавидел торопиться. Не станете же вы пить коньяк «Луи XIII» как банку с содовой. Его просто лишили наслаждения. Но если это означает, что Треджилл будет мертв раньше, а не позже, он готов смириться.

Хотя накануне у него и возникли некоторые технические проблемы, он быстро составил план и начал действовать. Соблазнить будущую исполнительницу экзотических танцев не составило труда. Она поверила ему безоговорочно, когда он сказал, что у него есть приятель, любитель секса втроем, и что она на это скажет?

— Если он такой же симпатяга, как ты, то без вопросов.

Она немного поворчала, недовольная тем, что они взяли ее машину, а не его, но быстро пошла на попятную, когда он сказал:

— Ну, раз не хочешь, забудем.

Он знал, где остановился Треджилл. В этой крысиной норе полицейское управление обычно селило платных свидетелей, командированных представителей закона, новобранцев и другую шушеру. Чтобы убедиться в этом, достаточно было туда позвонить и попросить соединить его с номером Треджилла. Он повесил трубку, пока раздавались длинные гудки.

Он заставил Салли оставить машину за два квартала от мотеля, около супермаркета. Остальную часть пути они прошли пешком. В большинстве номеров не было света. В освещенных окнах шторы задернуты.

Лозадо послал девушку вперед.

— Иди первой. Я хочу, чтобы он увидел тебя сразу, как откроет дверь.

Она постучала, но после нескольких секунд ожидания приложила ухо к двери.

— Мне кажется, там душ шумит.

Салли с восторгом наблюдала, как он открыл

дверь с помощью своей кредитной карточки. Жестом приказав ей молчать, он втолкнул ее в номер и велел лечь на кровать. Она послушалась и как раз пыталась подавить смех, когда он выстрелил ей в лоб. Подумал, не стоит ли выполнить обещание и вырезать ей язык, но потом решил, что будет слишком много грязи. Кроме того, краны в душе закрыли.

Теперь, задним числом, он понял, что тоже должен был выстрелить в Вика из пистолета с глушителем. Один выстрел в ухо, как только он выйдет из ванной, и другой — между глаз, для уверенности. Но ему хотелось получить удовольствие. Вик должен знать, что вот-вот умрет.

С другой стороны, отвертка была выбрана удачно. Он нашел ее в старом ящике с инструментами в гараже своей телевизионной мастерской. То, что нужно — старая, ржавая, невозможно выяснить, откуда взялась.

И еще одно следовало сделать иначе. Он должен был нанести смертельный удар, а не такой, после которого можно вылечиться, удар в сердце, как Хоуэллу. Но ему хотелось поиграть с Треджиллом. И все пошло прахом. У него не осталось времени закончить работу благодаря этой проклятой горничной. И вообще, кто убирает в номерах в 4.30 утра?

Когда она набирала 911, он уже был у супермаркета. Он отогнал автомобиль Салли туда, где они махнулись машинами. Оставил в нем ключи, забрал свой джип, поставил его в самом углу гаража и пешком направился в гостиницу завтракать. Он как раз допивал кофе, когда в утренних новостях сообщили об убийстве.

Столько трудов и никакого толку, подумал он сейчас. Этот мерзавец не умер. И Ренни помогла ему выжить. Почему? Зачем она его спасла? Она ведь ужасно на него злилась. Сказала, что не хочет его видеть. Никогда. Она его ненавидела.

Или нет?

Он весь день проторчал в квартире, выходить не было настроения. Он набрал сверхсекретный номер автоответчика и узнал, что для него есть работа. Причем настолько важная, что клиент предложил Лозадо самому назвать цену. В обычное время такая перспектива вдохновила бы его, но сегодня обещание интересной работы и огромного гонорара не сумело развеять его плохого настроения.

Он превосходил Вика Треджилла во всех отношениях. У него был класс. Он сомневался, что Треджилл способен без ошибок написать это слово. Он был миллионером. Треджилл жил на жалованье полицейского. Он носил костюмы от ведущих модельеров. Треджилл одевался как бродяга. Он хотел возвести Ренни на пьедестал, окружить роскошью. Треджилл же хотел использовать ее, чтобы добраться до него.

Тут не могло быть никакого сравнения. Как она могла предпочесть Треджилла ему?

Лозадо все еще дулся, когда вышли вечерние новости. За день не произошло ничего, что отвлекло бы внимание прессы от убийства Салли Хортон и нападения на Треджилла. После повторения утренних сообщений говорящая голова возвестила:

— Сегодня в больнице состоялась пресс-конференция. Доктор Ренни Ньютон ответила на вопросы журналистов.

Пошла видеозапись пресс-конференции. Ренни стояла на кафедре, по бокам два мрачных человека в темных костюмах, скорее всего, представители администрации больницы. Она щурилась от света софитов.

— Доктор Ньютон, каково сейчас состояние мистера Треджилла?

— Он стабилен, — ответила она. — Это обнадеживает. Утром положение было критическим. У него проникающее ранение спины, поражены окружающие ткани.

«Отвертка «Филипс» в умелых руках еще не то может сделать». — Губы Лозадо изогнулись в довольной улыбке.

— Могла эта рана быть смертельной?

— Я считаю, что да. Хорошо, что меры по спасению его жизни были приняты незамедлительно. Наша бригада по травмам прекрасно поработала.

— Имеет ли это нападение какое-нибудь отношение к так и не раскрытому убийству брата мистера Треджилла три года назад?

— Я ничего об этом не знаю.

— Вик Треджилл все еще в бессрочном отпуске?

— Спросите полицию.

— А он...

Она подняла руки, прося тишины.

— Я пришла на срочный вызов сегодня утром. Какое-то время я даже не знала имени пациента. Я ничего не знаю ни о работе мистера Треджилла, ни об истории его семьи. Я выполнила свою работу. Кроме этого, я ничего не могу вам сообщить.

Видеозапись на этом кончилась. На экране снова появилась говорящая голова с кратким резюме, потом последовали другие новости.

Лозадо выключил телевизор, но долго сидел перед потухшим экраном, вспоминая фразу Ренни: «Я выполнила свою работу».

Ну, разумеется! Она спасла Треджилла не потому, что он ей нравился. Она просто делала свою работу. Он ведь тоже не имел ничего против большинства из тех людей, кого убивал. Он их знать не знал, но это его не останавливало. Он делал то, за что ему платили. Ренни тоже выполняла свое дело с той же профессиональной отстраненностью, что и он.

И разве не великолепно она общалась с прессой?

Холодновато, профессионально, ровно и спокойно. Нет, она совершенно необыкновенна.

Верно, она устала. Лозадо это почувствовал. Обычно она выглядела лучше. Но даже в рабочей одежде и без аккуратной прически она была прекрасна и желанна. Он хотел ее. И скоро он ее получит. Вне сомнения, после всех этих событий она почувствует глубину его привязанности к ней.

Внезапно Лозадо ощутил острый голод, захотелось выйти из дома.

Он налил себе текилы, взял рюмку и направился в душевую из черного мрамора. Приняв душ и побрив тело и голову, он десять минут спускал воду. Потом разобрал промытый сток, вычистил каждую деталь специальными салфетками и спустил салфетки в унитаз.

Затем он собрал сток. Вытер душевую кабинку полотенцем и положил его в мешок для белья. По дороге к выходу он спустит пакет в специальный люк, который донесет его до контейнера в подвале здания. Дважды в неделю все белье забирали в стирку. Он никогда не оставлял использованное полотенце в ванной комнате.

Он допил текилу, пока надевал сделанные на заказ легкие брюки и шелковую футболку. Ему нравилось ощущение прикосновения щелка к коже. Он ласкал его соски, такой же мягкий и нежный, как язык женщины. Он очень надеялся, что Ренни понравится его татуировка.

Сверху он надел спортивную куртку контрастного цвета. Он понимал, что слишком вырядился для мексиканского ресторана, но ему хотелось праздника. Он позвонил вниз дежурному по этажу и попросил приготовить его «Мерседес».

Перед тем как выйти из квартиры, он сделал еще один звонок.

Дежурный уже держал открытой дверцу «Мерседеса»:

— Приятного вечера, мистер Лозадо.

Лозадо, зная, что выглядит он на все сто и что молодой человек, скорее всего, ему завидует, дал ему щедрые чаевые.

18

Выйдя из лифта, Ренни сразу же увидела розы.

Не заметить их было невозможно. Букет стоял на столе у дежурных сестер. Сестры и санитары толпились вокруг, очевидно, в ожидании ее реакции. Все улыбались.

— Это для вас, доктор Ньютон.

— Их принесли полчаса назад.

— За ними почти не было видно мальчишку, который их принес.

— Кто ваш таинственный вздыхатель?

— Точно не коп. — Это высказался полицейский, которого Уэсли поставил около реанимационной палаты, где лежал Вик. — Ни один коп не сможет себе такого позволить.

Ренни поморщилась:

— Это наверняка ошибка. Это не мне.

— Но там карточка, — заикаясь, произнесла сестра. — На ней ваше имя.

— Избавьтесь от роз и карточки. И от вазы.

— Вы хотите, чтобы мы их выбросили?

— Раздайте больным. Отнесите в холл, в часовню, куда хотите. Мне наплевать. Только уберите их с глаз моих. Дайте мне, пожалуйста, карточку мистера Треджилла.

Медперсонал, уже без улыбок, разошелся. Полицейский вернулся на свой пост. Одна из сестер унесла тяжелый букет. Другая подала Ренни требуемую карточку и смело последовала за ней в палату Вика.

— Он теперь чаще приходит в себя, — сообщила ей сестра. — Ненавидит спирометр. — Пациентов заставляли периодически дуть в этот прибор, чтобы очистить легкие.

Показатели Вика были отличными. Ренни проверила повязки. Он застонал во сне, когда она отодвинула бинт, чтобы взглянуть на рану. Снова закрыв шов, она спросила сестру, пил ли он что-нибудь.

— Только лед.

— Если он попросит пить, дайте ему несколько глотков спрайта.

— Шкаплейбурбоха, — вдруг произнес Вик.

Ренни подошла поближе к кровати и наклонилась.

— Не поняла?

— Бурбох. В шпрайт. — Он едва мог двигать головой, но пытался найти ее взглядом. Чтобы облегчить ему задачу, Ренни села на край стула около кровати.

— Разве бурбон можно мешать со спрайтом?

— Вше равно.

Она улыбнулась:

— Полагаю, вам уже дали достаточно лекарств.

— Не доштатошно.

Сестра помчалась за спрайтом. Вик повернул голову. Лицо его немного высвободилось из подушек.

— Это вы со мной сотворили, Ренни?

— Каюсь.

— Придется вычеркнуть вас, — он поморщился и шумно втянул воздух, — из моего рождественского списка.

— Если вы можете шутить, значит, чувствуете себя лучше.

— Как расплющенное молотком дерьмо.

— Ну, выглядите вы, во всяком случае, именно так.

— Ха-ха. — Глаз закрылся и больше не открылся.

Ренни встала и приложила стетоскоп к его груди.

— Стучит? — спросил он, к ее удивлению, поскольку она решила, что он впал в забытье.

— Четко и громко, мистер Треджилл. — Она снова села на стул. — В ваших легких чисто, так что продолжайте дуть в спирометр, когда сестра попросит.

— Детские игрушки.

— Зато не будет пневмонии.

— Ренни.

— Да?

— В меня стреляли?

— Нет, колотая рана, отверткой.

— Здорово задело?

— Порядочно, но восстановимо.

— Спасибо.

— Пожалуйста.

— У меня яйца болят, — вдруг заявил он.

— Я скажу, чтобы вам дали пакет со льдом.

Даже удивительно, насколько выразителен может быть один глаз.

— При таких ранах, как у вас, там скапливается лишняя кровь. Это пройдет.

— Клянетесь?

— Клянусь, — улыбнулась она.

— Славно, славно. — Вик закрыл глаз. — Странный разговор у нас с вами, Ренни. — Он снова посмотрел на нее: — Они его поймали?

Она отрицательно покачала головой.

— Черт!

Ренни все не уходила, хотя это было против всяких правил. Ей снова показалось, что Вик уснул, но он пробормотал:

— Мое лицо. Чертовски болит. Что он с ним сделал?

— По-видимому, он напал на вас сзади.

— Точно.

— Вы упали вперед, сильно ударились щекой. Поранили подбородок, но швов не требуется. Лицо, конечно, опухло и все в синяках, но кости целы.

— И я стану таким же красивым, как прежде?

— И таким же тщеславным, вне всякого сомнения.

Вик улыбнулся, но она поняла, что даже это легкое движение причинило ему боль.

Вернулась сестра со спрайтом в пластмассовом стаканчике. Она как-то странно взглянула на Ренни, когда та взяла стакан из ее рук. Немногие хирурги так носились со своими пациентами. Ренни прижала согнутую соломинку к губам Вика. Он сделал несколько осторожных глотков.

— Хватит? — спросила она.

— Не хочу блевануть.

Затем он затих. Ренни осталась. Она так погрузилась в свои мысли, что вздрогнула, услышав тихий голос:

— Как он?

Ренни подняла голову и увидела стоящую в дверях Грейс Уэсли. Ренни не слышала, как подошла Грейс, ничего не замечая и потеряв счет времени. Боже, и как долго она сидит тут, всматриваясь в разбитое лицо Вика?

Ренни быстро поднялась на ноги.

— Он, гм, ему лучше. Часто просыпается. Говорит связно. Немного попил спрайта. — Она поставила стаканчик на столик у кровати. Почему-то ей стало неловко. — Сейчас он спит.

— Мне можно войти?

— Конечно.

— Я бы не хотела его беспокоить.

— Вряд ли вам это удастся. Он спит крепко.

Грейс Уэсли была миловидной и стройной женщиной. Волосы она забирала назад в пучок, что очень ей шло, поскольку природа наградила ее высокими скулами и изящными чертами лица. Миндалевидные глаза свидетельствовали об уме и целостности характера. Двигалась она тихо и мягко. Ренни еще раньше заметила, что легкое прикосновение Грейс сразу же успокаивает ее огромного мужа.

Грейс подошла к кровати и несколько минут смотрела на Вика.

— Мне трудно поверить, что это он, — сказала Грейс, улыбаясь. — Я никогда не видела его неподвижным. Он не сидит спокойно больше чем несколько секунд, постоянно в движении.

— Я это тоже заметила.

Грейс повернулась и с интересом взглянула на нее.

— Разумеется, я плохо его знаю, — заторопилась Ренни. — Можно сказать, совсем не знаю.

— Вик учился в предпоследнем классе средней школы, когда Орен, мой муж...

Ренни кивнула.

— ...когда Орен и брат Вика Джо поступили в полицейскую академию. Мы очень подружились с Джо. Он пригласил нас на школьный баскетбольный матч «посмотреть на моего младшего братишку», как он сказал. — Грейс тихо рассмеялась. — Вик непрерывно зарабатывал фолы.

— Он так агрессивен? — спросила Ренни.

— У него горячая голова. Он легко заводится. Но обычно так же быстро остывает и извиняется, если есть за что.

Они немного помолчали, потом Ренни сказала:

— Я ничего не знала про его брата, до того как меня спросил о нем репортер.

— Джо умер три года назад. Мы до сих пор не можем это пережить. Особенно Вик. Он считал, что Джо всегда прав, он очень его любил.

Зашла сестра, чтобы переставить капельницу. Они замолчали, ожидая, когда она уйдет.

— Я так поняла, что Джо... — осторожно начала Ренни.

— Убили, — прямо сказала Грейс.

В один миг все встало на свои места.

— Лозадо, — уверенно произнесла Ренни.

— Совершенно верно, Лозадо.

— Как ему удалось уйти от наказания?

— Его даже не обвинили.

— Почему?

Грейс поколебалась, потом подошла поближе к Ренни и тихо произнесла:

— Доктор Ньютон, я спросила моего мужа сегодня утром, что между вами происходит. Что-то не так, я это почувствовала.

— Две недели назад я была членом жюри, которое оправдало Лозадо.

— Об этом Орен сказал.

— Так из-за этого ваш муж и относится ко мне плохо. Особенно сейчас. Лозадо убил его друга и теперь покушался на другого. — Ренни посмотрела на Вика. — Если бы жюри приняло другое решение, на Вика бы никто не напал, и та молодая женщина, которую вчера убили, тоже осталась бы жива.

— Могу я задать вам вопрос? — тихо спросила Грейс. Когда Ренни повернулась к ней, она сказала: — Если бы вам пришлось делать это снова, проголосовали бы вы за оправдание Лозадо?

— На основании того, что я знала тогда, или того, что я знаю сейчас?

— Того, что вы знали тогда.

Ренни задумалась так же, как и перед тем голосованием.

— На основании того, что я тогда знала, и инструкций судьи я была бы вынуждена снова проголосовать за оправдание.

— Тогда ваша совесть чиста, доктор Ньютон. Вы не должны считать себя виноватой в том, что Лозадо напал на Вика.

— Скажите это вашему мужу, — печально заметила Ренни.

— Я уже сказала.

Ренни удивилась. Грейс мягко улыбнулась и сжала руку Ренни.

— Я пойду. Но когда Вик проснется, пожалуйста, скажите ему, что я приходила.

— Я передам сестрам, они обязательно скажут.

— Вы не знаете, когда его переведут в обычную палату?

— Через пару дней, если все пойдет хорошо. Я внимательно слежу, нет ли признаков инфекции.

— Что мне сказать моим девочкам?

— У вас есть дочки?

— Две. Очень жизнерадостные.

— Как вам повезло.

— Они умоляли меня взять их с собой сегодня, но Орен не хочет, чтобы они выходили из дома.

Ренни не стала спрашивать почему. Уэсли боялся за их безопасность, подозревая, что Лозадо не ограничится попыткой убить Вика. Он расставил полицейских по всей больнице, и Ренни заметила, что около реанимации сейчас стоят еще двое. Не иначе это охрана Грейс.

— Мои девочки обожают дядю Вика, — сказала Грейс. — Если бы существовал плакат с его изображением, он висел бы у них на стене рядом с их любимыми певцами.

— Скажите им, с их дядей Виком все будет в порядке.

— Мы должны за это благодарить вас. Девочкам ужасно хочется с вами познакомиться.

— Со мной?

— Я им все про вас рассказала. А после случайно слышала, как они между собой разговаривали. Обе решили стать хирургами. Хотят спасать людей, как вы спасли Вика.

Ренни так растрогалась, что не знала, что сказать. Грейс, вероятно, это почувствовала и ушла, быстро попрощавшись. Полицейские сопровождали ее к лифту.

Ренни вернулась на сестринский пункт.

Пришлось порыться в нескольких ящиках, пока не нашлась склянка с бальзамом для губ. Ренни взяла ее и вернулась к Вику. Он все еще спал, дышал ровно. Она села на стул у кровати, но прошла почти целая минута, прежде чем она отвернула крышку с баночки, откуда сразу приятно запахло ванилином.

Губы Вика пересохли и потрескались. Это иногда случается при операциях в результате потери жидкости. Более того, это обычное явление. Но его губы были просто невероятно сухими. На это невыносимо было смотреть. Она решила: что особенного, если она смажет ему губы?

Ренни взяла немного бальзама, подождала, чтобы мазь согрелась, и смазала его губы, касаясь настолько легко, что это и касанием назвать было трудно.

Только Ренни собралась убрать руку, как он проснулся, и их взгляды встретились.

Оба молчали. Ее палец все еще лежал на его губах. Ренни замерла и внезапно осознала, что не слышит его глубокого и ровного дыхания. Она была уверена, что, если кто-нибудь из них шевельнется, что-нибудь случится. Что-то значительное. Что именно, она не знала. Во всяком случае, она опасалась пошевелиться.

И не знала, сможет ли. Его голубой взгляд ее гипнотизировал.

Она так просидела не шевелясь... сколько? Позже она не могла вспомнить. Это продолжалось, пока глаз Вика не закрылся снова. Она почти слышала шорох ресниц, коснувшихся подушки. Только тогда она снова начала дышать.

Ренни отняла руку, неловко завернула крышку баночки и оставила ее на столике у кровати. Она больше не взглянула на него, просто ушла из палаты.

— Позвоните мне, если будут изменения, — велела она сестре, возвращая карту.

У лифта дежурный полицейский открыл ей дверь и робко обратился к ней:

— Доктор Ньютон, я только хотел сказать... ну, Вик замечательный парень. Несколько лет назад мой сын попал в аварию. Вик был первым, кто дал кровь. Вот я и хочу поблагодарить вас за то, что вытащили его сегодня утром.

Ренни отнесла сбежавшую по щеке слезу за счет усталости. Она даже не представляла себе, как устала, пока лифт не начал спускаться. Она прислонилась к стене и закрыла глаза. Именно в этот момент она и почувствовала слезу. Она успела стереть ее до остановки лифта.

Когда она шла к выходу, к ней направился полицейский.

— Что-нибудь не так? — удивилась Ренни.

— Приказ Уэсли, мэм. Доктор, — поправился он.

— Зачем?

— Я не спросил, а он не сказал. Полагаю, это имеет какое-то отношение к Треджиллу.

Полицейский проводил Ренни до машины, заглянул под днище, проверил заднее сиденье.

— Счастливого пути, доктор.

— Спасибо.

Полицейский наблюдал за ней, пока автомобиль не выехал из ворот.

Она проехала несколько кварталов, прежде чем заметила кассету, торчавшую из магнитолы на приборной доске. Ренни, пользовавшаяся только дисками, с удивлением смотрела на нее.

Остановившись у светофора, она вынула кассету, чтобы взглянуть на этикетку. Этикетки не было. Не обращая внимания на предчувствие беды, охватившее ее, Ренни сунула кассету в прорезь и нажала на кнопку «Пуск».

Под аккомпанемент рояля хриплый женский голос запел: «Я от тебя без ума, мой котеночек».

Ренни кулаком ударила по кнопке «Стоп» и все колотила и колотила, пока музыка не смолкла. Кругом полно полицейских, а Лозадо спокойно оставляет кассету в ее машине. Как, черт побери, ему это удалось? Машина ведь была заперта.

Ренни начала рыться в сумке в поисках сотового, но только высыпала все содержимое на пол. Сообразив, что, пока будет искать телефон, она сможет доехать до дома, Ренни решила позвонить Уэсли оттуда.

Она проскочила дважды на красный свет, правда посмотрев налево и направо и убедившись, что машин нет. К гаражу она подлетела на совершенно недопустимой скорости. Казалось, дверь поднималась вечность. Насилу дождавшись, пока она откроется наполовину, Ренни въехала в гараж и нажала на кнопку закрытия двери, даже не заглушив мотор.

Оставив все вещи валяться на полу, она опрометью выскочила из гаража и помчалась к дому, ворвалась в кухню и остановилась, как вкопанная.

Через дверь в гостиную она увидела мерцающий свет. Ни одна лампа там такого света не давала. Что происходит? Наиболее разумным было бы не выяснять, а быстро выйти, выбежать на середину улицы с поднятыми руками и вопить, зовя на помощь.

Но она не станет с криками выбегать из собственного дома. К черту осторожность!

Она оставила дверь открытой, достала из ящика большой разделочный нож и осторожно двинулась в гостиную. Казалось, здесь горели сразу сотни свечей в хрустальных плошках самой разной формы и размера. Они стояли везде, наполняя воздух тяжелым цветочным ароматом.

На журнальном столике красовался очередной букет роз. Играла музыка. Та же самая, только теперь стерео и в исполнении другой певицы.

Ренни тяжело дышала и отчетливо слышала биение своего сердца. Она сделала шаг вперед, раздумывая, не стоит ли все же сбежать.

Но звать на помощь... Втягивать в это дело других людей... Полицию...

Нет.

Она подошла к проигрывателю и выключила звук.

— Выходи! Почему ты прячешься? — крикнула она в пустоту.

В ответ только эхо.

Ренни вышла в холл. Он тянулся перед ней, темный и мрачный, и казался куда длиннее, чем на самом деле. Она поняла, что боится собственного дома, и разозлилась еще больше. Злость толкнула ее вперед.

Она прошла через холл и включила свет в кабинете. Комната пуста, спрятаться здесь негде. Она рванула дверь стенного шкафа. Никого, только ее чемоданы. Опять же, взрослому человеку там не спрятаться.

Оттуда она направилась в спальню, где снова горели свечи. Они бросали тени на потолок и стены, на оконные жалюзи, которые она теперь держала закрытыми и днем и ночью. Из-за него. Она заглянула под кровать, подошла к стенному шкафу и резко распахнула дверь. Перебрала одежду на вешалках.

В ванной тоже было пусто, но занавеска на душевой кабине, которую она всегда держала открытой, была задернута. Ренни уже пришла в такую ярость, что забыла бояться. Рванула занавеску. На полочке над ванной стояли розы.

Она ударила рукой по вазе, та с грохотом упала в ванну и разбилась.

— Негодяй! Почему ты не оставишь меня в покое?

Ренни вернулась в спальню и пошла по кругу, задувая свечи, пока не стала опасаться, что дым заставит сработать пожарную сигнализацию. Тогда она прошла на кухню и положила нож назад в ящик.

Потом нашла полбутылки шардоне в холодильнике, налила вина в бокал и сделала большой глоток. Закрыла глаза и прижала холодный бокал ко лбу.

Она раздумывала, позвонить ли Уэсли. Зачем? Ей так же трудно доказать, что Лозадо пробрался к ней в дом, как детективу обвинить его в убийстве Салли Хортон и покушении на Вика.

С другой стороны, если она промолчит, а Уэсли каким-то образом узнает... Правильно. Ей было неприятно это делать, но придется его известить.

Она подняла голову, открыла глаза и увидела свое отражение в окне над раковиной. За ее спиной стоял Лозадо.

Зря она думала, что слишком злится, чтобы бояться.

19

Лозадо взял ее за плечи и повернул лицом к себе. Его глаза были такими темными, что невозможно было различить зрачки.

— Ты расстроилась. А я хотел порадовать тебя, Ренни. — Голос был ласковым, как у любовника.

Ее мысль металась между ужасом и гневом. Ей хотелось наброситься на него за то, что он разрушил ее упорядоченную жизнь. А еще ей хотелось спрятаться куда-нибудь, где он ее не отыщет. Но и то и другое было слабостью, которую она не могла ему показать. Он был стервятником, который воспользуется слабостью жертвы в полной мере, если заметит ее.

Лозадо взял из ее руки бокал и поднес его к ее губам:

— Пей.

Ренни попыталась отвернуться, но другой рукой он схватил ее за подбородок. Она почувствовала холод вина на губах. Ренни сглотнула. Вино потекло по подбородку. Лозадо вытер струйку большим пальцем и улыбнулся.

Ренни видела такую улыбку во всех уголках мира. Так улыбается совратитель тому, кого совратил. Так улыбается жестокий муж избитой до бесчувствия жене. Так улыбается вражеский солдат изнасилованной девушке. Это улыбка отца, обращенная к дочери, которую он лишил невинности.

Снисходительная улыбка собственника возвещала, что Ренни лишена воли и по какой-то непонятной причине должна этому радоваться, даже быть признательной тому, кто это сделал.

Так улыбнулся ей Лозадо.

Он снова поднес бокал к ее губам, но она больше не могла выносить этой улыбки и отпрянула. Вино выплеснулось ему на руку. Его глаза опасно сузились. Он поднял руку, и Ренни подумала, что он ее ударит.

Но он поднял руку ко рту и слизал вино языком, нарочно медленно проводя им по коже, не отрывая взгляда от Ренни.

Его покровительственная улыбка перешла в тихий смех.

— Неудивительно, что ты не хочешь пить это вино, Ренни. Оно дешевое. Никакого букета. Теперь ты будешь пить вина изысканные и дорогие. Очень дорогие.

Он протянул руку за ее спину, чтобы поставить бокал. И крепко прижал ее к себе. Его близость душила ее. Она не могла и не хотела дышать. Не хотела запомнить запах его одеколона. Она приказала себе не отталкивать его. Воспоминание о судьбе Салли Хортон помогло ей выдержать это. Скорее всего, Лозадо хотел, чтобы она сопротивлялась. Это дало бы ему повод закрепить себя в роли покорителя. Насильники очень любят придумывать оправдания своей жестокости.

— Ты дрожишь, Ренни? Ты меня боишься? — Он наклонился ближе. Его дыхание обжигало ей шею. Она ощущала его эрекцию, потому что он непристойно терся о нее. — Зачем тебе меня бояться? Я ведь хочу, чтобы ты была счастлива. А?

Наконец он отстранился и долго насмешливо оглядывал ее с ног до головы.

— Может быть, стоит начать не с напитка, а с чего-нибудь более существенного. Например, с твоего гардероба. — Он коснулся пальцем ее ключицы, погладил. — Грешно прятать такую фигуру.

Потом он уставился на ее грудь. Она почувствовала себя хуже, чем когда он действительно касался ее.

— Ты должна носить вещи, которые ласкали бы твое тело, Ренни. И черный цвет. Он бы прекрасно контрастировал с твоими светлыми волосами. Я куплю тебе что-нибудь черное и сексуальное, чтобы грудь была видна. Да, точно. Всем мужикам захочется ласкать тебя, но только я один буду это делать.

Он посмотрел ей в глаза, и тон стал игривым.

— Разумеется, сегодня ты неважно выглядишь. Слишком много работала. — Он пальцем провел по темным кругам под глазами. — Ты вымоталась. Моя бедняжка.

Она проглотила поднимающуюся из желудка рвоту, вызванную его фантазиями.

— Я не ваша бедняжка.

— Ах, леди заговорила. Я уж подумал, что ты онемела.

— Я требую, чтобы вы ушли.

— Но я только что пришел.

Разумеется, он лгал. Ему понадобился по меньшей мере час, чтобы зажечь и расставить все эти свечи. Где он прятался, когда она обыскивала дом?

Похоже, он прочитал ее мысли.

— Я никогда не выдаю свои профессиональные секреты, Ренни. Ты должна была об этом догадаться. — Он игриво ущипнул ее за шею. — Тем не менее, нам надо о многом поговорить.

— Вы правы. Нам есть о чем поговорить.

Лозадо довольно улыбнулся:

— Начинай ты.

— Ли Хоуэлл.

— Кто? — спросил он.

— Вы его убили, так? Чтобы оказать мне услугу. И напали на Вика Треджилла. Это ведь тоже вы?

Он двигался быстро, как ртуть. Одной рукой задрал ей блузку, провел рукой по груди и по талии под поясом юбки. Она изо всех сил толкнула его.

— Уберите руки. — И стала бить по рукам, шарящим по ее телу.

— Прекрати! — Он схватил ее и притянул к себе. — Ренни, Ренни, перестань. — Голос был мягким, но хватка — железной. — Ш-ш-ш, ш-ш-ш, успокойся.

Она с ненавистью смотрела на него.

Он извинился обманчиво мягким и урезонивающим голосом:

— Ты прости меня, я должен был это сделать. Много лет назад женщина-полицейский, работавшая под прикрытием, пыталась расставить мне капкан. Я должен был убедиться, что на тебе нет «жучка». Прости, что я вел себя немного грубо. А вот так лучше?

Он отпустил ее руки и сжал плечи, ритмично массируя их сильными пальцами, как заботливый муж, только что узнавший, что у жены был тяжелый день.

— Я не работаю на полицию.

— Я бы тогда ужасно разочаровался в тебе. — Он крепче сжал ее плечи. Выражение лица стало зловещим. — Почему ты так много времени тратишь на Вика Треджилла?

Она скорчила недовольную гримасу:

— Я не знала, что он полицейский. Он меня обманул.

— Тогда чего ты так старалась, спасая ему жизнь?

Ренни вспомнила предупреждение Уэсли. Салли Хортон стала невинной жертвой кровавого соперничества между Виком и Лозадо. Она умерла, так и не поняв, в чем ее ошибка.

— Мне за это платят, — равнодушно сказала Ренни. — Я не выбираю пациентов. Не могла же я позволить ему истечь кровью в приемном отделении?

Лозадо внимательно вглядывался в ее глаза. Положил ладонь ей на горло. Большой палец нашел сонную артерию и погладил ее.

— Ты меня очень огорчишь, если дела обстоят не совсем так. Он тебя когда-нибудь целовал?

— Нет.

— Трогал тебя вот так? — Его рука принялась ласкать ее грудь.

Горло сжало так, что она не могла вымолвить ни слова. Только покачала головой.

— У этого копа никогда так на тебя не стоял, Ренни, — прошептал Лозадо, прижимаясь к ней.

— Руки вверх, Лозадо!

В комнату ворвался Орен Уэсли, за ним еще двое полицейских с пистолетами. Троица окружила их полукругом.

— Руки вверх, я сказал! Отойди от нее немедленно!

Ренни потеряла дар речи. Лицо Лозадо, выполнившего указание, напоминало безжизненную маску. За пару секунд он превратился в своего двойника, которого впору выставлять в музее восковых фигур. Он не выказал ни злости, ни удивления, ни досады.

— Детектив Уэсли, вот не знал, что вы так поздно не спите.

— Ноги шире!

Легонько пожав плечами, Лозадо наклонился над кухонным столом. Его расставленные руки оказались около корзинки с фруктами, где лежали переспевшие бананы. Странно было думать о бананах, когда несостоявшегося насильника досматривает полиция, но Ренни эта мысль немного отвлекла.

Полицейский достал небольшой пистолет из кармана брюк Лозадо.

— Он зарегистрирован, — сообщил Лозадо.

— Надень на него наручники, — приказал Уэсли. — У него наверняка есть нож, привязанный к лодыжке.

Пока один полицейский заводил руки Лозадо за спину, чтобы надеть наручники, второй задрал штанину и вынул из ножен маленький сверкающий нож. На лице Лозадо ничего не отразилось.

Уэсли взглянул на Ренни:

— Вы в порядке?

Она все еще не могла говорить, только кивнула.

Один из полицейских читал Лозадо его права, но убийца смотрел поверх его головы на Уэсли.

— За что вы меня арестовываете?

— За убийство.

— Интересно. И кого я предположительно убил на этот раз?

— Салли Хортон.

— Горничную из моего дома?

— Прибереги невинную позу для жюри, — посоветовал детектив, бросая взгляд на Ренни. — Ты также нанес колотую рану Треджиллу в попытке убить его, — добавил он.

— У вас богатая фантазия, — равнодушно произнес Лозадо.

— Ладно, посмотрим, что покажет расследование. А пока ты побудешь в гостях у штата.

— Уже утром выйду.

— Поживем — увидим. — Уэсли махнул полицейским, приказывая увести арестованного.

Лозадо улыбнулся Ренни:

— До свидания, любовь моя. Скоро увидимся. Жаль, что нас прервали. Детектив Уэсли любит театральные эффекты. В порядке компенсации за другие недостатки. — Когда он поравнялся с Уэсли, сказал: — Думается, твой член похоронили вместе с Джо Треджиллом.

Один из полицейских сильно толкнул его в спину. Они исчезли, пройдя через гостиную.

Ренни беспомощно привалилась к столу.

— Спасибо.

— Не стоит благодарности.

— Вы сказали, что не будете его арестовывать, пока у вас не появятся надежные доказательства. Значит...

— Это ничего не значит. Просто я достал своего сержанта. Он согласился упрятать Лозадо на то время, пока мы расставляем ловушки. Если нам повезет — а с Лозадо нам никогда не везет, — появится что-нибудь, уличающее его в этих преступлениях.

— То есть пока у вас ничего нет.

Он рассеянно пожал плечами:

— Мы не можем держать его бесконечно, если не предъявим обвинения. Но мы постараемся продержать его как можно дольше. Если мы найдем улики, подтверждающие предположение Вика, мы сможем пойти в суд. Если, конечно, не будет возражать областной прокурор.

— Он не будет, если Вик сможет опознать в Лозадо нападавшего.

— Окружному прокурору наверняка будет мало одних показаний Вика, ведь придется иметь дело с большим жюри. Они обязательно узнают об истории отношений Вика и Лозадо, и в свете этой истории показания Вика не вызовут большого доверия. Кроме того, они его не очень-то любят.

— Почему?

Полицейский просунул голову в дверь и обратился к Уэсли:

— Он уже на пути в кутузку.

— Я тоже сейчас еду.

Полицейский удалился. Ренни прошла за Уэсли в гостиную, где все еще горели свечи. От их запаха мутило. Она подошла к окну и открыла его, чтобы впустить свежий воздух. Несколько патрульных машин отъезжали от дома, сверкая проблесковыми маячками.

На тротуаре собрались соседи в пижамах. Они оживленно беседовали между собой. В центре внимания находился мистер Уильямс, который что-то рассказывал, иллюстрируя свой рассказ театральными жестами.

— Откуда вы узнали, что Лозадо здесь, детектив? Все еще следите за моим домом?

— Нет. Нам позвонили. Ваш сосед, мистер Уильямс. Сказал: тут происходит что-то странное.

Господи, какой кошмар.

Уэсли стоял в центре комнаты и медленно оглядывался. Разумеется, он не мог не заметить розы. Когда он наконец повернулся к Ренни, то сказал:

— Говорят, вы согласились занять должность, освободившуюся после смерти доктора Хоуэлла.

Ренни насторожилась:

— Да. И что? Я подумала, что нет никакой разницы, приму я это предложение или нет. Вы все равно не перестанете думать, что я наняла Лозадо, чтобы убить Ли.

Уэсли показал на розы.

— Примите поздравления, — усмехнулся он.

— Они уже были здесь, когда я приехала из больницы. Лозадо снова проник в мой дом, — заявила Ренни.

— Вы не позвонили и не сообщили.

— У меня не было возможности.

Уэсли взглянул на ее помятую одежду.

— Он меня терроризировал! — воскликнула Ренни. — У него безумная идея, что я должна стать его большой любовью. — Она рассказала ему все, что говорил Лозадо, даже самые стыдные вещи. — Он применил ко мне силу. Думал, что я где-то спрятала «жучок».

— «Жучок»?

— Когда я упомянула об убийстве Ли Хоуэлла, он меня обыскал. Боялся, что я работаю на вас и хочу заманить его в западню.

— Что же, мы оба знаем, как он ошибается.

Ей не понравился его ехидный тон, и она сказала:

— Детектив Уэсли, я его сюда не приглашала. Почему вы так сразу решили, что он здесь с моего согласия?

— Вы что-нибудь разбивали? — спросил Уэсли, не отвечая ей.

— Вазу в ванной комнате. Он оставил там еще один букет. Я так разозлилась, что сбросила его в ванну.

— Мистер Уильямс выгуливал собаку на заднем дворе. Он услышал грохот, попытался вам позвонить, узнать, все ли у вас в порядке. — Уэсли заметил радиотелефон на журнальном столике.

Ренни взяла его и протянула Уэсли. Никаких гудков. Телефон был отключен так давно, что даже перестал пищать, возвещая о севших батареях.

— Думается, Лозадо не хотел, чтобы нам помешали, — тихо заметила она.

— Судя по всему.

Ренни положила трубку на стол и испуганно отдернула руку.

— Наверное, мне не следовало его трогать, — сказала она.

— У Лозадо нет отпечатков пальцев. Да это и не имеет значения. Мы и так знаем, что он был здесь, но ведь это не преступление.

— С каких пор проникновение в чужой дом перестало быть преступлением? Он вошел и чувствовал себя как дома.

— Ну да. Мистер Уильямс как раз и сказал дежурной по 911, что Лозадо чувствует себя вольготно. После сообщения о шуме он добавил: «Подождите, я вижу ее и этого мужчину через кухонное окно. Такое впечатление, что все нормально, она его отлично знает». Что-то в этом духе. Однако диспетчер оказалась надежной, узнала ваш адрес и сообщила мне.

— Шпионите за мной.

— И позвонила мне, — продолжал Уэсли как ни в чем не бывало. — Сказала, что получила странный звонок от вашего соседа. Похоже, вы не очень-то сопротивлялись.

— Я боялась, что, если стану сопротивляться, закончу как Салли Хортон.

— Весьма вероятно.

— Тогда почему вы вечно заставляете меня обороняться?

Уэсли лишь взглянул на нее и повернулся к выходу.

— Мне пора.

Он направился к двери, но Ренни догнала его, схватила за руку и повернула к себе лицом.

— Я заслуживаю ответа, детектив.

— Ладно, вот вам мой ответ, — сердито сказал он. — Вы не дали мне ни малейшего повода доверять вам, доктор, зато есть целая куча причин, по которым я не должен вам доверять.

— Как я могу убедить вас, что говорю правду? Вы поверили бы мне, если бы Лозадо меня сегодня убил?

— Не думаю, — ответил Уэсли, пожав плечами. — Салли Хортон, прежде чем стать его жертвой, была его любовницей.

20

— Он всего лишь хотел, чтобы она была счастлива.

— Ты шутишь?

— Перестань на меня так смотреть, Вик, — обиделся Орен. — Я этого не говорил. Доктор Ньютон повторила его слова.

Вик пролежал в реанимации два дня. Последние пять дней он находился в отдельной палате с видом на центр города из окна. Он уже мог лежать на спине. Рана до сих пор чертовски болела, особенно когда он вынужден был подниматься и ходить.

Каждая из этих прогулок, как он их называл, была равносильна восхождению на Эверест. Требовалось пять минут только на то, чтобы подняться с кровати. Сначала он с трудом ходил по палате, но сегодня рискнул выйти в холл и пройти туда и обратно. Медсестры оценили это как величайшее достижение. Аплодировали ему. Он выругался и спросил, где они прячут свои нацистские униформы. Когда Вик вернулся в постель, он был весь мокрый от пота и слабый, как новорожденный.

Он с нетерпением ждал приема обезболивающего, которое получал регулярно. Оно не избавляло от боли, но делало ее терпимой. Он мог существовать с ней, если не слишком много об этом думал и сосредоточивался на чем-то другом. Например, на Лозадо.

В это утро убрали капельницу. Вик был ужасно рад от нее избавиться, но теперь сестры заставляли его как можно больше пить. Носили ему фруктовый сок в маленьких стаканчиках с крышкой из фольги. Ему пока еще не удалось открыть хотя бы одну, не разлив половины.

— Ты ешь? — поинтересовался Орен.

— Немного. Не хочется. К тому же, ты не поверишь, какое дерьмо они здесь выдают за еду.

Его щека все еще имела цвет протухшего яйца, но опухоль немного спала, и он мог смотреть обоими глазами. Например, он умудрился разглядеть, что Орен вопросительно поднял брови.

— Что? — сердито спросил он.

— Как твои яйца?

— Спасибо, хорошо, а как твои? — Несколько дней ему пришлось лежать на пакете со льдом, но, как и обещала Ренни, все обошлось.

— Ты знаешь, о чем я, — сказал Орен.

— Все в норме. Хочешь проверить?

— Верю на слово. — Орен переступил с ноги на ногу. — У меня не было возможности извиниться. Мне очень жаль, что я разбил тебе подбородок.

— Самая незначительная моя проблема. Забудем. Теперь давай еще раз про Лозадо.

— Я уже все рассказал, — взмолился Орен.

— Расскажи еще раз.

— Господи, ты с явным приветом. Я повторил несколько раз слово в слово. Соседу показалось, что они в восторге друг от друга. Доктор Ньютон говорит, что Лозадо ее терроризировал, что она боялась сопротивляться, потому что не хотела закончить жизнь так, как Салли Хортон.

Вик откинулся на подушку и закрыл глаза. Ему было больно вспоминать о погибшей девушке. Он никогда не забудет, как она лежала на кровати мертвая. Пока он наслаждался душем, Лозадо безжалостно убил ее.

Не открывая глаз, Вик сказал:

— Лозадо опасен для нее. Особенно если решит, что она выбирает между ним и мною и предпочитает меня.

— Полагаю, с тобой она на эту тему не разговаривала?

— Нет. Если бы ты не рассказал мне, что случилось накануне, я ничего бы не знал.

Вик не мог понять поведения Ренни, и это его злило. Она заходила каждое утро, как правило, с опущенной головой, и смотрела на его карту, а не на него.

— Как вы себя чувствуете, мистер Треджилл? — каждый раз один и тот же вопрос.

Она проверяла шов и рассеянно кивала, слушая его ответы, как будто, по сути, и не слушала или ей было глубоко наплевать. Она говорила ему, что довольна, как заживает рана, механически улыбалась и уходила. Вик понимал, что он у нее не единственный пациент. Он и не ждал какого-то особого внимания.

Ну, может, и ждал. Слегка.

Вик помнил, как она сидела у его кровати и поила его спрайтом. Помнил, как мазала ему губы бальзамом. Помнил, как они смотрели друг на друга и сколько времени это длилось.

А может, ничего такого и не было?

Кто знает, возможно, это галлюцинации под воздействием лекарств. Или приятный сон, показавшийся ему былью? Все может быть. Ведь застал же ее Орен вчера в объятиях Лозадо в ее собственном доме?

Черт бы его побрал, он никак не мог разобраться, что с ней происходит.

— На обходе она такая деловая, что оторопь берет, — делился он с Ореном. — Даже о погоде не поговоришь.

— Жарко и сухо.

— Похоже на то.

— Она согласилась занять пост заведующего в хирургии.

— Я слышал, — сказал Вик. — И правильно. Она это заслужила. — Орен продолжал многозначительно смотреть на него. — Это ничего не значит, Орен.

— Я этого и не говорил.

— Да по твоему лицу видно.

Вошла сестра с еще одним стаканчиком сока.

— Я выпью позже, — сказал Вик. — Обещаю. — Она недоверчиво смотрела на него, но все же поставила стаканчик на поднос. Вик предложил сок Орену.

— Нет, спасибо.

— Смородиновый с яблочным.

— Да нет, не надо.

— Уверен? Уж извини меня, но ты с виду тоже не слишком здоров. — Орен появился не только измотанный жарой, но и в дурном расположении духа. — В чем дело?

Орен пожал плечами, вздохнул, посмотрел в окно, затем повернулся к Вику:

— Пару часов назад звонил окружной прокурор. Само его величество. Даже не помощник.

Вик уже догадался, что мрачность Орена напрямую зависит от дела против Лозадо. Если бы у него были хорошие новости, он давно бы все рассказал.

Слушать плохие новости да еще мучиться от боли и жары — это уже перебор. Вик устроился поудобнее.

— Выкладывай.

— Он говорит, что у нас нет против Лозадо ничего серьезного. Во всяком случае, недостаточно для большого жюри. Короче, он отказался передавать дело в суд.

Вик уже сам догадался, что этим кончится.

— Он заезжал ко мне вчера. Этакий столп доброй воли и жизнерадостности. В итальянских баретках. Вон принес. — Вик кивком показал на букет красных, белых и искусственно-синих гвоздик.

— Надо же, какая честь.

— Я подробно рассказал ему все, что произошло в ту ночь, когда на меня напали. Сказал, что уверен полностью, что это Лозадо.

— И что?

— Дай-ка вспомню. Он подергал свою индюшачью бородку, почесал висок, потер брюхо, нахмурился, выдохнул сквозь сжатые губы и несколько раз покривился. Напомнил мне человека, которого мучают газы и он придумывает, как бы поинтеллигентнее пернуть. Сказал, что я выдвигаю серьезные обвинения. «Да чего уж, — сказал я, — убийство и попытка убийства. Не до шуток». Когда он уходил, то старался не встречаться со мной взглядом. Он прямо ничего не сказал, но...

— Политик, — процедил Орен.

— Но я рассудил по его неловкости, что у него какие-то проблемы с моим рассказом.

— Верно.

— Какие же?

— Не буду утомлять тебя подробностями, — сказал Орен. — Видит бог, он меня довел до ручки. Минут тридцать он заикался и бормотал, надувал щеки, но ничего...

— Путного не сказал, — закончил за него Вик.

Орен потрепал трехцветную ленту, которой были связаны безобразные гвоздики. Искоса взглянул на Вика.

— Ты должен попробовать поставить себя на его место, Вик, — пробормотал он.

— А пошел он на хер! Пока он не потеряет два литра крови, пока его яйца не распухнут до размеров шаров для боулинга и ему не засунут трубку в член, не советуй мне встать на его место.

— Я знал, ты разозлишься, когда я это скажу...

— Так не говори.

— Но если взглянуть на дело с его точки зрения, он прав.

— Если бы я мог тебе вмазать, я бы обязательно это сделал.

— Я знал, что ты разозлишься, — вздохнул Орен. — Слушай, Вик, окружному прокурору не нужны неприятности, все правильно, но...

— Он — старая баба!

— Наверное, но на этот раз он прав. Если отбросить все несущественное, у нас на Лозадо ничего нет.

— Лозадо, — огрызнулся Вик. — Он на всех нагнал страху, верно? Да он надрывает себе живот от смеха, глядя на нас.

Орен подождал несколько секунд, дал себе остыть и продолжил:

— Все улики косвенные. Лозадо знает тебя. Он знал Салли Хортон. Связь есть, но где мотив? Если вдруг нам дико повезет и большое жюри привлечет его к суду, мы никогда не сможем состряпать против него дело. Мне дали три дня, чтобы я что-нибудь раскопал. Как всегда, он не оставил ни малейшего следа. У меня ничего нет.

— Кроме моих показаний.

Орен обиделся:

— Окружной прокурор покопался в ваших отношениях с Лозадо. Он не забыл, что случилось. Так что веры тебе не слишком много.

Против этого трудно было спорить.

Орен уселся в зеленое виниловое кресло и уставился в пол.

— У меня нет выхода. Придется его выпустить. С большим трудом мне удалось достать ордер на обыск. Мы перетряхнули его квартиру. Ничего. Ни малейшей зацепки. Даже его скорпионы выглядят стерильными. С машиной та же история. Ни следа крови, ткани, ничего. У нас есть орудия убийства и нападения, но они могли принадлежать кому угодно. Никаких свидетелей, кроме тебя, а тебе нет веры. Да и, по твоим словам, ты его не видел.

— Я был слишком занят, истекал кровью.

— Его адвокат уже поднял бучу насчет полицейского произвола. Он говорит...

— И слышать не хочу, что он говорит. Не желаю слышать ни слова о нарушении гражданских прав этого сукина сына, понял?

Они долго молчали. Затем Орен взглянул в угол под потолком:

— Телевизор нормально работает?

Когда Орен вошел, Вик приглушил звук. Изображение больше напоминало цветной снег, но, если всматриваться, можно различить какие-то фигуры.

— Говно. Кабельного нет.

Они несколько минут смотрели немую программу, пока Орен не спросил, о чем она.

— Эти двое — мать и дочь, — объяснил Вик. — Дочка спит с мужем мамочки.

— Своим отцом?

— Нет, примерно с четвертым отчимом. Ее настоящий отец — отец. В смысле, святой отец. Но никто об этом не знает, кроме матери и самого священника. Он слушает исповедь собственной дочери, в которой она рассказывает, что трахает мужа матери. Священник приходит в исступление. Он обвиняет мать в том, что она оказывает на дочь дурное влияние, называет ее потаскушкой. Одновременно его мучает совесть, потому что он сам не занимался своей дочерью. Он был ей плохим отцом, в смысле папой. Он был ее духовным отцом с той поры, как крестил ее. Короче, там все очень запутанно. Но он забрался к ней в дом, черт побери. — Последняя фраза Вика не имела отношения к «мыльной опере», но Орен сго понял.

— Я не могу полностью исключить, Вик, что она его сама пригласила.

Вик даже не удосужился ответить. Только не сводил с Орена яростного взгляда.

— Я же говорю, что это только предположение. — Отвернувшись, Орен что-то пробормотал, но Вик его не расслышал.

— Ты что сказал?

— Ерунда.

— Что?

— Ничего.

— Что?

— Он лапал ее, вовсю. Доволен?

Вик пожалел, что спросил, но так уж вышло. Он заставил Орена сказать, он сказал, а теперь оценивал реакцию Вика, который старался выглядеть как можно равнодушнее.

— Она боялась сопротивляться.

— Грейс то же самое сказала, но ведь никто из вас там не был.

— Грейс?

— Ну да. — Орен развел руками. — Моя жена превратилась в ярую поклонницу доктора Ньютон.

— Я знал, что они познакомились. Мне Грейс только сказала, что рада, что я попал в такие умелые руки.

— Мне было сказано побольше. Мне всыпали за несправедливое и предвзятое отношение. Грейс считает, что я затаил на нее злобу за то, что она была в этом жюри.

Впервые с того момента, как Орен вошел в палату, Вик слегка улыбнулся. Ему было приятно слышать, что Грейс выдала его напарнику по первое число. Если есть в мире кто-то, способный заставить Орена себя слушать, так это его жена, которую он не только любил, но и уважал за ее проницательность.

— Грейс — дама умная.

— Да, конечно, только она не видела всей той романтической обстановки, какую видел я. Вот этого она тоже не видела.

Он достал из нагрудного кармана своей спортивной куртки несколько сложенных листков бумаги. Он положил их на поднос рядом с нетронутым соком. Вик не сделал ни малейшего движения, чтобы взять их.

— Все эти занимательные события последних дней заставили тебя забыть, что доктор Ньютон убила человека, когда ей было шестнадцать лет.

— Зато ты не забыл, верно?

— Разве ты не находишь, что это стоит проверить, прежде чем отнести ее к лику святых? Я связался с далтонской полицией, а также с офисом шерифа графства. Все здесь, на этих листках.

Вику не хотелось к ним даже прикасаться, не то что читать.

— Почему бы тебе вкратце не рассказать мне?

— Мерзко. Просто отвратительно, — сказал Орен. — Папочка вошел через пару секунд после того, как прозвучали два смертельных выстрела. Раймонд Кольер был мертв. Умер мгновенно. Т. Дэн заявил, что его плохой партнер по бизнесу пытался совратить его милую маленькую девочку. Она застрелила его, чтобы сберечь невинность. Чистая самооборона.

— Могло быть и так.

— Могло, но не похоже. Особенно если учесть, что она сама бегала за Кольером.

— Ох, зачем уж так, детектив?

Орен не обратил внимания на замечание Вика.

— Спросить бы ее, почему она решила защищать свою честь именно в этот день.

— Кто-нибудь спрашивал?

— Не знаю. Сомневаюсь. Потому что здесь начинается самое интересное. Официально никого не допрашивали. Не было ни слушания, ни расследования, ничего. У Т. Дэна глубокие карманы. По-видимому, он расшвырял достаточно денег, чтобы похоронить это дело быстрее, чем остыл труп Кольера. Его смерть сочли несчастным случаем. Дело закрыли. Все отправились по домам счастливыми, включая вдову Кольера. Она уехала из Далтона и поселилась в новой, полностью меблированной квартире в Брекенридже, штат Колорадо. И отбыла она туда в сверкающем новом «Ягуаре».

Вик немного подумал, потом сказал:

— Ты тут разглагольствовал насчет недостатка доверия. Так вот, не верю я всему этому.

— Почему?

— Полицейское управление и офис шерифа признались, что они замели дело об убийстве под ковер?

— Нет. Их отчеты немногословны, но вполне официальны. Не было никаких улик, доказывающих, что это не несчастный случай. Но я нашел бывшего копа, который первым туда приехал.

— Бывшего?

— Он ушел из полиции, теперь устанавливает спутниковые антенны. Но он помнит, как по вызову поехал в дом Ньютонов. Ему там было здорово не по себе.

— Почему?

— Его поразило их поведение. Неважно, несчастный это случай или нет. Но ведь в любом случае это нервы, слезы, сожаления, наконец. Но он сказал: Ренни Ньютон сидела с совершенно безразличным видом. Огромные зеленые глаза остались сухими. А ведь ей было всего шестнадцать, не забыл? Дети этого возраста обычно очень впечатлительны. Он сказал, что, рассказывая о случившемся, она ни разу не запнулась.

Т. Дэн и миссис Ньютон сидели по бокам. Т. Дэн поносил Кольера за попытку изнасиловать его дочь. Все говорил, что, как бы хорошо ты ни знал человека, всегда есть шанс ошибиться. Мать тихо плакала в платок. Она ничего не видела, ничего не слышала, ничего не знает, и не хотят ли офицеры чего-нибудь выпить. Этот бывший коп сказал: у него мурашки по коже побежали, как будто попал в эпизод из «Сумеречной зоны».

Вик попытался представить себе, как Ренни спокойно рассказывает об убийстве человека, пусть даже случайном. И не смог. Он также не мог вообразить себе распущенную девицу, которую описывала Кристел, нимфоманку, соблазняющую женатого человека. Ничего из ее прошлой жизни не совпадало с нынешней.

— Я, пожалуй, отчалю, — сказал Орен. — А тебе полезно вздремнуть. Пока я не ушел, может, тебе что-то нужно?

Вик покачал головой.

— Я с удовольствием куплю тебе журнал или...

— Нет, спасибо.

— Тогда ладно. Я сегодня еще приду вместе с Грейс. После ужина. Как ты думаешь, ты сможешь вынести визит девочек?

— Конечно, с удовольствием.

— Они все пристают, чтобы я их привел навестить тебя. Обещаю, мы надолго не задержимся.

Вик вымученно улыбнулся:

— Жду с нетерпением.

Орен кивнул и направился к двери, но задержался, положив руку на ручку:

— Давай без дерьма, Вик. Договорились?

— Договорились.

— Как мужчина с мужчиной, не как напарник с напарником?

Вик нахмурился:

— Ты о чем?

— Ты здорово на нее запал, верно?

Вик повернул голову к окну и уже привычному виду.

— Не знаю, — мрачно ответил он.

Орен вполголоса выругался.

— Слушай, катись, чего ты застрял? — сказал Вик. Внезапно он почувствовал себя дико усталым. — Ты уже сказал все, что хотел.

— Почти. Есть еще парочка вещей.

— Надо же, как мне повезло.

— Ренни Ньютон спасла тебе жизнь. Тут нет никаких сомнений. И я всегда буду ей за это благодарен.

Вик снова повернулся к нему лицом:

— Где же «но»?

— Этот бывший коп в Далтоне сказал, что он не мог поверить, будто можно отнять у человека жизнь, даже у злейшего врага, и остаться такой равнодушной. Будто муху прихлопнула. У него до сих пор озноб, когда он об этом вспоминает.

21

Вик уставился па мужчину в белом халате, который зашел в его палату с таким видом, как будто все это заведение принадлежало ему.

— Кто вы такой?

— Я доктор Шугармен. Как вы себя сегодня чувствуете, мистер Треджилл?

— Где доктор Ньютон? — грубовато спросил Вик.

— Сегодня я делаю за нее обход.

— Почему? — продолжал допытываться настырный пациент.

Доктор одарил его еще одной белозубой улыбкой.

— Все в порядке?

— Где мой врач? — не успокаивался Вик.

— Я тоже врач.

«И гомик к тому же», — с горечью подумал Вик.

Доктор Шугармен одобрительно кивнул, просмотрев карту Вика, и закрыл ее.

— Я рад познакомиться с самым знаменитым пациентом нашей больницы. Видел вас по телевизору. Вам изрядно досталось, но вы идете к выздоровлению семимильными шагами.

— Рад слышать. Когда меня выпишут?

— Торопитесь нас покинуть?

Что за дурацкий вопрос? Вик готов был придушить его. Ему не нравились ни он, ни его белозубая улыбка. И куда подевалась Ренни? Почему она не на обходе? Разумеется, она заслужила отдых, как и всякий другой, но могла же она хотя бы намекнуть, что не будет в больнице сегодня? Или не хотела, чтобы он знал?

«Лозадо выпускают из тюрьмы, и Ренни берет отгул». — Мысль была неприятной, и он ненавидел себя за то, что она возникла в его голове.

Мрачное выражение его лица подсказало доктору Шугармену, что ему стоит попрактиковаться в своих навыках общения с больными на более мирных и благодарных пациентах. Его рекламная улыбка исчезла.

— О вашей выписке будет принимать решение доктор Ньютон, но это случится не раньше чем через пару дней, чтобы избежать нежелательных осложнений. — Доктор пожал ему руку и удалился.

— Индюк надутый, — пробормотал Вик.

Появилось семейство Уэсли. Верный своему обещанию, Орен ограничил визит пятнадцатью минутами, но ограничить восторг и энергию девочек было невозможно.

Они принесли ему шоколадное печенье, которое испекли сами, и не успокоились, пока он не съел две штуки. Грейс пришла с большим пакетом.

— Тут пижама, — сказала она. — Не знаю, позволят ли они тебе ее носить, но пусть будет на всякий случай. Я и тапочки принесла.

Он схватил ее руку и поцеловал:

— Выходи за меня замуж?

Девочки счастливо завизжали, и пришлось их успокаивать. Они без конца болтали, они были очаровательны, но Вик устал ужасно. Как ни стыдно ему было, он с облегчением вздохнул, когда они ушли, обняв его на прощание.

Орен в их присутствии про дела не говорил, дождался, пока все семейство не выйдет в холл, и только тогда сообщил Вику, что Лозадо снова на свободе.

— Сержант отказался устанавливать за ним наблюдение. И сегодня в полночь он снимет охрану в больнице.

— Ты меня предупреждаешь?

Орен серьезно кивнул:

— Следи за своей спиной. С завтрашнего дня полицейское управление Форт-Уэрта тебя не охраняет.

Вика это устраивало. Ему не нужна полицейская охрана, потому что платить за нее придется свободой. Сегодня, узнав о решении областного прокурора, он сделал вывод, что властям с Лозадо не справиться. Юриспруденция ограничена моральными барьерами, а Лозадо действует вне этих барьеров.

Если Вик захочет достать Лозадо, он должен сделать это в одиночку. Чтобы выравнять шансы, ему придется действовать безжалостно. Он не сможет этого сделать, если за ним постоянно будет таскаться охрана.

Вик спросил, где его пикап.

Орен подозрительно поднял брови:

— А что?

— Хочу знать, где он.

— Зачем?

— Потому что это моя машина.

Орен неохотно сообщил ему, что пикап стоит около его дома.

— Я взял на себя смелость сдать твой номер в мотеле. Когда эксперты закончили, я собрал твои вещи и вывез их оттуда.

Вику хотелось уточнить, куда он дел его пистолет, но он воздержался. Не стоит зря волновать Орена.

— Спасибо. Мне бы не хотелось возвращаться в ту комнату.

— Я так и подумал. Все твои вещи заперты в пикапе. Он стоит перед моим гаражом.

— А ключи?

— Я спрятал их вместе с твоим бумажником в надежном месте в доме.

«От кого? — подумал Вик. — От меня?» Но уточнять не стал.

— Спасибо, напарник.

Орен не ответил на невинную улыбку Вика, вероятно, сообразив, что она не совсем искренняя.

Предстояло вытерпеть еще несколько длинных вечерних часов. Постепенно движение в коридоре почти прекратилось. Подносы с остатками ужина собрали и увезли на кухню. Врачи закончили обход и разошлись по домам. Посетители покинули больницу. Сменились сестеры и санитары. Больница готовилась к ночи.

В одиннадцать часов зашла сестра, чтобы дать ему болеутоляющую таблетку.

— Хотите, опущу жалюзи?

— Будьте добры. А то утром солнце слепит.

Когда она направилась к окну, он равнодушно сказал:

— Как, однако, не повезло доктору Ньютон.

Сестра рассмеялась:

— Не повезло? Хотела бы я вот так сразу получить отпуск.

— Отпуск? А мне показалось, доктор Шугармен сказал, что она приболела.

— Нет, она взяла несколько дней отпуска, вот и все.

Он покрутил пальцем у виска:

— У меня от этих лекарств мысли путаются.

— Бывает.

— Когда вернется доктор Ньютон?

— Она со мной свое расписание не обсуждала, —

усмехнулась сестра. — Да вы не волнуйтесь. Доктор Шугармен — милашка.

Пока сестра закрывала жалюзи, он сделал вид, что проглотил таблетку. Поставил пустую чашку на поднос, и она покатила столик к двери.

Вик поправил подушку и широко зевнул:

— Спокойной ночи.

— Спокойной ночи, мистер Треджилл. Желаю хорошо выспаться.

Когда Лозадо открыл дверь в свою квартиру, уже совсем стемнело. Он с удовольствием увидел, что все его инструкции были выполнены. В квартире было тихо и чисто, как в церкви.

Он знал, что его ждет, потому что адвокат предупредил его об обыске. У него и раньше обыскивали жилье, начиная со средней школы. Тогда явились копы из отдела по борьбе с наркотиками с ордером на обыск. Они преуспели только в том, что выглядели последними придурками и запугали родителей и его идиота-брата. С той поры его жилье обыскивалось много раз с таким же энтузиазмом и с теми же результатами.

Поэтому он из тюрьмы попросил своего адвоката связаться с фирмой, занимающейся уборкой, и поручить им привести его квартиру в полный порядок, продезинфицировав ее, чтобы уничтожить полицейскую заразу. Он также договорился о проверке квартиры на предмет подслушивающих устройств.

— Там чисто, — сказал адвокат, когда они праздновали его освобождение в городском клубе. — Во всех смыслах.

Адвокат никогда не спрашивал, виноват Лозадо или нет. Лозадо платил ему огромный гонорар ежегодно, что позволяло адвокату заниматься только его делами и много играть в гольф. Он мог вести жизнь богатого плейбоя, и поэтому его мало интересовало, виноват или не виноват Лозадо.

— Но это дело временное, — предупредил адвокат. — Следите за теми, кто бывает в вашей квартире.

Лозадо в этих предупреждениях не нуждался. Он уже сказал управляющему домом, что впредь не будет нуждаться в услугах его горничных. Он нанял своего собственного эконома, которого горячо порекомендовал ему один из его бывших весьма удовлетворенных клиентов. Его заверили, что у юноши высокая квалификация и что ему можно полностью доверять.

Развлекать женщин у себя дома он тоже не собирался, кроме Ренни, разумеется. Он пользовался услугами той дурочки, Салли Хортон, потому что она оказалась под рукой. В конечном итоге выяснилось, что этого не следовало делать. Он будет заниматься сексом вне дома, пока Ренни не поселится у него навсегда.

Он так замечательно с ней общался, пока не ворвался этот Уэсли с пистолетом. Совсем как в плохих детективных шоу. Смех, да и только. Неужели он не понимает, насколько смешно выглядит?

Ренни, однако, не развеселилась. Ему показалось, что она была в ужасе от всех этих копов, ворвавшихся в ее дом и испортивших сюрприз, который он так старательно готовил. Нет, она явно не обрадовалась неожиданному визиту Уэсли и компании.

Лозадо посвятил полчаса скорпионам, потом принял душ, дабы смыть с себя все воспоминания о тюрьме. Он аккуратно побрился, поскольку не доверял ржавым лезвиям, которые выдал ему штат, и в заключение проделал все ритуальные мероприятия, начиная с чистки стока и кончая отправкой полотенец в стирку.

Он с удовольствием выпил пару рюмочек текилы и съел ужин, принесенный из его любимого ресторана. Ресторан не торговал едой на вынос, но делал исключение для своего знаменитого клиента.

Налив себе рюмочку на сон грядущий, он набрал телефон Ренни. После нескольких гудков ее голос произнес:

— Говорит доктор Ньютон. Пожалуйста, оставьте свое имя и номер телефона. Если дело срочное...

Он повесил трубку. Он очень хотел ее видеть, но вряд ли она отнесет это его желание к разряду срочных дел. Пока пил, он дважды еще пытался до нее дозвониться как дома, так и в больнице, но безуспешно.

Ладно, до завтра ждать недолго. Он пригласит ее на ужин. Это будет их первое официальное свидание. Лозадо улыбнулся, представив себе, как они вдвоем входят в роскошный ресторан. Он повезет ее в Даллас. Выберет там что-нибудь шикарное, классное, элитарное. Завтра он купит черное сексуальное платье и сделает ей сюрприз. Он сам поможет ей одеться, с самого начала, и тогда все будет так, как ему нравится. Она будет выглядеть потрясающе, от ее красоты у всех дух захватит. Он наденет новый костюм. На них будут оборачиваться. Все смогут увидеть, как сумел подняться Лозадо.

После трех ночей на койке с вонючим матрасом он с удовольствием предвкушал, как уляжется в свою постель. Раздевшись догола, он нырнул под шелковистые простыни, наслаждаясь их прохладной лаской. Он уснул, поглаживая себя и вспоминая звук, который издала Ренни, ощутив всю силу его эрекции.

Он спал, как дитя, пока его не разбудил настойчивый звонок в дверь.

Улизнуть из больницы оказалось значительно проще, чем думал Вик.

Труднее всего оказалось влезть в новую пижаму, купленную Грейс. Когда он наконец напялил на себя эту проклятую пижаму, был весь в поту и ужасно ослаб. Он не поддался искушению прилечь на несколько минут, боясь, что потом не сможет встать.

Сестры на посту были слишком заняты писаниной, чтобы заметить, как он выбрался из своей палаты. Во время своих прогулок по холлу он подметил, где находится пожарный выход. К счастью, недалеко. Вик сумел незамеченным выбраться на лестницу. Хватаясь за перила при каждом шаге, он спустился с четвертого этажа. На первом ему казалось, что ноги у него резиновые.

Никто ему не встретился. Копы, несущие охрану, легко бы его узнали, но один заигрывал с медсестрой в приемном отделении, второй дремал, сидя на стуле.

И это называется охраной.

До ближайших магазинов надо было пройти пару кварталов. Вик быстро понял, что пешком ему это расстояние не преодолеть. Это так же трудно, как пробежать двадцать шесть миль. Он нетвердо держался на ногах, боялся потерять сознание, и спину с каждым шагом пронизывала боль, но он продолжал идти.

Когда он вошел в магазин, мужчина в тюрбане, стоящий за прилавком, взглянул на него с нескрываемым испугом.

— Я знаю, что выгляжу дико, — быстро сказал Вик, — но понимаете, что вышло. Жена беременна. Захотела шоколадный батончик через пятнадцать минут после того, как я уснул. И вот я еду в пижаме за ее проклятым «Марсом». Черт, у нас дома полно «Сникерсов», так нет, ей требуется «Марс». Короче, у меня кончается бензин прямо на шоссе. Пришлось дальше идти пешком, а на улице жарче, чем в аду, и это ночью. — Потная пижама прилипла к груди. Вик отодрал ее от кожи и начал обмахиваться рукой. — Не могли бы вы дать мне телефонный справочник, желтые страницы? Мне нужно вызвать такси.

Скорее всего, единственное, что понял продавец из этого длинного монолога, были слова «желтые страницы». Он пододвинул к Вику потрепанный экземпляр вместе с грязным, засаленным телефоном.

Вызвав такси, Вик уселся на складной стул и стал ждать, просматривая обширную подборку журналов для культуристов. За все это время появился один покупатель. Купил пачку сигарет и ушел, даже не взглянув на Вика.

Когда подъехало такси, трудно было сказать, кто больше обрадовался — он или нервный кассир. Вик поблагодарил, попрощался и ушел, так и не купив шоколадный батончик.

К счастью, в доме Уэсли нигде не горел свет. Орен не знал, что Вик хранил запасной ключ в коробочке с магнитом, прикрепленной к внутренней стороне переднего бампера. Вик достал его, хотя едва не вскрикнул от боли, когда приседал и выпрямлялся. Пришлось передохнуть, поскольку он боялся потерять сознание.

Он открыл пикап и принялся рыться в карманах своей одежды в поисках денег. В конечном итоге он наскреб достаточно, чтобы заплатить за такси. Этот затяжной процесс не пришелся по душе водителю, и он под злобный визг шин рванул с места, разразившись потоком ругательств.

Вик притаился в тени дома. Кто его знает, вдруг Орен проснется. Прождал пять минут, но из дома никто не вышел. Тогда Вик сел в пикап и убрался от дома Орена к чертям собачьим.

Он заехал на пустую парковку начальной школы и переоделся, то и дело оглядываясь — не следует ли машина Орена или полицейский патруль, но, по-видимому, его исчезновения еще никто не заметил.

От начальной школы он поехал прямиком к дому Ренни и остановился в конце квартала. На переднем крыльце горел свет, но в самом доме было темно. Жаль. Придется ее будить. Вик выбрался из машины с ловкостью столетнего инвалида.

Он нажал на звонок, а когда никто не отозвался, постучал бронзовым молоточком. Подождал секунд тридцать, прижал ухо к двери и прислушался. Тишина.

— Черт!

Но на месте Ренни стал бы он открывать дверь среди ночи?

Он подошел к гаражу. Когда он ехал вслед за Ренни в прошлое воскресенье, видел, что она пользуется дистанционным пультом для открывания двери. Но все равно подергал ручку. Безнадежно.

Он прошел за угол дома, надеясь, что страдающий бессонницей сосед не примет его за вора. Обойдя гараж сзади, он обнаружил дверь. И чудо из чудес, в ней имелось окно.

Прикрыв глаза ладонью от света, он посмотрел внутрь. Было темно, но он знал, что, если ее машина в гараже, он ее разглядит. Гараж был пуст. Ренни дома не было.

Вик вернулся к машине, трясясь от усталости. Казалось, залезть внутрь — задача невыполнимая, но он справился, правда, с трудом. Кожа была липкой от пота, и он боялся, что его вырвет. Подголовник выглядел заманчиво. Он испытывал слишком сильную боль, чтобы заснуть, но если бы закрыть на несколько минут глаза...

Нет, ему надо шевелиться, надо найти Ренни.

Следующий пункт назначения — дом, в котором жил Лозадо.

Лицо Лозадо выражало бешеный гнев, когда он открыл дверь.

— Простите, что я вас беспокою, мистер Лозадо, но это срочно. — Консьерж протянул ему запечатанный конверт со скромным золотым логотипом в левом углу.

Лозадо снился прекрасный сон, в котором Ренни играла главную роль. Дверной звонок вырвал его из объятий Морфея. Карман халата оттягивал пистолет. Ужасно хотелось пристрелить посланца.

Он выхватил конверт из руки консьержа:

— Что это? От кого?

— Он не назвал своего имени, сэр. Я спросил, но он сказал, что вы его знаете.

Лозадо разорвал конверт, вытащил короткую записку и прочитал ее. Сомнений в том, кто является автором, не было.

— Он был здесь?

— Всего несколько минут назад, мистер Лозадо. Он написал записку, попросил доставить вам лично, и немедленно. Он не слишком хорошо выглядел. Когда он вошел, я подумал, что он пьян. Он явно был не в себе.

— В смысле?

— Сначала он заявил, что у него письмо к вашей гостье.

— Гостье?

— Он так сказал, мистер Лозадо. Я ответил, что, насколько мне известно, вы вернулись один и никто к вам не приходил, только принесли еду. Я сверился с журналом, чтобы ничего не напутать.

Треджилл разыграл с этим тупицей все как по нотам.

— Я предложил позвонить вам, но он отказался и попросил бумагу и ручку.

— Ладно, закончим на этом. — Лозадо уже собрался закрыть дверь, когда консьерж поднял руку.

— Еще одно, мистер Лозадо. — Он легонько покашлял в кулак. — Вы получите официальное письменное уведомление, но, мне кажется, пора вам сказать.

— Что сказать?

— Мне поручили передать вам, что ассоциация владельцев этого дома, заседание которой состоялось сегодня утром, единогласно проголосовала за то, чтобы вы... чтобы они...

— Что?

— Они хотят, чтобы вы покинули это здание, сэр. В свете предъявленных вам обвинений они требуют, чтобы вы освободили квартиру в течение тридцати дней.

Лозадо не стал унижать себя спором с этим ничтожеством.

— Можешь передать другим домовладельцам, чтобы они пошли и застрелились. Это мой пентхаус, и я собираюсь здесь жить столько, сколько мне, твою мать, заблагорассудится.

Он со злостью захлопнул дверь. Кипя от гнева, подошел к встроенному бару и налил себе рюмку текилы. Он не мог точно сказать, что разозлило и оскорбило его больше — требование покинуть престижный дом или дурацкая записка Треджилла:

Красные розы,
Как моя кровь.
Достань меня, засранец,
Я тебя жду.

22

Приехав на ранчо, Ренни первым делом оседлала Бида и отправилась на долгую прогулку галопом. После этого провела два часа в конюшне за чисткой лошадей. Они в этом не нуждались, но такая работа была для нее своеобразной терапией.

В начале дня Орен Уэсли, соблюдая приличия, позвонил ей и уведомил о неминуемом освобождении Лозадо.

— Вы его отпускаете?

— У меня нет выбора. — Он объяснил ей, какую позицию занял окружной прокурор. — Я вас предупреждал, что наше обвинение ничем не подкреплено. Вик утверждает, что это был Лозадо, но без твердых улик...

— А его проникновение в мой дом?

— Так ведь нет никаких следов взлома, доктор Ньютон.

— Но он вошел, — настаивала она.

— Если желаете, можете подъехать и написать жалобу.

— И какая от этого будет польза?

Ей стало ясно: не стоит рассчитывать, что юридическая система избавит ее от Лозадо. Это ее проблема, ей ее и решать. Вот только как?

Из уважения к доктору Хоуэллу, правление постановило, что на свою новую должность ей следует заступить через две недели. Ей хотелось сделать это, избавившись от всех проблем, приведя свою жизнь в полный порядок. Значит, необходимо куда-нибудь уехать, чтобы все продумать и наметить план действий.

Ее скоропалительное решение взять несколько дней отпуска потребовало хитрых маневров от ее персонала, но они перетрясли ее расписание так, что пациенты не слишком пострадали. Доктор Шугармен согласился отплатить ей за услугу, оказанную несколько месяцев назад, и присмотреть за ее послеоперационными больными, включая Вика.

Она быстро собралась и всю дорогу гнала машину на предельных скоростях. Прогулка верхом на время избавила ее от беспокойных мыслей. Вскоре после ее возвращения подъехал Тоби Роббинс.

— Тебе вовсе не стоило так торопиться, Тоби, — сказала Ренни. Сразу после приезда она позвонила ему и сообщила, что одна планка на воротах плохо держится.

— Мне неприятно, что я сам не заметил.

— Да ничего особенного.

— Уж лучше я поскорее все сделаю. Если только ты не хочешь, чтобы я заехал в другой раз.

— Нет, нет, — торопливо сказала она. — Давай сейчас.

Он посмотрел на багаж, который все еще стоял в гостиной.

— На этот раз задержишься?

— На несколько дней. Давай покажу тебе эту планку. — Они вместе спустились по лестнице. По дороге в загон Тоби прихватил ящик с инструментами из своего пикапа. — Как Коринна?

— Хорошо. Выступает на церковном собрании дам в следующий четверг. Ужасно трусит.

— Уверена, все будет отлично.

Он кивнул, взглянул на Ренни и сказал:

— Мы читали о тебе в газете на этой неделе.

— Не надо верить всему, что пишут, Тоби.

— На этот раз они отзывались хорошо.

На этот раз. Она не знала, умышленно он это сказал или случайно. Старик помнил газетные статьи, в которых о ней отзывались не слишком лестно, те самые, об убийстве Раймонда Кольера.

Тоби когда-то жил в Далтоне и иногда выполнял разную работу для Т. Дэна. Потом он унаследовал ранчо от родителей, завел небольшое стадо, путем экономии и старания увеличил его и стал жить припеваючи, хотя другие владельцы ранчо сдались под напором засухи, кризисов или других причин.

Все эти годы он поддерживал связь с Ренни. Знал, что ей хотелось бы иметь прибежище, куда можно было бы поехать на выходные. Кроме того, она всегда любила лошадей, поэтому Тоби известил ее, когда соседнее ранчо выставили на продажу. Она видела его всего однажды и подписала контракт, заплатив запрошенную цену.

Тоби уже не нуждался в дополнительном заработке. Ренни полагала, что он помогает ей, потому что он хороший сосед, милый человек и просто славно к ней относится.

Хотя, возможно, он был добр к ней из-за того, что очень хорошо знал Т. Дэна.

— Вот. Видишь? — Она показала ему ворота с полуоторванной планкой. Тоби осмотрел ее, открыл свой ящик, достал молоток. Ржавые гвозди он выдернул гвоздодером.

— Этот парень, чью жизнь ты спасла...

— Вик Треджилл.

— Это не тот самый, кого я тут встретил?

— Тот.

— Что ты о нем думаешь?

— Я о нем не думаю.

Она ответила слишком быстро, как будто защищалась. Тоби, прищурившись, посмотрел на нее из-под полей своей шляпы.

— Слушай, Тоби, ты меня извини, но я пойду в дом и уберу вещи. Зайди попрощаться перед уходом.

— Обязательно.

Она возилась на кухне, когда он постучал в заднюю дверь.

— Входи.

Он вошел и снял шляпу.

— Там еще были планки, которые следовало подправить. Я их все заменил. Теперь прочнее некуда.

— Спасибо. Не хочешь выпить чего-нибудь холодненького?

— Нет, спасибо. Лучше пойду, чтобы Коринне не пришлось ждать меня с ужином. На следующей неделе я загляну и покрашу ворота.

— Было бы здорово. Краску купить?

— Привезу с собой. Ту же белую, годится?

— Замечательно.

— У тебя все нормально, Ренни?

— Почему бы нет?

— Просто спросил.

Он не просто спросил, сомнений в этом не было. Ренни поняла это, глядя, как он нервно мнет края шляпы и смотрит на носки своих поношенных рабочих сапог.

— В чем дело, Тоби?

Он поднял голову и прямо взглянул на нее:

— В последнее время тебе пришлось иметь дело с довольно опасными типами. Уж не обижайся.

— Я не обижаюсь. Я знаю. Полагаю, слово «опасный» — недостаточно точное определение для Лозадо.

— Я не только его имею в виду. Этого Треджилла ведь вышвырнули из полиции.

— Он взял отпуск.

Тоби передернул плечами. Какая разница?

— Ну, мы с Коринной за тебя беспокоимся.

— Напрасно, Тоби, уверяю тебя. Мой путь пересекся с Лозадо случайно. А мое отношение к мистеру Треджиллу чисто профессиональное. Вот и все.

Но он все равно смотрел на нее скептически.

— Я умею защищаться, Тоби, — мягко добавила она. — С шестнадцати лет.

Он кивнул, чувствуя, что напоминания о делах давно минувших не радуют ее.

— Для нас с Коринной уже стало вроде привычки присматривать за тобой.

— Ты знаешь, я это очень ценю.

— Ладно, — сказал он, надевая шляпу. — Пошел. Если что-то понадобится, свистни.

— Непременно. Спасибо за ремонт ворот.

— Будь осторожнее, Ренни.

Готовя себе спагетти, она потягивала вино из высокого бокала. Ела и смотрела, как садится солнце. Затем отнесла наверх сумки, чтобы разобрать вещи. Здесь, за городом, она не была такой педантично аккуратной. Она кинула белье в ящик, даже не потрудившись его сложить. Развесила одежду в шкафу как придется. Таким образом она бунтовала против самой себя, той Ренни, какой она себя сделала.

Закончив с разборкой вещей, она прошлась по комнатам, соображая, что бы еще сделать. Теперь, когда у нее было столь желанное свободное время, она не знала, куда его потратить. По телевизору не предлагали ничего интересного. Не хотелось ничего смотреть и из собственной обширной фильмотеки. Попробовала почитать новую книгу, но сюжет показался скучен, да и написано плохо. Она снова побрела на кухню, скорее занять себя, нежели поесть. Ничего не возбуждало аппетита, но уж раз она туда пришла, то открыла коробку с печеньем и надкусила одно.

Далеко за городом, вдали от ярких огней, звездное небо представляло собой потрясающее зрелище. Ренни вышла во двор и подняла голову к звездному шатру. Нашла знакомые созвездия, заметила спутник и провожала его глазами, пока он не скрылся из вида.

Потом она вошла в загон через ворота, отремонтированные Тоби. Она понимала, что он искренне желает ей добра, но его тревога мешала ей успокоиться. Она даже слегка нервничала, входя в темную конюшню.

Как правило, знакомый запах сена и лошадей действовали на нее умиротворяюще. Т. Дэн посадил ее на пони примерно тогда же, когда она начала ходить. С той поры лошади играли огромную роль в ее жизни. Она никогда их не боялась и чувствовала себя среди них комфортно.

Но сегодня темная конюшня показалась ей зловещей. Она шла от стойла к стойлу, и лошади ржали и испуганно шарахались. Они были накормлены и вычищены. Сухие. Никакой грозы не ожидалось. Ренни заговорила с ними тихо и спокойно, но собственный голос показался ей фальшивым, так что он скорее испугал, чем успокоил животных. Они, подобно ей, без всякой видимой причины сильно нервничали.

Вернувшись в дом, она сделала то, чего никогда не делала раньше, — заперла все двери и окна. И только потом пошла наверх, чтобы принять душ. Когда с этим было покончено, она поняла, что почему-то слишком торопилась.

Она, которая вброд переходила кишащие змеями и крокодилами африканские реки, теперь боялась принять душ в собственной ванной комнате? Разозлившись на себя за такую нервозность, она решительно щелкнула выключателем и улеглась спать.

Спала она чутко, будто ожидала, что какой-то звук ее разбудит.

— Какого черта...

Вик вцепился в руль пикапа. Он понимал, что от усталости плохо соображает. К тому же наверняка в его крови бродят еще остатки лекарств, мешая соображать. Реакция была явно замедленной, но ему показалось, будто руль застыл в его руках.

Несколько секунд он ничего не соображал, потом догадался взглянуть на показатель наличия бензина.

— Черт побери!

Бензин кончился. Посредине гребаной неизвестности. Незадолго до долбаного рассвета. У него кончился бензин.

Ему и в голову не пришло проверить, как обстоят дела с бензином, когда он уезжал из Форт-Уэрта. Как только он покинул Тринити-Тауер, будучи практически уверенным, что Ренни не нежится в пентхаусе с Лозадо, как только он сунул консьержу десятку, чтобы обеспечить срочную доставку записки, единственное, чего ему хотелось, так это поскорее убраться из города, пока Орен не заметил, что его дорожка перед гаражом лишилась пикапа, или пока медсестра не обнаружит, что на больничных койках не хватает одного пациента.

Во время поездки он с трудом держал глаза открытыми. Вообще он был агрессивным водителем, матерившим всех тех, кто едет медленно. Но сегодня он чинно держался в первом ряду, оставив более быстрые полосы для тех, кто был сегодня поздоровее, чем он.

Он решил, что Ренни поехала на ранчо. Разумеется, она могла сейчас находиться на пути в любую точку земного шара, но, поскольку она взяла всего несколько дней, она, скорее всего, поехала на ранчо. Во всяком случае, он так решил и ехал туда.

Он точно не знал, что скажет ей, когда приедет, но надеялся, что придумает что-нибудь в зависимости от ситуации. Неизвестно, как она вообще прореагирует на его внезапное появление. Она спасла ему жизнь на операционном столе, но вполне может испытывать

желание лишить его этой жизни за вранье и подглядывание.

Но он надеялся справиться. Самое главное, он
почти приехал.

Вернее, он так думал, но тут кончился бензин.

Он крутанул руль, насколько ему позволяли его
слабые силы, и вырулил на обочину. Позволил пикапу
остановиться. Без кондиционера в салоне сразу стало
жарко. Он опустил стекло, чтобы проветрить машину, но только впустил туда поток горячего воздуха.

По его расчетам, он проехал миль восемь по шоссе, значит, до поворота к ранчо Ренни оставалось еще
миль десять. Если бы он мог бежать, он домчался бы
за час, ну, час и десять минут, самое большее. Но бежать он не мог. Он едва мог ходить. С такой скоростью он будет добираться несколько часов, если не
свалится где-нибудь по дороге, а свалится он обязательно.

Наверное, можно воспользоваться сотовым, чтобы
вызвать ремонтников. Но они обычно не обслужива-
ют шоссе между штатами и уж точно не развозят бензин. Ждать их придется вечно. Кроме того, у него нет
ни денег, ни кредитной карты, потому что Орен забрал его бумажник и спрятал в доме. Машин на дороге
не появится до утра, а это еще несколько часов. Короче, он застрял.

Когда взойдет солнце, он, пожалуй, все-таки пойдет в сторону ранчо Ренни, надеясь, что какой-нибудь
добрый самаритянин подбросит его. Было слишком
темно, и он не мог рассмотреть свое отражение в зеркале, но если он выглядит так же погано, как себя чувствует, то наверняка у него вид человека, срочно нуж-
дающегося в милосердии.

Что ж, можно отдохнуть до восхода солнца. С этой
замечательной мыслью он устроился поудобнее и закрыл глаза. Вскоре, увы, выяснилось, что, пока он не

примет горизонтальное положение, спина будет болеть так, что даже задремать не удастся. Он чертыхнулся про себя, надо же было выбрать машину с такими неудобными сиденьями.

Устало открыл дверь, и на это ушли все силы. Он несколько раз глубоко вдохнул, прежде чем попытался встать, боялся, что ноги откажутся его держать. Они выдержали, но тряслись ужасно. Опираясь на пикап, он обошел его и опустил задний откидной борт. Ему показалось, что весил он миллион фунтов.

Кроме того, этот мерзавец был жестким, как бетонная плита. «Попробуй приляг тут», — подумал он.

— Вот дерьмо, — в который раз за эту поездку выругался Вик.

Если он не ляжет сам, то упадет.

Он огляделся. Нигде ни огонька. Через дорогу за колючей проволокой росли деревья. Земля ведь мягче, чем железо? Определенно. А земля под деревьями может быть еще мягче, потому что в ней лучше сохраняется влага. Звучало убедительно.

Прежде чем отойти от пикапа, Вик вытащил свою сумку, тоже тяжелую, будто кирпичами набитую, и поволок ее через дорогу. Он лег на землю и прополз под последним рядом колючей проволоки. О том, чтобы согнуться и пролезть между двумя рядами, не могло быть и речи.

Темнота оказалась обманчивой. Рощица была расположена значительно дальше, чем он думал. Тишина стояла мертвая, слышалось лишь его затрудненное дыхание. Но если бы выработка пота сопровождалась звуком, он поднял бы ужасный шум. Он весь взмок и опасался, что темнота, надвигающаяся на него со всех сторон, была предвестником обморока.

Добравшись наконец до деревьев, он бросил сумку и опустился рядом с ней на колени. Затем встал на четвереньки и опустил голову. С носа капал пот, но

Вику было наплевать на все, хотелось только лечь и замереть. Он опустился на сухую траву. Она колола его сквозь рубашку, но это ерунда, ведь теперь он мог закрыть глаза.

Он прижался щекой к жесткой сумке и представил себе, что это женская грудь. Прохладная, мягкая и пахнущая ароматным тальком. Таким, как у Ренни в ванной комнате.

Он спал без сновидений. Только что-то очень неожиданное могло извлечь его из столь глубокого сна. Что-то по-настоящему неожиданное. Вроде резкого окрика: «Не двигайся, иначе ты покойник!»

Разумеется, он открыл глаза, потом перекатился на спину, чтобы увидеть, откуда прозвучало предупреждение.

Ренни стояла примерно в двадцати ярдах от него, прижав к плечу ружье и глядя в прицел. Вик резко сел.

— Я же сказала, не двигайся! — крикнула она.

И выстрелила.

23

С дерева свалилась мертвая рысь.

Она промахнулась всего на пару футов и не свалилась Вику на голову. Ударилась о землю, подняв облако пыли. В центре груди — кровавая дыра. Сердце Вика бешено колотилось.

Он с трудом проглотил слюну:

— Славный выстрел.

Ренни подошла и встала на колени около мертвого зверя.

— Такая красивая. — Если не обращать внимания на острые клыки, рысь и в самом деле выглядела как домашняя кошка-переросток с великолепной шерстью. Ренни погладила пушистый белый мех за ухом. — Ужасно не хотелось ее убивать, но она собиралась прыгнуть. Уже несколько месяцев она убивает ягнят и домашних животных. А этим утром забралась в мою конюшню.

— Не знал, что рысь охотится на таких крупных животных, как лошади.

— Она и не охотится. Наверное, искала что-нибудь поменьше, вроде мыши или кролика. Но напугала лошадей, одну даже поцарапала. Я услышала шум в конюшне, пошла взглянуть и увидела, как она убегает. Последний час я за ней гоняюсь.

— А она за мной.

Ренни впервые взглянула на него:

— Вы — довольно легкая добыча.

— Ходячий раненый.

— Полумертвый. Какого черта вы здесь делаете, Вик?

— Сплю. Вернее, спал. — Он кивком показал на прислоненное к стволу дерева ружье. — Вы когда-нибудь промахиваетесь?

— Никогда. Так вы мне ответите?

— Это длинная история. Но суть дела в том, что у меня кончился бензин. Надеюсь, вы не пешком сюда пришли.

Она встала и резко свистнула. Он с уважением взглянул на нее. Ему еще не встречалась женщина, которая могла издать что-то, похожее на свист. Но ее таланты простирались дальше. Через несколько секунд возле них появилась великолепная кобыла.

— Как в кино, — восхитился он. Лошадь остановилась на приличном расстоянии от мертвой рыси и стала нервно бить копытом. — Не уверен, что без седла смогу на нее забраться.

— Вам и не придется. — Ренни повернулась и направилась к лошади.

— Вы хотите меня здесь бросить? С трупом этого зверя?

— Я вас не приглашала.

Поэма в движении. Такое сравнение пришло ему в голову, когда она запустила пальцы в гриву и одним прыжком оказалась на лошади. Одно гибкое, плавное движение. Даже ружье не выронила. Она пришпорила кобылу пятками, и лошадь затанцевала, задрав голову и хвост.

— Вы же вернетесь за мной, правда? — Ему показалось, что Ренни улыбнулась, но солнце еще не взошло, так что вполне вероятно, что ему почудилось. Почти незаметным движением колен она пустила лошадь в галоп.

Вик был настолько уверен, что она за ним вернется, что заснул прежде, чем лошадь и всадница скрылись из вида.

Он не знал, сколько проспал. Пятнадцать минут или пятнадцать часов. Когда он открыл глаза, Ренни снова была рядом. Она завертывала рысь в толстый мебельный чехол. Когда она увидела, что он за ней наблюдает, сказала:

— Не хочу, чтобы ее растащили стервятники.

Он взглянул наверх через ветви деревьев. В небе уже кружили канюки.

— Может, они ждут, когда я перекинусь.

— Возможно.

Она подняла сверток и отнесла его в пикап, которого он раньше у нее не видел. Очевидно, Ренни им пользовалась только на ранчо, потому что автомобиль был не нов и потрепан. Пока она укладывала рысь в багажник, Вик исхитрился встать, цепляясь за ствол дерева. Потом наклонился, чтобы взять сумку.

— Я возьму, — заявила Ренни, направляясь к нему. — А вы лезьте в машину.

Когда она проходила мимо него, ему захотелось отсалютовать ей, но в последнюю секунду он передумал.

Разумеется, ее прикид не имел ничего общего с военной выправкой. На ней была красная майка вроде той, в которой она спала, узкие обтягивающие зад джинсы и ковбойские сапоги. Распущенные волосы спутаны. Он догадался, что шум в конюшне заставил ее выскочить из постели и наспех натянуть джинсы и сапоги. Как бы то ни было, такой вид заслужил его одобрение.

Пролезть под проволокой днем было лишь немного легче, чем ночью. Когда Вик добрался до пикапа и умудрился сесть на сиденье, его прошиб холодный пот и охватила крупная дрожь.

Ренни вернулась с его сумкой и без лишних церемоний швырнула ее назад, туда, где покоилась рысь. Она села в машину. Заметив, что Вик смотрит назад, она спросила:

— Что-то не так?

— Нет. Просто радуюсь, что вы не швырнули меня туда вместе с сумкой.

— Была такая мысль.

— А как насчет моей машины?

— Я привезла канистру с бензином.

Ренни не стала делиться с ним планами по поводу его пикапа, а он не стал больше ничего спрашивать. Она выехала на дорогу и проехала не меньше мили, прежде чем сказала:

— Я знаю, доктор Шугармен вас не выписывал.

— Слушайте, где он купил все эти зубы?

— Вы просто ушли? — пропустила она мимо ушей его выпад.

— Гм-м, — предпочел не уточнять Вик.

— А охрана?

— Не хотел бы я быть на их месте, когда Орен узнает, что я ушел.

— Он не знает?

— Сейчас уже, может, и знает.

— Он расстроится?

— Просто выйдет из себя. — Вик представил себе картину и усмехнулся.

— Потому что он знает, что вам следовало бы пробыть еще хотя бы пару дней в больнице.

— Потому что он знает, что я попытаюсь в одиночку достать Лозадо.

Она резко повернула голову:

— Тогда почему вы явились сюда?

— Найти вас, найти его. Он же не оставит вас в покое, Ренни, и тоже начнет с вашего ранчо.

— Он о нем ничего не знает.

— Узнает. Рано или поздно. Он вас найдет. Он не остановится, пока не найдет. Он слишком много вложил в вас самого себя, своего эго. Он появится здесь.

Больше они ни о чем не говорили. Она остановила пикап около дома поближе к входной двери. Обошла машину и помогла Вику вылезти из нее и подняться по ступенькам на веранду. Открыла дверь и пригласила его в дом.

Они сразу попали в просторную гостиную, обставленную и украшенную с техасским шиком. Навалом кожи и замши, все изысканное и дорогое. Толстые ковры на деревянных полах. Красивые подушки на диванах. Все большое, комфортабельное, приглашающее сесть и расслабиться перед камином, почитать разбросанные журналы. «Разбросанные?» — удивился про себя Вик.

В углу стояло мексиканское седло из черной кожи ручной выделки с кучей всяких серебряных прибамбасов — на манер ценной скульптуры. На стене висела полосатая попона. Вик сразу в нее влюбился.

— Очень мило.

— Спасибо.

— И на вас не похоже.

Она встретилась с ним взглядом.

— Именно похоже. Вы есть хотите?

— Я уж подумывал, не отгрызть ли чего у рыси.

— Тогда идите сюда.

Она привела его на кухню, где было еще больше сюрпризов. В центре располагался рабочий островок с открытыми полками снизу. Сверху небольшая медная раковина, где лежали красные и зеленые яблоки, чтобы стекала вода после мытья. Над головой на железной перекладине висели кастрюли и сковородки. На столе стояла открытая коробка с печеньем.

— Суп или овсянка?

Превозмогая боль, Вик уселся на стул у круглого деревянного стола.

— И все?

— Ну, еще рысь, если вы так проголодались. Но тут уж управляйтесь сами.

— А какой суп?

Это оказался картофельный суп, но Вик никогда не ел ничего вкуснее. Ренни добавила к готовому супу из банки в равных пропорциях масло и специи, затем сверху насыпала тертого сыра и поставила все в микроволновку, чтобы сыр расплавился. Движения были экономными, выверенными. Как у хирурга.

— Это просто изысканная пища после больничной бурды, — сказал Вик, приканчивая второй тост. — А что на ленч?

— Ленч вы проспите.

— Мне еще рано отдыхать, Ренни. Я сбежал из больницы и едва не подох по дороге не для того, чтобы сразу улечься спать.

— Извините. Это то, что вам требуется, и именно этим вы и займетесь. У меня никогда не было пациента, который бы так скверно выглядел и впоследствии выжил. Мне бы следовало позвонить 911, вызвать «Скорую» и немедленно отправить вас в больницу.

— Тогда я сразу же уйду.

— Поэтому я и не позвонила. — Она кончила споласкивать посуду и вытерла руки. — Идемте наверх, я помогу вам раздеться.

— Я спал, Ренни. Под деревом.

— Долго?

— Достаточно.

— Совсем недостаточно.

— Я не буду спать.

— Нет, будете.

— Тогда вам придется меня чем-нибудь опоить.

— Уже.

— Что?

— Когда вы вышли в ванную комнату, я раскрошила сильное болеутоляющее и таблетку снотворного и высыпала в ваш суп. Скоро у вас зашумит в ушах.

— Черт! Я буду сопротивляться.

Она улыбнулась:

— Не сможете. Это лекарство вас уложит. Вам будет удобнее, если вы заранее окажетесь в постель.

— Нам надо поговорить, Ренни.

— Поговорим. Когда проспитесь.

Она взяла его под локоть и помогла встать со стула. Ноги у него подкашивались, пальцы ног сводила судорога, и он знал, что это действие наркотика.

— Положите мне руку на плечи. — Он послушался. Она обняла его за талию и повела к лестнице, ведущей наверх.

— Что ж, вы правы, — сказал он на полпути. — В ушах звенит. Как долго это лекарство действует?

— Зависит от пациента.

— Это не ответ.

На втором этаже была широкая галерея, нависающая над гостиной. На галерею вело несколько дверей. Она провела его в спальню. Постель была не прибрана.

— Это ваша комната? — спросил он.

— Единственная спальня с мебелью.

— Значит, я буду спать в вашей постели?

Она прислонила его к спинке кровати:

— Поднимите руки. — Он послушался, и она стянула с него футболку. Затем опустилась на колени и помогла снять туфли. — Теперь снимайте брюки и ложитесь.

— Ну, доктор Ньютон, я считал вас скромнее. Думал, что... Что это такое? — Она вынула что-то из нижнего ящика комода.

— Это шприц. — Поднявшись на ноги, она поднесла к глазам прозрачную пластиковую ампулу и пощелкала по ней ногтем. — Сейчас я нашпигую вам зад антибиотиками.

— Они мне не нужны.

— На эту тему мы спорить не будем, Вик.

Да уж, она явно была не расположена спорить. Кстати, он спорить был не в состоянии. Язык еле ворочался во рту. Он с великим трудом держал глаза открытыми.

Расстегнув ширинку, он опустил джинсы вниз и вышагнул из них. Вероятно, она думала, что на нем есть белье. Не повезло, доктор Ньютон. Он, шаркая ногами, доплелся до кровати и лег.

— На живот, пожалуйста.

— Как с вами неинтересно, — проворчал он, едва ворочая языком.

Ренни протерла спиртом кожу и вонзила иглу.

— Мать твою...

— Может быть больно, — холодно произнесла Ренни.

— ...за ногу! Спасибо, что вовремя предупредили. — Он, сжав зубы, вытерпел укол, который, казалось, тянулся бесконечно.

Отложив шприц в сторону, Ренни приказала:

— Не переворачивайтесь. Я обработаю вашу рану.

Он было собрался сказать что-то умное, но забыл слова. Подушка была необыкновенно удобной.

Он смутно сознавал, что она промывает его шов и накладывает свежую повязку. Вроде бы она прикрыла его простыней и легким одеялом. Ему казалось, что в комнате постепенно становится все темнее. Он открыл глаза на секунду и увидел, что Ренни закрывает ставни. На долю секунды он увидел ее силуэт в ярком дневном свете, от которого ничего нельзя спрятать. Бюстгальтера она не носила.

Проснувшись, он обнаружил, что лежит на спине, слегка повернувшись налево, щадя правый бок. В комнате никого не было, но из-под двери ванной комнаты пробивался свет. Он повернулся к окнам. Ставни все еще закрыты.

Господи, что такое она ему дала? Сколько времени он проспал? Весь день? Два дня? Три?

В этот момент свет в ванной погас. Дверь беззвучно открылась, и появилась Ренни, принеся с собой запах мыла и шампуня. Взглянув в сторону кровати, она заметила, что Вик не спит и смотрит на нее.

— Простите. Мне не следовало включать фен. Я опасалась, что он может вас разбудить, но вы так крепко спали, что я решила рискнуть.

— Который час?

— Около шести.

Ее босые ноги прошелестели по деревянному полу. Она подошла и села на край кровати.

— Как вы себя чувствуете? Вам что-нибудь принести?

Волосы, глаза, кожа, губы. Она была прекрасна. Вик понял это сразу, когда в первый раз увидел ее на фотографиях Орена. Именно тогда появилось желание и началось вранье. Он врал Орену и себе. Сначала по поводу того, что он о ней думает, потом насчет собственной объективности. С этой объективностью он распрощался, когда Ренни повернулась к нему на свадебном приеме. В тот момент он понял, что профессионализм его не спасет. Он утонул вместе с ним в зеленой бездне ее глаз.

Во время работы в полиции ему встречались разные женщины, от проституток до домашних хозяек. Обманщицы, вруньи, воровки и святые. Женщины, которые одевались на мужской манер и ставили своей целью лишить яиц каждого встреченного ими мужчину, и женщины, которые охотно раздевались, чтобы развлечь мужчин и получить свою долю удовольствия.

Орен был прав, когда сказал, что у него не было незначительных встреч с женщинами. Он всех помнил, по разным причинам. Начиная с его обожаемой воспитательницы в детском саду и женщины-полицейского, объявившей его самой большой задницей, которую она имела неудовольствие знать, до официантки Кристел. И он всегда производил впечатление на женщин.

Хорошо ли, плохо ли, но он чувствовал женщин нутром, на что они обязательно откликались. Это было просто его особенностью, он с ней родился, к ней привык, как привык к своему кривому переднему зубу.

С некоторыми из этих женщин он спал, но ни одну из них он не хотел так, как хотел Ренни Ньютон. И ни одна не была под таким запретом. С самого начала она несла ему беду. И этому не видно конца.

Но сейчас, когда пряди ее волос касались его голой груди, это не имело никакого значения. Здравый смысл и чувство ответственности здесь пасовали.

— А, черт, — пробурчал он. Он обхватил ее за шею и притянул к себе.

Это был настоящий поцелуй, по полной программе. Едва коснувшись ее губ, он просунул между ними язык. Он чувствовал ее теплое и частое дыхание на своем лице, оно поощряло его. Он обнял ее покрепче. Почувствовал, как набухает сосок, становится твердым под его ласками.

— Нет!

Отпрянув, она резко тряхнула головой. Несколько секунд не сводила с него глаз, затем повернулась и умчалась. Иначе и не опишешь скорость, с какой она покинула комнату.

24

Вик принял душ. Побрился розовым лезвием Ренни. Он уже не выглядел таким страшным в зеркале над раковиной. Темные круги под глазами немного посветлели, глаза уже не такие ввалившиеся.

Но до прекрасного принца ему далеко. Больничная бледность подчеркивает разноцветный синяк на скуле. А когда он в последний раз стригся?

— А, пошло оно все, — сказал он своему отражению в зеркале.

Ренни он нашел на кухне. Когда он вошел, она оглянулась через плечо:

— Вы нашли свою сумку?

— Да, спасибо.

— Как вы себя чувствуете?

— Лучше. Спасибо. За все. Кроме укола. У меня до сих пор зад болит.

— Уверена, вам хочется пить. Берите, что понравится, в холодильнике. — Ренни окунала куриные грудки в кляр и укладывала их в плоскую посудину.

Вик взял коробку апельсинового сока из холодильника, встряхнул его и отвинтил пробку.

— Можно пить из коробки?

— Только не в этом доме.

— Я воспользовался вашей зубной щеткой.

— У меня есть новые.

— Вы очень запасливы.

— Стаканы в буфете у вас за спиной.

Апельсиновый сок оказался вкусным. Вик выпил стакан и налил еще.

— Что вы сделали с рысью?

— Позвонила егерю. Он приехал и забрал ее. И поздравил меня.

— Вы принесли большую пользу обществу.

Ренни некоторое время смотрела в пространство.

— У меня нет такого ощущения. Я чувствую только, что убила. — Она вымыла руки, подошла к духовке, включила ее, затем вернулась к раковине, где мыла овощи, и взяла большой нож. Им она ткнула в сторону сотового, лежащего на столе. — Он несколько раз звонил.

— Господи, я даже не помню, когда его в последний раз видел.

— Он был в вашем пикапе.

— А кстати, где машина?

— В моем гараже.

Он выглянул в окно и увидел гараж. Уменьшенный вариант конюшни. Двойные двери закрыты.

— Как вы умудрились доставить его сюда?

— Просто. Поехала туда на Биде, привязала его к заднему борту и медленно доехала до ранчо.

— Было бы проще, если бы вы дождались, когда я проснусь.

— Мне казалось, вы не хотите, чтобы кто-то знал, что вы здесь.

Он внимательно посмотрел на нее:

— Вы не совсем точно выразились, так, Ренни?

Она перестала резать помидоры и взглянула на него.

— Это вы не хотите, чтобы кто-нибудь знал, что я здесь, — усмехнулся Вик.

Она снова занялась помидорами.

— Вы любите помидоры в салате? — спросила она через минуту.

— Ренни.

— Некоторые не любят.

— Ренни. — Он хотел, чтобы она посмотрела на него. Так и вышло.

Она бросила нож и повернулась к нему:

— Что?

— Это ведь всего лишь поцелуй, — мягко сказал он.

— Давайте не будет придавать этому большого значения, ладно?

— Я и не придаю. Ведь именно вы выскочили из спальни с такой поспешностью, будто там пожар.

— Тогда кончайте меня обхаживать.

— Вас обхаживать? — повторил он, возвысив голос. — Обхаживать вас?

— В тот вечер, когда мы встретились, нет, в тот вечер, когда вы подстроили нашу встречу, я сказала вам открытым текстом, даже маленький ребенок понял бы, что меня не интересует... все это.

Тут уж взыграла мужская гордость. Вик обошел рабочий стол и остановился перед ней.

— Вы сильно изменились, верно? Один поцелуй,

и я уже вас обхаживаю, а когда-то в Далтоне вы были очень общительны. Как вы тогда это называли?

Ренни отшатнулась, будто он ее ударил. Лицо ее стало жестким.

— Наверняка вы со своим приятелем-детективом Уэсли всласть посплетничали в раздевалке.

— Только после того как я узнал подробности о вас от жителей Далтона. Вас там прекрасно помнят, дорогуша. Потому что тогда вы не только целовались с местными парнями. Я ничего не путаю?

— Вы прекрасно информированы, зачем меня спрашивать?

— Вы делали значительно больше.

Она немного попятилась и отвернулась:

— Теперь я не такая.

— Почему? Мне думается, вы чертовски хорошо проводили время. В Далтоне до сих пор треплют языками насчет вашей поездки в красном «Мустанге»-кабриолете. Тогда вы выставляли на всеобщее обозрение голые сиськи, но стоило мне вас коснуться, как вы сбежали сломя голову.

Она хотела обойти его, но он сделал быстрый шаг в сторону и перехватил ее.

— Вы позволяли всем этим сексуально озабоченным ковбоям пускать слюни, глядя на вас на родео. И их папашам, дядям и даже дедушкам.

— Прекратите!

— И вы ведь отдавали себе в этом отчет, так? Вам нравилось, что они кончают прямо в джинсы.

— Вы ничего не знаете...

— А чего тут знать. Для таких, как вы, имеются довольно некрасивые названия. Но это не мешает нам хотеть того, что вы так широко рекламируете. Сколько сердец вы разбили, прежде чем нацелились на Раймонда Кольера?

— Не смейте...

— Когда же роман вам надоел, вы убили своего любовника. А теперь, значит, вам не нравится, когда вас «обхаживают»?

— Да!

За ее криком последовала гулкая тишина. Ренни отвернулась от него и прислонилась к столу. Закрыла ладонью рот, простояла так несколько мгновений, забыв, что делать с руками. Довольно странная для хирурга рассеянность. Она скрестила их на груди и ладонями сжала локти. Затем вытерла ладони о бедра. Наконец взяла посудину с курицей и сунула ее в духовку. Поставила таймер и снова принялась резать помидоры.

Вик продолжал наблюдать за ней с сосредоточенностью канюка, кружившего над трупом рыси. Он не хотел менять тему. Ему хотелось хоть на мгновение увидеть настоящую Ренни Ньютон.

— Что случилось в тот день в кабинете вашего отца?

Нож с силой стукнул о доску.

— Разве Уэсли не поделился с вами?

— Я читал полицейский отчет.

— Тогда в чем дело?

— Оттуда ни черта не ясно. Я хотел бы услышать, что произошло, от вас.

Она закончила резать помидоры и вымыла нож. Вытирая его полотенцем, она саркастически взглянула на Вика.

— Любопытство мучает?

— Не надо так, — попросил он, стараясь удержать в узде свою злость. — Вы же знаете, я не потому спрашиваю.

Она оперлась руками о стол.

— Тогда почему вы спрашиваете? Объясните, с какой стати вам так важно знать, черт побери, что случилось?

Он наклонился, чтобы приблизить к ней свое лицо.

— Ты знаешь почему, Ренни, — прошептал он.

Не понять его было невозможно, но на всякий случай он положил свою руку на ее пальцы и сжал их.

Она опустила голову. Прошло с полминуты, прежде чем она отняла у него руку.

— Ничего хорошего из этого не выйдет, Вик.

— Под «этим» вы имеете в виду треугольник: вы, я и Лозадо?

— Нет никакого треугольника.

— Вы знаете, что это не так, Ренни.

— У вас были счеты между собой задолго до моего появления.

— Да, но появилось новое измерение.

— Я не хочу участвовать в вашей вражде, — возмутилась она.

— Тогда почему вы уехали из города?

— Мне надо было немного отдохнуть.

— Вы узнали, что Лозадо выпустили из тюрьмы. И вы сбежали сюда за несколько часов до его освобождения. Такое впечатление, что вы здесь от него спрятались.

Зазвонил его сотовый. Вик взял его, прочитал номер звонившего и вполголоса выругался.

— Все равно придется когда-нибудь это вытерпеть. — Он прошел вместе с телефоном через гостиную, вышел на веранду, сел на качели и только тогда ответил: — Слушаю.

— Где ты, черт побери, шляешься?

— Ни тебе здравствуй?

— Вик...

— Ладно, ладно. — Он тяжело вздохнул. — Я больше не мог переносить больницу, Орен. Ты ведь знаешь, я с трудом выдерживаю бездействие. Еще один день, и у меня совсем бы крыша съехала. Вот я и сбежал. Взял машину у твоего дома и почти всю ночь ехал. Приехал в Галвестон утром, где-то около пяти, так я думаю. Почти весь день проспал, прекрасно отдохнул, слушая прибой. В больнице так не получалось.

После многозначительной паузы Орен заявил:

— Твоя халупа в Галвестоне заперта.

«Вот зараза, уже успел выяснить», — подумал Вик и спросил вслух:

— Откуда ты знаешь?

— Я попросил полицию проверить.

— Зачем?

— Я жду объяснений, Вик.

— Ладно, я сделал небольшой крюк. В чем дело-то?

— Ты ведь с ней, так?

— Я большой мальчик, Орен. Я не обязан отчитываться перед тобой за мои...

— Она ведь тоже исчезла. Какое совпадение. Ее нет дома, нет в больнице. Ее услужливый сосед рассказал, что он видел очень изможденного мужчину, которого доктор Ньютон втаскивала в свой дом.

— Этот парень что, постоянно у окна дежурит?

— Он стал для нас важным источником сведений.

— Ну надо же, Орен. Звонить в полицию Галвестона. Разговаривать с любопытными соседями. Ты сегодня был здорово занят.

— Лозадо тоже.

— Правда? А он чем занимался?

— Терроризировал мою семью.

Звали его Плакса. Только человек такого незначительного роста мог мириться с таким прозвищем. И Плакса мирился.

Его звали так еще во втором классе начальной школы, когда он описался в классе. Во время урока географии струйка горячей мочи образовала лужу вокруг его ног. Ему хотелось умереть на месте, но ему жутко не повезло, и он остался жить. В тот день группа школьных хулиганов под предводительством Рикки Роя Лозадо дала ему кличку Плакса.

Прозвище прилипло к нему, его по сей день все так и звали, Плакса Сойер. Смешно? Конечно, смешно. Не смог он также избавиться и от постоянного тиранства Лозадо. Вот и теперь, открыв дверь, он увидел на пороге Лозадо.

— Можно войти?

Вопрос прозвучал как насмешка. Лозадо задал его, чтобы напомнить Плаксе, что в разрешении он не нуждается. Лозадо прошел мимо него в захламленную, душную квартиру, где Плакса иногда сидел по нескольку дней, даже не высовывая носа на улицу. Чтобы защититься от этой неправильной жизни, Плакса изобрел свою собственную вселенную.

— Ты пришел в неудачное время, Лозадо. Я ужинаю.

На столике около телевизора рядом с раскладным креслом стояла миска с корнфлексом, уже начавшим размокать.

— Я бы не стал тебе мешать, Плакса, но дело очень срочное.

— У тебя все срочное.

Издевательства Лозадо над своим несчастным одноклассником продолжались все школьные годы. Щуплость Плаксы, его робкий характер и манера щуриться просто приглашали желающих над ним поиздеваться. Пожалуй, он был даже слишком легкой мишенью. Соответственно, Лозадо обращался с ним, как с домашним питомцем, о котором можно забыть, но которого можно и приласкать, если захочется.

В каждом классе имелся свой компьютерный гений, в их классе это был Плакса. Компьютеры и другая сложная техника раздражали Лозадо, но он хорошо понимал, какие тут кроются возможности. Поэтому с развитием компьютерных технологий Плакса стал для него бесценным помощником.

В последнее время Плакса увлекся созданием вебсайтов. Он мог делать это в одиночку, дома, по своему собственному расписанию. Он брал с клиентов за вчетверо большее время, чем ему в самом деле понадобилось на выполнение заказа. Но они были в таком восторге от результата, что никогда не оспаривали цифру в счете. Дело приносило хороший доход.

Но этот доход даже сравнивать было смешно с тем, что платил ему Лозадо.

Компьютеры Плаксы занимали целую комнату и могли сравниться по своим возможностям с теми, которыми пользовалось НАСА. Большую часть заработанных денег он вкладывал в бизнес, приобретая все новинки и постоянно совершенствуя свою аппаратуру. Он мог разобрать любой компьютер и собрать заново по более интересной схеме. Он знал, как они работают. Более того, он понимал, как они работают. Плакса любил компьютеры.

С помощью минимальных манипуляций «мышью» он мог проникнуть в любой секретный чат, сломать самый хитрый код. Кроме того, он был большой мастер по части создания вирусов. Обладай Плакса стремлением к власти, он мог бы править миром из своей убогой, безобразной, вонючей и захламленной квартирки, расположенной в весьма сомнительном районе Далласа.

Лозадо считал, что талант Плаксы пропадает зря. Его способности и знания должны были бы принадлежать человеку, который смог бы ими воспользоваться, кому-нибудь с хорошей хваткой, стилем и амбициями.

Если бы Лозадо занимался другим делом, он мог бы с помощью Плаксы украсть огромные деньги, почти не рискуя попасться. Но где кайф? Он предпочитал свое занятие, требующее личного участия. От Плаксы он требовал только информацию о своих клиентах и потенциальных жертвах.

Он так и сказал Плаксе, что пришел за информацией.

Плакса поправил сползающие очки:

— Ты говоришь это каждый раз, Лозадо. А потом человек, про которого я для тебя узнаю, оказывается убитым.

Лозадо уперся в него ледяным взглядом:

— Что с тобой сегодня такое, Плакса?

— Ничего. — Он отодрал прилипшую к локтю крошку.

— Ты мне не слишком рад, Плакса. Разве я мало заплатил тебе в последний раз?

— Верно, но... — Он шмыгнул носом. — На деньги я не жалуюсь.

— Тогда в чем дело?

— Не хочу попасть в беду. Я имею в виду с законом. О тебе в последнее время много писали, ты не заметил?

— Но ведь все обошлось. Все отлично.

— Да, но полиция сжимает кольцо. Этот Треджилл давно затаил на тебя зло.

— Это меньше всего меня волнует.

Но Плакса все не успокаивался:

— Он мне кажется целеустремленным. А если им удастся выяснить, что я на тебя работаю?

— Каким это образом?

— Не знаю.

Лозадо помнил этот ноющий тон еще по начальной школе. Это раздражало его тогда, раздражало и теперь, только гораздо сильнее. Он спешил. Дурацкий разговор отнимал у него драгоценное время.

— Я что хочу сказать, — продолжил Плакса, — я не хочу стать соучастником. Я тут смотрел передачу, там одного парня обвинили в соучастии. Так он схлопотал почти столько же, сколько и сам убийца. Я не хочу так же влипнуть.

— Боишься?

— Да, черт побери, боюсь. Как ты думаешь, сколько такой парень, как я, протянет в тюрьме?

Лозадо оглядел его с ног до головы. Улыбнулся:

— Понимаю, что ты имеешь в виду. Значит, тебе надо быть вдвойне осторожным, чтобы тебя не поймали, верно?

Плакса, как всегда, подергался, поправил очки, шмыгнул носом, почесался. Он избегал встречаться взглядом с Лозадо. Лозадо это не понравилось.

— Сядь, Плакса. Я спешу. Давай приступай.

Плакса вроде бы собрался отказаться, но потом неохотно сел в крутящееся кресло перед мигающими экранами.

— Ренни Ньютон, — сказал ему Лозадо. — Доктор Ренни Ньютон.

Плакса застонал:

— Я боялся, что именно это услышу. Я видел, как у нее брали интервью по поводу полицейского. Что ты хочешь узнать?

— Все.

Плакса начал работать. Он почти прижимался носом к экрану. Пальцы бегали по клавишам с впечатляющей скоростью. Но Лозадо нельзя было обмануть. Он видел, что Плакса валяет дурака.

Наконец он откинулся назад и сказал:

— Везде пусто. Дело в том, Лозадо, что на нее ничего нет.

Лозадо сунул руку в карман и достал оттуда маленькую стеклянную бутылочку с металлической пробкой. Он медленно отвинтил крышку и наклонил бутылочку над головой Плаксы.

Скорпион упал прямо ему на грудь. Плакса взвизгнул и рефлекторно попытался откатиться в кресле, но сзади стоял Лозадо. Он положил ладонь на лоб Плаксы, оттянул его голову назад и так держал, пока скорпион медленно поднимался по груди к лицу.

— Он у меня недавно. Все ждал подходящего времени, чтобы его проверить. Ну, разве не красавец?

Плакса громко завизжал.

— Познакомься, прямиком из Индии. Представитель одного из редких видов скорпионов, чей яд смертелен для человека, хотя иногда жертва умираст через несколько дней после укуса.

Очки Плаксы едва не падали с носа. Глаза дико вытаращились, пытаясь разглядеть зловещего скорпиона на своей груди.

— Лозадо, ради всего святого!

Лозадо спокойно отпустил его и хмыкнул:

— Ты ведь не собираешься снова обоссаться?

Он равнодушно забрал скорпиона листом бумаги, свернул лист в трубочку и сбросил насекомое назад в бутылочку.

— Ладно, Плакса, хватит развлекаться, — сказал он, завинчивая крышку. — У тебя полно работы.

25

— Не нравится?

Вик поднял голову от тарелки.

— Да нет. Очень вкусно. Только... я, видно, после картофельного супа еще не проголодался. — Он попытался улыбнуться, но ничего путного не вышло.

Они сели ужинать на патио позади дома. Любовались закатом и молчали. По правде говоря, после телефонного разговора Вика с Ореном они обменялись всего несколькими незначительными фразами.

Ренни встала, взяла свой поднос и протянула руку за подносом Вика.

— Можно уносить?

— Я могу сам.

— Не стоит. Не забывайте про спину.

— Больше не болит.

— Так вы отдадите мне поднос?

Он передал ей поднос, и она ушла в дом. Вик слышал, как она ходит по кухне, как льется вода, как открывается и закрывается дверца холодильника. Фон для его глубоких раздумий.

Ренни вернулась с бутылкой белого вина, которую поставила на столик между их креслами.

— Почему бы вам прямо не сказать мне, что вы услышали от Уэсли? — спросила она.

Вик повернул голову и уставился на красивый вид из окна. Все было четко и рационально распланировано, от такого ранчо не отказался бы любой, кто мог себе это позволить. Владеть таким местечком было бы приятно.

Луг за забором порос редкими деревьями, главным образом орехом пекан. Наискосок протекал ручей, по берегам поросший ивами и камышом, раскачивающимся на легком ветру. Ветер принес прохладу, сидеть на веранде было сплошным удовольствием.

После недели в больнице он с радостью согласился на ее предложение поужинать на свежем воздухе, но от ужина он не получил удовольствия. Разговор с Ореном начисто испортил ему аппетит.

— Грейс Уэсли ушла сегодня с работы примерно в половине пятого, — начал он. — Последние две недели она усиленно готовится к новому семестру, как и все остальные на факультете. Но Грейс старательнее других. Обычно она уходит из здания последней, как и сегодня. Когда она села в машину, то обнаружила на заднем сиденье Лозадо.

Ренни с шумом втянула воздух.

— Ну да, — сказал Вик. — Напугал ее до полусмерти.

— А она...

— С ней все в порядке. Он не тронул ее и пальцем. Он лишь говорил.

— О чем?

— Он хотел знать, где я, где вы.

— А она знала?

— Нет, она так ему и сказала. Но он, скорее всего, ей не поверил. — Вик через плечо взглянул на Ренни. Она сложила руки на груди, будто готовилась к худшему. — Он сказал, что в ее же интересах сообщить то, что он хочет знать, а когда она ответила, что не может, он как бы вскользь заметил, какие прелестные у нее дочери.

Ренни наклонила голову и прижала пальцы к вискам.

— Пожалуйста, пожалуйста, только не говорите мне, что...

— Нет, с девочками тоже все в порядке. Это было предупреждение. Замаскированная угроза. Но вполне реальная, потому что оказалось, что он очень много о них знает. Имена, любимые занятия, друзей, места, где они любят бывать.

Грейс заплакала. Она женщина сильная, но быстро ломается, когда речь заходит о тех, кто ей дорог. Каким-то образом ей все же удалось убедить его, что она ничего не знает. Он вылез из ее машины и сел в свою. Даже помахал на прощание.

Грейс немедленно позвонила Орену на сотовый. Через несколько минут девочек забрали и поместили под охрану полиции. Грейс тоже дали охрану. Орен был... ну, вы можете себе представить.

Они немного помолчали. Сверчки настраивались на ночной концерт.

— Он хочет, чтобы Грейс и девочки уехали к ее матери в Теннесси, — продолжил Вик. — Разговаривая со мной, он собирал их чемоданы. Несмотря на протесты. Я хорошо слышал, как они шумели, а Грейс говорила, что если он думает, что она оставит его одного, то пусть не надеется. И никакой маньяк-убийца вроде Лозадо не может выгнать ее из собственного дома.

— Что вы думаете по этому поводу?

— Ну, он действительно маньяк.

— Вы знаете, о чем я. Ей следует уехать.

Вик пожал плечами:

— Тут бабушка надвое сказала.

— Я тоже так думаю. Я познакомилась с Грейс, видела их вместе, так что меня не удивляет, что она отказалась оставить мужа в трудное время.

— Дело не только в этом, Ренни. Если Лозадо вздумает добраться до семьи Орена, он это сделает. Поездка в другой штат всего лишь маленькое неудобство. — Внезапно он встал и принялся вышагивать по патио. — Лозадо. Мерзавец и подонок. Теперь он угрожает женщинам и детям? Нет, это же надо так низко пасть... Знаете, что я думаю? Я думаю, что он и не мужик вовсе, вот что я думаю. Он нападает в темноте, как его поганые скорпионы.

— Скорпионы?

— Он нападает на своих жертв сзади. Со спины. Подумайте об этом. Он нанес мне удар в спину. Днем, лицом к лицу он рискнул встретиться только с женщиной и сразу начал угрожать ее детям. Он никогда не поворачивается лицом к мужчине. Господи, как бы я хотел увидеть его лицо перед собой.

— Это опасно.

Вик с горечью взглянул на нее:

— Вы с Ореном читаете один и тот же сценарий. Я уже слез с качалки и собрался в гараж за машиной, но Орен пообещал арестовать меня, если я посмею пересечь границу города.

— За что?

— Заявил, что ему не хватает только мстителя с горячей головой, чтобы ухудшить и без того плохую ситуацию. Он еще сказал, что ему здорово повезло, что Лозадо пугал Грейс тогда, когда меня не было в городе.

— Он сделал это именно потому, что вас не было в городе.

Вик остановился и повернулся к ней:

— Вы подслушали наш разговор? Орен так мне и ответил. Он считает, что Лозадо угрожал Грейс в надежде выкурить меня из норы.

— Уверена, что он прав.

Вик провел пальцами по волосам.

— Я тоже, — пробормотал он. — Лозадо рассчитывает, что я ворвусь в город на лихом коне...

— И изобразите из себя мишень, в которую трудно не попасть.

— Лозадо только и надо, чтобы я бросился за ним, тогда он меня убьет и сошлется на необходимую самооборону.

Ренни кивнула, соглашаясь, что привело Вика в еще большее волнение.

— Орен надеялся, что я вернулся в Галвестон. Он огорчился, узнав, что я так близко от Форт-Уэрта.

— Со мной.

— Я уже говорил ему, что вы никак не можете быть с Лозадо заодно.

— И он вам поверил? — Вик поколебался, прежде чем ответить, выдав себя. — Ладно, проехали. Я знаю, он считает меня темной личностью, — вздохнула Ренни.

Вик не стал спорить. Он вернулся в свое кресло, взял бутылку вина и отпил прямо из горлышка.

— Сегодня Лозадо перегнул палку. Одно дело напасть на меня, и совсем другое — на Грейс и детей. Я урою этого сукина сына, Ренни. Навсегда. Этого нельзя сделать законным путем. Я уже несколько раз приложился мордой об стол. Теперь и Орен это понял. Доставать его надо по-другому. Надо забыть закон и начать думать как Лозадо.

— Я согласна. — Вик удивился, но Ренни продолжила: — Вы думаете, что я уехала из города, чтобы спрятаться от Лозадо. Так вот, вы ошибаетесь. Я уехала, потому что мне нужно было время подумать, как от него освободиться. Я не желаю жить в страхе, особенно в страхе перед мужчиной. Лозадо забрался в мой дом. Дважды. Он убил моего друга Ли Хоуэлла. Он убил Салли Хортон и пытался убить вас, и ему все сходит с рук. Он избежал наказания за убийство банкира, и я сама ему в этом помогла.

— Вы голосовали так, как подсказывала вам ваша совесть.

— Да, но сейчас я об этом жалею. Такое впечатление, что закону до Лозадо не добраться, но ведь он уязвим, Вик.

— А вы отлично стреляете. — Улыбка сползла с его лица, когда он увидел, как Ренни побледнела. — Я говорил про рысь, не про случай в Далтоне.

Она с трудом улыбнулась.

— Я не собираюсь ни в кого стрелять, даже в Лозадо. Не хочу сама попасть за решетку.

— Я бы тоже не хотел, хотя все равно придется его уничтожить, чего бы это мне ни стоило.

— Из-за брата? — Вик кивнул. — Это было одно

из тех событий, которые коренным образом изменили вашу жизнь?

— Да, самое основное.

Он откинулся назад, положив голову на спинку кресла. Небо приобрело багровую окраску. Уже можно было разглядеть звезды. Казалось, их намного больше, чем в городском небе. Даже больше, чем на пляже в Галвестоне, где впечатление портят неоновые рекламы.

— Можно сказать, что Джо и Лозадо знали друг друга еще в школьные годы. Вернее, знали друг о друге. Они учились в школах, которые соревновались между собой. И выпускались в одном и том же году. Джо был отличным спортсменом и вообще лидером. Лозадо был хулиганом, скандалистом, торговал наркотиками. Они иногда встречались в тех местах, где тусовались подростки. Только однажды Джо бросился разнимать драку между Лозадо и другим парнишкой. Они поругались, но не больше того. Джо стал полицейским. Лозадо — наемным убийцей. Оба на своем поприще преуспели. Им суждено было столкнуться. Рано или поздно это обязательно бы произошло.

Вик потянулся за бутылкой вина и отпил еще глоток в надежде заглушить пульсирующую боль в спине, которая снова начала донимать его.

— Спустя несколько лет Джо и Орен работали над одним убийством в высокопоставленных кругах. Типичная техасская история. Жену нефтяного магната прикончили на террасе собственного особняка. Муж очень кстати оказался в отъезде и представил железное алиби. От дела за версту несло заказухой. Джо и Орен приналегли на мужа, который имел очень требовательную и очень дорогую двадцатидвухлетнюю любовницу в Нью-Йорке. Никак не удавалось доказать участие Лозадо. Джо налегал на магната, и постепенно тот начал поддаваться. Джо давил его и давил. Он вот-вот должен был раскрыть это дело.

Вик немного помолчал, потом продолжил:

— В последний раз мы с Джо встретились, чтобы выпить по чашке кофе. Он сказал тогда, что на вкус ощущает страх этого человека. «Я совсем рядом, Вик, совсем близко». Он предсказывал, что подозреваемый вскоре сломается, и Джо сможет достать Лозадо. Нефтяной барон ничтожество, говорил Джо, им крутит эта шлюха из Нью-Йорка. Он идет на поводу у собственного члена. «Но этот говнюк Лозадо настоящий мерзавец, братишка». Именно так он сказал. Он утверждал, что Лозадо убивает не столько из-за денег, сколько ради удовольствия. Он просто обожает убивать. Джо сказал, что он окажет всему миру услугу, если упрячет эту безволосую сволочь за решетку. Навсегда. Мы чокнулись кофейными чашками за его успех. В тот же самый вечер Орен ушел из офиса на несколько минут позднее Джо. На парковке он заметил, что машина Джо все еще там. Водительская дверца открыта. Джо сидел, уставившись перед собой. Орен подошел к машине и спросил: «В чем дело? Я думал, ты давно уехал».

Вик замолчал, глубоко вздохнул и медленно выдохнул. Было уже совершенно темно. Только небольшой серпик луны висел над горизонтом.

— Когда Орен его нашел, Джо был уже мертв. У меня в тот день была вечеринка. Орен и Грейс приехали, чтобы все мне сказать. — Он наклонился вперед, поставил локти на колени и легонько постучал сжатыми ладонями по губам. — И знаешь, о чем я все время думаю, Ренни? — Он повернул голову, взглянул на нее и сообразил, что она не пошевелилась с того момента, как он начал говорить. — Знаешь, что меня больше всего удивляет?

— Что?

— Почему Лозадо не прикончил этого нефтяного магната вместо Джо? Это бы его надежно заткнуло. Почему он убил Джо?

— Джо представлял бо́льшую угрозу, — сказала Ренни. — Убить того промышленника означало бы решить долгосрочную проблему только частично. Лозадо знал, что Джо не успокоится, пока его не достанет.

— Своего рода комплимент. — Вик задумчиво покачал головой.

— Почему его никогда не обвиняли в убийстве Джо и не привлекли к суду?

Но тут зазвонил телефон Вика, дав ему возможность не отвечать на вопрос.

Он поднес трубку к уху:

— Да?

Несколько секунд он молча слушал, потом взглянул на Ренни, поднялся с кресла, подошел к краю веранды и остался стоять, повернувшись к Ренни спиной.

Сообразив, что он хочет поговорить без свидетелей, она вернулась на кухню и закончила уборку, размышляя над тем, какие неприятные новости детектив Уэсли сообщит Вику на этот раз.

Она видела из окна над раковиной, как Вик шагает взад-вперед по патио. Она разделяла его беспокойство. Нужно было что-то делать, хотя она понятия не имела, что именно.

Она прошла в гостиную, зажгла настольную лампу и села на свое любимое место в углу дивана. Полистала журнал, не различая ни фотографий, ни текста. Ее занимали мысли о Вике.

Он постоянно в движении, правильно Грейс сказала. И, тем не менее, он может смотреть на человека неподвижно долгое время, если хочет, чтобы его как следует поняли. Если вы встретились взглядом с его голубыми глазами, вам от этих глаз уже никуда не деться.

Он был умен, предприимчив, с чувством юмора и избыточной самоуверенностью. Он ни в коем случае не был поверхностным. Он все чувствовал глубоко. Он любил брата, его гибель оставалась для него открытой, незаживающей раной. И каждый час, проведенный Лозадо на свободе, был подобен щепотке соли на эту рану. Казалось, он ненавидит Лозадо так же сильно, как любил Джо, и ему очень трудно было сдерживаться. Лозадо должен очень сильно бояться Вика Треджилла.

Ей не хотелось, чтобы Вик Треджилл ей нравился, но она не смогла оставаться равнодушной. Она не хотела его прощать за обман, но простила. Она ничего не могла с собой поделать. Она и раньше знала, что, если поцелует его хоть раз, ей захочется целовать его снова и снова. Он ее поцеловал, и она теперь мечтала о новом поцелуе. И еще ей хотелось проверить, каков он в постели.

— Ренни? — послышался голос Вика.

— Я здесь, — отозвалась она.

Каблуки его сапог громко стучали по деревянному полу. Он сел с другого конца дивана, на самый краешек, как будто в любой момент собирался вскочить.

— Что ты делаешь?

Она показала ему журнал.

— Что он сказал, Вик? Снова плохие новости?

— Не так чтобы. Откуда это седло?

— Приз.

— За скачки на неоседланной лошади?

— Вы и об этом знаете? — Он отвел виноватые глаза, и Ренни усмехнулась: — Ну, разумеется. Да, я выиграла это седло в этих скачках.

— Симпатичное седло. Но разве эти серебряные заклепки не мешают на нем сидеть?

— Вик, если вести хорошие, чего же ты тянешь?

— Ладно, — коротко сказал он. — Я расскажу тебе, о чем мы говорили. Но я хочу, чтобы ты сразу знала, это не моя идея.

— Мне она не понравится?

— Да, я в этом почти не сомневаюсь.

Она вопросительно смотрела на него, но Вик все еще колебался.

— Неужели так плохо? — подбодрила его Ренни.

— Орен полагает, что нам следует притвориться любовниками. — Он старался не смотреть ей в глаза.

Ренни несколько секунд молча смотрела на него и наконец расхохоталась:

— И все? Таков ваш великолепный план вывести из себя Лозадо?

Вик обиделся:

— Что тут смешного?

— Ничего. Под этим может подписаться каждый писатель-неудачник и любой продюсер эротических фильмов. — Она снова засмеялась, но он к ней не присоединился. — Да ладно, Вик. Согласись, идейка не из новых. Хорошо, мы вызовем у Лозадо ревность. Он сделает попытку нас убить, мы его поймаем. В этом весь смысл гениальной идеи?

— В общих чертах, — неохотно признался он.

Она в изумлении покачала головой:

— Да поможет нам господь.

— Я рад, что ты не потеряла способности смеяться, Ренни. Лозадо исчез. Его «Мерседес» стоит в гараже, значит, он пользуется каким-то неизвестным нам средством передвижения. Его не видели в его любимых ресторанах, он не появлялся в своей квартире со вчерашнего вечера. Консьерж сказал, что собрание домовладельцев потребовало от него съехать.

— Тогда он, возможно, переехал.

— А эта рысь, которую ты утром пристрелила, возможно, к ночи воскреснет. — Он встал и бессмысленно заметался по комнате. — Лозадо никогда не подчинится. Эта квартира — символ его статуса, как и его сшитые на заказ костюмы и тачка за сотню тысяч долларов. Требование освободить квартиру наверняка привело его в бешенство. И кого он обвинит в том, что стал нежеланным соседом для элиты Форт-Уэрта? Ты правильно догадалась. Меня. Нас. Он разгневан, что мы исчезли, особенно если он знает, что мы испарились вместе. Он злится на нас за то, что мы попали в программы новостей, а это привело к тому, что соседи попытались дать ему пинка под зад. Никто не знает, где он сейчас. И это действует мне на нервы.

Когда она поняла, что он выговорился, она извинилась:

— Я не пыталась отнестись к ситуации легкомысленно, Вик. Я знаю, насколько она серьезна. Достаточно вспомнить про Грейс. Но давай будем разумными. Лозадо вряд ли попадется на такую примитивную наживку.

Он подошел и остановился прямо напротив нее, вынудив ее поднять голову.

— Ладно, давай послушаем твое предложение. Полагаю, у тебя есть более остроумный план. Ты сказала, что приехала сюда, чтобы придумать, как от него избавиться. Свежий воздух помог работать серому веществу?

Ренни опустила голову.

Он повернулся и направился в кухню. Ренни пошла за ним. Когда она его догнала, он уже успел выпить бутылку воды.

— Ты хромаешь. Спина болит?

— Слабо сказано.

— Ты же говорил, что не болит.

— Я врал.

— И не в первый раз.

Они сердито смотрели друг на друга и молчали. Ренни заговорила первая:

— Ладно, так что нам полагается делать? Стоять, держась за руки, на углу Четвертой и Главной улиц? Пялиться друг на друга во время ужина при свечах? Танцевать танго до зари? Что?

Он уставился на нее одним из своих гипнотизирующих взглядов. Наконец она заставила себя отвернуться:

— Лучше расскажи мне подробнее о плане Орена.

— Да, конечно. — Вик тряхнул головой, как бы пытаясь вспомнить, о чем они говорили. — Он сказал, что они могут посадить Лозадо, обвинив его в преследовании. Если мы сможем засадить его за решетку хотя бы ненадолго, у нас будет время выстроить против него дело по убийству Салли Хортон и нападении на меня. Но...

— Так я и знала, без «но» не обойтись.

— Никто не был свидетелем его звонков к тебе. — Ренни хотела было возразить, но он поднял руки ладонями вперед. — Потерпи. Я стараюсь поставить себя на место областного прокурора. Так и слышу какого-нибудь умника только что с институтской скамьи, спрашивающего, есть ли у нас доказательства этих звонков. А у нас ничего нет. Так?

— Так. Но есть карточка, присланная с розами.

— В ней нет угрозы.

— Но он залез в мой дом.

— Орен и еще два копа видели, как ты обнимаешься с Лозадо.

— Я боялась, что, если стану сопротивляться, он меня убьет.

— Нет никаких признаков взлома, Ренни.

— Когда ты залез ко мне в дом, следов тоже не было.

Он растерялся:

— Ты об этом знаешь?

— Я догадалась, а Уэсли подтвердил своим каменным молчанием.

— Удивительно, что ты не позволила мне истечь кровью. — Он наклонил голову и снова потер шею.

— Я узнала о незаконном обыске только после того, как вытащила тебя.

Он быстро взглянул на нее. Ренни улыбнулась, давая понять, что шутит. Он улыбнулся ей в ответ:

— Повезло мне, однако.

— Возвращаясь к преследованию, — сказала она. — Насколько это было бы эффективным, если бы я смогла доказать, что Лозадо досаждает мне?

— Было бы проще предъявить обвинение, если бы все происходило в другом месте, если бы он за тобой куда-нибудь последовал.

— Например, сюда.

Он покачал головой.

— Он может сказать, что ты его пригласила. Его слово против твоего.

— Тогда куда?

— Ко мне, в Галвестон. Никто никогда не подумает, что я пригласил эту сволочь в гости. Ты сможешь собраться побыстрее?

26

Орен снял трубку после первого звонка. Вик сообщил ему, что он готов действовать по его плану.

— Доктор Ньютон согласилась?

— Нет, — сказал Вик. — Еще в меньшей степени, чем я. Все шито белыми нитками, и Лозадо будет последним кретином, если на это купится.

— Но никто не придумал ничего лучше.

— Я придумал. Вооружи меня до зубов и позволь найти этого подонка и уложить его.

— Этот план будет иметь самые печальные последствия.

— Именно поэтому я и соглашаюсь с твоим. Ренни такого же мнения. Стратегия далека от идеала, но, за неимением лучшей, мы согласны. С другой стороны, это затронет самое больное место Лозадо — его непомерно раздутое «я».

— Именно поэтому все может получиться.

— Что вы решили с Грейс?

— Девочки уезжают, Грейс остается.

Вик улыбнулся в телефонную трубку:

— Грейс молодец.

— Да, конечно... Теперь слушай сюда: к тому времени, как вы доберетесь до Галвестона, там будут кругом наши люди. Они станут наблюдать за домом круглосуточно. Не ищи их. Ты их не увидишь. Во всяком случае, я на это надеюсь.

— А ты появишься?

— А ты пригласил бы своего лучшего приятеля в любовное гнездышко с новой птичкой?

— Прости, понял. — Если Лозадо заметит Орена, он сразу поймет, что это ловушка.

— Я буду на телефоне круглосуточно, — продолжил Орен. — Держи глаза открытыми и ушки на макушке. Если ты услышишь, как пернула чайка, я хочу об этом знать.

— Ты уверен? Потому что если они пердят так же часто, как срут...

— Ты перестанешь хулиганить? Тут не до смеха.

— Я знаю. Шутки в сторону. — И он в самом деле стал совершенно серьезным.

— Лозадо ушел в подполье, Вик. Мы с тобой знаем,

что обычно происходит, если он на несколько дней исчезает.

— Появляется труп.

— Мне это не нравится.

— Мне тоже. Однако я не думаю, что он нас так быстро разыщет.

— Но это возможно. Я пустил по городу слух насчет твоего романа. Лозадо, вероятно, уже в курсе, что вы с доктором Ньютон сладкая парочка.

— Он появится. Не сомневаюсь. — Вик не стал рассказывать Ренни или Орену о красной тряпке, которой он помахал перед носом Лозадо, написав записку. Лозадо не сможет не ответить на вызов.

Вик повесил трубку и решил оглядеться. Обошел вокруг дома, гаража и конюшни, зашел внутрь. Все вроде было на месте. Когда он вернулся в дом, они с Ренни проверили окна и двери, убедившись, что все заперто. Она не слишком беспокоилась, но предпочла быть осторожной.

— Кто бы мог подумать, что мое пребывание в жюри так закончится?

— Ты же не могла знать, что понравишься обвиняемому.

— Это слово не годится. Здесь все куда хуже. Здесь мы имеем дело с...

Когда она замолчала, не сумев сразу подобрать нужное слово, Вик подытожил:

— ...Лозадо.

— Даже в имени таится какая-то угроза. — Она бессознательно потерла руки, будто ее охватил озноб. — Неужели он всерьез считает, что мне может польстить его назойливое внимание?

— Вне всяких сомнений.

— Как можно быть таким тщеславным? Его судили за убийство. Ему могли вынести смертный приговор. В такой ситуации разве станешь думать о женщине?

— Нормальный человек не сможет. Только такой, как Лозадо, с его манией величия.

— Да уж, такое раздутое самомнение поискать.

— Конечно. Он один из лучших в своем деле. Он отлично зарабатывает. В политику не лезет. Зачем ему сажать себе на хвост целые правительства и Интерпол? Он большая рыба в маленьком пруду.

— И любая женщина будет в восторге от его внимания? Так он думает?

— Именно, — подтвердил Вик. — И прибавь сюда еще стремление иметь все самое лучшее. Он выходец из среднего класса. Его единственный брат был умственно отсталым и физически неполноценным. И родители потратили все свои деньги, пытаясь ему помочь. Поэтому для Лозадо много значит возможность приобретать все самое лучшее. Он воображает себя крупным бизнесменом, который обладает хорошим вкусом и может себе все позволить. И для полноты счастья ему требуется классная женщина рядом.

— А что насчет скорпионов?

— Он их коллекционирует. Согласись, от этого мурашки по коже бегут. Они для него вроде талисмана. Они ночные твари, убивают своих жертв в темноте. Он гордится своей исключительностью.

Ренни наклонила голову и задумчиво посмотрела на него:

— Ты о нем думал всерьез, верно?

— Я не только валял дурака, после того как ушел из полиции. Что бы там Орен ни думал, я был занят. Я собрал о Лозадо все.

— Например?

— Школьные ведомости. Его показывали психиатру в средней школе, примерно тогда, когда он начал свою криминальную карьеру. Там в основном я и разыскал сведения о его семье и детстве. Он был социопатом и страдал манией величия всю свою жизнь. Я изучил его самым тщательным образом. С психологической точки зрения я, вероятно, знаю его лучше, чем себя.

Он помолчал, потом мрачно добавил:

— Одного я не знал, что он спит с Салли Хортон. Я бы предупредил ее, посоветовал держаться от него подальше, да и от меня тоже. Я бы в тот вечер был куда осторожнее. Если он подумает, что мы с тобой любовники... — Говорить что-то еще не было необходимости, но он все же сказал: — Салли Хортон ничего для него не значила. А ты, Ренни, значишь для него очень много.

— И я предала его с другим мужчиной.

— Именно так он и подумает. Не надо недооценивать грозящей тебе опасности. Орен поручил своим полицейским распространять про нас пикантные слухи. Лозадо не потерпит, чтобы мы были вместе. Ты его обманула, а я украл у него одну из его прелестных игрушек.

— Но это же только его фантазии.

— Если он считает, что ты принадлежишь ему, значит, это так и есть.

— Через мой труп.

— Мне хотелось бы этого избежать. — Он приподнял ее подбородок так, чтобы она смотрела ему в глаза. — Одно твое слово, и я перезвоню Орену и скажу, что мы достанем Лозадо каким-нибудь другим способом, чтобы не подвергать тебя опасности. Вчера я ехал сюда, чтобы тебя предупредить, уговорить куда-нибудь уехать, пока мы не разберемся с Лозадо.

— Это может занять много времени?

— Не думаю, — заметил Вик, думая о записке, которую он послал Лозадо накануне.

— Я уже в опасности, Вик. С тобой или без тебя,

но я его отвергла. Кроме того, я не могу из-за него уехать и бросить свою работу. Нет, давай скажем иначе: я не хочу.

— Ладно, тогда как скоро ты можешь собраться?

— Ты хочешь ехать сегодня?

— Как только ты будешь готова.

— Ты всего сутки как из больницы. Ты удрал оттуда на несколько дней раньше, чем полагалось.

— Я в порядке.

— Ничего подобного. У тебя болит спина. Ты через комнату пройти не можешь, не поморщившись. Только подумай, ехать придется через весь штат. У тебя не хватит сил. А не дай бог инфекция или воспаление легких. И от того, и от другого ты можешь умереть. Ты мог порвать шов в нескольких местах.

— Ты же сказала, что все выглядит нормально.

— Есть еще внутренние швы. Обещай, если вдруг почувствуешь боль, немедленно скажешь мне.

— Обязательно. Если я и в самом деле почувствую себя скверно, я остановлюсь у первой больницы по дороге в Галвестон.

— Сегодня мы все равно не едем, — упрямо сказала она. — Я доверяюсь тебе и Уэсли в полицейских вопросах. Но твое здоровье — моя забота. Мы никуда не едем, пока ты как следует не отдохнешь. И точка.

Им пришлось спать на одной кровати, потому что Вик категорически отказался разрешить ей спать внизу на диване.

— Это те самые полицейские дела, в которые тебе не следует лезть, — заявил он. — И точка.

Как настоящий джентльмен, он спал в одежде и поверх покрывала. Крепко заснуть не удавалось частично потому, что он долго проспал днем, но больше из-за того, что он прислушивался к каждому звуку, размышлял о Лозадо и остро чувствовал близость Ренни, спавшей рядом.

Рука ее лежала поверх одеяла, рядом с ним, ладонью вверх. Тонкие пальцы слегка согнуты. Совсем не похоже на сильную руку хирурга. Ренни была самой уверенной женщиной из всех, кого он когда-либо знал. Он восхищался ею, но ему все же хотелось защитить ее.

И заняться с ней любовью.

Господи, до чего же ему этого хотелось! Он хотел этого... ну, потому что он — мужчина, а разве не этого мужчины хотят от женщин. Его чувство юмора, шарм, даже гнев не помогли ему пробиться к ее душе. Ренни упрямо оберегала свою самодостаточность.

Она шарахалась от его прикосновения, но он не думал, что ей неприятен. Такая реакция была условным рефлексом, который она сама себе навязала, частью того самоконтроля, за который она так цеплялась, наследием несчастного случая с Раймондом Кольером. Страсть завела ее в ужасную ситуацию. Это, однако, не означало, что она стала менее страстной. Ренни просто научилась ей не поддаваться.

Несмотря на ее сдержанность, Вик мог легко представить себе ее разгоряченной желанием. Сегодня, когда он ее поцеловал, на несколько невероятных секунд он почувствовал ее настоящее естество. Она не позволила себе ответить на его поцелуй, но ей этого хотелось. И это не просто хвастовство тщеславного бабника, перецеловавшего уйму женщин.

Вик действительно слышал, как у нее перехватило дыхание, он ничего не придумал. Ее кожа обжигала даже через одежду. Ему не приходилось выпрашивать у нее ответной реакции. Два движения большого пальца, и ее сосок стал твердым как камень, готовым к тому, чтобы к нему прикоснулись его губы.

Он подавил стон, сделав вид, что откашливается. Ренни мирно спала, ничего не зная о его переживаниях. Вик перевернулся на бок, лицом к ней. Если она проснется и возмутится, он честно признается, что заболела спина. Да и он не мог ее толком разглядеть. В комнате было слишком темно.

Но он чувствовал ее тихое дыхание, так что ему не обязательно было ее видеть, чтобы фантазировать. В те долгие ночи, когда они следили за ее домом, у него было достаточно времени, чтобы запомнить ее лицо.

Он принялся вспоминать, как она снимает платье, которое надевала на свадьбу. Разве могли те незначительные кусочки сиреневых кружев служить бельем бесстрастной женщине?

Одну за одной, очень медленно он расстегнул пуговицы ширинки. Сняв напряжение со своего члена, Вик закрыл глаза и приказал себе прочистить мозги и отдохнуть. Он не станет вспоминать, каким приятным был тот поцелуй, как ловко легла ее грудь на его ладонь. Он не станет думать о ней, такой мягкой и теплой, лежащей рядом под тонким одеялом, или о том сладком месте, где она еще теплее и мягче.

Заржала лошадь, разбудив его резче, чем грохот будильника. Он лежал совершенно неподвижно, с открытыми глазами, затаив дыхание и боясь выдохнуть, чтобы не пропустить следующий звук.

Шум не разбудил Ренни. Она продолжала крепко спать. Спина побаливала, но Вик соскочил с кровати с ловкостью кошки и схватил пистолет, который оставил на прикроватном столике, чтобы легче было дотянуться. На цыпочках он подошел к окну, прижался к стене и осторожно выглянул.

Он некоторое время присматривался, но ничего

подозрительного не заметил. Инстинкт подсказывал ему, что внутри конюшни что-то происходит. Возможно, мышь испугала одну из лошадей. Может быть, у рыси был приятель, который пришел ее разыскивать. Или Лозадо зашел их навестить.

Убедившись, что Ренни все еще спит, Вик прокрался через спальню и бесшумно вышел на галерею. На верхней ступеньке лестницы он остановился и прислушался. Он стоял так целую минуту, но не услышал ничего, кроме биения собственного сердца.

Он спустился, стараясь ступать осторожно, чтобы ступенька не скрипнула и не выдала его. В гостиной все было так, как они оставили несколько часов назад. Все на месте. Парадная дверь заперта.

Держа пистолет в двух поднятых руках, он подошел к двери в кухню. Помедлил, потом впрыгнул в комнату и обвел ее пистолетом. Там было пусто, как и в соседней кладовке.

Вик отпер заднюю дверь и выскользнул на веранду, согнувшись почти пополам, но все равно чувствуя себя на виду. Он спрятался за креслом. Не слишком надежное укрытие, но в темноте сойдет. Спасибо, что луна такая тощая.

Он ждал и вскоре услышал шум в конюшне. Он бегом преодолел расстояние до конюшни, прижался к стене, надеясь слиться с тенью, да и прислониться к чему-нибудь не помешало бы. Голова кружилась, он запыхался, а спина болела так, будто ее проткнули ножом.

Вот что могут сделать с человеком несколько дней в больнице, подумал он. Превращают его в слабака. С серьезным противником ему не справиться. Но у него есть пушка с полной обоймой, так что он по крайней мере будет сопротивляться.

Он потихоньку двигался вдоль стены, пока не подобрался к широким воротам. Там он снова остановился и прислушался. Стояла полная тишина, но она казалась тяжелой, не пустой, он чувствовал чье-то присутствие. Он знал: кто-то там есть. Он чувствовал это нутром.

Кто бы там ни был, он, похоже, прислушивался к Вику с тем же напряжением, с каким Вик прислушивался к нему.

Противостояние продлилось еще минуту. Ни малейшего движения. Ни звука. Даже лошади замерли и неподвижно стояли в стойлах. Казалось, воздух наполнен ожиданием. Вик чувствовал его вес всей кожей.

Едкий пот заливал ему глаза. Катился по ребрам и между лопатками. Попадал в рану и вызывал резкую боль. Руки, держащие пистолет, тоже взмокли от пота и стали скользкими. Он решил, что лучше разом покончить с этим.

— Лозадо! Выходи, если ты мужчина. Или будем продолжать играть в прятки?

После короткого молчания с другой стороны конюшни послышался голос:

— Треджилл?

Это был не Лозадо. Лозадо уже давно научился говорить низко и вкрадчиво. Этот человек говорил в нос, как настоящий техасец.

— Назовите себя.

Человек вышел из-за стойла в проход. Вик сжал руки, держащие пистолет, примерно на уровне головы. Тоби Роббинс поднял руки.

— Ты откуда, ковбой?

Его свободная манера не ввела Вика в заблуждение. Копы умирали, попавшись на такую удочку.

— А какого черта вы лазаете здесь в темноте?

— Ну поскольку при оружии вы, я буду рад ответить, если вы эту штуку направите куда-нибудь еще.

— Не выйдет. Сначала скажите, что вы делаете в конюшне Ренни.

— Кое-что проверяю.

— Могли бы придумать что-нибудь поинтереснее.

— Слышал, что одну из ее лошадей поцарапала рысь.

— Кто вам сказал?

— Егерь. Пришел проверить, не надо ли позвать ветеринара.

— Среди ночи?

Тоби Роббинс взглянул на восточный горизонт, где небо уже становилось розовым.

— Так уже почти обеденное время.

Вик посмотрел на ворота. Закрыты и заперты. Рядом никакой машины.

— Как вы сюда добрались?

— Пешком.

На ногах Тоби были кроссовки, а не ковбойские сапоги.

Роббинс постучал по своей груди слева:

— Врач советовал проходить не меньше трех миль ежедневно. Это как раз расстояние до ранчо Ренни и обратно. Я предпочитаю прогуливаться, пока еще не слишком жарко.

Вик неохотно опустил пистолет и сунул его за пояс джинсов.

— Знаете, Роббинс, я должен был бы пристрелить вас за вашу глупость. Почему вы сначала не позвонили? Или хотя бы зажгли свет?

— Выключатель вон в том ящике. Он закрыт. Ренни держит запасной ключ над дверью. Я его как раз искал, когда вас услышал. Не знал, что это вы. Думал, вдруг еще одна рысь.

Вик недоверчиво смотрел на старика. Вряд ли он лжет, просто говорит не всю правду.

— Ренни сказала, что посыпала царапину антисептиком. Считает, что через пару дней заживет. Если бы она полагала, что нужен ветеринар, она бы его вызвала.

— Еще одно мнение никогда не помешает.

Роббинс повернулся и скрылся в конюшне. Вик пошел за ним как был, босиком. Пока он держится в проходе, все будет в порядке. В конюшне у Ренни так же чисто, как в операционной.

Роббинс направился прямиком к ящику, провел рукой по верху, нашел ключ. Он открыл дверь, и секунду спустя загорелся верхний свет.

Не обращая внимания на Вика, Тоби вошел в стойло, ласково что-то приговаривая, и обошел кобылу сзади. Он нашел царапину на задней ноге лошади и присел, чтобы получше рассмотреть ее.

Когда он вышел, то обошел Вика, как будто тот был неодушевленным предметом, выключил свет, запер дверь и положил ключ туда, откуда взял.

Вик догнал его:

— Вы пришли сюда не только из-за этой царапины?

Старик остановился и повернулся к нему. Он одарил Вика взглядом, от которого бы краска осыпалась, потом подошел к забору и облокотился об него. Он долго стоял спиной к Вику, разглядывая восход. Наконец он выудил небольшой кисет с табаком и папиросную бумагу из кармана рубашки, на которой вместо пуговиц были пришиты перламутровые застежки.

— Покурим? — спросил он Вика через плечо.

— Покурим.

27

Роббинс насыпал табак из тряпичного кисета на полоску бумаги и протянул Вику, который выровнял табак в центре бумажки, лизнул край языком и свернул тугую сигарету.

Роббинс с интересом наблюдал за ним. Вик сообразил, что умение скрутить сигарету здорово возвысило его в глазах скотовода. Он вроде как выдержал испытание.

Вик молча поблагодарил школьного друга, научившего его крутить косяки, чем он и занимался с энтузиазмом, пока об этом не узнал Джо. После вздрючки, устроенной ему братом, он решил, что для его здоровья вредно курить вообще.

Роббинс чиркнул спичкой, сначала дал прикурить Вику, потом прикурил сам. Их взгляды встретились над крошечным языком пламени.

— Это вам тоже рекомендовал врач?

Роббинс глубоко затянулся:

— Только жене моей не говорите.

Табак оказался чертовски крепким. Он жег губы, язык и горло Вика, но он продолжал затягиваться, притворяясь заядлым курильщиком.

— Вы не очень удивились, встретив меня здесь? — спросил он наконец у старика.

— Егерь сказал, что у Ренни гость. Я решил, что это вы.

— Почему?

Роббинс пожал плечами.

— Вы сюда пришли, чтобы проверить, как Ренни? Все ли у нее в порядке?

— Вроде того.

— Почему вы решили, что я опасен?

Старик посмотрел вдаль, затем молча уставился на Вика.

— Ренни взрослая женщина. Ей не нужен опекун. Она сама может о себе позаботиться, — сказал Вик.

— Она такая хрупкая.

Вик засмеялся и поперхнулся дымом. К черту. Он загасил сигарету о столб.

— Я бы не назвал доктора Ренни Ньютон хрупкой.

— Выходит, вы совсем не в курсе?

— Послушайте, Роббинс, вы ни хрена обо мне не знаете. На улице встретите, пройдете мимо, не вспомнив, кто такой. Так не торопитесь с выводами. Хотя я на ваше мнение положил с...

— Я знал ее отца.

Это короткое замечание заставило Вика замолчать. Взгляд Роббинса говорил: «Заткнись и слушай». Вик так и сделал.

— До того как я унаследовал это ранчо, — сказал Роббинс, — я жил в Далтоне и иногда подрабатывал у Т. Дэна. Он был жуткой сволочью.

— Похоже, в этом все сходятся.

— Если он хотел, то мог вас очаровать. Непрерывно улыбался. Разговаривал с вами так, будто вы его закадычный приятель. Постоянно жал руки и хлопал по плечам. Но он всегда и во всем искал выгоду.

— Нам всем такие типы попадались.

Роббинс покачал головой.

— Не такого калибра, как Т. Дэн. — Он в последний раз с жадностью затянулся, потом бросил окурок на землю и раздавил. — Ренни была счастливым ребенком. Это удивительно, учитывая, что ее папочкой был Т. Дэн.

— А ее мать?

— Миссис Ньютон была милой дамой. Занималась благотворительностью, работала в церкви. Устраивала большую рождественскую вечеринку, очень красиво украшала дом. Санта-Клаус, раздающий конфеты детям, в таком духе. Она неплохо вела домашнее хозяйство, но хорошо знала свое место. В его жизнь она не вмешивалась.

Вик хорошо мог себе это представить.

— Но вы говорите, что Ренни была счастлива?

Роббинс одарил его одной из своих редких улыбок:

— Мы с Коринной всегда ее немного жалели. Она так старалась всем угодить. Тощенькая была, как прутик. Светленькая. Глазищи больше, чем все лицо.

«И по сей день так», — подумал Вик.

— Умненькая. Вежливая, воспитанная. Об этом позаботилась миссис Ньютон. А на лошадях она сидела как профессионал, когда еще в младших классах училась. — Роббинс немного помолчал, потом продолжил: — Самым ужасным было то, что она считала своего папочку идеалом. Ей так хотелось, чтобы он обратил на нее внимание. Все, что она делала, делалось только для того, чтобы заполучить одобрение Т. Дэна.

Тоби сжал руки и уставился на мозолистые, сбитые костяшки пальцев. Вик заметил, что ноготь на большом пальце совсем черный, видимо, где-то недавно ударился. Наверняка ноготь слезет.

— Все в Далтоне знали, что Т. Дэн шляется по бабам. Даже миссис Ньютон знала. Мне кажется, она уже давно смирилась с его изменами. Она несла свой крест с чувством собственного достоинства, не обращала внимания на сплетни. В общем, делала хорошую мину при плохой игре. Но Ренни была еще ребенком. Она не понимала, какие отношения должны быть между мужем и женой, если они любят друг друга. Она не видела других семей, а брак ее родителей всегда был одинаковым. Они были вежливы друг с другом. Ренни была слишком молода, чтобы понять, что между ними нет близости.

Он взглянул на Вика, и Вик понял: Тоби хотел убедиться, что он внимательно слушает.

— Ренни тогда было лет двенадцать, кажется. Трудный возраст, если верить моей жене, а она вроде специалист по таким вопросам. Короче, однажды

Ренни застала Т. Дэна врасплох в его офисе. Но больший шок испытала она сама.

— Он был с женщиной.

— Она была под ним, на диване. Учительница музыки Ренни. — Он помолчал, глядя прямо на встающее солнце. — На этом счастливое детство кончилось. Ренни в один день стала взрослой.

Кристел, официантка в Далтоне, рассказывала ему, что Ренни сбилась с пути, когда начала оформляться как женщина. Но не проявляющаяся сексуальность изменила ее характер и поведение. Измена отца, вот что толкнуло Ренни на путь греха.

Теперь ее бунт был понятен. Возможно, миссис Ньютон объясняла ей, что такое секс и мораль. Ренни поймала отца, когда он нарушал все те принципы, которые мать ей пыталась внушить. Ее постигло глубокое разочарование, особенно если учесть, что она боготворила своего отца.

Как будто прочитав его мысли, Тоби сказал:

— В наше время это называли «отбилась от рук». Но, как ни называй, Ренни изменилась в одночасье. Стала настоящим кошмаром. Учиться почти перестала, и следующие несколько лет никто не мог с ней справиться. Никакие наказания не помогали. Она грубила всем, кто имел хоть какую-нибудь власть. Т. Дэн и миссис Ньютон перестали ее баловать, но это не помогло.

— Отец подарил ей красный кабриолет «Мустанг», — заметил Вик. — Вряд ли это пошло ребенку на пользу.

— Скорее всего, она выманила у него машину шантажом. Ренни теперь знала, что может им крутить как хочет, и пользовалась этим вовсю. Т. Дэн потерял всякий авторитет в тот момент, когда она увидела, как он трахает учительницу музыки. Она стремительно катилась в ад.

— До шестнадцати лет.

Роббинс повернулся и взглянул на него:

— Вы знаете про Кольера?

— Немного. Знаю, что Ренни застрелила его. Ей так и не предъявили обвинения. И дело не рассматривалось как уголовное. Весь мусор аккуратно смели под ковер.

— Т. Дэн, — произнес Тоби, как будто имя служило достаточным объяснением.

— Не могу сказать, что мне ужасно жаль Раймонда Кольера, — заметил Вик. — Надо быть большим мерзавцем, чтобы завести роман с шестнадцатилетней девушкой, которая явно нуждалась в родительском присмотре, строгой дисциплине и умном совете.

— Не судите строго. Если Ренни нацелилась на парня, отказать ей было невозможно.

Вик грозно взглянул на Роббинса, который печально покачал головой.

— Нет, я тут ни при чем. Я для нее всегда был добрым дядюшкой. Мне хотелось выругать ее, встряхнуть хорошенько, а не затащить в койку. Но с Раймондом Кольером все было по-другому.

— Какой он был?

— Я плохо его знал, но почти все его любили. Обладал хорошей деловой хваткой. Именно поэтому Т. Дэн взял его в партнеры в крупной сделке по продаже недвижимости. Но была у него слабость.

— Женщины.

— Не женщины. Женщина. Только одна. Ренни, — мрачно сказал старик. — Он был ею просто одержим.

— Почему мне не прислали повестку этого собрания?

Вик и Роббинс дружно обернулись. К ним через двор шла Ренни. Волосы все еще мокрые после душа. Значит, она поторопилась одеться и присоединиться к ним.

— Я увидела вас из окна спальни. Вы уже давно тут о чем-то шепчетесь. — Ее глаза задержались на пистолете, который Вик заткнул за ремень.

— Я его едва не пристрелил. — Вик постарался улыбнуться как можно убедительней, а сам продолжал думать о том, что рассказал ему Роббинс.

Роббинс в своей лаконичной манере объяснил ей, что он здесь делает:

— Слышал, ты эту кошку достала одним выстрелом прямо в сердце. Местные фермеры, которые от нее пострадали, будут тебе признательны.

— Считаешь, мне надо позвать ветеринара, чтобы взглянул на Спэтс?

— Нет, — ответил Роббинс. — Ты была права. Рана неглубокая и чистая. Быстро затянется.

Она перевела глаза на Вика, потом снова взглянула на Роббинса:

— Я на пару дней уеду. Ты тут не присмотришь, пока меня нет?

Старик молчал достаточно долго, чтобы это было заметно. Наконец сказал:

— Буду рад. Я смогу позвонить тебе домой в Форт-Уэрт, если возникнет необходимость?

— В Галвестон, — сказал Вик. — У меня там домишко. Я оставлю вам номер телефона. — Ренни явно не понравилось, что он поделился с Тоби такими подробностями.

— Пойду взгляну на Спэтс, — сказала она. — Думается, ей лучше еще денек постоять в стойле, а других я выпущу в загон.

— Я вечером заеду и загоню их, — пообещал Роббинс.

Она направилась к двери, потом оглянулась, как будто рассчитывала, что Роббинс последует за ней.

— Сейчас иду, — сказал он. — Только запишу номер телефона.

— Ты всегда можешь позвонить мне на сотовый.

— Не помешает иметь два номера. Для уверенности.

Ей, похоже, не хотелось снова оставлять их одних, тем не менее она повернулась и вошла в конюшню. Вик взглянул на Роббинса. Он не был уверен, что ему хочется слушать, как Ренни соблазняла Кольера.

— Вы хотели что-то добавить?

— Ну да, — кивнул Роббертс. — Кое-что вам следует знать. Может, вам на это наплевать, но я надеюсь, что нет.

Роббертс взглянул через плечо на дверь в конюшню и тихо сказал:

— После истории с Кольером Ренни уже не продолжала в том же духе. Она перестала быть той Ренни, какой была до смерти Раймонда.

Вик ничего не сказал.

— Вы правы, Треджилл, я вас совсем не знаю, но я в курсе, что вы приносите беду. Я же читаю газеты. Смотрю телевизор. Мне не нравится, что вы крутитесь вокруг Ренни.

— Вас никто не спрашивает.

— Особенно если тут замешан еще этот тип, Лозадо.

— Именно из-за него я и кручусь вокруг Ренни.

— Только поэтому? — Его глаза впились в Вика. — Мы с Коринной давно присматриваем за Ренни. И не собираемся прекращать. — Он наклонил голову и подвинулся поближе. — У тебя большая пушка и язык как помело, но ты тупее, чем этот столб, если не сечешь, что я хочу тебе сказать.

— Я пойму, если вы выскажетесь прямо.

— Ладно. Ренни немало потрудилась, чтобы добиться того, чего она добилась. В карьере. Я видел, как она выделывала на лошади такое, чего ни опытные ковбои, ни каскадеры не рискнут сделать. Она летала на другой конец света, ездила туда, где шла война, и вообще в богом забытые места, и никогда не боялась. Ничего. Но, — он подошел еще ближе, — я никогда не видел ее с мужчиной. И уж точно здесь никто не оставался на ночь. Надеюсь, ты настоящий мужчина и у тебя хватит порядочности взвалить на себя эту ответственность.

Когда Ренни вернулась из загона, Вик стоял над кофеваркой и наблюдал за каплями кофе, падающими в фильтр. Грудь голая, ноги босые, никакой одежды, кроме голубых джинсов. Пистолет лежит рядом с кофеваркой. Все это никак не подходило для ее уютной, знакомой кухни и потому расстраивало.

— Что-нибудь не так с кофеваркой? — спросила она.

Вик покачал головой:

— Мне так хочется кофе, что я капли считаю.

— Я тоже не прочь. — Она достала с полки две кружки.

— С лошадью все в порядке?

— Как и сказал Тоби.

— Он меня жутко ненавидит.

Ренни передала ему кружку.

— Не говори глупостей.

— Нет, правда. Да я и не обижаюсь. Просто констатирую факт. Он ушел домой?

— Только что.

Последние капли просочились через фильтр. Вик наполнил ее кружку и предупредил:

— Это кофе для копов. Крепкий.

— Врачи тоже такой пьют. — Она отхлебнула и показала ему большой палец.

— Роббинс очень серьезно беспокоится за тебя. Велел мне держать лапы при себе.

— Не мог он такого сказать. Я знаю.

— Ну, другими словами.

Она сделала еще несколько глотков и поставила кружку на стол.

— Повернись, я взгляну на шов.

Вик повернулся, положил руки на край стола и наклонился вперед.

— Тебе меня не одурачить. Признавайся, просто хочешь взглянуть на мой зад.

— Я его уже видела.

— Ну и?

— Бывает и лучше.

— Нет, вот это уже обидно.

Для Ренни в человеческом теле не было почти никаких секретов. Она изучала его, видела в разных состояниях, разного размера, формы и цвета. Но вчера, когда она увидела Вика, вытянувшегося на ее кровати, он произвел на нее впечатление. И отнюдь не с медицинской точки зрения. Длинный, стройный торс, узкие бедра, пропорциональное сложение. Ни одно ранее виденное ею тело так не притягивало, так что ей пришлось призвать весь свой профессионализм на помощь, чтобы не реагировать, когда она его трогала.

Она сняла старую повязку и осторожно потрогала шов:

— Чувствительно?

— Чешется.

— Значит, заживает. Настоящее чудо, если вспомнить, сколько времени ты провел на больничной койке.

— Когда снимешь швы?

— Через несколько дней. Сиди смирно и допивай кофе. Хочу воспользоваться редким случаем, когда ты сидишь спокойно, и обработать шов.

— Только никаких уколов! — крикнул он ей вслед, когда она вышла из комнаты.

Она спустилась вниз со второго этажа с необходимыми медикаментами и ужасно удивилась, застав его на том же месте. О чем ему и сообщила.

— Так доктор приказал.

— Поверить не могу, что ты послушался. Вы далеко не идеальный пациент, мистер Треджилл.

— Почему Тоби и Коринна Роббинс так о тебе заботятся?

— Они знают меня с детства.

— Как и другие жители Далтона. Но я не вижу здесь больше никого, кто отгонял бы от тебя сатиров вроде меня.

— Сомневаюсь, что Тоби Роббинс знает, кто такой сатир.

— Но ты-то знаешь.

— Ты не сатир.

— А Раймонд Кольер?

Он пытался заставить ее говорить об этом. Но она сомневалась, что вообще когда-нибудь сможет говорить на эту тему с Виком. С чего начать? С того дня, когда узнала об отцовской измене? Разве сможет она заставить Вика понять, как ужасно было узнать, в каком ханжестве она жила и как глупо всему верила?

Или начать с Раймонда? Как он ее преследовал. Как не сводил с нее тоскующего взгляда, если они находились в одной компании, где, кстати, присутствовала и его жена. Как она ненавидела его коровьи глаза и влажные руки, пока не поняла, что может воспользоваться его одержимостью, чтобы наказать отца. Нет, с Виком она говорить об этом не могла.

— Ну вот, — сказала она, накладывая свежую повязку на шов. — Все сделано, и надо отметить твое необыкновенно послушное поведение.

Не успела она отойти от него, как он взял ее руки и положил их себе на грудь. Получилось, что она обняла его сзади.

— Что ты делаешь, Вик?

— Кто был твоим идеальным пациентом?

Она не стала отвечать на вопрос, просто слегка рассмеялась, что было не очень легко, поскольку грудь ее была прижата к его спине, пальцы лежали на жестких волосах на его груди, а нижняя часть ее тела, охваченная жаром, прижималась к его пояснице.

Он накрыл ее руки своими ладонями и не отпускал. Левой ладонью она чувствовала сильные удары его сердца. Этот ритм оказывал на нее странное действие, что было удивительно для человека, привыкшего слушать сердцебиение других людей ежедневно. Он заставлял ее собственное сердце биться чаще.

— Разве нам не пора готовиться к отъезду, Вик? Мне казалось, ты торопишься поскорее отсюда убраться.

— Твой идеальный пациент. Я хочу услышать о нем или о ней, или я останусь здесь, а ты уже знаешь, что я человек упрямый. — Чтобы слова звучали убедительнее, он еще крепче прижал ее руки к себе.

Сдаваясь, она прижалась лбом к ложбинке между его лопатками. Но так стоять было слишком удобно, слишком приятно, и через несколько секунд она подняла голову.

— Это была женщина. Ей было тридцать четыре года. Одна из жертв теракта во Всемирном торговом центре. Одиннадцатого сентября я была в Филадельфии, на конференции. Вечером я поехала в Нью-Йорк. Ее вытащили из развалин живой, но пострадала она очень сильно. Я ее оперировала. Ей ампутировали ногу. Сутки мы даже не знали, как ее зовут. У нее с собой не было документов, сказать нам она ничего не могла. Но подсознательно она понимала, что ей пытаются помочь. Каждый раз, когда я брала ее за руку, чтобы подбодрить, она сжимала мою руку. Потом она пришла в себя, назвала свое имя, и мы разыскали ее семью, которая отчаянно пыталась что-то узнать. Она оказалась из Огайо, приехала по делам. Муж и трое детей приехали к ней в больницу. В тот момент она взглянула на меня. Взгляд был таким выразительным, что слов не требовалось.

В какой-то момент во время рассказа Ренни прижалась щекой к спине Вика. Он гладил ее руки, все еще лежащие на его груди.

— Ты спасла ей жизнь, Ренни.

— Нет, — сказала она глухо. — Не смогла. Она умерла через два дня. Знала, что умирает. Мы сказали ей, что вряд ли ей удастся выжить после такой страшной травмы. Она благодарила меня за то, что я продлила ей жизнь и она смогла увидеться со своей семьей. Она хотела с ними попрощаться. Ей потребовалось все ее мужество и огромная сила воли, чтобы прожить эти два дня. Но ее любовь к ним была сильнее боли. Так что, когда ты спросил меня о моем идеальном пациенте, я сразу вспомнила ее.

Он немного помолчал, потом сказал:

— Я думаю, ты необыкновенная, доктор Ньютон. Неудивительно, что Роббинсы такого высокого о тебе мнения.

Она правильно поняла его фразу. Ему хотелось знать о ее отношениях с Тоби и Коринной, вот он и нашел окольный способ. Почему бы не рассказать ему обо всем? Он, вероятно, и так почти все знает. Возможно, Тоби успел ему многое рассказать, и теперь Вик хочет услышать ее версию.

Она снова прижалась лбом к его спине.

— После Раймонда Кольера родители отдали меня в интернат в Далласе. На первое же Рождество они укатили в Европу. Мама не хотела ехать, во всяком случае, так она говорила. Но с Т. Дэном не поспоришь. Я осталась одна в школе на праздники, это было частью наказания. Каким-то образом об этом узнали Тоби и Коринна. Утром в Рождество они ко мне приехали. Привезли своих детей, подарки и изо всех сил старались меня развеселить. Тоби, может быть, и чересчур озабочен моей безопасностью, но, скорее всего, он все еще видит во мне девочку, которую бросили на Рождество.

— Что случилось в тот день в кабинете твоего отца, Ренни?

Она подняла голову и убрала руки.

— Если мы едем в Галвестон, пора отправляться в путь.

Вик взял ее за плечи.

— Что случилось, Ренни?

— Уэсли обвинит меня в том, что мы задерживаемся, — заявила она вместо ответа.

— Он тебя изнасиловал? Пытался?

Разозленная его настырностью, Ренни вырвалась из его рук.

— Господи, ты никогда не сдаешься!

— Так как?

— Разве не это отец сказал полицейским?

— Да. Из того, что я уже знаю о Т. Дэне Ньютоне, вранье — самый невинный из его грехов. Он легко соврал бы полиции и улыбался при этом. Скажи, что заставило тебя выстрелить в Кольера?

— Какое это имеет значение?

— Имеет, потому что я хочу знать, черт побери! Имеет, потому что ты чертовски упорно стараешься сохранить в тайне то, что было похоронено с помощью денег твоего папаши. Имеет, потому что у меня второй день торчком торчит и я ничего не могу с этим поделать. Да еще ты обвиняешь меня в том, что я тебя «обхаживаю», а твой сосед Тоби грозится меня убить.

Он загнал ее в угол в буквальном смысле, в угол между шкафами.

— Раймонд никогда меня ни к чему не принуж-

дал. Если желаешь, можешь придумать версию о попытке изнасилования, если тебе так проще и дает возможность лучше обо мне думать. Пожалуйста. Но все
было иначе. Когда мне исполнилось четырнадцать,
Раймонд и Т. Дэн стали партнерами в одной сделке
по недвижимости. Он стал часто приходить, проводить много времени в нашем доме. Я знала, как на
него действую. Дразнила его нещадно. Он изображал
из себя доброго дядюшку и пользовался каждой возможностью коснуться меня. Я его поощряла, а потом
смеялась над ним. Он так откровенно меня хотел, что
это вызывало у меня смех. — Она замолчала, чтобы
перевести дыхание. — Все еще думаешь, что я необыкновенная? Подожди. Это еще не все.

— Перестань, Ренни.

— Э, нет. Ты же хотел знать. Хотел, чтобы я избавила тебя от эрекции. Ну, так это должно помочь. Два
года я издевалась над беднягой. Затем, недели за две
до того страшного дня, я поссорилась с отцом. Не
помню даже, что я такое сделала, но он забрал у меня
ключи от машины на целый месяц. И я отомстила
ему, переспав с его деловым партнером. Все так, Вик.
Я позвонила Раймонду из мотеля и сказала, что он
может иметь меня, если хочет, но приехать он должен
немедленно. Я буду его ждать.

Она смахнула с щек слезы стыда, но останавливаться было уже поздно.

— Раймонд приехал в мотель, и я легла с ним. Так
же просто, как я спала со всеми прочими. Все, что ты
слышал о Ренни Ньютон, правда. Когда-нибудь, когда
за мной по пятам не будет гоняться убийца, мы встре-
тимся за бутылкой вина, и я расскажу тебе о своих эс-
кападах со всеми подробностями. Все равно что рассказывать истории про привидения, только интереснее.

Ты эту историю хотел услышать, чтобы узнать, насколько низко я могла пасть? И ты прав, потому что это самое плохое из всего, что я делала. Папа наказал меня, но я ему отомстила, верно? Я ему здорово отомстила.

28

Уэсли доложили, что ночь прошла спокойно и что Лозадо нигде не показывался. Но после их отъезда с ранчо он звонил им каждые полчаса, хотя Вик уверял, что немедленно его известит, если где-нибудь по пути в Галвестон им попадется Лозадо.

Вик настоял на том, чтобы они ехали в его пикапе, который он будет вести сам. Путешествие в качестве пассажира было бы для него невыносимым. Разумеется, ему придется дополнительно напрягать спину, но Ренни не стала спорить.

Они вообще избегали разговаривать.

Напряжение между ними после последнего разговора стало таким ощутимым, что из-за любого неудачного слова оно могло лопнуть. Вик снова начал носить резинку на запястье.

Ренни без всякого интереса смотрела в окно на мелькающие пейзажи, когда в очередной раз зазвонил его сотовый.

— Господи, Орен, чего бы тебе не отдохнуть? — вздохнул он.

— Передай детективу мой пламенный привет, — ехидно сказала Ренни.

— Слушаю?

Ренни мгновенно почувствовала в нем перемену. Его правая рука крепко сжала руль, губы вытянулись в прямую, тонкую линию.

Но голос был просто медовым.

— Надо же, Рикки Рой, а я уже соскучился. Правда, последний раз, когда мы находились в одной комнате, я тебя почти не видел, верно?

Одна мысль, что на другом конце провода Лозадо, заставила Ренни вздрогнуть. Она все еще хорошо помнила тот страх, который испытала у себя в кухне. Если бы Лозадо был груб или бушевал, он бы так ее не напугал, но его самоуверенность ужасала.

Вик съехал на обочину.

— Мне неприятно тебя разочаровывать, Рикки Рой, но наносить удар в спину — это же полное дерьмо, а не работа. — Когда пикап полностью остановился, Вик перевел рычаг в позицию «парковка». — Но сейчас я уже как новенький. Жаль, не могу сказать того же про Салли Хортон. Ты ведь ее помнишь. Девушку, которую ты убил в ту ночь, когда пытался убить меня.

До Ренни донесся бархатный смех Лозадо. Она отстегнула ремень безопасности и подвинулась ближе к Вику, чтобы лучше слышать, жестом попросив его держать трубку подальше от уха.

— Ты еще наверняка на обезболивающих таблетках, от которых мозги плавятся, Треджилл, — сказал Лозадо. — Не понимаю, о чем ты говоришь.

— Тогда я поясню. Ты трусливый убийца женщин.

Лозадо был слишком умен, чтобы попасться на такую примитивную наживку.

— Я читал, что ты едва выжил после какого-то нападения. Ты бы сдох, если бы не получил великолепной хирургической помощи.

— Ренни Ньютон замечательный хирург.

— И в койке тоже ничего.

Ренни как будто нарвалась на удар. Она взглянула на Вика, но увидела только свое собственное отражение в стеклах его солнцезащитных очков.

— Она сейчас с тобой? — спросил Лозадо.

— Если бы ее здесь не было, ты не стал бы мне звонить.

— Странно, верно? Мы с тобой делим одну женщину. Хотя, — без запинки продолжал он, — нет ничего удивительного, что Ренни мы оба нравимся. Ее заводит опасность. Например, она расписывала мне, как ужасно погиб ее приятель доктор Хоуэлл, а сама стала вся мокрой.

Ренни попыталась выхватить телефон, но Вик поймал ее руку и оттолкнул, резко покачал головой.

— Мы тогда только второй раз были вместе, — сказал Лозадо. — Ух, она и буйная была в ту ночь. Даже я с трудом с ней справился.

— Это меня не удивляет, — сказал Вик скучным голосом. — Я всегда считал, что твоя страсть к убийствам — компенсация физических недостатков.

Лозадо цокнул языком.

— Фу, как дешево. Недостойно даже тебя.

— Тут ты прав. Мне надо было не смущаться и сразу назвать тебя импотентом с вялым членом.

Лозадо рассмеялся.

— Что, задело, что я ее поимел первый? Уверен, ты боишься, что не выдержишь конкуренции. Один раз я заставил ее кончить, только облизывая соски. Ты так можешь?

Ренни закрыла уши ладонями, но все равно услышала слова Вика:

— Знаешь, Рикки Рой, я начинаю думать, что ты решил меня соблазнить. Да, кстати, а зачем ты вообще звонишь?

Она не расслышала, что сказал Лозадо, но в ответ Вик произнес:

— Вранье. Если бы ты с ней закончил, ты бы не звонил. Ты ревнуешь и не можешь вынести, что она сейчас со мной. Чтоб ты подавился своим сердцем, придурок.

Он отключился, практически швырнув трубку на приборную панель, и яростно выругался.

— Он врет, — тихо сказала она.

Вик перевел рычаг в положение «ход», оглянулся, проверив, нет ли близко машин, и выехал на шоссе.

— Вик, он врет.

Он все еще не обращал на нее внимания.

— Он манипулирует тобой, и ты ему это позволяешь!

Вик наконец повернулся к ней, и Ренни увидела, что он внимательно разглядывает ее сквозь темные очки.

— Пристегнись. — Вот все, что он сказал.

Было досадно, что Вик Треджилл бросил трубку, но Лозадо тихо засмеялся, отключая сотовый. Он добился того, чего хотел. Хотелось бы, конечно, услышать, о чем они сейчас говорят. Неплохо было бы убедиться, что те семена сомнения, которые он посеял, дали всходы.

Ренни наверняка слышала разговор. Она станет все отрицать, а Треджиллу будет трудновато ей поверить, так как он знает едва ли не больше того, что выяснил сам Лозадо насчет молодой Ренни Ньютон.

В другой жизни он мог бы стать копом, философски подумал Лозадо. Он повернул свои врожденные способности на сто восемьдесят градусов, чтобы удовлетворить собственные потребности, но он наверняка мог бы быть таким же отличным следователем, как Орен Уэсли, Джо Треджилл или его младший брат Вик. В отличие от них его бы не сдерживала совесть или закон.

К примеру, если бы официантка в Далтоне не оказалась такой разговорчивой, он мог бы выследить ее и добиться ответов под пытками, а потом убить.

Но так вышло, что из этой Кристел информация била фонтаном. Сначала ей показалось забавным, что за последнюю неделю уже второй человек расспрашивает о Ренни Ньютон.

— Странно, что вы о ней спрашиваете, — так она сказала.

Лозадо ковырялся в тарелке с жирными лепешками и безразлично спросил:

— В смысле?

— Не так давно заезжал еще один парень. Кажется, в воскресенье. Он знал ее по колледжу. Так он сказал. Очень даже симпатичный. — Она подмигнула. — Ренни зря его упустила, как и вас, мистер Высокий Красивый Брюнет.

— Спасибо. А как выглядел тот парень?

Она подробно описала Вика Треджилла, начиная от копны светлых волос и кончая ковбойскими сапогами. Когда Лозадо сказал Кристел, что тот мужчина ее мечты полицейский, она очень огорчилась.

— Надо же, как обидно! — воскликнула она. — А я поверила каждому его слову.

Он сказал, что Вик работает на поганенького адвоката, занимающегося делами, связанными с врачебными ошибками.

— Его задача нарыть побольше грязи на врача, попавшего в обвиняемые. — Кристел купилась на эту историю точно так же, как купилась на россказни Треджилла. — Не вини себя, Кристел. Он может кому хочешь без мыла в душу влезть.

— Ты прав, черт побери. Наверное, все дело в этих больших голубых глазах. — В ее взгляде проскользнуло подозрение. — А ты тоже следователь?

Он улыбнулся своей самой лучшей улыбкой.

— Я журналист. Пишу статью о докторе Ньютон. О ее добровольной работе в странах третьего мира.

— Ну, если спросите меня, так никакая ее добровольная работа не компенсирует ее прошлых выкрутасов, — заявила Кристел и презрительно фыркнула. Следующие полчаса она охотно рассказывала ему о распутной Ренни Ньютон. — Неудивительно, что мы не слишком поразились, когда она пристрелила беднягу Раймонда.

О да, его вчерашнее путешествие в Далтон было более чем плодотворным. Он уехал из кафе, увозя подарок: упакованный в коробку кусок шоколадного торта.

Плакса Сойер тоже сообщил ему немало интересного. Под угрозой смерти он отыскал кучу сведений о Треджилле, включая место, где он в последний раз пользовался своей кредитной карточкой, то есть тот самый город, где родилась и выросла Ренни Ньютон.

Плакса также выяснил, какой налог Ренни платит за свое ранчо в соседнем графстве, что она отличная всадница и что она принимала участие в соревнованиях по скачкам на неоседланных лошадях в своем родном городе. То есть в свободное от траханья время.

Довольный успешным телефонным звонком копу, Лозадо включил погромче проигрыватель, установленный в джипе, и глубоко вздохнул, прикидывая, когда он почувствует первые признаки морского ветерка.

Вик отпер дверь и распахнул ее. Она протестующе заскрипела ржавыми петлями. Вик жестом предложил Ренни войти.

— Не жди слишком многого.

— Все нормально.

— Я не получаю шестизначной зарплаты хирурга.

— Я же сказала, все нормально.

— Кухня вон там. Спальня и ванная с этой стороны. Чувствуй себя как дома.

— Мне бы в душ.

— Горячей воды не гарантирую. Чистые полотенца, если таковые остались, в нижнем ящике комода.

Она молча направилась в спальню, закрыв за собой дверь.

— Не извольте беспокоиться, ваше величество, я принесу чемоданы, — пробормотал Вик.

Он вернулся к пикапу, напомнив себе, что не следует разыскивать полицейских, которые приставлены их охранять, и достал два чемодана из машины, поморщившись от пронизывающей боли в спине.

Ренни дважды предлагала сменить его за рулем. В первый раз он вежливо отказался и поблагодарил ее за предложение. Во второй раз просто огрызнулся. Это случилось уже после звонка Лозадо, когда напряженное молчание стало враждебным. Последние три часа пути показались ему тридцатью. Напряжение нашло слабое место и угнездилось там. Каждый раз, морщась от боли, он проклинал Лозадо.

Не заботясь о том, что он может помешать своей гостье, Вик толкнул дверь спальни и вошел. Он слышал, как шумит вода в душе. Обнаженная Ренни в хлопьях мыльной пены — наверняка самое соблазнительное зрелище, которое видел этот несчастный душ, но лучше не думать о Ренни вообще, неважно, в каком виде, обнаженной или в хлопьях мыльной пены.

Он швырнул чемоданы на кровать, подошел к комоду и открыл нижний ящик. Там, под кучей самых старых и самых любимых шортов, он нашел микрофон и передатчик, который для него здесь специально оставили. Уэсли сказал, где он будет спрятан. С его помощью можно поддерживать непрерывную связь с наблюдателями.

Вик воткнул в ухо наушник и проговорил в крошечный микрофон:

— Мы на месте.

— Десять четыре. Мы вас видим.

— Кто это?

— Питерсон. Я руковожу операцией.

— Я Треджилл.

— Рад познакомиться.

— Где вы?

— Вам лучше не знать, — заметил Питерсон. — А то захочется на нас посмотреть, и все полетит к чертям.

— Эй, Вик, как поездка?

— Длинная. Кто это?

— Плам.

— Привет, Плам. Не знал, что Орен послал сюда своих людей.

— Мы тут заодно с ребятами из Галвестона. Здесь тоже подозревают Лозадо в убийстве. Шлепнул крупного мафиози, который пытался легализовать здесь азартные игры. Говорят, его наняла группа церковников.

— Я голосую за конкурирующего воротилу криминального мира.

— Я тоже, — сказал Плам. — Никакая церковная группа не может себе позволить нанять Лозадо. Короче, это у них нераскрытое убийство, так что они рады нам помочь.

— Отлично, что ты здесь, Плам. Слава богу, это ты, а не Тинпен.

— Поцелуй меня в задницу, Треджилл, — раздался довольный голос Тинпена.

— О, господи, — простонал Вик. — Только не это.

— И, кстати, поцелуй попочку доктора.

— Тут я с удовольствием выступлю добровольцем, — заявил незнакомый голос.

— Животные, — проворчал недовольный голос, наверняка женщины-полицейского.

— Эй, Треджилл, — попросил Тинпен, — не выключай микрофон. Мы хотим все слышать.

— Ладно, повеселились, и будет, — резко сказал Питерсон. — Если нечего доложить, всем заткнуться.

— Пока, мальчики и девочки. Развлекайтесь дальше.

— В задницу, — услышал он шепот Тинпена.

Он оставил наушник, чтобы иметь возможность слышать их предупреждения, но выключил микрофон. Из ванной появилась завернутая в полотенце Ренни. Завидев его, она резко остановилась.

— Я забыла, что мой чемодан все еще... — Вик показал на кровать. — О, спасибо.

Он мог бы передать его ей, но не стал. Он мог извиниться и выйти из комнаты, но не вышел. Вместо этого он смотрел, как она прошла через комнату, взяла чемодан и унесла его в ванную. Все это она проделала на удивление достойно, если учесть, что она была прикрыта только его жалким полотенцем.

Вид сзади оказался таким же привлекательным, как и вид спереди, и Вик с удовольствием смотрел на нее, одновременно смущенно думая, не превращается ли он в копию Тинпена, только постройнее и почище.

Вик был на кухне, когда Ренни присоединилась к нему.

— Здесь что-то умерло?

Он взглянул на нее через плечо:

— Открытая упаковка колбасы в нижнем отделении холодильника. Ты будешь есть в доме или на веранде, радость моя?

— Где угодно.

— Нет уж, решай сама, милая.

— Ладно, раз ты спросил, то лучше в доме, чтобы не наряжаться.

— Любишь стейки?

— Филе-миньон.

— Естественно, — заметил он и добавил филе в список продуктов, которые, как она сообразила, он собирается покупать. — Для нас все только самое лучшее.

— Ты собираешься и дальше так себя вести, Вик?

Он взглянул на нее и с невинным видом спросил:

— Как это?

— Саркастически. Презрительно. Потому что в этом случае я уеду. Ты вместе с Уэсли и Лозадо можешь катиться ко всем чертям. Я вообще не понимаю, зачем согласилась. Лозадо наверняка не клюнет.

Вик отвернулся от нее и уставился в окно, покрытое крупинками соли.

— Ты ошибаешься, Ренни. Он появится. Не знаю, каким образом и когда, но обязательно появится. Можешь не сомневаться.

Мрачная уверенность, с которой он говорил, заставила ее пожалеть о том, что она наговорила.

Но, по крайней мере, напоминание о том, зачем они сюда приехали, несколько смягчило его настроение, которое после разговора с Лозадо оставляло желать много лучшего. Вик настоял, чтобы она поехала с ним в супермаркет. Идя за ней к пикапу, он заметил:

— Сбежавшие любовники все делают вместе.

Ренни была рада, что он взял ее с собой. Дом был просто ужасным, ей совсем не хотелось оставаться там в одиночестве, ждать появления Лозадо, зная, что кругом полно полицейских, наблюдающих за ними.

Даже в машине рядом с Виком ей казалось, что она вся на виду. Когда они остановились перед светофором, Ренни сказала:

— Я никого не заметила.

— Все на месте.

— Они нас слышат?

— Нет, если выключен микрофон.

Он показал ей крошечный микрофончик.

— А сейчас они что-нибудь говорят?

— Мимо нас только что проехал голубой фургон, находится в двух машинах спереди, показал поворот налево.

Она заставила себя не смотреть в ту сторону, наклонилась вперед и поискала другую станцию на радио.

— Замечательно, Ренни.

— Стараюсь. — Она выпрямилась и улыбнулась ему. Вик удивил ее, протянув руку и проведя по ее щеке тыльной стороной ладони.

— А это зачем?

— Напоказ. На случай, если за нами наблюдают не только полицейские.

Такая возможность действовала на нервы, и Ренни не стала возражать, когда Вик обнял ее за плечи одной рукой по дороге со стоянки в супермаркет. Там он тоже изображал из себя внимательного и заботливого влюбленного. Много улыбался, ласково гладил по плечу, интересовался ее мнением по поводу всех продуктов, которые он складывал в тележку, и даже покрасовался перед ней, жонглируя тремя апельсинами.

Они съели порцию фруктового мороженого на двоих, а когда стояли в очереди в кассу, он в одной руке держал спортивный журнал и читал статью, а другой массировал ей шею, причем имел беспечный вид человека, привыкшего к такой процедуре. Если бы она наблюдала со стороны, то не сомневалась бы, что это влюбленная пара, вполне довольная своими отношениями.

Домой они вернулись на закате.

— Пойдем купаться. Потом поджарим стейки.

— Я не сообразила взять купальник.

— Тогда придется нырять голышом.

Она устало взглянула на него и направилась в спальню.

— Я привезла шорты. Думаю, сойдут.

За несколько минут ее отсутствия Вик тоже успел сменить джинсы на мешковатые шорты с обтрепанными краями. Они держались низко на бедрах, из-за чего грудь казалась еще шире, а талия уже. Ренни напомнила себе, что нечего зря таращиться на его загорелые, стройные лодыжки.

Он же взглянул на нее и сказал с выражением:

— Лихо!

Ренни покраснела. Она надела на себя вязаный топ с узкими бретельками и старые выгоревшие шорты. Реакция Вика изрядно смутила ее.

— Пошли. — Он повернулся и направился к двери.

— А как же это? — Она показала на передатчик, лежащий на столе рядом с пистолетом.

— Черт. Едва не забыл.

Ему пришлось надеть рубашку, чтобы спрятать под нее микрофон и тонкую проволочку, тянущуюся к наушнику. Пушку он сунул за пояс. Ее тоже прикрыла рубашка.

Держась за руки, они спустились на берег и вошли в полосу прибоя. На пляже бродило всего несколько человек.

— Акул боишься? — спросил он.

— Тут же очень мелко.

— Они чаще всего нападают на мелководье.

— Разве у нас не больше шансов пострадать от молнии?

— Или быть пристреленными Лозадо.

Ренни дернула его за руку, заставив остановиться. Когда он повернулся к ней лицом, она сказала:

— Он врал, Вик. То, что он сказал, неправда.

— Ш-ш-ш. — Очевидно, кто-то разговаривал с ним через наушник. Он притянул ее к себе и потерся носом о ее шею. — Там какой-то человек идет, но не оборачивайся. Продолжай играть. Но если что-нибудь случится, если вдруг начнется стрельба, ныряй в прибой, Ренни. Поняла?

Она кивнула.

Он немного отстранился, но продолжал держать руки на ее талии. Вода плескалась у их ног. Тела слегка покачивались в такт прибою. Вик поставил ногу между ее ступней, чтобы лучше держаться на ногах. Поцеловал ее в щеку прямо под ухом. Руки скользнули на бедра. Следующая волна ударила их под колени. Ренни машинально вцепилась в него, чтобы не упасть. Почувствовала, как напряжены его мускулы. Он хорошо играл свою роль, но он и в самом деле был готов к действию.

Потом он сказал:

— Это не наш человек.

Тревога оказалась ложной, но они остались в том же положении. Песок под ногами двигался. Ренни казалось, она теряет почву под ногами, и что единственная прочная вещь во всей вселенной в данный момент — пристальный голубой взгляд Вика.

— Он врал, Вик.

— Я знаю. Я...

— Ты ему поверил.

— Не совсем. Ладно, может, на полсекунды. Он, видно, сообразил, что ты слушаешь, и говорил все это, чтобы тебя смутить. Но даже если бы ты не слушала, он знал, как меня завести. Он меня достал, и я вел себя как последний мудак. Я понял это через полторы минуты, но был...

— Слишком упертым, чтобы это признать.

— Мне хоть раз дадут закончить предложение?

— Извини. Так что ты хотел сказать?

— Я хотел сказать, что, говоря о тебе в таком тоне, он дал мне лишний повод желать его смерти. И что...

— Что?

— Что я тебя сейчас поцелую, и этот поцелуй будет выглядеть настоящим.

Он наклонил голову и прижался к ее губам. Язык быстро скользнул ей в рот, нашел ее язык и хорошенько с ним познакомился. Неожиданно сзади в них ударила волна, бросив Ренни ему на грудь. Теперь они прижимались друг к другу всем телом.

— О, господи, — простонал Вик и еще крепче прижал к себе ее бедра.

Она почувствовала, как все внутри охватило жаром.

— Вик, я не могу... — слова застряли у нее в горле. — Я сейчас упаду.

Он отпустил ее.

— На сегодня хватит.

Но когда Вик шел к дому, лицо его было напряженным и суровым, шаги большими и решительными, так что Ренни ни на секунду не поверила, что ему хватит.

29

Их было так отчетливо видно.

Неужели эти полудурки, работающие под прикрытием, решили, что он их не заметит? Да им впору надеть неоновые жилеты. Вон та толстая сука со своим волосатым компаньоном, разгуливающие с металлодетектором по пляжу. Ради бога. Или толстый парень с удочкой на пирсе. Шляпа на нем слишком новая, а рыболов из него никудышный. Трое парней и девушка, что-то жарящие у машины, уж слишком старательно пытаются показать, как им весело. Остальные так же очевидны.

Лозадо заметил их всех с заднего сиденья фургона агента по продаже недвижимости. Доброжелательная женщина лет пятидесяти от роду изо всех сил старалась ему угодить.

Благодаря Плаксе Сойеру Лозадо точно знал месторасположение дома Вика. Он позвонил агенту из машины и сказал, какой его интересует район, назвав ближайший к дому Вика. Поведал, что хочет построить пляжный дом для жены и четверых детей. Попросил о встрече в конце дня. Они встретились в ее офисе, и она привезла его сюда в одном из фургонов компании. Логотип на борту фургона был знакомым, он расклеен по всему острову. Полиция не обращала на фургон никакого внимания.

Теперь она, не переставая, разорялась насчет отличных возможностей для капиталовложений в собственность на пляже, а Лозадо определял, кто из людей на пляже копы.

Он отмахнулся от них как от бездарных любителей и сосредоточился на Ренни и Вике. Гуляют в прибое. Держатся за руки. Как мило. Как романтично. Все придумано для того, чтобы выманить его и предъявить ему сфабрикованное обвинение.

Но больше всего его выводило из себя, что этот вдруг возникший роман не был еще одной полицейской ловушкой, как он сначала подумал. Все было на самом деле, и у него дыхание перехватывало от ярости. Давление подскакивало, когда он видел, как Вик ее лапает. Даже на расстоянии можно было сказать, что поцелуй настоящий. Что лишний раз доказывало, что Ренни шлюха.

Она была шлюхой смолоду. Она раздвигала ноги для каждого недоумка в том паршивом городишке, где

она росла, а теперь она раздвигает их для Вика Треджилла. Всего лишь через несколько дней после того,
как он, Лозадо, объявил ей о своем чувстве. Он горько
об этом сожалел. Почему он раньше не понял, что
она шлюха и не стоит его?

Она заманила его в ловушку. Во время суда она
заметила, что он обращает на нее внимание, и начала
играть с ним. Притворялась холодной недотрогой,
чтобы казаться желанной.

Ну что же, больше он ее не хочет.

Нет, ему все еще хотелось ее трахнуть. К тому времени, как он с ней закончит, она поймет, что никто
не может безнаказанно играть с Лозадо. Кто знает,
может, он заставит Треджилла смотреть на то, что он
будет с ней делать. Точно. Треджилл дорого заплатит.
Как он посмел забрать то, что Лозадо считал своим?

— Мистер Смит?

— Да?

— Я спросила, не согласились бы вы выплатить
аванс?

Он почти забыл про присутствие агента. Он повернулся к ней и всерьез прикинул, не свернуть ли ей
шею. Быстро, безболезненно, она мертва, а он частично выпустит пар. Но он никогда не позволял себе
действовать спонтанно. Он был человеком дисципли-
нированным.

Он снова вошел в роль вежливого мистера Смита
и ответил:

— С авансом проблем не будет.

— Отлично. — Она перешла к деталям.

Надо сворачивать эту встречу. Все, что нужно, он
увидел. Уже совсем стемнело. Его любимое время. Он
с удовольствием думал о делах, какие предстоят ему
этой ночью.

— Как твой стейк?

— Превосходно.

— Рад, что понравилось. — Вик поставил локти на край стола и покатал стакан с вином между ладонями. — «Мерло» оказалось на высоте.

— Согласна.

— Вот только стакан подкачал. — Среди его разнокалиберной посуды не нашлось винных бокалов, пришлось пить из стаканов для сока.

— Мне все равно.

Он поболтал густо-красную жидкость в стакане.

— Знаешь, о чем я думаю?

— О чем?

— Если бы это было свидание вслепую, оно закончилось бы полным фиаско.

Она печально улыбнулась:

— Трудно поддерживать свободную беседу, когда ты как на витрине. Я чувствую себя золотой рыбкой.

Пока жарилось мясо и пеклась в углях картошка, они сидели на веранде, пили вино, больше молчали и слушали шум прибоя.

Качалка поскрипывала каждый раз, когда Ренни легко отталкивалась босой ногой. В этих шортах ее ноги казались бесконечно длинными. На бедрах от подсохшей морской воды поблескивали кристаллики соли. Вик с трудом отводил глаза от столь роскошного зрелища.

К веранде подошел молодой пес, явно привлеченный запахом жарящегося мяса. Ренни спустилась к нему, почесала его за ушами и засмеялась совсем по-детски, когда он попытался лизнуть ее в лицо. Она играла с ним, пока не раздался резкий свист хозяина. Пес послушно рванулся к нему, но прежде чем скрыться в темноте, остановился и печально посмотрел на Ренни, как будто ему не хотелось уходить.

Примерно каждые пять минут все полицейские по очереди докладывали Питерсону. Вик слышал их в наушниках. Если Лозадо и заявился на остров Галвестон, он сумел остаться невидимым. Он не зарегистрировался ни в одной гостинице, мотеле или пансионате, что ничуть не удивило Вика.

Питерсон договорился о сигналах, которые Вик должен им подавать. Но Вик уже умел различать голоса, звучащие в его ухе. Если возникнет что-то непредвиденное, он отреагирует соответственно, но пока он следил за филе-миньон, завернутыми в фольгу, а остальное время уходило на созерцание Ренни.

Когда стейки поджарились, они отнесли их в дом. Один раз, пока они ели, ее босая нога под столом коснулась его лодыжки. Ренни не извинилась, что показалось ему своего рода прогрессом. Хотя она просто сделала вид, что ничего не случилось.

Ренни нашла пожелтевшую свечу в ящике комода и поставила ее на блюдце в центре стола, чтобы создать романтическую атмосферу и несколько скрасить убожество его кухни. Но единственной, кто стал выглядеть лучше при свете свечи, была сама Ренни.

Когда она распускала волосы, у нее появлялась привычка причесывать их пальцами. Она делала это бессознательно, но Вику нравилось, как волосы стекали по ее пальцам и снова падали на плечи. «Жидкий лунный свет», — подумал он и удивился: когда это он стал поэтом?

От пламени свечи появились треугольные тени на ее шее и в ложбинке между грудями. Весь вечер он старался не смотреть туда, но есть вещи выше человеческих сил, и это была одна из них.

Ужин получился вкусным и сытным. Он набил себе желудок, но его мучил голод другого сорта. Не надо было ему еще раз целовать ее. Никакой в этом не было необходимости. Он перестарался. Их прогулка в полосе прибоя выглядела достаточно романтично и без поцелуя. Теперь же он хотел ее так, что терпеть не было мочи.

Ренни допила вино и посмотрела на него.

— Ты на меня пялишься, — заявила она.

— Стараюсь наглядеться.

— Наглядеться?

— На тебя, — сказал он. — Запомнить, как ты выглядишь. Когда все это закончится, как бы оно ни вышло, ты вернешься к своей работе и прежней жизни, в которой меня не будет. Ведь не будет, Ренни?

Она медленно покачала головой: не будет.

— Вот я и пялюсь.

Она отодвинула стул, взяла свой поднос, но, когда она проходила мимо него к раковине, он схватил ее за руку.

— Остынь, Ренни. Может, тебе еще повезет и Лозадо меня убьет.

Она выдернула руку, отнесла поднос в раковину и с грохотом поставила.

— Как ты можешь говорить такие ужасные вещи?

— Так тебе будет жалко?

— Конечно!

— Ну, ладно, ладно. Ты же занимаешься спасением людей, что меня удивляет... потому что ты играешь со смертью.

Она засмеялась:

— Играю со смертью?

— Постоянно. Ты бесшабашная. Рискуешь без всякой нужды.

— О чем это ты, черт побери?

— Ни в одном из твоих домов не установлена охранная сигнализация. Глупо, если женщина живет одна. Ты скачешь сломя голову на лошади без седла и прыгаешь через заборы. Какой бы хорошей наездницей ты ни была, это опасно. Ездишь в такие уголки мира, где каждый день смерть собирает богатую жатву. Ты с ней флиртуешь, Ренни.

— Ты слишком много выпил.

Он подошел к ней ближе:

— Ты не проживаешь жизнь, Ренни, ты бросаешь ей вызов.

— Ты или пьян, или сошел с ума.

— Нет, я прав. Никаких друзей и закадычных подруг. Не выходишь на люди. Ничего, кроме тех невидимых стен, которые ты воздвигла, чтобы никто не смог к тебе приблизиться. Ты даже своих пациентов держишь на расстоянии вытянутой руки. Ты поэтому и предпочла хирургию другим областям медицины? Потому что твои пациенты находятся под наркозом? Ты можешь их лечить, не вступая с ними ни в какие эмоциональные связи.

В наушнике раздался голос Питерсона:

— Эй, Треджилл, у вас там все в порядке?

— Мне бы хотелось услышать, что он ей говорит, — заметила женщина. — Мне не нравится его поза.

Вик их проигнорировал.

— Ты обожаешь своих лошадей. Ты таешь при виде щенка. Ты скорбишь по дикому зверю, которого пришлось пристрелить. Но если тебя касается другое человеческое существо, ты либо не обращаешь на это внимания, либо бежишь без оглядки.

— Неправда.

— Разве?

— Да.

— Докажи.

Он наклонился над столом и задул свечу, погрузив кухню во мрак. Он выдернул из уха наушник, обнял ее одной рукой за талию и привлек к себе.

— Вик, нет.

— Докажи, что я ошибаюсь. — Он прижался губами к ее рту. Когда она промолчала, он поцеловал ее.

Сдерживая свой гнев, он мягко раздвинул ее губы языком.

Она резко отвернула лицо.

— Вик...

Он целовал ее шею, слегка покусывая кожу.

Она положила руки ему на плечи и впилась в них пальцами.

— Пожалуйста.

— Я могу сказать то же самое, Ренни.

Он наклонил голову и поцеловал ее грудь в вырезе футболки.

— Нет. — Она с силой оттолкнула его.

Руки Вика опустились. Он сделал шаг назад. В темноте слышалось только их учащенное дыхание. Наушник болтался у него на груди, но он все равно слышал, как материт его Питерсон.

Вик старался сдержать гнев, но против природы не попрешь. Желание становилось нестерпимым. Вик с явной обидой сказал:

— Не понимаю, и все.

— Что ты не понимаешь?

— Почему ты говоришь: «Нет».

— У меня есть право сказать: «Нет».

Он аж застонал от досады:

— Ведь так замечательно, Ренни. Что тут может не нравиться?

— Мне нравится.

Решив, что он неправильно расслышал ее, Вик протянул руку и зажег свет.

— Что?

Она моргнула от внезапного яркого света, затем заметила его изумленный взгляд.

— Я никогда не говорила, что мне не нравится.

Он таращился на нее с таким глубоким недоумением, что не сразу услышал телефонный звонок. Ренни спросила:

— Это твой?

Он схватил телефон, пристегнутый к поясу, затем покачал головой:

— По-видимому, твой.

Она пошла за своим сотовым. Вик снова сунул в ухо наушник и как раз застал конец гневной тирады. Включил микрофон:

— Успокойся, Питерсон, мы в порядке.

— Что происходит, Треджилл?

— Ничего. Тут что-то с электричеством. Предохранитель, видно, перегорел.

— Теперь все в норме?

— Ага, я собираюсь мыть посуду, а Ренни говорит по своему...

Он замолчал, разглядев выражение ее лица.

— Стойте, ребята. Кто-то только что позвонил ей по сотовому.

Она держала маленькую трубку обеими руками. Послушала секунд пятнадцать, потом медленно опустила и отключилась.

— Лозадо? — спросил Вик. Она кивнула. — Сукин сын... Что он сказал?

— Он здесь.

— Он так сказал?

Ренни машинально поднесла руку к горлу, как будто защищалась.

— В этом не было необходимости. Он нас видел.

— Ребята, вы слышите? — сказал Вик в микрофон. Получив подтверждение через наушник, он кивком предложил Ренни продолжить.

— Он сказал, что мне надо чаще носить черное. Что этот цвет мне подходит. Спросил, можешь ли ты приготовить приличный стейк.

— Он так близко?

— Наверное.

— Что еще?

Она многозначительно и с мольбой взглянула на него. Он медленно поднял руку и отключил микрофон. Потом ему за это нагорит, но его больше беспокоила Ренни, чем негодование полицейского управления Галвестона.

— Они орут мне в ухо, как резаные, но тебя они не услышат. Давай. Повтори, что он сказал.

— Он говорил... такие отвратительные вещи. О тебе и мне. О нас. Вместе.

— Вроде того, что он говорил раньше?

— Хуже. Он сказал, что прежде чем я... прежде чем я... — Она скрестила руки и сжала собственные локти. — Если перефразировать, то он сказал, что, прежде чем я влюблюсь в тебя по уши, мне стоит спросить, каким образом ты похерил расследование убийства твоего брата.

— Она стеснялась повторить все слово в слово. Думаю, он был очень груб.

Орен так устал, что болели глаза. Он постоянно тер их, слушая отчет Вика об их последнем контакте с Лозадо.

— Он заговорил о расследовании убийства Джо, как я все испортил, потому что хотел рассорить нас с Ренни. С этой же целью он раньше врал мне об их любовных утехах.

— Сработало?

— Не совсем, но определенная напряженность в отношениях есть. Ренни сейчас в душе. Уже второй раз после приезда. Надо признать, она чистюля.

— Меня больше волнует местонахождение Лозадо, чем гигиенические привычки доктора Ньютон. Никто из моих полицейских его не заметил?

— Ни малейшего следа.

— Как мог он подобраться так близко, чтобы разглядеть, что ты жаришь, и не попасться им на глаза? Наверное, смотрел в бинокль.

— Или зарылся в песок по уши в десяти футах от входной двери. С Лозадо нет ничего невозможного. Его не поймать, если следовать уставу. Питерсон выглядит вполне компетентным, но...

— Ты плохо ему помогаешь.

— Это он так сказал?

— А ты обиделся?

— Мне не нравится, когда со мной обращаются как с ребенком.

— Тогда не веди себя как ребенок. Он говорит, ты редко оставляешь микрофон включенным и часто даже наушник вынимаешь.

— Я держу его в ухе по меньшей мере половину времени.

— Шутить изволите? Эти люди там, на пляже, жизнью ради тебя рискуют, — сердито заметил Орен. — Сообрази, если Лозадо так близко, он наверняка их всех разглядел.

Орен услышал, как Вик тяжело вздохнул:

— Знаю, я об этом думал. И я не шучу. Правда. Я ценю их усилия, честное слово.

— Не помешало бы и им это сказать.

— Первым делом.

— Вполне вероятно, что Лозадо их увидел и именно по этой причине не сделал никакой попытки с вами разделаться.

— Я об этом тоже думал, — сказал Вик.

— Одно меня удивляет.

— Только одно?

— Почему он звонит? Совсем не его стиль. Не в его характере такая беспечность. Он никогда раньше не предупреждал жертву.

Вик немного подумал.

— На этот раз он делает это не из-за денег. Это не работа, а личное дело.

Грейс всунула голову в дверь и вопросительно посмотрела на Орена. Он жестом предложил ей зайти. Она села рядом с ним на диван и положила голову ему на плечо. Он взял ее руку, поднес к губам и поцеловал. Каждый раз, когда Орен думал, что Лозадо мог с ней сделать, если бы захотел, он немножко умирал.

В трубку он сказал:

— Что же, по крайней мере мы знаем, что он в Галвестоне. Мы уже всех известили.

— Надеюсь, их предупредили об осторожности. За что его можно арестовать?

— Он сегодня звонил и говорил пакости, вы с доктором Ньютон можете подтвердить, что он ее преследует.

— Слабовато, Орен.

— Больше ничего нет.

— Ладно, сейчас пойду и приглажу перышки Питерсону, — сказал Вик. — Пока.

Повесив трубку, Орен рассказал Грейс о последних событиях.

— Как это переносит доктор Ньютон?

— Вик говорит, что она молодец. Чистюля.

— Она ему нравится.

— Ему ее внешность нравится, — буркнул Орен.

— Думаю, на этот раз он по-настоящему влюбился.

— Влюбился? — Он фыркнул. — Что тут нового? Вик влюбляется в каждую бабу, с которой переспит. Его романы начинаются с эрекции и кончаются оргазмом.

— Он что, один такой? — засмеялась она. — Таких полно, почти все такие.

— Только не я.

— Ты не все.

Он снова поцеловал ее.

— Я соскучился по девочкам.

— Я тоже. Я сегодня с ними разговаривала. Они прекрасно проводят время. Мама их всячески развлекает, но им не хватает друзей, так что они уже спрашивают, когда смогут вернуться домой.

— Скоро не получится, Грейс. Пока есть хоть какой-то шанс, что Лозадо...

— Я знаю, — сказала она, похлопав его по спине. — И я полностью с тобой согласна. Я девочкам все объяснила.

— Они поняли?

— Может, и не совсем, но поймут, когда сами станут родителями. А теперь пошли в постель.

— Я не могу сейчас спать. Мне еще надо вернуться в офис.

Она встала и потянула его за руку:

— С какого это времени мы с тобой только спим в постели?

— Прости, милая. Я слишком устал, чтобы хорошо себя проявить в этом смысле.

Грейс наклонилась, поцеловала его и сказала, призывно улыбаясь:

— Положись на меня.

— Там женщина-полицейский на кухне.

— Мы с ней душевно поговорили. Нас никто не побеспокоит, разве что в случае крайней необходимости.

Идея показалась ему соблазнительной, но, взглянув на часы, он нахмурился:

— Я обещал через полчаса вернуться.

Грейс улыбнулась и потянулась к нему:

— Мне нравятся трудные задачи.

За свой стол в управлении Орен вернулся через сорок пять минут и, хотя он даже не вздремнул, чувствовал себя посвежевшим после получаса в постели с Грейс. Господи, как же он любил эту женщину.

Даже не спрашивая, он сразу понял, что никаких вестей из Галвестона нет. Если бы были, ему бы позвонили или прислали сообщение на пейджер. Но он все равно спросил.

— Ничего, — ответил другой детектив. — Но там вон тебя какой-то парень ждет.

— Какой парень?

— Вон тот.

Раздрызганный человек в очках, сидящий в углу, ссутулив плечи, с таким остервенением грыз ногти, что казалось, он не рассчитывал когда-нибудь иметь возможность поесть.

— Чего он хочет?

— Не говорит.

— Почему ко мне?

— И этого не говорит. Настаивает, что должен поговорить с тобой и только с тобой.

Орен снова посмотрел на замухрышку, но только лишний раз убедился, что никогда его раньше не видел. Наверняка бы запомнил.

— Как его зовут?

— Это любопытно. Плакса Сойер. Так он представился.

30

Ренни приподнялась на локте. Последние полчаса Вик стоял у окна. Он стоял неподвижно, одна рука на оконной раме сверху, вторая опущена вниз. В этой руке он держал пистолет. Опирался он в основном на левую ногу, щадя рану.

— Что-нибудь не так? — шепотом спросила она.

Он взглянул на нее через плечо:

— Да нет. Прости, что побеспокоил.

— Ты что-нибудь слышал...

— Нет, ничего. — Вик вернулся к кровати и положил пистолет на столик. — Иногда мелькают полицейские, а в остальном все тихо.

— Ничего о Лозадо?

— Ни звука. Хоть бы этот сукин сын появился, и все бы закончилось. Ожидание сводит меня с ума. — Он лег рядом с ней и закинул руки за голову.

— Который час? — спросила Ренни.

— Еще целый час до восхода. Ты хоть поспала?

— Подремала.

— Я тоже.

Ради микрофона, болтающегося у него на груди, они оба врали. Они всю ночь лежали рядом, молчаливые и напряженные, спать они не могли, но по разным причинам не желали в этом признаваться.

— Тебе бы не мешало поспать, Ренни.

— Когда я работала интерном, привыкла спать очень мало. Мне сейчас страшно вспоминать о пациентах, которых я лечила в полусонном состоянии.

— Ты всегда знала, что хочешь стать врачом?

— Нет. Только на втором курсе колледжа я решила пойти в медицину.

— С чего это вдруг?

— Причина довольно банальная.

— Ты хотела помогать людям?

— Я же сказала, звучит банально.

— Я так не думаю, — сказал он. — Потому что именно по этой причине я стал копом.

— А я думала, ты хотел пойти по стопам старшего брата.

— И не без этого.

— Это хороший выбор, Вик.

— Ты думаешь?

— Не могу себе представить, как ты сидишь восемь часов за письменным столом. Даже восемь минут. Я должна была догадаться, что ты лгал, когда выдавал себя за разработчика компьютерных программ. Впрочем, ты выполнял свое задание.

— Его еще никто не отменил.

Это снова напомнило им о Лозадо. Ренни перевернулась на бок, лицом к Вику.

— Как ты думаешь, что он сделает?

— Честно?

— Да.

— Не имею ни малейшего представления.

— А детектив Уэсли?

— Орен тоже не знает. Я изучал Лозадо многие годы, но единственное, что я о нем знаю, так это то, что он наносит удар внезапно. Как укус одного из этих его скорпионов. Мы ничего не увидим.

— Неприятная мысль.

— Совершенно верно, черт побери. Именно поэтому он и считается таким мастером. — Они немного помолчали, потом он повернул голову и взглянул на нее. — Он тебя сексуально домогался, Ренни?

— Он разорвал мою блузку, чтобы посмотреть, нет ли на мне «жучка».

— Я не о Лозадо. — Вик подчеркнутым жестом выключил микрофон. — Т. Дэн.

— Что? Нет! Никогда!

— Кто-то другой?

— Нет. Почему ты так решил?

— Иногда девушки идут в разнос в подростковом возрасте, если они подвергались насилию в детстве.

Она печально улыбнулась:

— Перестань искать оправдание моим грехам, Вик. Его нет.

— Я не пытаюсь найти тебе оправдание, Ренни. Мне тоже трудно оправдать мое стремление затащить в постель каждую встреченную девушку. Но ведь так было.

— Для мальчиков другие правила.

— Это несправедливо.

— Да, и тем не менее.

— Только не для меня. Поверь, не мне бросать в тебя камень. — Он взял ее за руку. — Одного я не могу понять: зачем ты наказываешь себя за то, что случилось двадцать лет назад?

— А каков срок для самонаказания?

— Что?

— Сколько лет прошло после убийства Джо?

Он отвернулся:

— Это не одно и то же.

— Разумеется. Но показательно.

Вик вдруг резко повысил голос:

— Лозадо возбудил твое любопытство. Так? Он тебя предупредил, что... Что он сказал тебе? Прежде чем ты в меня влюбишься, ты...

— Прежде чем я пущу тебя в задницу. Вот что он сказал.

Вик вздохнул и запустил пальцы в волосы. Сел на край кровати спиной к Ренни, наклонил голову и потер лоб.

— Извини, Ренни. Какую пакость тебе приходится слушать. — И тихо добавил: — И я не должен был заставлять тебя повторять.

— Неважно. Я спросила про Джо без всякой связи с Лозадо.

— Знаю.

— Что произошло, когда его убили?

Вик обхватил голову руками.

— Поначалу я вооообще не мог ни о чем думать. Я не мог с этим смириться, понимаешь? Джо мертв. Мой брат ушел. Навсегда. Он был рядом всю мою жизнь. И внезапно он превратился в труп в морге с биркой на большом пальце ноги. Это казалось, — он развел руки в сторону, как будто пытался подыскать нужное слово, — нереальным, ненастоящим.

Он встал и заметался вдоль кровати туда-сюда, и снова, и еще раз.

— Я так толком ничего и не осознал до похорон. Орен работал круглосуточно. Я был убит горем, а он его превозмог и старался достать Лозадо. Он заставил своих перевернуть каждый камень на парковке, заглянуть под каждую травинку на лужайке, чтобы найти хоть какой-то след. Ведь Орену для получения ордера на обыск или даже для вызова на допрос требовалась хоть какая-то улика, говорящая о том, что Лозадо был на месте преступления. И вот как раз перед похоронами Орен сказал мне, что они кое-что нашли. Шелковую нитку. Всего лишь нитку, серую, длиной в два дюйма. Ее уже проверили в лаборатории и пришли к выводу, что она от очень дорогого материала, какой продается здесь только в самых роскошных магазинах. Как раз такую одежду и носит Лозадо. И если они найдут у него одежку, сшитую из такой ткани, они его прищучат.

Вик замолчал. Ренни не торопила его. Наконец он продолжил:

— Народу на похороны пришло прорва. Пришли полицейские, чтобы почтить память погибшего, ты знаешь, так всегда бывает. Церковь даже всех не вместила. Пел церковный хор, ангелы не спели бы лучше. Все говорили очень трогательные слова. И священник тоже. Но я ничего не слышал. Ничего. Ни пения, ни прощальных речей, ни слов пастора о загробной жизни. Я мог думать только об одном — этой шелковой нитке.

Он снова отошел к окну и встал там, глядя на океан:

— Я с трудом высидел службу на кладбище, последнюю молитву, салют из двадцати одной винтовки. Грейс и Орен устроили поминки. В их дом набилось до сотни народу, так что мне удалось улизнуть незамеченным. Лозадо тогда жил в доме недалеко от студенческого городка.

Вик обхватил себя руками, будто в ознобе:

— Ты сама можешь догадаться, что случилось. Я перевернул у него все вверх дном. Рылся в стенных шкафах, как маньяк. Переворачивал ящики. Перерыл весь дом. И знаешь, что он в это время делал? Смеялся. Живот надрывал от хохота, потому что знал, что я уничтожаю последний шанс привлечь его к суду за убийство Джо. Когда я не нашел того, что искал, я напал на него. Помнишь шрам у него над глазом? Моя работа. Он носит его с гордостью, он — свидетельство его самой большой победы. Откровенно говоря, я бы его тогда убил, если бы не появился Орен и силой не оттащил меня от него. Я в долгу у Орена за это, в тот раз он спас мою жизнь. Лозадо не убил меня, чтобы потом сослаться на необходимость самообороны, только потому, что знал, насколько мучительно будет для меня жить со всем этим.

Вик обернулся и встретился с ней взглядом в темноте.

— Это меня тебе надо благодарить за все неприятности, причиненные тебе Лозадо. Если бы я не сорвался в тот раз, как последний идиот, Лозадо сидел бы сейчас в камере смертников и ты не попала бы в эту передрягу. И я бы здесь не был. Я бы не жил в лачуге, зализывая раны, и не носил бы на руке резинку, боясь впасть в панику.

— Ты обычный человек, — перебила Ренни. — Ты же сам сказал, Вик. Слишком много всякого дерьма свалилось на тебя одновременно. Все, что ты чувствовал, все, что ты ощущаешь сейчас, свойственно человеческому существу.

— Ну, иногда я уж чересчур человечен, во вред себе. — Вик слабо улыбнулся, и она ответила на его улыбку. Затем он поморщился и тихо выругался. Протянул руку к микрофону и включил его. — Да, я тебя слышу. Господи, ты что, решил, что я умер? Что случилось? — Он послушал, потом сказал: — Здесь тоже тихо. Я выйду подышать свежим воздухом. Не пристрелите меня.

Он прошел мимо нее, чтобы взять пистолет и сотовый. И направился к двери.

— Я выйду. Если увидишь или услышишь что-нибудь, ори во все горло.

Спать уже явно не придется, поэтому Ренни оделась. Когда он вернулся, она уже варила кофе.

— В чем дело?

— Мы уезжаем, Ренни. Немедленно. Одевайся. — Тут он заметил, что она одета. — Собери вещи. Поторопись.

— Куда мы едем? Что случилось?

Он быстро прошел в спальню и стал собирать вещи.

— Вик! Скажи мне, что происходит? Лозадо что-то сделал?

— Да. Но не в Галвестоне.

Он ничего ей больше не сказал, потому что мало что знал сам.

Пока он дышал свежим воздухом, пытаясь прочистить мозги и успокоить совесть, позвонил Орен. Рассказав Ренни о своем чудовищном поступке, Вик испытывал смешанные чувства.

С одной стороны, ему стало немного легче. Она умела прекрасно слушать. С другой стороны, он снова вспомнил, что именно его идиотизм гарантировал Лозадо свободу.

Сознание того, что Лозадо где-то рядом и смеется

над ним, терзало его душу. После звонка Орена он вообще ощутил себя бессильным.

— Мы полагаем, что Лозадо уже нет в Галвестоне, — сказал Орен.

— Почему?

— У нас есть основания так считать.

— Что это ты ходишь вокруг да около? Это же не пресс-конференция. В чем дело?

— У тебя есть доступ к сотовому доктора Ньютон?

— Зачем?

— Было бы лучше, если бы следующие несколько часов ей никто не звонил.

— Почему?

— Дай мне разобраться, и я тебе перезвоню.

— В чем разобраться?

— Пока ничего не могу сказать.

— Что значит не можешь? Ты где?

— Когда-нибудь слышал о Плаксе Сойере?

— Кто это, черт возьми?

— Так слышал?

— Нет! Кто он такой?

— Пока неважно. Ты сиди на месте. Развлекай докторшу. Устрой ей пикник на пляже или что-нибудь в этом роде. Питерсон оставит своих людей на тот случай, если мы ошиблись. Мне пора идти, но я буду держать тебя в курсе.

— Орен...

Но он уже отключился, а когда Вик набрал его номер, он услышал короткие гудки. Он позвонил в убойный отдел, но там ему сказали, что с Ореном нет связи, но все, что нужно, ему передадут.

Секунд десять он раздумывал, потом вернулся в дом и сообщил Ренни, что они немедленно уезжают. «Пикник на пляже? — подумал он. — Как бы не так!» Если полицейское управление Форт-Уэрта сжимает кольцо вокруг Лозадо, он хочет в этом участвовать, хотя ему трудно винить Орена, пытающегося удержать его подальше, пока все не будет кончено.

Кто знает, возможно, глупо тащить с собой Ренни, но вдруг Орен ошибается и Лозадо все еще в Галвестоне? Вполне возможно, что он заставил их думать, что он уехал, как раз для того, чтобы выманить Вика и открыть себе путь к Ренни. Вик не слишком надеялся на Питерсона и его команду. Оставалось только взять ее с собой.

Почему Орен предложил отнять у нее сотовый телефон? Хорошо зная Орена, Вик понимал, что у него для этой просьбы наверняка веские основания. Пока Ренни была в ванной, Вик сунул ее сотовый в свою сумку. Она его хватилась, только когда они уже проехали Хьюстон.

— Наверное, ты забыла его на кухне, — соврал он.

— Я всегда держу его при себе. Как я могла его оставить?

— Слишком поздно возвращаться.

Примерно через каждые десять миль она спрашивала его о телефонном звонке, который заставил их так неожиданно уехать.

— Уэсли больше ничего тебе не сказал?

— Ничего.

— Только что он считает, что Лозадо уже нет в Галвестоне?

— Так он сказал.

— Мы ведь знаем, что накануне ночью он там был.

— Полагаю, он мог уехать сразу после звонка тебе.

— И куда же мы едем?

— На твое ранчо. Я тебя там оставлю. Попрошу Тоби Роббинса за тобой присмотреть. Затем отправлюсь в Форт-Уэрт и выясню, что, черт побери, происходит.

— Ты можешь довезти меня до ранчо. Там мой джип. Я тоже поеду в Форт-Уэрт.

— Ничего не выйдет. Ты останешься.

— У меня работы навалом.

— Чушь. Ты же в отпуске, забыла?

— Я возвращаюсь.

— Мы это обсудим, когда приедем.

Но им так и не пришлось еще поспорить.

Когда они приехали на ранчо где-то после полудня, то поразились, увидев несколько машин, включая машину шерифа, у ворот. Вик узнал среди них пикап Тоби Роббинса.

— Что за черт? — выкрикнула Ренни.

— Сиди в машине, Ренни.

Разумеется, она не послушалась. Вик не успел остановить ее. Она выпрыгнула из пикапа и рванула к открытой двери конюшни.

— Ренни! — Он выскочил вслед за ней. Но стоило ему ступить на землю, как спину пронзила острая боль. У него на мгновение перехватило дыхание, но он, прихрамывая, кинулся за Ренни. Она далеко обогнала его. Он видел, как она скрылась в дверях конюшни.

И тут он услышал ее дикий крик.

31

Она не помнила, чтобы в августе когда-нибудь лил такой дождь. Сегодняшняя погода наверняка побьет все рекорды штата. Тучи набежали на небо где-то часа в два, принеся с собой долгожданную прохладу. Но оказалось, что это не просто кратковременная гроза. Начался проливной дождь, не собиравшийся кончаться.

Ренни сидела на охапке сена напротив пустого стойла Бида. За открытой дверью конюшни стояла серая пелена дождя. По трещинам в рассохшейся земле бежали целые потоки воды. Кругом образовались огромные лужи. Дождь смыл следы шин грузовика, на котором Тоби увез трупы лошадей.

Трупы. Ее прекрасных лошадей. Великолепная мощь, красота и изящество, превращенные в трупы.

Она плакала не переставая, рыдала взахлеб, плечи тряслись. Сердце ее было разбито. И не только громадной для нее потерей, но и примитивной жестокостью этого преступления.

Она наплакалась до изнеможения и осталась сидеть где сидела, безразличная, с закрытыми глазами, с высыхающими на щеках слезами, слушая монотонный стук дождя по крыше.

Шум дождя скрадывал шаги, но она почувствовала его присутствие. Открыла глаза и увидела, что Вик стоит в дверях, не обращая внимания на потоки воды, льющиеся на него сверху.

Он предложил помочь увозить трупы лошадей, но ему явно не хотелось оставлять ее одну. Тоби уже собрался позвонить Коринне и попросить ее с ней посидеть, но Ренни отказалась. Нужно было немного побыть одной. Казалось, он ее понял и с уважением отнесся к ее желанию.

Тем не менее Вик уговорил помощника шерифа посидеть в машине у ворот ранчо до своего возвращения, а ей велел сидеть в доме, держать поближе ружье и закрыть дверь на засов. Она так и поступила. Но потом конюшня стала казаться единственным местом, где можно по-настоящему погоревать. Она схватила покрывало с дивана, накинула его на голову и под проливным дождем перебежала в конюшню. Помощник шерифа либо не заметил ее, либо решил не беспокоить.

Воспользовавшись одиночеством, она оплакала каждую лошадь в отдельности, потом всех вместе. Они были ее семьей. Она их любила, как детей. И теперь их нет. Злодейски убиты.

Она не знала, долго ли просидела одна в конюшне, но Вик наверняка решит, что слишком долго. Он рассердится.

Он вошел и остановился в нескольких футах от нее. Из сапог текла вода. Старая футболка прилипла к телу, четко обрисовав торс. Синие джинсы тоже насквозь промокли, обтянув ноги. С волос текло.

Вопреки ее ожиданиям, он не сердился, просто был обеспокоен. В глазах не было раздражения, только глубокое сочувствие. Он протянул ей руку и помог встать. И в следующее мгновение она уже была в его объятиях, и он целовал ее.

На этот раз Ренни не сопротивлялась. Она вела себя так, как ей хотелось с того самого первого раза, когда он поцеловал ее. Она провела пальцами по его мокрым волосам и обхватила его голову, целуя его горячо и жадно, дав волю своему желанию.

Она подняла мокрую футболку у него на груди и коснулась ладонями курчавых волос и сосков. Потом наклонила голову и поцеловала его грудь, легонько касаясь ее губами. Прошипев ругательства, вызванные изумлением и возбуждением, Вик ладонью поднял ее подбородок и снова завладел ее ртом.

Когда он оторвался от нее, Ренни дернула его за футболку, пытаясь ее сорвать.

— Обними меня крепче, Вик. Пожалуйста, еще крепче.

Он стянул с нее кофточку и прижал Ренни к своей голой груди.

Зарылся лицом в ее волосы. Она чувствовала его ладони на своей спине, так крепко он ее обнимал. Металлические пуговицы его джинсов не поддавались, мокрая материя сопротивлялась, но Ренни упрямо боролась с ними, пока не расстегнула все и не прикоснулась к нему.

Тяжело и хрипло дыша, Вик прижал ее к дверям денника, и они снова начали страстно целоваться. Он спустил с нее джинсы вместе с трусиками. Когда ее ноги освободились, он приподнял ее и вошел в нее одним мощным толчком.

— Господи, Ренни, — пробормотал он.

— О! — Она схватила его и притянула к себе, чтобы он мог проникнуть еще глубже.

Он прохрипел ее имя. Ритм учащался. Они кончили быстро и одновременно.

Вик осторожно положил Ренни на покрывало, которое она принесла из дома, и вытянулся рядом с ней. Смахнул пряди волос с ее лица и поцеловал ее.

— Вик...

— Тихо.

Его губы нежно скользили по ее лицу. Ренни попыталась поймать его губы, поцеловать. Но они ускользали, двигаясь от уха к веку, от виска к щеке. Его дыхание было теплым и ароматным. Медленно он начал прокладывать себе дорогу к груди.

Он притронулся губами к ее соску, легонько лизнул его и взял в рот. Другой сосок поглаживал легкими, как пух, движениями большого пальца. Сосок уже стал твердым, как камень. Но ласки продолжались.

Ренни беспокойно двигалась под ним, но, когда протянула руку, чтобы потрогать его, Вик поднял ее руки вверх и покрыл поцелуями от локтя до подмышки. К тому времени как он снова коснулся губами ее груди, она уже до боли хотела, чтобы он снова овладел ею.

Но он не торопился. Опустил руку, нашел ее самое чувствительное место и стал гладить его. Даже самые легкие прикосновения приносили невероятное наслаждение.

В глазах у нее потемнело. Руки-ноги задрожали. Что-то сжалось у нее внутри.

— Вик...

Он все верно рассчитал и оказался глубоко внутри ее как раз в момент ее оргазма. На нее волнами накатывало наслаждение, пока она не услышала как бы издалека свой собственный крик.

Когда Ренни наконец открыла глаза, Вик, улыбаясь, смотрел на нее сверху вниз. Ласково поцеловал в губы и прошептал:

— Счастливого возвращения.

Она чувствовала, что он внутри ее, что он все еще твердый и наполненный. Тогда она сжала его внутри себя. Он вздрогнул от удовольствия.

— Еще. — Потом снова, почти неслышно: — Господи, еще.

Он взял ее голову в ладони. Его голубые глаза впились в нее, и он начал плавно, но мощно двигаться. Она провела руками по его спине, наслаждаясь ощущением его кожи. От нее исходила жизненная сила. Ренни положила ладони на его ягодицы, подталкивая его глубже и глубже, а когда он кончил, она еще долго сжимала его бедрами.

Дождь моросил. По дороге в дом пришлось обойти множество луж.

— А машины шерифа больше нет, — заметила она.

— Я увидел тебя в конюшне. Ты плакала, но в остальном все было в порядке. Я отослал его.

— Почему?

— Хотел остаться с тобой наедине.

— Значит, ты считал, что это может случиться?

Он обнял ее одной рукой за плечо и притянул к себе.

— Имеет же человек право надеяться.

Когда они вошли в дом, звонил телефон. Тоби Роббинс спрашивал, как там Ренни. Вик уверил его, что с ней все в порядке:

— Все еще расстроена, но держится.

— Могу я с ней поговорить?

Вик передал телефон Ренни.

— Привет, Тоби. Мне жаль, что тебе пришлось все это пережить. Ты ведь первым их увидел. Наверное, это было ужасно.

До настоящего момента она даже говорить не могла на эту тему. Вик не слышал слов Тоби, но догадывался, что тот рассказывает, как нашел всех лошадей убитыми в стойлах, когда приехал, чтобы выпустить их в загон.

Ренни несколько минут слушала молча, потом сказала:

— Я очень тебе благодарна, что ты все организовал. Нет, полиция никого не арестовала. Да, — тихо добавила она, — они определенно подозревают Лозадо. — Затем Вик услышал, как она спросила: — Сандвичи?

Вик показал на коробку на столе и прошептал:

— Коринна прислала их со мной.

— Мы только собираемся приступить, — сказала Ренни. Когда она повесила трубку, Вик произнес:

— Напрочь забыл про бутерброды. Как сумасшедший рыскал по дому, разыскивая тебя.

— Извини, что заставила беспокоиться.

— Беспокоиться? Да ты меня до смерти перепугала. — Он жестом предложил ей сесть. — Проголодалась?

— Нет.

— Все равно поешь.

Он уговорил ее съесть хотя бы половину бутерброда с ветчиной и выпить стакан молока. После еды он прошелся по дому и проверил, закрыты ли все двери.

— Замок его не остановит, — заметила Ренни.

— Проверяю по привычке. Лозадо сюда не вернется.

— Откуда ты знаешь?

— Преступники часто возвращаются на место преступления, не знаю почему — позлорадствовать или проверить, не забыли ли чего. Но ты ведь знаешь, Лозадо не обычный уголовник. Он слишком умен, чтобы так поступить. То, что он хотел, он здесь уже сделал.

— Наказал меня за то, что уехала с тобой.

— Я же говорил, когда Лозадо нанесет удар, он будет внезапным.

— Но мои лошади, — сказала она, и голос ее задрожал. — Он ведь знал, как сделать мне больнее, верно?

Вик кивнул.

— Если бы я думал, что он может вернуться, я бы не оставил тебя одну в доме под охраной только помощника шерифа.

— Тогда почему ты так перепугался, когда не смог найти меня в доме?

— Каждый может ошибиться, — мрачно произнес он.

Они пошли наверх. Ренни включила ночник. Бледный свет бросал тени на ее лицо, еще больше подчеркивая усталость.

— Как насчет горячего душа? — спросила она.

— Ты читаешь мои мысли.

В душе все было по-другому. Вик был удивлен и обрадован тем, что она его совсем не стеснялась и позволяла ему все. Она сама ласкала его так, как ей хотелось.

Он спросил, нравится ли ей волосатая грудь, и она показала ему, насколько сильно.

Они все время целовались, иногда игриво, под струями воды, иногда всерьез, с чувством. Ласкали друг друга скользкими, мыльными руками. А когда она вволю наигралась с ним, он опустился на колени, раздвинул ее бедра и дал волю языку.

Все эти предварительные игры оказались весьма эффективными, но они не стали заходить слишком далеко, просто прижались друг к другу потеснее.

Потом они легли в постель и долго лежали молча. Наконец Ренни сказала:

— По крайней мере, они не мучились. Лозадо их не пытал.

— Старайся об этом не думать. — Вик откинул ее волосы и поцеловал шею.

Лозадо убил лошадей так же быстро и, вероятно, так же бесстрастно, как он разделался с Салли Хортон — пара выстрелов в голову. Вика не удивляло, что Лозадо не убил его таким же манером. Он хотел, чтобы Вик мучился. Возможно, он намеревался еще несколько раз пырнуть его отверткой и смотреть, как он медленно и мучительно умирает.

Лежа рядом с Ренни, Вик радовался, что жив, хотя прекрасно понимал, что жив он только благодаря неразумному решению Лозадо устроить ему мучительную казнь.

— Ренни?

— Гм-м?

— Ты... — Он пытался найти слова, чтобы выразить свою мысль тактично. — Ты была такая...

— Ты едва справился.

Она лежала к нему лицом, положив ладони под щеку. Вик погладил ее руку.

— Я не жалуюсь. Напротив. — Он легонько поцеловал ее в плечо. — Это было как в сказке. Подарок. Как будто ты никогда...

— Я ни с кем не спала после трагедии с Раймондом Кольером.

Именно так он и подумал, но ему было ужасно приятно это слышать. Если бы она сказала ему об этом заранее, он бы удивился. И, скорее всего, не поверил.

— Чертовски долгая епитимья, Ренни.

— Никакая не епитимья. Осознанное решение. Я считала, что после всего случившегося я не имею права на полноценную сексуальную жизнь.

— Это ерунда. Кольер свою смерть заслужил. Ты же была ребенком.

Она сухо рассмеялась:

— С моей биографией? Вот уж ребенком меня никак нельзя было назвать.

— Нет. Ты была именно ребенком, которому отчаянно требовалась поддержка.

Ренни безразлично пожала плечами.

— Кольер не должен был с тобой путаться. Если он и был тобой одержим, он все равно должен был держаться от тебя подальше, полечиться, что-то сделать. Он ведь тоже принял осознанное решение, Ренни, так что он сам виноват в последствиях. Что бы ни заставило тебя нажать на курок...

— Я не нажимала.

Сердце Вика подпрыгнуло:

— Что?

— Я в него не стреляла. Я даже не прикасалась к пистолету. Только потом, после всего. Я просто подержала пистолет в руках, но, как оказалось, в этом не было необходимости. Они и не искали мои отпечатки. И следов пороха не искали. Ничего.

— А у кого они могли найти следы пороха, Ренни? — Она промолчала, и тогда он произнес имя, которое вертелось у него на языке: — У Т. Дэна.

Она поколебалась, затем чуть заметно кивнула.

— Сукин сын! — Вик сел, чтобы было удобнее смотреть на нее, но Ренни так и осталась лежать на подушке, уставившись вперед, и он мог видеть только ее профиль. — Он застрелил Кольера и позволил тебе взять его вину на себя.

— Я была несовершеннолетней. Т. Дэн сказал, что будет меньше суеты, если я признаюсь, что застрелила Раймонда, обороняясь.

— Так он все-таки пытался тебя изнасиловать?

— Я избегала его после того единственного случая в мотеле. Он внушал мне отвращение, впрочем, и к себе я испытывала такое же отвращение. Я не соглашалась с ним встретиться, даже говорить по телефону отказывалась. В тот день он сам приехал к нам домой. Я рассердилась. Уж не знаю, зачем провела его в кабинет отца. Наверное, подсознательно мне хотелось, чтобы Т. Дэн нас застукал. Не знаю. Короче, когда вошел отец, Раймонд пытался меня поцеловать. Плакал, умолял его не отталкивать.

— Т. Дэн сначала выстрелил, а потом уже начал задавать вопросы, так? Он вошел, все неправильно понял и решил, что защищает тебя от изнасилования? — Она молчала. — Ренни?

— Нет, Вик, он стрелял вовсе не затем, чтобы защитить меня. Раймонд был талантливым бизнесменом. Отец на него полагался, рассчитывал получить большую прибыль от сделки с недвижимостью. Так что, когда он вошел и увидел, как Раймонд жмется ко мне, он пришел в ярость. Заявил ему, что он строит из себя дурака, рыдая, как ребенок, над потаскушкой, так он выразился.

У Вика аж челюсть свело от злости.

— Он так сказал? О своей шестнадцатилетней дочери?

— Он еще сказал и кое-что похуже, — тихо сказала она. — Затем пошел к столу и достал из ящика пистолет. Когда дым рассеялся, Раймонд лежал на полу мертвый.

— Он его убил, — оторопело промолвил Вик. — Хладнокровно. И избежал наказания.

— Т. Дэн сунул пистолет мне в руку и научил, что сказать полиции, когда они приедут. Я послушалась... потому что вначале я просто впала в столбняк, чтобы поступить иначе. Позднее я поняла, что в конечном итоге я и была виновата.

— Никто не усомнился в показаниях Т. Дэна? А твоя мать?

— Она так и не узнала правды. А если и узнала, то никогда этого не показывала. Она никогда не подвергала сомнению слова Т. Дэна. Что бы ни случилось, она соблюдала приличия и делала вид, что в нашем доме все замечательно.

— Поверить невозможно. И все это время ты несла на себе вину за преступление Т. Дэна.

— Преступление его, Вик, но вина моя. Если бы не я, Раймонд был бы жив. Я думаю об этом всю свою жизнь.

Вик тяжело вздохнул и снова лег. Она несла этот груз так же, как он нес вину за то, что позволил Лозадо уйти от возмездия. Они оба страдали от жестоких последствий своего безответственного поведения. Кто знает, может, им стоит научиться себя прощать? Может, они смогут в этом помочь друг другу?

Он обнял ее, но на этот раз ее тело не поддалось, осталось напряженным.

— Тебе льстит, что ты мой первый любовник за двадцать лет?

— Я бы соврал, если бы сказал «нет», — тихо признался он.

— Тебе нечем гордиться. Их было так много, этих других.

— Не имеет значения, Ренни.

Повернув голову, она взглянула на него через плечо. Он вдруг понял, насколько она ранима, и вспомнил слова Тоби Роббинса о том, что, когда она была ребенком, глаза у нее были больше лица.

— Разве, Вик? — недоверчиво спросила она.

Он прижал ее к себе крепче.

— Для меня имеет значение, — прошептал он, — только что ты со мной. Что ты доверяешь мне настолько, что можешь быть со мной вот так.

Ренни повернулась и взяла его лицо в ладони.

— Я тебя боялась. Нет, не тебя. Того, что ты заставлял меня чувствовать.

— Я знаю.

— Я сопротивлялась изо всех сил.

— Как тигрица.

— Я рада, что ты такой упрямый. — Она коснулась его волос, щеки, подбородка, груди.

Они ласкали друг друга, пока не заснули.

Проснувшись несколько часов спустя, Вик ощутил мощную эрекцию. Ренни, скорее всего, тоже это почувствовала, потому что тут же открыла глаза.

Он взял ее руку и притянул вниз, к себе. Ренни обхватила его член пальцами и провела большим пальцем по головке. Один толчок его колена, и она раздвинула ноги, открыв доступ к самым интимным местам. Она уже была влажной, но Вик сдержался и не вошел в нее.

Вместо этого он положил руку на пальцы, сжимающие его пенис, и направил его так, чтобы она могла ласкать себя головкой. Ее глаза поведали все о глубине ее чувств. Это было что-то невероятное. Совершенно новое ощущение, воздержание позволило ему подняться на невероятную высоту наслаждения.

Он уже едва сдерживался, когда Ренни впустила только самую головку его члена в свое теплое и влажное лоно, продолжая пальцами гладить пенис. Он не думал, что можно получить более сильный и страстный оргазм, чем тот, который они уже имели. Он ошибался.

Он прижал ее к себе, вдыхая аромат ее волос, кожи, аромат их любви. Ему хотелось собственноручно убить Т. Дэна за то, что он приговорил эту прекрасную женщину к двадцати годам самоограничения и одиночества за преступление, которого она не совершала. Ему хотелось дать ей столько счастья, чтобы она забыла о зря потерянном времени. Он хотел быть с ней рядом каждый день их жизни.

Но сначала им необходимо не погибнуть от руки Лозадо.

32

— Вон он. Узнаешь?

Вик заглянул в комнату для допросов:

— Никогда его раньше не видел.

— Я тоже, — сказал Орен. — До вчерашнего дня. Он заявился, чтобы передать нам информацию о Рикки Рое Лозадо.

— У меня полно информации о Рикки Рое Лозадо. У моей тетки Бетси полно информации о Рикки Рое Лозадо. Что касается Лозадо, «информации» навалом, и давно. Беда в том, что вся она бесполезна.

— Утихни, — попросил Орен. — Я знаю, ты расстроен из-за лошадей доктора Ньютон.

— Еще бы, черт побери.

— Никто не мог предсказать, что он так поступит.

— Почему никто не следил за ее домом?

— Это же не наш город, даже не наше графство.

— Только не надо мне этого дерьма насчет юрисдикции, Орен. Ты же послал копов к моему дому в Галвестоне.

Орен устало провел рукой по лицу:

— Ладно, согласен, недосмотрел. Как там доктор Ньютон?

— Она настояла на возвращении на работу сегодня. Сказала, что так быстрее придет в себя. Я завез ее в больницу, потом приехал сюда.

— Гм-м.

Вик внимательно посмотрел на него:

— В чем дело?

— Ни в чем.

— Ладно, тогда давай послушаем, что этот козел расскажет.

Орен схватил его за руку:

— Подожди. Не врывайся в комнату, пока у тебя пар идет из ушей.

— Я спокоен.

— Ничего подобного, Вик.

Все в убойном отделе полицейского управления Форт-Уэрта знали, что сегодня утром среди них Вик Треджилл. Все, по крайней мере детективы криминального отдела, знали, что план Орена Уэсли заманить Лозадо в Галвестон провалился. Пока Треджилл и та докторша разыгрывали из себя влюбленных на пляже, Лозадо прикончил всех ее великолепных лошадей. Вот почему сегодня Уэсли весь в дерьме, и ошметки долетели и до Треджилла.

Вик чувствовал, что привлекает всеобщее внимание. Если бы сзади на его рубашке было написано неприличное слово, он и тогда не чувствовал бы себя более заметным. Ему нелегко было войти в управление, не говоря уже о комнате для допросов. Он одновременно чувствовал себя и дома, и весьма неловко.

Он многих знал. Некоторые заговаривали с ним и даже жали руку, как будто и в самом деле были рады его видеть. Другие смотрели на него косо, здоровались сквозь зубы. Вик их понимал. Как в любом бюрократическом учреждении, в полицейском управлении была своя политика. Дружеское приветствие офицера, находящегося в отпуске на неопределенный срок, могло быть неверно понято теми, кто распоряжался повышениями.

Вик настолько остро все это переживал, что ему стало казаться, будто, заслышав их громкие голоса, все прекратили заниматься своими делами и с неподдельным интересом принялись наблюдать за сценой, разыгрывающейся между бывшими напарниками.

Вик оттолкнул руку Орена:

— Я же сказал, что спокоен.

— Я просто не хочу...

— Мы идем туда или нет?

Орен взглянул через плечо на внимательную аудиторию и жестом пригласил Вика войти. Плакса Сойер сидел в дальнем конце маленького стола. Он тряс ногами, коленки подскакивали вверх, потом опускались вниз с ритмичностью иглы швейной машинки. Еще он энергично грыз ноготь.

Увидев Вика, он побледнел, что было весьма примечательно, если учесть, что обычный мучнистый цвет его лица заставлял вспомнить о брюшке гусеницы.

— Что он здесь делает?

— Ты знаком с мистером Треджиллом? — любезно поинтересовался Орен.

Глаза хлюпика перебегали с Вика на Орена и обратно.

— Я узнал его по фотографиям в газете.

— Превосходно. Тогда вас незачем представлять друг другу. — Орен сел на стул рядом с Плаксой.

Вик выдвинул стул на дальнем конце стола, уселся верхом лицом к спинке и уставился на коротышку.

— Значит, ты тот кусок дерьма, который занимается поиском данных для Лозадо?

Казалось, Плакса стал еще меньше. Он взглянул на Орена:

— Зачем он здесь?

— Он здесь, потому что я его пригласил.

Плакса с трудом сглотнул. Поерзал на стуле.

— Я... тут подумал. Глупо с моей стороны сидеть здесь и разговаривать с вами без адвоката.

— Если подумать, то ты прав, — заметил Орен. — Наверное, тебе стоит найти себе адвоката. Когда найдешь, позвони нам. — Он сделал движение, чтобы встать.

— Подождите, подождите! — Плакса заерзал на стуле. — Если я найму адвоката, сделка будет действительной?

Вик едва не свалился со стула.

— Сделка? — Он взглянул на Орена. — Ты заключил сделку с этим козлом?

— Вик, вспомни, тебя сюда пригласили лишь потому, что ты пообещал не вмешиваться.

— А ты пообещал, что этот урод приведет нас к Лозадо.

— Я и сейчас так думаю. Но не без...

— Сделки, — в ярости перебил Вик. — И что ты ему пообещал?

— Не преследовать его по закону.

Вик вполголоса выругался:

— Чушь собачья. Вот что это такое.

— А ты что предлагаешь?

Вик презрительно оглядел Плаксу.

— Он немного великоват, в футбол им не поиграешь. Давай сунем его в кукурузную кашу и запечем в духовке.

На лице Плаксы выступил пот. Он дико посмотрел на Орена.

— Он псих! Все так говорят. Лозадо так говорит. Лозадо говорит, что у него крыша поехала после того, как умер его брат, — заверещал он.

Одним молниеносным движением Вик перелетел через стол. Он поднял Плаксу со стула, ухватив за тощую шею, с силой швырнул и прижал к стенке. Коротышка запищал, как мышь в мышеловке.

— Мой брат не умер.

— Вик, ты что, с ума сошел? Сейчас же отпусти его!

— Он был убит, мерзкий ты ублюдок.

— Вик, я тебя предупреждаю.

— Убит твоим приятелем Лозадо.

Лицо Плаксы стало свекольного цвета. Ноги болтались, не доставая до пола. Он устремил выпученные от ужаса глаза на Орена. Детектив схватил Вика за руку, пытаясь оторвать его пальцы от шеи Плаксы.

— Вик, ты его убьешь. Отпусти, — сказал он, цедя слова сквозь зубы. У Плаксы глаза уже вылезли из орбит. Орен локтем засадил Вику под ребра.

Вик резко выдохнул и сразу же отпустил Плаксу, который упал на пол. Вик согнулся пополам, отчаянно матерясь и держась за правый бок.

Орен тяжело дышал:

— Извини, но будь ты проклят, почему же ты никак ничему не научишься?

Плакса скрючился на полу и тихонько скулил, но они не обращали на него внимания, они были заняты друг другом.

Вик выпрямился, морщась от боли:

— Только посмей сделать это еще раз, я...

— Заткнись и слушай, Вик. В порядке исключения. Слушай. — Орен несколько раз глубоко вздохнул, чтобы взять себя в руки. — У тебя до сих пор проблемы с контролем над собой.

Вик расхохотался.

Орен постарался его перекричать:

— Неужели твой гнев настолько ослепил тебя, что ты повторяешь уже раз сделанную ошибку? Хочешь, чтобы Лозадо опять ушел от преследования?

Тинпен открыл дверь и осторожно заглянул:

— Здесь все в норме?

— Не твоего ума дело, черт побери! — заорал Вик.

Орен сказал, что все в порядке.

— Что это с ним? — Детектив смотрел на Плаксу, который все еще корчился на полу, скуля и вытирая нос рукавом.

— Ничего.

Тинпен с сомнением пожал плечами и ретировался, прикрыв за собой дверь.

Вик продолжил, будто их никто не прерывал:

— Я вспыльчив. Признаю. А вот ты отказываешься признаться, Орен, что, когда речь заходит о Лозадо, ты забываешь, что у тебя есть яйца.

— Кстати, о яйцах. Твои навєрняка уже посинели.

Глаза Вика метали искры. Руки сжались в кулаки.

— На что ты намекаешь?

— Ни на что.

— Как же. Нам уже давно не до намеков. Почему бы тебе не выложить напрямую, что ты имеешь в виду?

— Ладно. Ты трахаешься с подозреваемой.

— Если ты подразумеваешь Ренни Ньютон, то да. И с наслаждением. Но она не подозреваемая.

— Я еще не вычеркнул ее из списка подозреваемых в убийстве доктора Ли Хоуэлла. Ты об этом забыл?

— Его убил Лозадо.

— Но она могла его нанять.

— Ничего подобного.

— Она хоть рассказала тебе о карточке, которую хранила в своем ящике?

— Карточке? Я сам ее нашел, ты что, забыл?

— Она была приложена к розам, которые ей подарил Лозадо.

Вик широко развел руками и пожал плечами:

— К чему ты ведешь?

— Любопытно, и все. Когда она обнаружила, что розы прислал Лозадо, она почему-то не разорвала карточку. Уничтожила бы ее вместе с цветами. Выбросила бы.

— Она ее сохранила в качестве улики.

— Или на память. Видишь ли, после того как я отказался принять ее как улику, доктор Ньютон забрала карточку. Насколько мне известно, она все еще у нее.

Вик немного подумал, потом энергично потряс головой:

— Она презирает Лозадо. Он ей противен.

— Ну да, так она говорит. Скажи мне, Вик, ты начал ей верить до или после того, как она тебя от души оттрахала?

Вик сделал шаг вперед.

— Я уже однажды тебя предупреждал, Орен. Теперь говорю в последний раз. Если ты хочешь считать меня другом, если ты хочешь помнить о моем брате как о друге, ты никогда больше не позволишь себе подобных замечаний о Ренни Ньютон. Никогда.

Но Орен не отступил.

— Забавно, что ты вспомнил Джо. Потому что, будь он здесь, он сказал бы тебе то же самое. Он бы обязательно сказал, что ты переступил границу. Ты не можешь быть одновременно копом и любовником подозреваемой.

— Она не подозреваемая, — громко повторил Вик. — Она жертва.

— Уверен? Похоже, ты забыл, что она застрелила человека.

— Ничего подобного.

— Как? — воскликнул Орен.

— Она не убивала Раймонда Кольера. Его убил ее отец. Она взяла вину на себя.

— Зачем?

— Потому что так велел Т. Дэн.

Орен расхохотался.

— И ты поверил? — Он снова засмеялся. — Она поведала тебе эту сентиментальную историю, которую никто не может подтвердить, и ты ей поверил?

— Именно так.

— Угу. И когда все это рассказывала, не делала ли она тебе, случайно, минет?

Вик набросился на Орена, и оба свалились на пол. Плакса завизжал. Вик несколько раз ударил Орена, но не в полную силу. Он не мог развернуться, потому что из них двоих Орен был тяжелее и сильнее. И дрался он без оглядки на рану Вика.

Когда Орен немного утихомирил Вика, он поднялся на колени, вынул из кобуры свой служебный пистолет и направил его на Вика. У того глаза жгло от слез, боль была дикая, но разглядеть дуло пистолета Орена он смог.

Услышав шум, несколько полицейских в гражданской одежде влетели в комнату.

— Назад! — крикнул Орен. — Все под контролем.

— Что случилось?

— Небольшие разногласия. Ничего не выносить за двери, ясно? — Когда никто не отозвался, он повторил: — Ясно?

Послышалось согласное бормотание.

Орен махнул пистолетом:

— Поднимайся, Вик.

— Глазам своим не верю. Ты наставил на меня эту проклятую пушку!

— Шевелись. Вставай. Может, тебе есть смысл немного посидеть в кутузке. — Он взглянул на дверь. — Тинпен, у тебя там нет под рукой наручников?

— Ну, гад, ты зарвался, — прорычал Вик.

Он вскочил на ноги и бросился головой вперед на Орена. Услышал за его спиной шаги и понял, что другие полицейские бросились Орену на помощь. Но на стороне Вика была инерция, и ему удалось прижать Орена к стене. Он локтем пережал ему горло, а другой рукой пытался отнять у него пистолет.

— Возьми назад все, что ты сказал о Ренни.

Орен боролся изо всех сил.

Полицейские пытались оторвать от него Вика, но его переполнял адреналин.

— Возьми назад! — снова закричал он. Его крик эхом отозвался в маленькой комнате.

Но он был далеко не таким громким, как выстрел, который оглушил его.

33

Плакса снова обмочил штаны. Такого унижения ему не пережить. Школьный кошмар снова вернулся. С одной только разницей — сегодня никто не заметил темного пятна на его брюках.

После выстрела все вообще пошло кувырком, и именно поэтому Плаксе удалось сбежать. Иногда хорошо быть маленьким и незаметным. После выстрела о нем вообще все забыли.

Когда он увидел, что из комнаты можно выскользнуть, он этой возможностью воспользовался. Он побежал на пожарную лестницу, решив не рисковать и не приближаться к лифту. Только когда он выбежал из здания, он и сообразил, что обмочился.

О чем он думал, когда решил поехать в Форт-Уэрт? У Далласа была достаточно красочная репутация, но Форт-Уэрт мог дать ему сто очков вперед. Его жители считали, что все еще живут на диком Диком Западе. Тринадцать лет в средней школе показались Плаксе каторгой. И он должен был быть умнее и не лезть сюда снова.

По дороге домой Плакса все время ожидал, когда появится посланная за ним шеренга полицейских машин с включенными сиренами. Путь в тридцать две мили показался ему невероятно длинным.

Но у полицейского управления Форт-Уэрта явно были дела поважнее, чем ловить ускользнувшего свидетеля, сообразившего, что он не то делает. Истекающий кровью коп был для них куда важнее, тем более что подстрелил его другой коп. Возможно, никто в той комнате даже и не вспомнил, что Плакса Сойер стал свидетелем этой стрельбы.

Но все равно рисковать он не хотел. Пора переезжать. Он сразу примется подыскивать квартиру. Все, что ему нужно, это место для дивана, кровати и телевизора и достаточно электричества для работы его компьютерной системы. Когда он переедет, он никому не оставит своего нового адреса.

А пока неплохо было бы отдохнуть в Мексике, например в Акапулько. Он поедет в аэропорт и будет рыскать по терминалам, пока не отыщет рейс, который унесет его в такое место, где его ждет покой и где можно пересидеть.

Трясущимися руками Плакса открыл входную дверь. Бросил ключи на стол и бегом рванул в спальню. Вытащил из-под кровати чемодан, покрытый толстым слоем пыли, поставил его на кровать, открыл крышку и повернулся к маленькому стенному шкафу.

И в ужасе закричал.

— Привет, Плакса. — Лозадо стоял, прислонившись к противоположной стене, скрестив руки на груди. Он выглядел абсолютно спокойным. И невероятно опасным. Заметив мокрое пятно на штанах Плаксы, он спросил:

— Я тебя напугал?

— П-привет, Лозадо. Как дела? Я как раз хотел...

— Собрать вещи. — Лозадо показал на чемодан. — Куда-нибудь собрался, Плакса? Но ведь ты уже кое-где побывал, так?

— Побывал? Нет. — Он очень старался, чтобы Лозадо не заметил, как стучат его зубы.

— Я звонил тебе полтора дня.

— А, я был... Телефон сломался.

Лозадо спокойно опустил руки и подошел к шаткому столику у кровати, где стоял телефон. Снял трубку и услышал громкий гудок.

Плакса громко сглотнул слюну:

— Это надо же. Верно, наладили.

Лозадо положил трубку.

— Я уже начал о тебе беспокоиться, Плакса. Ты ведь редко покидаешь эту свою берлогу. Так где ты был?

Плаксе пришлось задрать голову, чтобы посмотреть в лицо Лозадо. То, что он там увидел, ему не понравилось.

— Извини, я отлучался. Я тебе зачем-то нужен?

Лозадо провел пальцем по лбу Плаксы.

— Ты здорово потеешь.

— Слушай, если тебе что-то от меня надо, я сделаю все бесплатно. Потому что меня не было, когда я был нужен...

— Ты обоссал свои штаны, Плакса. Что тебя так напугало?

Лозадо достал из кармана нож с выкидным лезви-

ем. Щелчок, и лезвие оказалось у самого лица Плаксы. Коротышка заскулил от ужаса.

— Лучше расскажи мне, что тебя так напугало. —
Лозадо принялся чистить лезвием ногти. — Мне будет неприятно узнать об этом от кого-нибудь другого.

— Эт-тот Треджилл...

— Что такое?

— Он пристрелил этого, как там его зовут. Черного. Уэсли.

Глаза Лозадо недоверчиво сузились.

Плакса затряс головой, болтающейся на тощей
шее.

— Правда. Он в него выстрелил. Я видел. Я там
был.

— Где?

— В полицейском участке в Форт-Уэрте. В том,
большом, что в центре города. Они привезли меня
туда для допроса, — соврал он. — Но не волнуйся.
Я ничего им не сказал. Честно, Лозадо. Они пытались
и так, и эдак заставить меня говорить, но...

— Проехали. Поподробнее насчет того, что Треджилл пристрелил Уэсли. Я тебе не верю.

— Клянусь, — сказал Плакса, чей голос стал еще
визгливее. — Сначала он напал на меня. Почти задушил, да и задушил бы, если бы Уэсли его не оттащил.
Потом они поссорились насчет той докторши.

Он передал ссору почти слово в слово.

— Уэсли сказал кое-что про нее, а Треджиллу не
понравилось. Он и напал на Уэсли. Уэсли вытащил
пушку и пригрозил посадить Треджилла, чтобы тот
остыл. Треджилл же продолжал разоряться и снова
напал на Уэсли. Вот когда они дрались, пистолет и
выстрелил. Отовсюду сбежались полицейские. Уэсли
был весь в крови. Треджилл совсем спятил, начал вопить: «Нет, господи, нет!» — Плакса замолчал и поправил сползающие очки. — Не думаю, что Треджилл

хотел его застрелить. Просто несчастный случай. Но другие копы слышали, как они до выстрела ругались, вот и пришли к выводу, что он это сделал умышленно. А Треджилл будто с ума сошел. Потребовалось несколько человек, чтобы надеть на него наручники и увести оттуда.

— Уэсли мертв?

— Не знаю. Я улизнул до приезда «Скорой помощи». Кто-то засунул в рану платок, кровищи было уйма. Говорили, что пуля попала в живот.

Лозадо немного отступил, и Плакса слегка расслабился, больше не ощущая лезвия ножа у горла. Но взгляд Лозадо все еще заставлял его потовые железы работать на полную мощность.

— Стрельба в полицейском управлении! Сенсационные новости, Плакса. Как так вышло, что я ничего не слышал?

— Они все время повторяли: «Только чтобы никто не узнал. Это внутреннее дело управления». Они не хотели огласки. Коп стреляет в копа. Понятно, им не хочется, чтобы люди об этом узнали. В больнице они наверняка сказали, что пистолет Уэсли случайно выстрелил, когда он его чистил. Или еще что.

Плакса нервно сжал руки. Он боялся не попасть на свой рейс в Мексику.

— Ты мастурбируешь?

— Что?

Плакса и моргнуть не успел, как его гениталии оказались подвешенными на лезвии ножа Лозадо.

— Ты...

— О чем ты говоришь? — взвизгнул Плакса.

— Возможно, они тебе на предмет секса и не нужны, но тебе придется впредь писать как женщине, если ты не скажешь мне, что ты делал в комнате для допросов с Уэсли и Треджиллом.

Плакса стоял на цыпочках, стараясь сохранить

равновесие. Если он покачнется, то станет евнухом, и ему придется проститься с мечтами о прелестной сеньорите.

— Я боялся попасть в беду.

— И ты все обо мне выболтал.

— Нет, клянусь. Бог свидетель.

— Нет никакого бога. — Лозадо поднял лезвие на сантиметр, и Плакса взвизгнул. — Есть только Лозадо и законы физики, одним из которых является закон земного тяготения. Если я отрежу тебе яйца, Плакса, они упадут на землю.

— Я пошел, чтобы узнать, какую сделку я могу заключить, — зарыдал Плакса. — Понимаешь, на тот случай, если они когда-нибудь свяжут меня с тобой. Но тут Уэсли совсем разошелся насчет твоего звонка доктору Ньютон. Они ведь думали, что ты в Галвестоне.

— Я там был.

— Потом ему сообщили, что ее лошадей кто-то пристрелил. Это много миль от Галвестона. Они все окончательно запутались. Короче, Уэсли сунул меня в камеру предварительного заключения и забыл обо мне. До сегодняшнего утра. Пустил меня в душ. Дал позавтракать. Посадил в ту комнату и велел ждать. Вернулся он вместе с Треджиллом. Я сказал, что передумал, что мне нужен адвокат. Остальное ты уже знаешь. Клянусь, я им ничего не рассказал. — Он плакал, как маленький ребенок, но ничего не мог с собой поделать.

Лозадо убрал нож.

— Я не убиваю тебя по единственной причине: я не знаю, как уничтожить твои компьютеры так, чтобы не сомневаться, что в них не сохранилось никаких данных.

Плакса вытер ладонью нос:

— Что?

— Принимайся за дело, Плакса, — ласково сказал Лозадо.

— Ты хочешь, чтобы я уничтожил мои компьютеры?

Лозадо с таким же успехом мог велеть матери задушить ее собственного ребенка. Плакса собирался немного отдохнуть от компьютеров, но о том, чтобы их уничтожить, он и помыслить не мог.

Рука Лозадо почти не шевельнулась, но Плакса внезапно почувствовал, как что-то потянуло за его ширинку, и ощутил легкий сквозняк. Он посмотрел вниз и увидел, что его штаны распороты от паха до пояса. Нож зловеще поблескивает под его гениталиями.

— Принимайся за работу, Плакса, или лишишься крайней плоти, и не только.

Когда Ренни вышла из лифта на первом этаже больницы, кто-то позвал ее по имени.

С улицы через крутящиеся двери входила Грейс Уэсли. Ренни попыталась задержать лифт для нее, но двери закрылись и он начал подниматься.

Грейс бросилась к ней:

— Ради бога, только не говорите мне, что он умер.

— Нет, нет, он не умер. — Колени Грейс подогнулись, и она упала бы, не поддержи ее Ренни. — Детектив Уэсли все еще в критическом состоянии, но они думают, он выкарабкается.

Грейс закрыла рот ладонью, чтобы подавить рыдание.

— Слава богу, слава богу! Вы уверены?

— Я только что говорила с ними. Его как раз вывозили из операционной.

Грейс вытерла глаза салфеткой:

— Я так боялась, что не успею, и он... — Она даже не смогла высказать вслух эту ужасную мысль.

Ренни взяла ее руку и крепко сжала.

— Я слышала, вы уезжали в Теннесси повидать дочерей.

— Полицейский из Нашвилла встретил меня и все рассказал. Я даже из аэропорта не уезжала. Следующим же рейсом вернулась сюда. Начальник Орена меня встретил и привез в больницу. — Она помолчала. — Вы сказали «они», вы говорили с «ними»?

— Что?

— Вы сказали, «они» думают, что Орен сумеет выкарабкаться.

— Я имела в виду бригаду хирургов.

— Я думала, что вы...

— Мне даже посмотреть не разрешили, а уж оперировать тем более. Если учесть обстоятельства, и в самом деле было бы неловко. Но его обслуживали великолепные хирурги.

— Я бы попросила, чтобы его оперировали вы.

— Спасибо за доверие. — Ренни растрогалась до слез, отвернулась и снова нажала кнопку вызова лифта.

— Это правда, Ренни? Это сделал Вик?

Она печально склонила голову и кивнула.

— Мне так и сказали, — промолвила Грейс, — но я решила, это какая-то ошибка. Не могу поверить.

— Я тоже. Это... вне моего понимания. Что могло его до этого довести? Им вместе довелось через такое пройти, они ведь были настоящими друзьями. Вик глубоко уважает вашего мужа. — Все еще не поднимая головы, Ренни добавила: — Детектив Уэсли в реанимации, а Вик в тюрьме.

— Он вас любит, — сказала вдруг Грейс.

Ренни быстро подняла голову.

— Правда. — Грейс не сводила взгляда с удивленной Ренни, пока не открылись двери лифта. — Мне надо идти.

— Да, разумеется.

Грейс быстро вошла в лифт. Ренни подождала, когда закроются двери, повернулась и направилась к выходу. От вчерашнего дождя, столь необычного для этого времени года, не осталось и следа. На стоянке для машин было нестерпимо жарко. Теперь она уже никогда не сможет появляться там, не вспоминая о Ли Хоуэлле. Ведь вся эта трагическая цепь событий началась в тот момент, когда она зачитала решение жюри:

— Мы считаем обвиняемого невиновным.

Когда она подъехала к дому, света нигде не было. Как обычно, Ренни загнала джип в гараж и вошла через кухонную дверь. Направилась прямиком к холодильнику и достала бутылку воды. Выпила ее целиком, стоя у раковины.

Она прошла через гостиную, потом по коридору направилась в спальню. Зажгла настольную лампу и разделась. Оставшись в одном белье, направилась в ванную комнату и открыла краны. Выбрала душистый гель и, не торопясь, приняла душ.

Завернувшись в самый любимый и самый удобный халат, вернулась на кухню и налила себе бокал вина. Направилась с ним в гостиную и села в угол дивана.

Она потягивала вино и вспоминала о той ночи, когда она здесь заснула. Ее разбудил телефонный звонок из больницы. Необходимо было прооперировать пациента с колотой раной.

Вик. Она принесла ему одни несчастья. И Уэсли тоже. Ему и всей его семье. А теперь... О господи, что же теперь?

Она сидела так долго, откинув голову и закрыв глаза. Такой он ее и застал.

Или, вернее, так она сидела, когда открыла глаза, повернулась и сказала:

— Привет, Лозадо. — Он стоял за диваном совсем близко и смотрел на нее. — Я тебя ждала.

Он самодовольно улыбнулся.

— В самом деле, Ренни?

От его голоса, произнесшего ее имя, и его змеиной улыбки ее чуть не вырвало. Она поставила бокал на журнальный столик, встала, обошла диван и остановилась перед ним.

— Я знала, что ты придешь, когда узнаешь, что случилось с Ореном Уэсли.

— Твой дружок не умеет держать себя в руках. Очень плохая черта характера. А Уэсли? — Он пожал плечами. — Его проблема в том, что он не умеет выбирать себе друзей.

— Как ты узнал? В новостях об этом ничего не было. Все держалось в строгой тайне. Только несколько человек из персонала знали, кто такой Уэсли и что с ним. У тебя наверняка есть информатор в полицейском управлении Форт-Уэрта. Кто тебе сказал?

— Маленькая пташка на хвосте принесла, — прошептал он. — Трусливая маленькая пташка. Я ей даже сначала не поверил, но вскоре убедился, что, увы, так оно и есть.

Он протянул руку и пальцем коснулся пряди волос, лежащей на груди Ренни. Она усилием воли заставила себя не отшатнуться, но он, очевидно, ощутил ее отвращение, потому что снова улыбнулся той самой улыбкой:

— Ты сегодня прелестно выглядишь.

— Вовсе я не выгляжу прелестно. Я устала. Вымоталась.

— Очевидно, поездка оказалась утомительной.

— Как ты это сделал?

— Что именно, моя дорогая?

— Как ты добрался из Галвестона до моего ранчо до рассвета?

— Я же уже говорил тебе, Ренни, я не раскрываю секреты своей профессии. Если бы я это делал, то давно бы уже остался без работы.

— Наверняка это было непросто.

Он засмеялся:

— Крыльев у меня нет, если ты об этом. — Звук ее пощечины напомнил взрыв петарды.

— Это за то, что убил моих лошадей.

Лозадо сразу перестал смеяться и схватил ее за руку с такой силой, что Ренни вскрикнула от боли. Он рывком повернул ее и прижал ее согнутую руку к спине между лопатками. Его горячее дыхание жгло ей ухо.

— Мне следовало бы тебя за это убить на месте.

— Ты и так меня убьешь, верно?

— Как же я могу оставить тебя в живых, Ренни? Ты сама виновата. Ты должна была позволить мне обожать тебя так, как мне хотелось. А ты предпочла ухаживания этого грубого ковбоя, бывшего полицейского. — Лозадо крепче прижал ее к себе и еще выше поднял ее руку. — После такого оскорбления у меня нет выбора. Придется убить вас обоих. Жаль только, что он в тюрьме и не сможет посмотреть, как ты будешь умирать. Но нельзя получить все сразу.

Ей было очень больно, но она не сопротивлялась. Даже не пикнула.

— Тебя следовало изолировать от общества много лет назад, Лозадо. Не только за то, что ты убийца. Ты ведь псих с манией величия. Понял? Я бы не допустила тебя до себя, даже если бы Вик Треджилл не существовал в природе. Ты ублюдок.

Он щелчком открыл складной нож и приставил лезвие к ее горлу:

— Прежде чем я с тобой покончу, ты будешь умолять меня оставить тебе жизнь.

— Я никогда ни о чем не буду тебя умолять, будь ты проклят. Возможно, я просила бы тебя пожалеть моих лошадей, но ты не дал мне такой возможности. Когда ты их убил, ты истратил свой главный козырь, Лозадо. Я тебя больше не боюсь, понял?

— О, я сильно сомневаюсь. — Опустив нож, он погладил лезвием ее сосок.

Ренни судорожно вздохнула.

— Вот так-то, — усмехнулся он. — Ты очень сильно боишься, Ренни.

Он был прав. Она была в ужасе, но старалась этого не показать.

— Я не стану с тобой бороться, Лозадо. В течение двадцати лет каждый день был для меня подарком. Я не стану умолять тебя оставить мне жизнь. Если ты этого ждешь, то зря теряешь время.

— Надо же, какое мужество. И мне вовсе не хотелось бы тебя убивать, Ренни, правда. Ты необыкновенная женщина. Надеюсь, ты понимаешь, как мне жаль, что наш роман должен так печально закончиться.

— У нас не было никакого романа, Лозадо. А что до понимания, похоже, единственный способ, каким ты можешь обратить на себя внимание женщины, это напугать ее.

Он прижал ее к себе еще крепче и потерся своим пахом об нее.

— Чувствуешь? Вот что привлекает женщин. Многих женщин.

Она промолчала.

— Попроси хорошенько, Ренни. — Он провел языком по ее шее. — Попроси хорошенько, и, может, я позволю тебе его пососать, прежде чем убью тебя.

— Ло-за-до.

Ренни почувствовала, как он вздрогнул, услышав свое имя, произнесенное нараспев Виком.

— Да, все верно. Это дуло моего тридцать седьмого в твоем ухе. Только моргни — и прости-прощай.

— Лозадо, будь так добр, моргни. Прошу, — сказал стоящий в дверях кухни Уэсли. Его пистолет был нацелен в голову Лозадо.

— Брось нож! — приказал Вик.

Лозадо хмыкнул и снова поднес лезвие к горлу Ренни.

— Давай, нажми на курок, Треджилл. Если хочешь увидеть, как она истекает кровью, стреляй в меня.

— Как же это на тебя похоже, трусливый сукин сын. Прятаться за спиной женщины, чтобы спасти свою задницу. И опять нападаешь со спины. Еще одна очень плохая черта характера, так ты, кажется, выразился? Но если ты хочешь сдохнуть, Рикки Рой, валяй, я не возражаю, — спокойно продолжил Вик. — Одновременно со мной выстрелит Орен. Понимаешь, мы тут целый день тренировались. Сразу же, как подставили тебе твоего маленького дружка Плаксу. Грязи, правда, было много, вроде заменителя крови, но все получилось убедительно. Теперь смотри, что случится. Наши пули проникнут в твой череп. Пуля Орен опоздает лишь на тысячную долю секунды, но, по сути, они вылетят одновременно. Верно, Орен?

— Именно так, — подтвердил Уэсли.

— Они даже могут в какой-то момент пересечься, Рикки Рой, но в любом случае твои мозги разлетятся, как дерьмо при поносе.

— Она к тому моменту умрет, — заявил Лозадо.

— Отпусти ее, Лозадо.

— Ни за что.

— Ну, что скажешь, Орен? — спросил Вик. — Тебе вся эта херня уже надоела?

— Давно.

— Мне тоже. — Вик выстрелил прямо в локоть Лозадо. Кость разлетелась осколками, кровеносные сосуды и нервы были перерезаны. Нож выпал из онемевших пальцев. Ренни упала на пол, как ей и было велено. Лозадо круто повернулся, и Вик выстрелил прямо ему в грудь.

Глаза Лозадо расширились от удивления. Затем Вик сказал:

— А это за Джо. — И выстрелил еще раз.

Лозадо упал навзничь. Ренни подползла к нему и попыталась нащупать пульс.

— Сердце все еще бьется. — Она разорвала его рубашку.

— Брось его.

Она подняла голову и взглянула на Вика:

— Не могу.

34

На следующее утро Ренни ушла из больницы лишь в восемь часов утра. Вик ждал ее на улице в пикапе с включенным мотором. Наклонился и открыл ей дверцу.

Они подгадали свой отъезд как раз к началу пресс-конференции, устраиваемой Ореном. Все журналисты были заняты, и они смогли улизнуть незамеченными. Отъезжая от больницы, они заметили целый ряд машин прессы и толпу журналистов, осаждающих вход в здание.

— Что он собирается им сказать? — спросила Ренни.

— Что полицейское управление Форт-Уэрта провело блестящую операцию при содействии персонала больницы. Один из наиболее известных преступников города, некий Рикки Рой Лозадо, умер от огнестрельных ран, полученных при сопротивлении аресту.

Прежде чем передать Лозадо работникам «Скорой

помощи», Ренни героически пыталась поддержать в нем жизнь. Она поехала с ним в больницу, но он умер по дороге. Вик лично сопроводил тело до морга.

Ренни настояла на тщательном осмотре Вика, чтобы не просмотреть внутреннего кровотечения. Он сам просил Орена не сдерживаться, пусть их схватка выглядит достоверно. И Орен постарался на славу. Вик чувствовал себя боксерской грушей, но осмотр не выявил никаких серьезных повреждений.

— Орен постарается сделать все возможное, чтобы твое имя не появилось в газетах, — сказал Вик.

— Я была бы очень признательна.

— Но, возможно, избежать этого не удастся, Ренни.

— Если не удастся, то придется перетерпеть.

Они знали, куда ехали. Ренни не собиралась возвращаться в дом, где умер Лозадо. Когда они выехали на дорогу, ведущую в другой штат, Вик сжал ее руку:

— Я тысячу раз умер, когда он держал нож у твоего горла.

— А я боялась, что вас что-то задержало, что вы не успели приехать. Когда я вошла в дом, мне ужасно хотелось посмотреть, где вы прячетесь.

— Ничто не смогло бы меня задержать.

— План был довольно смелым, Вик.

— И слава богу, что он удался.

Он понимал, что у них с Ренни не будет будущего, пока не решена проблема с Лозадо. Иными словами, пока он не исчезнет. Это было главным: он должен исчезнуть. Если Лозадо будет уверен, что Вик в тюрьме, а Орен в больнице, он нападет на Ренни. Так все и было подстроено.

— Самым трудным в этом плане было то, что пришлось подвергнуть тебя опасности.

— Но я все время была в опасности, это не могло продолжаться вечно.

— Именно так я в конечном итоге и подумал. Ты

бы всегда оставалась в опасности, если не заставить Лозадо действовать.

Накануне утром Вик поднялся рано, еще солнце не встало, позвонил Орену и изложил ему свой план. Орену идея понравилась, он внес несколько поправок, и они приступили к делу.

— Как тебе удалось убедить Орена, что я вовсе не роковая женщина, какой он меня считал? — спросила Ренни.

— Мне не пришлось этого делать. Это сделал Лозадо, убив твоих лошадей. По правде говоря, я думаю, что Орен уже давно пришел к такому выводу, просто он слишком упрям, чтобы признать свою ошибку. Если бы он не был полностью уверен в твоей невиновности, он бы никогда не согласился на эту операцию. Кстати, он просил меня извиниться за него перед тобой за все те гадости, которые он говорил о тебе в присутствии Плаксы Сойера. С ним, прямо надо сказать, нам здорово повезло. Если бы не он, нам бы пришлось долго ждать — мне сидеть в тюрьме, а Орену в больнице разыгрывать тяжелораненого, пока слух об этом не дошел бы до Лозадо.

— А что с этим, как его, Плаксой? — спросила Ренни.

— Мы проследили за Сойером до его квартиры в Далласе, и, когда там появился Лозадо, мы получили сигнал действовать. После ухода Лозадо копы арестовали Сойера. Он лежал на кровати и рыдал, потому что Лозадо заставил его разбить все компьютеры на мелкие куски. Он начал признаваться в своих грехах, прежде чем они успели надеть на него наручники.

— А на тебе все это как-нибудь отразится?

— То, что я убил Лозадо? Нет. Орен восстановил меня на работе в полиции, прежде чем мы отправились допрашивать Плаксу.

Ренни удивленно взглянула на него:

— Значит, ты снова официально полицейский?

— Я еще думаю.

— О чем тут думать?

— О всем том дерьме, с которым это связано.

— В каждой профессии есть свое дерьмо, Вик.

— Не слишком вдохновляющая точка зрения, — печально заметил он.

— Все сводится к одному, — твердо сказала Ренни. — Любишь ли ты свою работу больше, чем ненавидишь связанное с ней дерьмо?

Долго раздумывать он не стал:

— Я люблю свою работу.

— Вот тебе и ответ.

Он задумчиво кивнул:

— Теперь, когда я наконец смогу похоронить Джо, по-настоящему похоронить его, я думаю, все будет по-другому.

— Я уверена, так и будет. Это же твое призвание. — Она тихо рассмеялась. — Кстати, о призвании. Грейс, возможно, не тем делом занялась. Из нее бы вышла отличная актриса. Она такое представление в больнице устроила.

— Я слышал, вы обе отличились.

— Не знаю, наблюдал за нами Лозадо или нет.

— Я тоже не знаю, но все сцены следовало разыграть так, как будто все происходит на самом деле. Если Лозадо следил за больницей, а Грейс не кинулась бы к постели Орена, он наверняка почуял бы подставу.

Заметив, что Ренни зевнула, Вик сказал:

— Ты всю ночь не спала. Почему бы тебе не вздремнуть, пока мы едем?

— А ты?

— Я вздремнул между этими бесполезными анализами, которые мой врач заставил меня делать.

Она улыбнулась и закрыла глаза. Проснулась Ренни, когда Вик остановил машину у ворот и вышел, чтобы их открыть. Он подъехал к самым ступенькам.

Ренни взглянула в сторону конюшни.

— Я всегда останавливалась там.

Он погладил ее по щеке.

— Постарайся об этом не думать.

Вик вышел из машины, обошел ее, чтобы открыть дверцу, но загородил путь, не давая Ренни выйти.

— В чем дело? — спросила она.

— Когда я ждал момента, чтобы напасть на Лозадо...

— Да?

— Ты сказала кое-что, показавшееся мне странным. Ты сказала, что последние двадцать лет для тебя каждый день — подарок. — Вик снял черные очки, чтобы лучше видеть ее глаза. — И я задумался, что ты этим хотела сказать, Ренни. — Она опустила голову, но он пальцем поднял ей подбородок, заставляя смотреть на себя. — Ты ведь рассказала мне не всю историю, так?

Он видел, что она борется с желанием солгать, но его настойчивость победила. Она глубоко вздохнула:

— Т. Дэн целился не в Раймонда.

Вик некоторое время смотрел на нее и, сообразив, что она говорит, с шумом выдохнул:

— Господи.

— Отец злился на меня куда больше, чем на Раймонда. Раймонд потерял интерес к сделке, свое чутье. Т. Дэн увидел нас вместе и понял, что в этом виновата я. Разумеется, он стал рассматривать меня только как препятствие, которое необходимо устранить.

Ренни немного помолчала и рассеянно посмотрела вдаль.

— Он был моим отцом, я его обожала. Но он разбил мне сердце своей изменой. Он предал мою мать, нашу семью. Он был самовлюбленным негодяем, который думал только о себе.

Она с горечью рассмеялась и покачала головой:

— Знаешь, Вик, что самое смешное? Или трагичное. Я все еще его любила. Несмотря ни на что. Если бы я его не любила, я не пыталась бы так усердно разозлить его. Я не стала бы соблазнять его делового партнера. Да, я его любила. Но эта его сделка с недвижимостью была для него значительно важнее, чем я. Он задыхался от злости и готов был меня убить. И убил бы, если бы Раймонд не закрыл меня своим телом. Понимаешь, когда я говорила, что Раймонд умер из-за меня, я имела в виду — в буквальном смысле. Он умер, защищая меня от моего отца.

У Ренни перехватило дыхание. Прошло много лет, но воспоминания эти были слишком страшны, чтобы потускнеть от времени.

— Я была в шоке. Послушно сделала все, что мне велел Т. Дэн, сказала все, что он велел мне сказать. Вскоре после этого случая он отослал меня. Кто знает, может, мой вид бередил его совесть или я напоминала ему о той сделке, которая так и не состоялась. Не знаю. Но до самой его смерти мы с ним ни разу о том проклятом дне не говорили.

Вик притянул ее к себе, а когда Ренни вдруг стала вырываться, сказал:

— Тихо. Ничего не выйдет. Я не позволю тебе спрятаться и вновь заключить себя в тюрьму на очередной срок. Ты у меня выйдешь на свободу. — Он прижал ее к себе, погладил по волосам. — Прошло уже двадцать лет. Ты давно искупила свою вину, а Т. Дэн жарится в аду. Он не может больше сделать тебе больно, Ренни. Я ему не позволю.

Вик еще некоторое время обнимал ее, потом отпустил.

— Я рад, что ты мне сказала. Это многое объясняет. Необходимость постоянно держать себя в руках. Игра с опасностью, потому что ты могла умереть в шестнадцать лет. Я только надеюсь, что ты больше не будешь лезть в пекло. Не могу же я постоянно бегать за тобой, прикрывая твою задницу.

Она засмеялась. Или зарыдала. Трудно было разобрать, потому что на глазах ее были слезы, но она улыбалась. Вик помог ей вылезти из пикапа, и они вместе поднялись по ступенькам. Он распахнул входную дверь и спросил:

— Как насчет завтрака?

— Не мешало бы.

— Завтрак. Каждое утро до конца наших дней.

Ренни печально улыбнулась:

— Вик...

— Нет, подожди. Прежде чем начнешь возражать, выслушай меня. — Он погладил ее по щеке. — Я буду тебе самым близким другом на всю твою жизнь. Я из кожи вылезу, чтобы залечить в тебе то, что еще болит. Я буду тебе верным и страстным любовником. Я буду отцом твоих детей, причем с удовольствием. И я буду защищать тебя всю свою жизнь.

— Ты уже защищаешь.

— Ты ведь тоже меня спасла, Ренни. И не только на операционном столе. Я был в жутком состоянии, когда Орен заявился в Галвестон. Он уговорил меня принять участие в деле, в котором была замешана таинственная женщина-хирург, и это лучшее, что случилось со мной в последнее время.

Ренни улыбнулась, но в глазах все еще читалось сомнение:

— Боюсь, ничего не получится.

— Если подумать, то, может, ты и права, — вздохнул он. Рука потянулась к верхней пуговице ее блузки и расстегнула ее. — Я устраиваю скандалы, а ты всегда держишь себя в руках. Я неряха, а у тебя на банках этикетки. Я беден, ты богата.

К тому времени как он закончил перечисление всех основных различий между ними, все пуговицы были расстегнуты, включая пуговицы на джинсах. Он наклонился и поцеловал ее.

— Мы совсем друг другу не подходим.

— Если забыть, что сказала Грейс, — посмеиваясь, произнесла Ренни.

Он легонько укусил ее за мочку уха.

— А что сказала Грейс?

Ренни вытащила рубашку из его брюк и провела ладонями по его груди.

— Что ты меня любишь.

— Грейс у нас умная.

— Так любишь?

— Любишь. — Тихий смех перешел в стон, когда Вик расстегнул ее бюстгальтер и коснулся груди.

— А моя работа?

— Да, да. — Он уже ласкал языком ее сосок.

— У меня очень напряженный график, — не сдавалась Ренни.

Он ласкал ее живот, подбираясь к паху.

— Наверное, так оно и есть. — Он сунул руку ей в трусики. — У нас нет ничего общего. — Последовал страстный поцелуй.

Через несколько минут Ренни уже лежала на нем на диване. Одежда, которую не успели вовремя снять, была влажной и мятой, сбилась в комок. Они раскраснелись, тяжело дышали, и кровь продолжала пульсировать там, где их тела все еще были соединены.

Он с трудом перевел дыхание:

— Так что ты сказала?

Ренни откинула волосы со лба и произнесла фразу, обещавшую стать традиционной:

— Блины или яичница?

Литературно-художественное издание

Сандра Браун

ИСПЫТАНИЕ

Ответственный редактор *В. Краснощекова*
Художественный редактор *Б. Волков*
Технический редактор *Н. Носова*
Компьютерная верстка *В. Фирстов*
Корректор *О. Степанова*

В оформлении использованы фото:
Julia Shepeleva/Picvario/Russian Look
Фото автора на 4-й сторонке обложки: Andrew Eccles

ООО «Издательство «Эксмо»
127299, Москва, ул. Клары Цеткин, д. 18/5. Тел. 411-68-86, 956-39-21.
Home page: **www.eksmo.ru** E-mail: **info@eksmo.ru**

Подписано в печать 27.07.2009.
Формат 80×100 $^1/_{32}$. Гарнитура «Таймс». Печать офсетная.
Бумага писч. Усл. печ. л. 19,24.
Тираж 5 000 экз. Заказ 505

Отпечатано с электронных носителей издательства.
ОАО "Тверской полиграфический комбинат". 170024, г. Тверь, пр-т Ленина, 5.
Телефон: (4822) 44-52-03, 44-50-34, Телефон/факс: (4822)44-42-15
Home page - www.tverpk.ru Электронная почта (E-mail) - sales@tverpk.ru